文/酒暖春深

长江出版社
CHANGJIANG PRESS

图书在版编目（CIP）数据

流星．2 / 酒暖春深著．-- 武汉：长江出版社，2024.9.—ISBN 978-7-5492-9689-7

Ⅰ.I247.5

中国国家版本馆CIP数据核字第2024FL9347号

流星．2 / 酒暖春深 著
LIUXING.2

出　　版	长江出版社
	（武汉市解放大道1863号）
出版统筹	曾英姿
责任编辑	李诗琦
特约编辑	叉　叉
市场发行	长江出版社发行部
网　　址	http://www.cjpress.cn
印　　刷	湖南天闻新华印务有限公司
版　　次	2024年9月第1版
印　　次	2024年9月第1次印刷
开　　本	710mm×1000mm　1/16
印　　张	20
字　　数	357千字
书　　号	ISBN 978-7-5492-9689-7
定　　价	52.80元

版权所有，侵权必究。如有质量问题，请与本社联系退换。
电话：027-82926557（总编室）027-82926806（市场营销部）

目录

001	第一章 后浪
048	第二章 谢幕之战
066	第三章 裂痕
075	第四章 愿望
098	第五章 新年

目录

121	第六章 替补
175	第七章 往前走，别回头
219	第八章 命运
266	第九章 决裂
306	第十章 崩塌

第一章

后浪

下午梁教练陪乔语初去办理入院手续，等到了病房，乔语初拉开门一看，才发现竟然是个单间，和运动员公寓类似的、整洁明亮的房间，所有家电一应俱全。

乔语初一怔："这是……"

她还以为就是医院里的那种普通多人间呢，国际医院连病房都这么奢华吗？

护士捂着嘴笑了笑。

"我们医院基本都是双人间，但骨科嘛，小孩子会多一点，金医生怕乔小姐住不惯，特意给您安排了单人病房，又知道您是运动员，所以把健身房的跑步机也给搬来了，毕竟住院期间还是挺无聊的。"

这最后一句话倒是金顺崎的原话。

乔语初心里有些感激："麻烦金医生了。"

护士笑了笑，道："今天下午以及晚上金医生都安排了手术，估计不能过来看您了。等您收拾好，大约一个小时以后，我过来带您去做术前检查。"

乔语初把行李放下："好，麻烦你了。"

护士点头示意，转身离去。

梁教练还没走，估计是想留下来等乔语初做完检查再离开，这也是严新远的意思——怕她一个人不方便。

乔语初见没事了，于是道："梁教练，您先回去吧，队里就严教练一个人，恐怕忙不过来，我一个人可以的。"

毕竟是个手术，梁教练也有些担心："可是……"

"没事啦，我又不是小孩子了，可以照顾好自己的，而且，医院里还有护士、护工啊，您看这儿环境这么好，肯定不会苛待病人的。"

一路走过来，国际医院的服务态度那是没得说，梁教练叹了口气道："那好吧。这次赛事组委会规定，一支队伍只能带两名教练，还有男子羽毛球队那边的事，确实有些走不开。不过，你放心，你要是有什么事，一个电话，我和老严肯定赶过来。"

滨海省队从上到下，无论是队友还是教练，都给乔语初一种家人般的温暖。

乔语初笑了起来："好，我也争取早日养好伤归队，梁教练慢走。"

在她们紧张备战单人项目的时候，尹佳怡却从平江队的大名单里消失了。

尹佳怡前脚刚落地杭城，后脚就接到了金南智的电话，对方的语气又急又快："你为什么不告诉我，你没报名单打？你知道我等这个交手机会多久了吗？"

尹佳怡推着行李边走边答，语气淡淡的："我要备战明年开春的世锦赛，不想在这种小比赛上浪费时间。"

"哈？"

金南智好似听见了什么惊天大笑话，语气里满是不可置信："一个有世界级冠军参赛的赛事，居然被你说成是小比赛，你知道有多少人想来，却被严格的赛事等级制度拒之门外吗？尹佳怡，你该不是被一个新人打怕了吧？"

金南智这话一出，电话那头沉默了几秒。

尹佳怡深吸了一口气，似在压抑怒火："如果你打电话来是想跟我说这个的话，那我觉得我们没什么好聊的。"

"那你觉得我从韩城大老远地跑到这里来，是为了什么，不就是为了想和你打……"

话音未落，听筒里已经传来了嘟嘟声。

金南智气得摔了手机，母语都冒出来了："我倒要去会一会这个谢拾安，能把你打成这个样子，究竟有什么本事。"

第二天。

谢拾安因为昨晚加训至深夜，稍微起晚了一些，赶到训练室的时候，里面刚结束一场比赛。

一个女孩子留着醒目的紫色长发，扎了一个高马尾，戴同色系发带，嘴里嚼着口香糖，拿着球拍百无聊赖地站在网对面，身后还跟着一群人。

"这就是打败了南津队和平江队，以东部第一的成绩出线的滨海队吗？我还以为有多强呢，也不过如此，一个能打的都没有。"

简常念以0∶2输给了对方，她不仅被打得毫无还手之力，还摔在了地上，球拍掉在了手边。

紫发女生身后的高个男生嗤笑了一声道："什么东部第一啊，不就是靠着几招田忌赛马的战术,以及犯规加赛出线的吗?"

"你……"简常念咬着牙,眼里都是血丝。

滨海省队的也都围了上来,脸上俱是怒意,但刚刚和对方交手确实没占到任何便宜,一时之间面对对方的挑衅,竟然没人敢上前回应。

谢拾安拨开人群,向简常念伸出手,把人从地上拉了起来。

见是谢拾安,简常念脸上露出一丝愧疚。

"拾安,对不起,我技不如人,他们燕京队的蛮不讲理,跑到我们训练室来,非要和我们打什么热身赛,我不应战,他们就骂我们懦夫。"

其他队友也围上来诉苦:

"拾安,你可算来了。"

"他们欺人太甚,拾安,你可得好好教训他们一下。"

"你就是谢拾安?"紫发女生闻言,走上前来,两个人身高差不多,四目相对的时候,她挑衅般地伸出了手,"燕京队,金南智。怎么样,敢不敢和我打一场?"

谢拾安退后一步,并没有理会她的握手,而是拿着球拍遥遥地往门口一指:"哦,知道了,请回吧。"

她这副不咸不淡的模样,让金南智跟吞了只苍蝇一样难受。

"你不是打败了尹佳怡很狂吗?怎么,我又不是什么国手,连和我碰一碰的勇气都没有?你放心,输了也没事,又不现场直播,我们也不会说出去,不会丢了你这羽坛新星的面子的。"

金南智这番话里夹枪带棒,可谢拾安早就不是那个因为秦扬一句话就要和人打擂台的少女了。

这段日子以来,谢拾安飞速成长着,也知道有比意气之争更重要的事。

谢拾安冷冷抬眸,既狂且傲:"尹佳怡我都打过了,你又是哪儿来的无名之辈,要打就赛场上见,热身赛只会浪费我的时间。我们要训练了,请吧。"

"你——"金南智上前一步,死死地盯着谢拾安。

两个人针锋相对,互不相让。

金南智身后的队友拉了她一把,小声道:"教练说了,探探虚实可以,但是不准打架。"

金南智这才作罢,甩开队友的手:"好,赛场上见,我会让你后悔今天说出的话,我们走。"

一行人耀武扬威完了，又浩浩荡荡地离开了训练室。谢拾安这才转身看向自己的队友。

"都没事吧？"

"没，就是输得很惨。"众人纷纷道。

简常念也摇了摇头："摔了一跤，不过没什么大问题。"

中午吃饭的时候，严新远也知道了这件事："没有教练的授意，他们敢这么跑过来挑衅吗？多半是来试探探咱们深浅的。"

简常念一边拿筷子戳着碗里的饭，一边说道："可是我们都输了啊，热身赛都打成这样，正式上场的时候还怎么打啊？"

严新远："有的人训练赛打得好，并不代表上了场就能发挥出来。只是一场热身赛而已，并不能说明什么问题，而且依我看啊，输了也好，提前给人摸得太透，不是一件好事。"

上午不过打了一个照面，谢拾安却记得一个细节——金南智是左手拿着球拍的。

"我记得她是左手球。"

简常念点了点头道："对啊，左手球，所以一交手我就有点被搞蒙了。她的球神出鬼没，落点很难找。"

"左手球的话，你发过去的反手位就是对面的正手区了，需要一点时间来习惯逆向思维。"严新远道。

谢拾安放下了筷子，两个人一起眼巴巴地看着他："那有没有什么办法能解决这个问题？"

严新远把筷子一伸，给她们一人夹了一个鸡腿："先吃饭，短时间内很难。现在拾安应该是燕京队的重点研究对象了，我也会找金南智的录像带来研究研究，只希望在单打抽签中，你们不要过早地遇上她。"

团体赛还能用战术规避一下，单打可就真的没什么办法了，所幸在抽签中，谢拾安和金南智分在了不同的半区，而不幸的是简常念和谢拾安在同一个小组。

看着手中的分组结果，简常念有些欲哭无泪。

这可是她第一次参加全国大赛单打的项目，遇到的都是些什么怪物啊。

谢拾安拿着字条从简常念身边走过："怎么，你怕了？"

简常念拿着球拍跟上去，哼了一声道："谁怕了？我要堂堂正正地打败你。"

"输了别哭鼻子就行。"

"谁哭了？谁哭了！"

简常念跳着脚追上去，夕阳把她们的背影拖得很长很长。

分在同一个小组就意味着，早晚终有一战，两个人终究还是在8进4的比赛中遇见了。

这场比赛谁赢了谁就是四强。

现场观众的欢呼如山呼海啸，也点燃了简常念的热血，她拿着球拍，跃跃欲试："我们之间好像还没有正式地交过手，集训那次不算，说实话我等这一天已经很久了。"

谢拾安不以为意地点点头："集训那次你输了，现在结果也会是一样。"

简常念想起她俩在公园第一次联合打球那天谢拾安说的话——"打球的时候想那么多干吗，这球接得住也要接，接不住还是要接。每个球都要思前想后考虑那么多，干脆别打了。"

谢拾安嘴角微扬："开始吧，速战速决。"

大屏幕上出现了解说员的脸，解说员语气激昂道："今天这一场8进4的比赛可以说是滨海省队的内战了啊，我们都知道，在此前东部赛区的决赛中，谢拾安2∶1战胜了尹佳怡，可以说是队内的头号选手，羽坛新秀了。

"而简常念同样也是一名新人选手，在之前的比赛中都有不错的发挥，尤其是在上一场16进8的比赛中，更是以2∶0爆冷淘汰了香岛队的种子选手成艺舟晋级八强。

"这两个人碰撞在一起，究竟会擦出怎样的火花，且让我们拭目以待！"

同一支队伍，同一个教练，差不多的训练方法，从某种程度上来说，两个人的打法也比较类似。

尤其是彼此都很了解，谢拾安闭着眼睛都能猜到简常念会发什么球，简常念也能将谢拾安的假动作看穿个七七八八，因此一开始，打得还算是有来有回。

万敬今天也来了现场观赛，和场外的严新远站在一起闲谈。

"我说师兄你又走什么狗屎运了，从哪儿挖出来的这两个好苗子。哎，要不你给我一个，谢拾安不行，简常念也可以嘛，总比待在江城那个鸟不拉屎的地方强。"

严新远啐了他一口："去去去，我跟你说啊，你谁也别想，要人你自个儿挖去啊。"

万敬叹了口气道："燕京队倒是有个好苗子，可惜……"

人家是外援，早晚是要回去的。

严新远也知道万敬在说谁，正愁不知道该去找谁要录像带呢，正好万敬提了，这不远在天边，近在眼前嘛。

"哎，录像带，金南智比赛的录像带，给我搞两盘。"

万敬闻言，转身就要走，嘴里还说着："你没疯吧你，我是裁判组成员，接下来无论你们滨海省队谁赢，总会遇到金南智，我这个时候给你录像带，我……"

严新远一把抱住了他的胳膊，不让人走："你刚不是也说了吗？外援！外援！岂有不帮自己人的道理？再说了，我又不是让你帮我作弊，就是两盘录像带而已！研究出来多少东西，不还得看她们自己在场上的发挥吗？

"而且，你信不信，这会儿燕京队肯定在加班加点地研究我们呢。他们可是已经来我们训练室耀武扬威过了啊，你忍心看师兄我颜面扫地吗？"

万敬脚步一顿："网上不都有吗？"

严新远把人拉回来，兴奋地搓了搓手："哎呀，那都是残缺不全的，我要看完整版，她在西部赛区从头到尾的所有比赛，当然，如果有在韩城时打的就更好了。"

"还韩城，你怎么不说她在幼儿园打的也给你弄来呢？"

万敬咬牙切齿，一边转身离开一边朝后面比了个"OK"的手势。

在谢拾安和简常念激烈交锋的时候，乔语初同样也面临着一个艰难的抉择。

她面前的A4纸上罗列了一长串手术中可能出现的风险，以及预后问题。

其中有一条，金顺崎觉得务必要提醒乔语初一下："虽说你的手术已经跟教练还有赛事组委会沟通好了，但术中会使用到的麻醉药物，可能会导致你兴奋剂检测不过关。"

听到这里，乔语初咬紧了下唇："金医生，就没有别的办法了吗？"

即使手术成功，但要是因为使用了麻醉药物而不能上场，甚至禁赛，那也是得不偿失的。

金顺崎也知道，羽协向来对兴奋剂检测非常严格，但不知道为什么，他有点心疼这个女孩，因此语气轻了些："有，采用小剂量的局部麻醉来手术，身体把药物代谢出去的时间就会缩短，但……"

乔语初苦笑了一下，接上话头："会很疼对吗？"

金顺崎艰难地点了一下头："所以……其实我还是建议你……"

乔语初抬起头来，脆弱却又坚定地笑了笑："拜托你，给我局麻吧。"

金顺崎叹了口气，起身："那好，我会和我们医院最好的麻醉医生一起同台手术，尽全力减轻你的痛苦。"

　　他人都要走出门外了，忽然又回头问了一句："对了，那个，你还喜欢吗？"

　　乔语初一怔，半晌才回过神来，原来他说的是跑步机，于是嘴角又不自觉地浮起笑意："非常喜欢，谢谢你。"

　　听她这么说，金顺崎的眼底也由衷地流露出了笑意："从今晚开始你就要禁食禁水了，早点休息，明天我过来带你去手术室。"

　　乔语初送他到门口："好，那就麻烦金医生了。"

　　金顺崎站在门口，眨眨眼睛："其实你也可以喊我'金'。"

　　乔语初心细如发，在感情上并不是一个木讷的人。如果说第一次面诊时，金顺崎恰到好处的"人文关怀"，是出于医生对患者的关心，忙前忙后操心她的手术方案，甚至集合了全医院最好的专家来为她做手术，也可以说是他本人的职业操守高尚。但安排单人病房、记得她的喜好、无微不至地关心，怎么说都有一点超过了医患关系的意思。

　　她试探着问："金医生对每一个来找你做手术的患者都这么关怀备至吗？"

　　金顺崎眼底笑意未减："我那天就说过了，乔小姐特别一些。"

　　也许是从小在西方国家长大受到的文化熏陶，让他的表达方式分外直白热烈一些，但显然乔语初有些不习惯。

　　金顺崎看出了她脸上的窘迫，退后一步，保持了绅士距离和风度："我是觉得和乔小姐特别投缘，才会安排这些，人到中年，难得遇到合眼缘的朋友，如果给你带来了困扰，那我非常抱歉。"

　　"不……也不是……"向来豁达、温柔的人头一次有些手足无措起来，乔语初的耳根有点红，"金医生又没做错什么，不需要跟我道歉啦。不早了，你也早点休息吧。"

　　"好，晚安。"

　　"晚安。"

　　乔语初关上门的那一刻，捂着心口，做了好几个深呼吸，才逐渐平复了剧烈的心跳。

　　经过一番鏖战之后，谢拾安和简常念的比赛结束了。

　　"很可惜啊，我们可以看到简常念选手已经非常努力想要拿下这一局了，但奈何谢拾安压根儿不给她任何机会啊，直接打出2∶0的比分，干脆利落地结束了这一局。

"让我们恭喜谢拾安晋级四强！也祝愿简常念在今后的比赛中可以有更好的发挥。"

单打的赛程是非常紧的，简常念一天打了三场，早就筋疲力尽了，最后一个球落地后，她浑身脱力，坐在了地上。

尘埃落定，她无缘四强，也就无缘单打总决赛了。

少女有些不甘心，埋头喘着气，眼角有点红，默默平复着呼吸。

面前忽然出现了一只白皙修长的手，简常念顺着手腕抬头，是谢拾安，对方冲她点了点头。

简常念缓缓伸出手去，搭上谢拾安的掌心，两只手交握在了一起。

谢拾安使力把人拽了起来。

全场观众山呼海啸，聚光灯洒在她们头顶。

简常念也从谢拾安的眼里看到了一丝肯定，那不光是对队友的，也是对对手的。

简常念脸上输掉比赛的阴霾一扫而空，明媚地笑了起来。

比赛结束后，谢拾安回到训练中心，去食堂吃饭，一边吃一边抽空给乔语初打了个视频电话。

视频很快便被接通。

乔语初的脸浮现在了手机屏幕上，虽然穿着病号服，但她的精神状态看上去还不错："今天你和常念的比赛我可看啦，你怎么下手这么重啊，没把人打哭吧？"

谢拾安笑了笑："我都没尽全力，可是她说要我好好打的啊。"

乔语初看谢拾安在吃饭，就知道她刚回到训练中心，这个点了才吃饭，一天三场着实辛苦。

"怎么样，后天和金南智的比赛你有信心吗？"

谢拾安手里的筷子夹了一下肉，没夹起来，滚落到了桌上。乔语初这才留意到她居然在用左手吃饭。

"你……手受伤了吗？"乔语初担心道。

怕她担心，谢拾安摇头解释道："金南智是左手球，严教练说知己知彼，百战百胜，让我这几天尽量用左手吃饭、喝水、拿东西、训练，去熟悉一下使用左手的感觉以及左手球的球路特点。"

"后天就要决赛了，这有用吗？"

乔语初也是职业球员，知道左手球比起右手球来说球路更加变幻莫测，因为一般人的惯用手都是右手，这个习惯短时间内很难改过来。

谢拾安笑了笑，继续用左手艰难地夹菜吃饭："死马当作活马医吧，都走到这里了，我也不可能说放弃就放弃。不说我了，你呢，身体怎么样？"

乔语初躺在床上和她说话，镜头转过一圈："明天早上手术，已经禁食禁水了。你看，这医院的病房像不像咱们的公寓，什么都有。金医生怕我待着无聊，还给我搬来了一台跑步机呢。"

镜头里阳台上的跑步机一晃而过，这不是乔语初第一次在谢拾安面前提起金医生。

谢拾安敏感地留意到了她提起这个名字时，脸上浮起的微笑，和语气里少有的一丝愉悦。

乔语初很少这样。

谢拾安顿住筷子："你……听你提起很多次金医生了，这个金医生到底是个怎么样的人啊？"

乔语初想了想："嗯……充满了人情味的骨科医生，医术很精湛，对患者也很负责，而且脾气性格都好好。最重要的是，他这么年轻有为，居然还是单身！"

不过短短几天，就了解到了这么多信息。

"那有什么，你也是单身啊。"

乔语初笑了笑，不知道为什么，谢拾安觉得她的笑容有点黯然。

"我？我就算了吧，我这是剩女，眼界太高，看不上别人，也没人看得上。"

"怎么会……我……"

她话音未落，就被人打断了。

"拾安，我不跟你说了啊，护士来查房了，让我早点休息呢。"

谢拾安看着暗下来的屏幕，不知道为什么又有些遗憾。

她轻轻叹了口气，在对话框里输入："晚安，明天手术顺利。"

乔语初很快便回她："你也是，明天比赛顺利。"

说罢，QQ头像便灰了下去。

谢拾安把原本支在桌上的手机放倒，拿着筷子却再无食欲，正在发愣的时候，面前突然冒出了一个脑袋。

简常念手撑在桌上，面有怒意："谢拾安！你这一顿饭要吃到什么时候，严教练让我来叫你去训练呢！"

谢拾安回过神来，把手机装进兜里，声音懒洋洋的："知道了知道了，这就去。"

简常念把人从座位上拉起来就跑："哎呀！你快点，我怎么这么倒霉要当你的陪练，赶紧练完回去睡觉，都困死了。"

"哈？说得好像我愿意让你当我的陪练似的，还不是你死乞白赖去求严教练。唉，你就这么想跟我打球啊，直接求我不就完了吗？"

一番话正巧戳中了简常念的痛点，少女耳根有点红，彻底炸毛了："谁？谁求了！你这个人打球从来不按套路出牌，净给我发一些角度刁钻的对角线，当你的陪练，累死人了，怪不得没人想和你打球。我跟你说，你这次要是能夺冠，这奖杯有我一份功劳。"

两个人斗着嘴，不知不觉，谢拾安心里那一丝淡淡的愁意也暂时抛诸脑后了。

谢拾安左手拿着球拍，站在网前气喘吁吁，一个是惯用手接发球，一个是刚练没几天的左手球，白天她打简常念打得很惨，现在轮到她被虐了。

简常念站在她对面，嘴角扬起了大大的笑容，尾巴都快翘上了天："拾安，你行不行啊？"

谢拾安牙都要咬碎了："废话，再来。"

严新远在场外进行着技术指导："哎，对了，现在你是左手球了，这个思维方式也得换过来，她的反手位就是你的正手啊。

"别整那些花里胡哨没用的东西，老老实实给我练好基础接发球平抽和杀吊，不需要把你的左手练得跟右手一样炉火纯青，关键时候能出奇制胜就行。

"简常念，你没吃饭啊！给我狠狠地打！"

简常念闻言，看一眼谢拾安，有些于心不忍。

今天的比赛本就让谢拾安的体能消耗极大，回到训练中心也没来得及休息，现在谢拾安拿左手打球又一直被自己压着打……她看到谢拾安整个后背的衣服全湿了，刘海也湿答答地贴在额上，拿着球拍不停喘着气。

"严教练……"简常念想出言让谢拾安休息一会儿。

谢拾安咽了咽口水，重新直起腰："我不需要你可怜，再来。"

严新远并非想这么高压折磨谢拾安，实在是时间紧迫，必须在有限的时间内让肌肉尽快形成记忆，赛场上才有可能将威力发挥得出来，而想形成肌肉记忆没有丝毫捷径，只能没日没夜地苦练了。

简常念看看严教练，再看看咬着牙坚持的谢拾安，神色也坚毅起来，她拿着球拍后退几步继续发球。

夜色渐深。

整个训练中心逐渐陷入黑暗，只有羽毛球馆还亮着灯，不时传出鞋底摩擦地板的声音。

严新远熬不住，已经先回去休息了，只剩下两个人还在互相喂球。

一开始谢拾安接不住简常念攻势凌厉的杀球，练到现在谢拾安也能用左手慢慢跟上简常念的节奏了。

简常念交叉步后撤，突然起跳，抬手就是一个扣杀，谢拾安不躲不避，用左手平抽了回来。

这回轮到简常念有些蒙了，惯性让她跑向了左边，可实际上球的落点却在右半区。

白色的羽毛球落地。

谢拾安终于赢了一个球，她的脸上浮起一丝笑意，浑身放松下来，突然眼前一黑。

简常念见势不好，扔了球拍，翻过网，眼疾手快地把人抱在了怀里，没让谢拾安的脑袋和地板来个亲密接触。

"拾安，拾安，你没事吧？"

简常念见谢拾安闭着眼睛，有些着急，一个劲地晃着谢拾安的肩膀，叫着她的名字。

谢拾安艰难地抬起一只手抓住了简常念的胳膊，有气无力道："没死……别号了。"

"那……那你还能走吗？我扶你回去休息。"

谢拾安点了点头，想要使力站起来，奈何腿脚发软，浑身肌肉酸痛得厉害，刚站起来又摔了回去。

不过，这回简常念没再嘲笑谢拾安，而是把她的胳膊架上了自己的肩膀，扶着她吃力地站了起来，道："来，我送你回去。"

"不用，我自己……"谢拾安还要嘴硬，却在迈下球馆的第一个台阶，脚踩在地面上的那一刻闭嘴了，从大腿直冲天灵盖的酸痛让她的脸都绿了。

简常念没忍住，扑哧一声笑了出来。见谢拾安杀人一样的眼神看过来，她又赶紧把笑声憋了回去："咳咳……你看，要不是我扶着你，你早就脑袋着地了。你呀，应该庆幸，还好这里的公寓都是安装的电梯，要是咱们滨海省队的宿舍，估计这会儿咱俩就要手脚并用地爬上去了。"

上公寓台阶的时候，谢拾安险些一个踉跄摔倒，幸好有简常念扶着她才没摔倒。

简常念半拖半拽着把人拉进电梯："好累……你还怪沉的。"

也许是谢拾安今天真的太累了，又或许是电梯里的灯光太亮，她整个人靠着轿厢壁，半闭着眼睛，睫毛颤动着，侧脸有一种苍白脆弱的美感。

简常念突然想到了什么，问道："你明天下午还起得来吗？"

谢拾安明天下午还有一场4进2的比赛呢。

闻言，谢拾安抬眸看了简常念一眼，谢拾安有预感，这绝对不是一句普通的问话。

果然，简常念接着道："这会儿医务室肯定没人了，要不我们互相按按拉伸一下吧？"

她们每次体能训练完，都会去队医那里按摩一下松松筋骨。如果队医忙的话，这项工作多半是由乔语初来完成的，但是乔语初今天并不在这里。

谢拾安动动唇："不……"

简常念认真地看着她，目光里满满都是关心："可是你这样明天怎么打比赛啊？而且这么晚了，我室友肯定睡了，也没人帮我按呀。"

谢拾安抬头看了一眼电梯里的时间，深夜一点四十五分，好吧，看在简常念辛苦陪练到这个点的份上。

电梯到了。

谢拾安扶着扶手，直起腰："想让我帮你按摩就直说。"

简常念架起谢拾安的胳膊往宿舍走："这叫互，相，帮，助。"

到了宿舍，谢拾安连鞋都懒得换，直接面朝下趴在了床上："来吧，速战速决。"

"速战速决"四个字怎么听都不适合出现在这里，简常念一阵恶寒："你打比赛还打上瘾了，等我去洗个手。"

谢拾安身量颀长又瘦削，即使隔着衣物也能清晰地摸到骨骼与肌肉线条。

简常念捏着谢拾安的肩膀，还没使劲，谢拾安突然挣扎了一下，想要爬起来。

简常念一把将人按住："你干吗？"

谢拾安又把脑袋埋进了枕头："有……有点痒，不太习惯，以往不是队医就是语初来做这些。"

简常念心里想：这种出力不讨好的活也只有语初姐肯干了，她对你倒是真的挺好的。

不过，下一瞬，简常念脸上露出了诡异的微笑："拾安，你有痒痒肉啊？"

不好。

谢拾安脑中警铃大作，下一秒就要强撑着爬起来，然而根本来不及，简常念已经开始从背后不停地挠她痒痒。

谢拾安像一条毛毛虫一样在床上拱来拱去，四处躲避着她的"魔爪"。

难得见谢拾安这么狼狈的样子，简常念玩心大起，欺身上前，就要挠她的胳肢窝。

谢拾安一个翻滚躲过，拿起了枕头自卫，因为剧烈运动，她向来苍白的脸此刻变得红红的。

她恼怒道："简常念，你还有完没完了！"

从来没有见过谢拾安这样的一面，简常念心跳得厉害，不知自己的"恶作剧"是否过分，想说点什么缓和气氛："我……"

话音未落，她就被人一个枕头迎面砸了过来。

"你什么你，不按肩膀了，来给我按腿。"

为了避免再被人从后面"偷袭"，谢拾安转而仰面躺好，二大爷似的，把腿往简常念面前一伸。

简常念磨牙，内心不平：合着您使唤丫鬟呢。

但奈何现在她还打不过谢拾安，只能忍气吞声，谁叫是自己先提议要互相帮助的呢？等会儿该谢拾安给她按的时候，得想个办法，好好折腾一下她。

简常念打定主意，开始上手："先按哪条腿？"

"右腿吧，使点劲。"

简常念咬牙切齿地笑道："您要求可真多啊，不是不习惯吗？"

谢拾安也算是看出来了，自己越是不想让简常念干什么，简常念就越是想要来挑战自己的底线。

那怎么能让简常念如意呢。

"现在有点习惯了。"谢拾安也皮笑肉不笑道。

"是，谢大爷，小的这就加把劲。"

谢拾安还穿着训练时的短袖短裤，腿上满是瘀青和疤痕，这都是她训练或者比赛时获得的勋章。

看着谢拾安伤痕累累的皮肤，简常念再也没了戏谑的心思，只剩下一丝心疼，一边轻轻按着替她放松肌肉，一边低声问道："你怎么受了这么多伤啊？"

"不是训练就是比赛时摔的。"谢拾安不以为意，这是每个职业选手都会经历的事。简常念入队时间短，也只有她才会这么大惊小怪。

简常念的手轻轻抚过谢拾安的伤疤:"尽量保护好自己,不要再摔倒了,要是爷爷看见的话,得多心疼啊。"

"而且,你这么白,留疤……就不好看了。"

简常念等了许久,也没等来回应,回答她的只有从床头传来的清浅的呼吸声。

她俯身过去一看,谢拾安竟然睡着了。

她竟然睡着了!

说好的互相帮助呢?

简常念不忿,就要摇醒谢拾安,然而手刚触到谢拾安肩膀的时候,又缩了回来。

谢拾安睡着的时候,褪去了平时的冷漠和疏离,睫毛忽闪着,乖巧又安静。

简常念突然有些不忍心吵醒她,无奈地叹了口气,坐起来,替谢拾安盖好被子,鞋也帮她脱掉了,放在门口。关上灯,她在黑暗里默默道了一句"晚安",然后轻轻合上门,转身离去。

谢拾安单打半决赛的对手是一名已经四十五岁高龄的老将——四川队的蒋云丽。

在她们做着赛前热身的时候,解说员道:"蒋云丽是国家级运动健将,在长达三十多年的职业生涯里曾多次获得过世锦赛冠军、全英赛冠军、奥运会女子单打亚军,可谓是赛场经验丰富,荣誉等身啊。"

"虽然近年来因为伤病,她退出了国家队的训练,重新回到了省队,也逐渐淡出了大众的视线,但一复出还是打进了全国大赛的半决赛,可见实力依然强劲啊。

"这一场老将对新人,究竟是蒋云丽老骥伏枥,志在千里,还是谢拾安大鹏一日同风起,扶摇直上九万里?且让我们拭目以待!"

赛前,蒋云丽的教练给她的背上还有手腕上都贴上了肌贴,再三叮嘱道:"谢拾安打败了尹佳怡,实力不可小觑,目前为止,还没有人能从她的手里吃下一局,都是被2:0剃光头带走了,实在不行咱们就弃权,身体才是最重要的。"

蒋云丽笑了笑,活动着肩膀:"我弃权不得让人笑话啊。您放心吧,我心里有数。"

比赛正式开始,今天因为蒋云丽的复出,现场几乎坐满了人,在看见她拿着球拍上场的那一刻,全场都爆发出了热烈的欢呼。

谢拾安在观众山呼海啸般的掌声里走上前去和人握手,略低了低头:"滨海队,谢拾安。"

"略有耳闻,听说你打败了尹佳怡,杀穿了整个东部赛区,还在单打里给所有对手都剃了光头……四川队,蒋云丽,我很期待和你的一战。"

两个人轻轻一握，蒋云丽手上的肌贴分外醒目，谢拾安的手很快便松了下来："我也是。"

在比赛激烈进行着的时候，乔语初的手术也开始了，金顺崎拿着电刀站在她身侧，用身体遮挡住了她看向自己手腕的视线，温柔地道："麻醉医生会一直在这里，如果你觉得痛的话，随时开口，我们会为你重新调整麻药的剂量。"

电刀切开皮肤的时候，蓝色烟雾升腾起来，鼻尖能隐隐约约闻到一丝煳味，手腕基本没什么痛感，只是麻麻的，像小虫子在啃食一般。

不过，这对乔语初来说还可以忍受，她动了动脑袋，还是有些好奇，也有些担忧，想看看手术到底怎么样了。

金顺崎拿着电刀，抽空看了她一眼，琥珀色的瞳仁里满是温暖的笑意："乔小姐，你信不过我吗？你再这样看着我，我会紧张的。"

话音刚落，手术室里的医护们都轻轻地笑了一声，乔语初的脸一下子就红了，再也不敢看他："没……金医生医术很好，大胆操刀吧。"

金顺崎头也没抬道："乔小姐闭上眼睡一会儿吧，一会儿疼起来，我怕你就睡不着了。"

赛场上解说员激动地解说比赛。

"谢拾安这个发接发攻势很猛啊，蒋云丽能不能接住这个球啊？接住了，漂亮！

"谢拾安撤到后场，压她头顶。

"蒋云丽不愧是经验丰富的老将，很有耐心啊，知道谢拾安是打快攻快杀的选手，一直在想方设法吊她后场，让她跑动起来，不给她杀球的机会。

"谢拾安被控得很难受，她不想等了，要自己拿回场上节奏的控制权。

"假动作！谢拾安突然变招，从一个杀球变成了平推上网，实在是让人防不胜防。

"让我们恭喜谢拾安以21∶15顺利拿下第一局。"

蒋云丽回到了自己队伍的休息区，左手拿毛巾擦着汗，右手活动着腕部，脸上的神情看上去有些难受。

"怎么样，还行吗？"教练叫来了队医为她诊疗，同时在一旁忧心忡忡问。

蒋云丽咽了咽口水，看了一眼对面的谢拾安："还行，能坚持。她很强，但是我也不想输。"

"来，拾安，喝口水。"严新远拧开了一瓶电解质水递给谢拾安，"感觉怎么样？有没有把握拿下第二局？"

谢拾安迟疑了一会儿，道："如果是全盛时期的她，我恐怕打不过。"

严新远拍了拍谢拾安的肩膀，拿回水瓶："有句话怎么说来着，姜还是老的辣，不要轻敌，但是也别怕，放手去打吧。"

队医替蒋云丽针灸完，又给她贴上了膏药。一切准备就绪，蒋云丽抖擞着精神，站了起来，走向了赛场。

谢拾安看着蒋云丽手上贴着的膏药："其实……有必要这么拼吗？"

"你该不会是想让球吧，如果你抱着这样的想法和我交手，那么这一局，你输定了。"

谢拾安摇摇头，准备发球："即使您是我的前辈，这一场我也必须全力以赴。"

蒋云丽嘴角扬起了笑容，跃跃欲试，整个人神采飞扬："那前辈我可不得不'以大欺小'一下了。"

第二场比赛一开始，蒋云丽就像换了一个人一样，一改上一局保守的打法，接发球都非常主动。

"如果说世界女单有天花板，那一定是巅峰时期的蒋云丽，一手快攻快杀打遍全球无敌手。

"她可是这种球路的鼻祖啊，太知道怎么应对谢拾安了。

"谢拾安亏就亏在经验不足上。

"双方20：19，蒋云丽暂时领先，最后一个球了！

"蒋云丽平推，谢拾安拉开距离，不给她近身的机会。

"互相交换一个多拍，打得有来有回啊。

"谢拾安等不了了，她要速战速决，交叉步后撤，跳起，杀球！

"蒋云丽来不及回防了，这个球能接住吗？能接住吗！"

伴随着解说员激动的话语，看台上的观众都屏住了呼吸，紧张地站了起来。

蒋云丽一个侧身，咬着牙，用尽全部力气飞扑过去，赶在球落地之前，把它铲了起来，人也拿着球拍重重摔出了场外。

球飞过网的角度十分刁钻，落在中场。

谢拾安并未赶得及接球。

全场观众欢呼。

解说员语气激昂："蒋云丽这是用命在拼啊！她身体力行地为我们诠释了什么叫老将的坚持，这就是！

"让我们恭喜蒋云丽扳回一局，来到赛点，也是目前为止在全国大赛中，唯一一个从谢拾安手里吃下一局的选手，让我们再次恭喜她，打破了谢拾安的不败魔咒！"

解说员的话彻底点燃了现场，现场如一片沸腾的海洋。

直播平台上的弹幕也在不停地刷着：

"蒋云丽，牛。"

"姜还是老的辣。"

"看哭了，蒋云丽真的好努力，在一个职业运动员普遍退役的年纪，她却还在为了梦想苦苦坚持着。"

"谢拾安会输吗？我也不想看见她输啊。"

这条弹幕划过眼前的时候，周沐正拿着手机打字，一字一句地输入："蒋云丽不会输，谢拾安也没有输，每一个为了梦想坚持不懈的人都是无冕之王。"

队医和教练跑上前来把蒋云丽扶下了场。

队医替蒋云丽受伤的胳膊消着毒，教练焦急道："云丽，不行就算了，我们弃权吧，你的身体已经坚持不了这么高强度的对抗了！全国大赛打到这里，从小组赛一路杀到半决赛，就算是你要证明自己，也已经足够了！"

蒋云丽低头看着自己手里的球拍，就算是在治疗，她也不曾放下过片刻。

对面的谢拾安也在看着她。

蒋云丽似有所觉，抬眸往她的方向看了一眼，谢拾安身后的观众席上，山呼海啸。

她听到四面八方的人都在喊着自己的名字，看到他们举着自己的灯牌还有横幅。

"蒋云丽——加油！！！"

蒋云丽站了起来，轻声道："教练，您往看台上看一眼，这么多人因为喜欢我而来到这里，就算是谢幕之战，我也要打得漂漂亮亮，弃权算怎么回事。我不能让他们失望，也不想给自己留下任何遗憾。"

导播的摄像头转向了另一边。

严新远把纯净水从谢拾安手里拿了回来："去吧，最后一局了，对于蒋云丽来说这是命运之战，对于你来说，亦是如此。

"翻过这座山，去开启属于你的时代吧。"

过去和未来在同一个时空里碰撞，每一下挥拍，都蕴含着两个人全部的力量。

蒋云丽的身上有太多荣誉了，人们都说她是放不下偶像包袱，舍不得这些冠军头衔，才迟迟不肯退役，可只有她自己知道，站在这里是为了什么。

她真正放不下的，只有手里的球拍，数十年如一日的坚持，早就让她的生命里没有任何东西比羽毛球更有意义了。

对于谢拾安来说，更是如此，少女的眼里只有飞速朝她旋转而来的羽毛球，她不知疲倦地重复着发球、挥拍、后撤、杀球、平推的动作。

比赛紧张而胶着。

场外观赛的简常念看得也有些着急："严教练，她俩究竟孰强孰弱啊？"

严新远皱着眉头分析场上的局势："不好说，要是论体力的话，那肯定是拾安更胜一筹，但蒋云丽的经验实在是太丰富了，她几乎能看穿拾安的每一个假动作。"

简常念似懂非懂地点了点头："所以，拾安的进攻在她面前就是无效的？"

"可以这么说。"

"这个球又被蒋云丽守住了！

"蒋云丽一鼓作气，再下一分，11：9了！

"下半场谢拾安该做调整了，再这么打下去，赢下这场比赛多半有点悬。"

谢拾安回到休息区，她的队友们都没比赛了，也都来到了现场观赛，给她加油打气：

"拾安，加油啊，别怕她，干就完了。"

"拾安，在我心里，你就是咱们滨海队最强的。"

"拾安，尹佳怡你都打过了，蒋云丽也一定可以的。"

简常念也期盼地看着谢拾安："拾安，我和语初姐都在等着你的好消息呢。"

严新远也把手放在谢拾安的肩膀上："你不要怕，今天这场比赛若赢了，有人会说你不尊重前辈，输了也会有人骂新人就是不行，但你只需要知道，你尽全力打好每一场比赛就行了。

"如果你想登上更高的舞台，那么不管是尹佳怡也好，蒋云丽也罢，都是你必须迈过去的坎。

"去吧，发挥你的优势，她经验丰富，你就出其不意，我能教给你的，也就是这些了。"

虽然不是团体赛,但简常念还是像往常一样伸出了手,队友们一双双手叠了起来。大家都看着谢拾安。

谢拾安的嘴角浮起一丝笑意,也把右手放了上去。

"加油!加油!加油!"

三声之后,各自散开。

谢拾安又拿起了球拍,走上了赛场,蓝白色队服后的"滨海省队"四个字是那么耀眼夺目。

在队医为蒋云丽做针灸的时候,她拿毛巾搭在了脑袋上,忍着从喉咙深处发出的痛哼。

教练站在她身旁,心疼得不行,急得团团转:"你说你,都这样了,还要打!你可真是要急死我呀!这万一有个好歹可怎么办?"

蒋云丽喘了几口气,一把拉下罩在脑袋上已经湿透的毛巾,扔在了座椅上:"教练,您知道的,其实我也在找一个契机,或者说是挑选一个合适的对手,来完成我的谢幕之战。这个人我想不是尹佳怡,也不是金南智,而是——"

她的目光牢牢锁定住了对面的谢拾安。

谢拾安也在定定地看着蒋云丽,四目相对,两个人都好似明白了些什么,战意汹涌。

蒋云丽又拿起球拍上了场。

下半场的比赛即将开始,两个人照例握手。

"你调整好了吗?下半场要是再输给我,我可就赢了啊。"蒋云丽笑道。

谢拾安挑了挑眉头:"我觉得比起我的状态,你还是多关心关心自己的身体吧。"

"你没听说过,'莫道桑榆晚,为霞尚满天'吗?"蒋云丽咬着牙,也不甘示弱。

解说员笑道:"不知道为什么,我总有一种这两个人在以球会友,惺惺相惜的感觉。

"古有伯牙子期,高山流水遇知音,今有谢拾安蒋云丽,赛场上不打不相识,倒也是一段佳话了。"

说笑归说笑,比赛已经开始了。

坐在书桌前的周沐咬着笔杆,紧张地盯着手机,眼睛都不敢眨一下,生怕错过了什么。

"14:14,14:15,15:15,15:16,16:16。"

"比分咬得很紧啊。"

每一下挥拍对于蒋云丽现在的身体状况来说,都是雪上加霜。

她不得不咬着牙,忍受着身体的酸痛,用尽全部的力气,才能让她支撑着完成一次起跳杀球。

谢拾安也不肯放弃,她的动作一次次被看穿,她就一次次发起新的进攻,不断地去尝试新的可能,用尽全力去打破蒋云丽的防守。

蒋云丽一次次摔倒,又咬着牙,一次次站了起来。

为她们加油助威的声音从不曾停过,现场有不少观众都用手捂住了嘴,热泪盈眶。

"蒋云丽——"

"加油!"

"谢拾安——"

"加油!"

20∶19。

蒋云丽暂时落后一分。

最后一个球了。

谢拾安高高扬起了手臂,羽毛球在半空中飞速旋转着。

在谢拾安的身上,蒋云丽仿佛看见了自己的影子。她第一次站在赛场的时候,也是像谢拾安这样的年纪,这样勇敢无畏,意气风发。

那是属于自己的、最好的时代。

时间悄无声息地拨动着它的齿轮,冠军的传奇事迹再辉煌也终归是要落幕的。

一个时代结束了,下一个时代总会来临。

没有一个职业选手永远处在巅峰,但总有人不断地攀上巅峰。

蒋云丽嘴角噙着笑意,看着迎面袭来的羽毛球不躲不避,用尽最后一丝力气奋力还击。

现场观众都站了起来。

周沐紧张地掐着大腿。

球离网越来越近了。

两米。

一米。

五十厘米。

四十厘米。

三十厘米。

……

眼看着就要搓过了网，但这个球并没有受到蒋云丽完整的发力，最后还是像流星一样坠落了下来。

白色的羽毛那么美丽，纯粹又张扬，就像她燃烧了所有青春，奋力打的这一场比赛一样。

蒋云丽心满意足地合上了眼睛，倒在了地上。

全场寂静。

赢了比赛的谢拾安并没有像往常一样举手向观众示意，而是第一时间扔了球拍，掀网跑过去查看蒋云丽的伤情。

"前辈，前辈，您没事吧？队医，队医呢？"

两支队伍的队医都跑了过来，把人扶上了轮椅。蒋云丽笑了笑，拉住了谢拾安的手臂："没事，我就是……太累了，今天和你的这场比赛，我很尽兴，谢谢你。"

谢拾安怔在原地。

蒋云丽坐在轮椅上被教练推着绕过人群走远。

"走走，赶紧走，去医务室。"

解说员看见现场导播传回来的画面，也有些感慨："老将和新人，过去与未来，这似乎是一个永恒的命题，蒋云丽虽然输了这一场比赛，但在她过去三十多年的职业生涯里，这只是一场微不足道的全国大赛罢了。希望你们永远记得她，是世界冠军，蒋云丽！

"今天的蒋云丽值得我们所有人的掌声和鲜花，我们也祝愿她可以早日康复，重回赛场。

"至于谢拾安，年轻人的路啊，还长着呢。"

赛后，记者找到了谢拾安进行采访："今天对战蒋云丽有没有什么压力？或者说有没有想过，因为对方是老将，又有伤病，就手下留情什么的，因为我看你也输了一局嘛。"

这问题着实有些尖锐，但谢拾安面对镜头，不躲不避，神情坦荡大方："有压力，但是不存在故意让球,因为全力以赴才是对对手最大的尊重。"

"那请问你对下一场对战金南智有什么感想呢？"

记者追着谢拾安问,而她的心早就飞到了场外,她留意到四川队的一行人要准备离开了:"不好意思,失陪一下。"

谢拾安说罢转身就跑,身后的简常念等一众队友会意,帮她挡住了蜂拥而至的媒体。

谢拾安总算是在走廊上追上了蒋云丽。

"前辈！"她叫住了蒋云丽。

四川队的队员们都有些警惕地看着谢拾安:"你又来做什么？"

蒋云丽也转动着轮椅转过身来:"有什么事吗？"

谢拾安脱下了自己的队服外套,双手递了过去,微微低下头来:"可以请您给我签个名吗？"

蒋云丽脸上露出一抹笑意,在谢拾安的队服后龙飞凤舞写上了自己的名字:"听说你明天就要打金南智了,好好加油,不要给国羽丢人,还有,小心她的假动作。"

谢拾安一怔,蒋云丽这是在提点自己呢。

等她回过神来,人已经走远了。

少女捧着队服,冲蒋云丽的背影深深鞠了一躬。

"前辈,谢谢您。"

在她们的比赛结束的时候,乔语初的手术也步入了尾声。因为害怕麻醉药会影响兴奋剂检测的结果,最后缝合的时候,她坚持没有让医生再打麻药,就这么硬生生忍着锥心刺骨的疼痛,咬着牙,浑身冷汗直冒,被四个人按着完成了伤口的缝合。

被推出手术室的时候,乔语初整个人都要虚脱了,她面色惨白,无精打采。

金顺崎跟在旁边,忧心忡忡,又看了一眼乔语初的检测报告,对护士吩咐道:"回病房准备输液吧。"

闻言,乔语初抬了一下眸子,似是想开口,但实在没有力气说话。

金顺崎明白她的意思:"你放心,消炎药不会影响兴奋剂检测。"

乔语初这才勉强点了点头。等把人推进病房,她空着的左手抓了一下他的袖子,眼睛看向了电视。

金顺崎把她的手轻轻塞进被窝里:"手术后要好好休息。"

乔语初挂念着谢拾安的比赛结果，如果她没记错的话，今天是半决赛了，谢拾安的对手是世界冠军蒋云丽。

见她眼睛一直盯着电视看，脸上的表情有些不情愿，金顺崎无奈，只好拿起了遥控器。

"好吧好吧，要看什么？"

调到体育频道的时候，乔语初终于点了一下脑袋。

蒋云丽坐在医院的病床上，正在接受记者的采访。

她面对镜头，侃侃而谈，脸上的表情有种尘埃落定后的轻松。

"虽然很舍不得，但这场比赛打完之后，我决定要退役了。在我处于巅峰的时候，拿过许多奖牌，但很遗憾，还是没有一个大满贯。这些年来我也一直为了这一个目标而努力着，但是长年累月的奋战再加上年纪渐长，我的身体已经不堪重负，前年我的膝关节还骨折了一次，也就是在那个时候退出了国家队的训练。

"今年开始，心肺功能也有些不好了，难以继续维持高强度的赛训，但我还是决定要参加此次全国大赛，给自己一个交代，也给喜欢我的球迷朋友们一个交代。

"今天这场比赛我打得很尽兴，很久没有这么激动过了，仿佛又找到了第一次站上赛场的那种感觉，虽然结果不尽如人意，但蒋云丽没有输。

"她只是败给了时间。

"我也很感谢我的对手谢拾安，感谢她的全力以赴，给了我一场无与伦比、记忆深刻的谢幕之战。

"我想直到我老去，生命完全停止的那一刻，我都会记得这场比赛，记得羽毛球曾给予过我的全部快乐和心动，是羽毛球给我贫瘠的生命画上了最最浓墨重彩的一笔。"

"谢谢大家。"蒋云丽朝着镜头鞠躬。

"明天的比赛也请大家继续支持谢拾安，期待我们国羽的未来，可以有一个大满贯选手的出现。"

乔语初看着看着，泪湿了眼眶。

金顺崎扯了张纸巾，看她左手连着输液管、右手包着纱布，两只手都不方便，不禁想要替她擦擦眼泪。

谁知道他刚伸手过去，病房门就被人撞开了，下一秒，他就被人大力地从床边揉到了墙上。

谢拾安杀气腾腾地冲进来，像一尊保护神一样拦在了床前，身后跟着滨海省队乌泱泱一群人。

"你想对她干什么？"

金顺崎哭笑不得："我……我是医生，这位小姐，不要误会，您先冷静一下，我有工牌。"

金顺崎指了指自己胸前挂着的胸牌。

乔语初也拉了拉谢拾安的手腕，嗓音沙哑道："拾安，他就是我跟你说的金医生。"

谢拾安上下打量了金顺崎几眼，这才卸下了防备，但是也没跟人道歉，只点了点头便算打过招呼。她趴在了床边，去询问乔语初的情况："你手术怎么样？好点儿了吗？"

"语初姐，你没事吧？手还疼吗？"

面对众人七嘴八舌的询问，乔语初一时不知道该先回答哪个，金顺崎适时地咳了一声："那个……各位，这里是医院病房，探视有人数规定，你们这么多人挤在这里……"

严新远也走了进来，道："都出去吧，让拾安一个人在这儿陪语初说说话。金医生，我也有话想要问你。"

金顺崎做出了请的手势，率先出了门。

"语初姐，那我们就先出去了，你好好休息。"见人都走了，简常念也道。

乔语初点了下头，苍白的脸上浮起笑意："好，辛苦你们跑一趟来看我，我没事的，过几天就回去了。"

等人都走了，谢拾安才从包里掏出那件队服兴奋地递到乔语初眼前："你看，这是什么？蒋云丽的签名呢，你最喜欢她了。"

看见队服后面龙飞凤舞的三个字时，乔语初也眼前一亮，想要坐起来好好摸一摸。

谢拾安替她把病床摇起来了一点。

乔语初半靠在床上，手指轻轻抚摸过蒋云丽的名字，眼里有些感慨。

"我刚开始打球的时候，她就已经活跃在世界舞台上了，是我们这一代人的信仰。好可惜，没有亲眼见到她，也没来得及跟她打一场比赛，她就退役了。"

"我也是这么想的，所以去跟她要了签名，想着拿来送给你，你……应该会喜欢的。"谢拾安一字一句，小心翼翼道。

虽然刚做完手术，乔语初的脸色还不是很好，但她的嘴角还是扬起了大大的笑容，抱着这件队服，表情十分满足。

"拾安，谢谢你。

"对了，我做完手术出来，比赛都打完了，你跟我讲讲吧，她到底是个怎样的人啊？和她交手是什么样的感觉啊？会不会觉得压力很大？"

一连串的问题劈头盖脸抛过来。

谢拾安眼底也有一丝笑意："好，我都讲给你听，她很厉害，看穿了我几乎所有的假动作……"

她讲得详细，乔语初听得认真。

谢拾安说完后，乔语初又摸了摸手里的签名队服，眼里有一丝羡慕："真好啊！我退役之前，一定也要痛痛快快地打一场。"

"人家四十五岁才退役，你这还早呢。"谢拾安嘴角的笑容淡了下来，"而且，你不是说要陪我拿冠军吗？冠军都还没拿到，你就想着退役了？"

手术成功，乔语初心里也似落下了一块大石头，大大方方地揽过了谢拾安，摁在了自己怀里："姐姐我什么时候骗过你？我说要和你一起拿一次冠军，就一定会做到的。"

经过今天和蒋云丽的比赛后，谢拾安也有点怕乔语初以后会因为伤病退役，所以要完签名后顾不得回去休息，立马就直奔医院而来了。

她想见乔语初，看乔语初好不好。

当得到承诺后，谢拾安微微弯起了嘴角，心满意足。

简常念出来后，在走廊上插着兜百无聊赖地看风景，不远处的严新远和金顺崎在轻声交谈着。

她的目光无意间往楼下一瞥，看见一个紫发女生进了门诊大楼，背影有一丝眼熟。

在她见过的所有人里，染这么引人注目的发色的只有——

简常念晃了晃一旁队友的胳膊："你快看，那个那个，紫色头发的，是不是金南智啊？"

"哪儿呢？哪儿呢？"队友抻长了脖子，脑袋探出了走廊外，也没看见有人。

"你眼花了吧？"

"哎，人已经进去了，刚刚明明就在那里的。"

"你该不是被人打得太惨，以至于出现了幻觉，见着个染紫色头发的就以为是金南智了吧？"

队友调笑，简常念挠挠脑袋，小声道："可是，我真的觉得很像嘛。"

另一边，严新远和金顺崎的谈话也步入了尾声："既然手术成功，那我就放心了。"

金顺崎在严新远即将转身离去的时候，又把人叫住了："严教练，我把乔小姐当朋友，所以有句话一定要说，如果可以的话，请不要再给她安排高强度的赛训内容了，这会对她的手腕造成极大的负担。骨骼这种东西，一旦损伤是不可逆的，任何医疗手段也都只是治标不治本罢了。"

"我劝不动她，所以只好拜托您了。"

严新远叹了口气："我知道了，我会看着来的，有劳你了。"

一行人又回到了病房跟乔语初道别。

谢拾安正在喂乔语初喝水，一只手稳稳地托住了杯底，另一只手扶起了乔语初的脑袋，看她小口小口地抿着，就连嘴角不小心溢出的水渍，谢拾安都拿纸巾轻轻拭去了。

"拾安，我们该回去了。"严新远敲了敲门道。

谢拾安放下水杯，把乔语初的手塞进被窝里，站起来道："那我们就先走了，你照顾好自己，伤口别见水。"

乔语初笑着点了点头："知道了，明天的比赛加油啊。"

"好。"

简常念也跟乔语初挥手告别："语初姐再见，我们等你回来。"

"好，拜拜。"

"拜拜，拜拜。"

等一屋人走完，护士替乔语初换药，金顺崎看着乔语初床头的水杯，以及放在枕边的签名队服，想起了刚刚那个女孩子冲进来时，大有他敢伤害乔语初便要和他搏命的架势，若有所思道："她好像很关心你。"

乔语初一怔，才回过神来，金顺崎说的是谢拾安。

"虽然我们不是亲姐妹，但从小一起长大，彼此之间的情谊远比亲姐妹还深厚。如果今天是她住院的话，我想我会比她还着急的。"

乔语初脸上略有一丝歉意，冲金顺崎笑了笑："所以，金医生就原谅她今天的莽撞吧，她平时不这样的。"

金顺崎耸耸肩："当然，我可不会和一个小女孩生气。"

话音刚落，他装在兜里的手机就响了起来。

金顺崎刚接通电话，一个明媚的女声就传了出来："小叔叔，你不是说要请我吃饭吗？我都到了你办公室了，你人呢？"

此刻，金南智坐在金顺崎办公室的皮椅上，一边转来转去，一边把玩着他的钢笔，肩膀和脑袋夹着电话听筒。

金顺崎笑了笑："刚做完手术，马上就到，你在办公室等我一会儿吧，饿了就让护士先给你拿点吃的。"

他鲜有这么温柔地讲话的时刻，那是和对待患者公事公办的态度不同的语气。

乔语初有些好奇："金医生，不是……单身吗？"

金顺崎以为她误会了，挂了电话道："不是啦，是我侄女，她一个人在燕京留学，我哥和我嫂子都非常担心她，也拜托我多照顾照顾她，前几天和人约了饭，这不上门来讨债来了。"

金顺崎脸上的表情颇有些无奈。

乔语初扑哧一声笑了出来："那金医生就快去陪她吧。"

金顺崎临走前又道："对了，她也是一名羽毛球职业选手，改天可以介绍你们认识认识，你们应该很有共同话题的。"

西餐厅里，侍者娴熟地拉着小提琴，琴声悠扬。

牛排呈上来，金南智铺好餐巾，看着金顺崎面前的红酒，垂涎欲滴："小叔叔，我就喝一口，一口，好不好吗？"

金顺崎把红酒端远了些："不行，你明天就要比赛了，服务员，来杯柠檬水。"

柠檬水端上来，金南智把脑袋埋在了桌上："啊，我都要憋死了，天天训练，这不能吃那不能吃的，好不容易出来一趟，你还不让我喝酒。我要告诉我爸，说你限制我的人身自由。"

金顺崎拿刀叉切着牛排，视若无睹："好啊，那我就去告诉我哥，说你在燕京天天花天酒地，不好好训练，让他把你的信用卡停了。"

金南智抬起头来，咬牙切齿："金顺崎！"

金顺崎把切好的牛排放进她的盘子里："乖，别这么没大没小的，叫叔叔。"

"有你这样的叔叔吗？别人的叔叔都特别疼爱侄女，要什么给什么，你呢？从小到大，就会欺负我，向我爸告黑状。好不容易我从韩城跑到了这边来，你呢，你也从美国过来了。你究竟是回来工作，还是我爸安排你来监视我的啊？"

金顺崎耸耸肩:"都有吧,国际医院的薪资更高一些,当然,你爸也给了我一大笔钱。"

金南智火冒三丈,差点把桌子都掀了。

金顺崎依旧是一副无动于衷,笑眯眯的模样。

"安啦安啦,等你打完比赛,刚好我的年终奖也下来了,你想要什么就给你买什么。"

"这还差不多。"金大小姐总算是舒服了,从鼻孔里哼了一声道,"那我要一辆车。"

金顺崎清清嗓子,正准备发表长篇大论。

金南智恶狠狠地盯着他:"金顺崎,我下礼拜就过生日了!"

金顺崎立马从善如流地改了口:"好的,那就送一辆车当作你的生日礼物吧。"

叔侄两人一边吃饭,一边闲谈,不知道为什么,金顺崎脑海里总是会浮现出乔语初的影子,同样是职业选手,自家侄女和她差别怎么这么大啊?

看看这粗犷的坐姿,夸张的发色,大冬天的超短裤、露脐上衣,耳朵上还缀了两个超级大的银色耳环,不仅看起来像个摇滚青年,心思也都放在了吃喝玩乐上,真不知道她是怎么打进全国大赛的。

金顺崎放下刀叉,认真地看着金南智:"老实说,你们教练没给你走后门吧,还是你吃药了?"

一句话说得金南智又火冒三丈,额角青筋直跳,她拿起桌上的叉子,笑得阴森森的:"老实说,我也想知道,这叉子的质量怎么样,够不够锋利?"

金顺崎差点被牛排噎个半死,脖颈一阵凉飕飕的,赶忙摆手求饶:"好啦,好啦,我开玩笑的,我们南智在韩城的时候,十四岁就拿下了全韩高校联赛的冠军,当然是天赋过人啦。我只是最近接诊了一个职业选手,所以有点感慨。"

他话说到最后,神色难得有点儿认真。

"这条路走到最后难免一身伤病,我看得出来,你喜欢玩,不喜欢封闭式的训练。

"在韩城不愁吃穿,也不缺钱花,更是拿到了名牌大学的免试入学通知书,大学毕业后想上班,家里可以为你介绍工作,不想工作的话,也可以养着你,你完全可以过上你喜欢的生活。

"为什么要不远万里来这里求学呢,还要去打比赛,吃那么多苦,就连你喜欢的饮料都不能喝。你爸爸妈妈老来得子,有多宝贝你,你是知道的,我和他们一样,都希望你能平平安安、健健康康地过一辈子就好。"

当初金南智说想来中国留学并系统地学习羽毛球的时候,家里表示了极大的反对，她妈妈整天以泪洗面，她爸爸一时生气还动手打了她。

那是她从小到大第一次挨打。

万般无奈之下，她只好用绝食来抗议，最后才争取到了这个来之不易的机会。

即使是这样，金南智也从没有告诉过他们，她想来中国学习的真正原因。

金顺崎不一样，她的小叔叔算是她最信任的人了。

金南智放下了刀叉，刚打算开口："我……"

金顺崎放在桌上的手机振动了起来，看了一眼来电显示，他接通电话，立马站起道："好，准备手术室，我马上就到。"

"小叔叔……"金南智叫了他一声。

金顺崎从椅子上拿起西装外套，从钱包里抽出一张银行卡放在了桌上："医院急诊手术，我必须得走了。卡里有些钱，你先拿去花，密码是你的生日，不够再给我打电话。"

"还有啊，虽然我和你爸爸妈妈都不赞同你打职业，但是既然选择了，就要一往无前地走下去，预祝你明天的比赛顺利。"

金南智对着他的背影龇牙咧嘴的："每次和你吃饭十次有八次都有急诊！这也太倒霉了吧！"

末了，她拿起银行卡看了看，脸上才浮起笑意："这还差不多。"

金南智招来侍者买单，出了西餐厅，一看时间还早，不想这么早回去，索性打了几个电话，呼朋引伴又去了附近的KTV玩，完全没有一丝明天即将决赛的紧迫感。

在金南智灯红酒绿至深夜的时候，谢拾安和简常念还在训练，又是一轮陪练下来，谢拾安的左手球打得越来越熟练，简常念最后也累得倒地不起了。

简常念仰面躺在地上："不行了，让我歇会儿。"

谢拾安拿脚轻轻踢了踢简常念的小腿："起来，继续打。"

简常念不堪其扰，一个鲤鱼打挺坐了起来，指着墙上的时钟愤愤道："我说，你是铁打的吗？！你看看这都几点啦！十二点半了啊，大姐！就算我可以不睡觉，那我可以不吃饭吗？"

话音刚落，她的肚子就很应景地、响亮地咕噜了两声，在空空荡荡的球馆里听得尤为清楚。

谢拾安摸摸鼻头，转过脸去，小声道："你下午不是才吃过吗？"

"五点吃的，七个半小时都过去了！话说，体力消耗这么大，你不饿吗？"简常念好奇地看着谢拾安。

话音刚落,谢拾安的肚子也叫了起来。

简常念笑得满地打滚:"我就知道。哎呀,别练了,歇会儿,你几个晚上的工夫还想赶上别人十几年的努力吗?严教练不是也说了,适可而止,放轻松,先去吃点东西填填肚子吧。"

谢拾安也坐了下来,拿毛巾擦汗:"这么晚了,食堂都关门了,去买包泡面吧。"

简常念眼睛一亮,谢拾安就知道她在打什么坏主意了。

"那天从后海回来的时候,我注意到了,咱们训练中心再往前走一条街,有一个夜市,人可多了,什么麻辣粉、米线、烤冷面、云吞面、糖葫芦、卤煮、驴肉火烧……什么吃的都有。"

得,看这情况,她还偷偷溜出去踩过点。

简常念撞了撞谢拾安的肩膀,眼睛都快眯成了月牙儿:"辛苦陪练到这么晚,没有功劳也有苦劳,请我吃个夜宵,不过分吧?"

国家队训练中心的围墙可没有滨海省队的那么好翻,四周都缠着铁丝网,还有监控探头。

两个人绕来绕去,跑到了一处偏僻的侧门,简常念躲在花丛里,指指岗亭里睡着了的门卫大爷,小声道:"从那边,闸机底下钻出去。"

谢拾安看着那一点类似狗洞一样狭窄的地方,咬牙切齿:"我们就不能光明正大地走出去吗?"

"你傻啦,封闭训练,严教练不准我们随意出去的,而且还去吃路边摊,被逮到了不得五百个俯卧撑起步?"

谢拾安:"……"

虽然有些夸大其词,但她还是感到一阵恶寒,她从后面将简常念一推:"你打头阵。"

两个人畏畏缩缩,做贼似的,在门卫大爷的眼皮子底下溜出了大门,一口气跑出了好远。

简常念跳起来,转了个圈:"哇,外面的空气都要清新一些,我都快要憋死了!"

谢拾安回头看了几眼,确认没人跟上来:"少废话,饿了,带路。"

训练中心坐落在燕京市区一片闹中取静的地方,她们出来的这个门,算是最偏

031

僻的了，旁边有几个在建的工地，夜深人静，此时此刻街上一个行人也没有，路灯也不甚明亮，十分昏暗。

简常念在前面带路："喏，再往前走几百米，过个马路就到夜市了。"

谢拾安突然一把拉住了简常念的肩膀："你有没有听见什么声音？"

简常念凝神细听了一会儿，往四周看去，都是工地，只有夜间机器作业发出的嗡嗡声。

"只听见了挖掘机的声音，你……"

她话音刚落，就听见前面不远处传来一个尖厉的女声："救命……"

谢拾安脸色一变，拔腿就跑。

"你……喂！先看看情况啊！"简常念见势不对，从地上捡起一块砖头，赶忙跟了上去。

二人拐过街道的拐角，就看见人行道上几个醉汉在对一个女生拉拉扯扯，旁边还停着一辆车。

"你背 LV 的包怎么会没钱？"

"没钱？没钱的话，陪哥几个玩玩也行啊。"

他们说着，就把女生拦腰抱了起来，要往车里塞。女生死死地扒着车门，奋力挣扎踢打着，但奈何双拳难敌四手，体力也有些悬殊，黑夜模糊了她的面容，看不清表情，只听见她带着哭腔喊着救命。

男人去扒拉女生的手，即将关上车门的那一刹那，身后有人拍了拍他的肩膀。

"谁啊？"他不耐烦地回过头去。

谢拾安迎面就给了他一拳。

简常念趁机把人从车里拉了出来。

"快跑！"

四目相对的时候，两个人俱是一怔，简常念总算看清了，这个披头散发、格外狼狈的女生，居然是金南智。

"你……"

谢拾安吼道："愣着干吗？快跑啊！"

就是这一耽搁的工夫，男人抹着脸上的鼻血，抽了一口冷气，总算是回过神来了。

"手劲不小啊，给我追！"

车里坐着的人也都下来了，把她们三个团团围在了中间。

谢拾安挡在了她们前面，脸上是异于常人的冷静，眼神冷冰冰的，没有一丝温度："我已经报警了，你们再不走的话，警察马上就到。"

也许是谢拾安看起来足够高，又或许是刚刚那一拳威力十足，让男人有些忌惮，潜意识里觉得她很危险。

旁边的简常念手里还拿着砖头，看上去也是一副豁出去准备拼命的模样。

这时远处隐隐传来车声，不知道是不是警察来了。

旁边的小弟拉了一下领头的男人的衣服："哥，有人来了，快走吧。"

男人恶狠狠地瞪了她们一眼，一行人上了车，扬长而去。

简常念这才大松了一口气，扔了手里的砖头，转头看向金南智："你没事吧？"

本来有人来救自己，金南智还是很感激的，谁知道居然是她们。

金南智面子上有些挂不住，用手背抹了抹眼角的泪珠，虚张声势道："看什么看！谁要你们救了？"

谢拾安手插在兜里，面无表情地继续往前走，准备过马路："走吧，去吃东西。"

简常念看了金南智几眼，点头跟上："离训练中心不远了，你自己小心啊。"

她们居然把自己扔下不管了？

金南智吼道："喂，你们看不见我都这样了吗？怎么回去啊？"

谢拾安站在人行道前，回头看向她，挑了挑眉头，眼底有一丝戏谑的笑意："不是你嫌我们多管闲事的吗？"

"我……"金南智哽住，她低头看着自己，衣服都破了，这样回去，那明天所有人都会知道了。

少女撇撇嘴，泪水在眼眶里打转，咬着唇，不肯说一句服软的话。

"给，穿上吧。"

金南智猝不及防抬起头来，就跌入了一汪黑色漩涡里，这个夜晚没有星星，她却在谢拾安的眼睛里看见了浩瀚星河。

谢拾安脱下了自己的外套递给金南智，虽然脸上还是没什么表情，但神情一派明朗澄澈。

金南智慢慢伸出手去，接了过来穿上，外套上还残存着谢拾安的体温。

谢拾安转头继续走。

金南智再三犹豫，看着谢拾安的背影，还是追过了马路："喂，你们要去夜市吗？我……我也要去！"

简常念看着她，满头雾水，仍对她把自己打得满地找牙的事耿耿于怀："你这个人好怪哦,一会儿说不要我们救,一会儿又说自己不能这个样子回去,拾安都把她的外套借给你了,现在你又要跟我们一起去吃夜宵。金南智,你究竟想干吗啊你?"

金南智撞开她,走到了前面:"我饿啦,要吃饭,就这么简单!"

"哈?你该不会是害怕再遇到变态,不敢一个人走,所以要跟我们一块儿吧?"简常念跑到了她前面,看着她,倒着走。

"你个豆芽菜,手下败将,你你你……你给我闭嘴!"

"就不闭,我就要说,你就是害怕了。虽然我打不过你,但是我救了你的命啊,哈哈哈。"

不知道为什么,简常念此刻成就感爆棚,绕着金南智转来转去。

金南智恨不得扑上去撕烂简常念的嘴。

谢拾安默默戴上了耳机,从她们中间插了过去。

吵死了。

"来咯,您要的云吞面。"

热气腾腾的汤面端了上来,奶白色的面汤上还铺了一个煎蛋,撒了葱花和香菜。

金南智咽了咽口水,举起手来:"老板,我也来一份,也要一个煎蛋。"

简常念倒了些醋,一边拌匀碗里的面条,一边道:"你?你自己付钱啊。"

金南智从鼻孔里哼了一声道:"要不是本小姐今天钱包被抢了,怎么会吃这种路边摊。"

"还本小姐?你这个人说话真的很韩城哎,不过长得倒挺像中国人,口音也像,还是双眼皮。喂,你真的是韩城来的吗?"

简常念一边吃,一边观察着金南智,对这个大名鼎鼎的韩城天才少女也有些好奇。

"谁跟你说韩城人都是单眼皮了?再说了,我妈妈是中国人,我是中韩混血,从小就是双语教学,我会的可多着呢,除了中文,还有英语、日语,就连钢琴、舞蹈、美术、音乐都有涉猎,羽毛球也只是我的兴趣爱好之一罢了。"

金南智这种性格一看就是被家里娇惯出来的,从她整个人的穿着打扮可以看出她的家境也十分富有,小小年纪就会这么多东西,说明父母没少在她身上花钱和精力,应该就是电视剧里说的那种财阀家的千金了。

谢拾安摘下耳机,微挑了一下眉头:"那你不好好继承家业,跑中国干吗来了?"

"我……"金南智语塞,刚好面端了上来,她大力掰开筷子,美美地吸溜了一口才道,"当然是来学习啊!中国的羽毛球是世界公认的一流,我要学就要学最好、最强的。"

看她这惹眼的头发，夸张的耳环，充满个性的服装，浓重的粉底，贴了亮片的眼尾，明明是在封闭训练，却这个点了才从外面回来。

谢拾安摇摇头，继续吃面："你自己不好好学，老师教得再好也没用。"

"谁说我……"金南智拿着筷子愤愤不平，刚要反驳，看着她们，突然眼前一亮，"不对啊，封闭训练，你们也溜出来了啊。"

话音未落，简常念就被汤水狠狠呛了一口。

"不是，我们就是出来吃个饭。"

"那我不管，听说滨海队的严教练带队管得可严了，我明天就去跟他打小报告，说你们偷溜出来，还在外面吃垃圾食品！"

"你你你……你这个人'狗咬吕洞宾，不识好人心'！"简常念拿着筷子，手都抖成了筛糠，一脸欲哭无泪的表情。

谢拾安倒是面色如常，慢条斯理地吃着面："你去，不知道是偷溜出来吃饭罚得重，还是深夜未归跑去喝酒罚得重？"

闻言，金南智脸色一变，立马揪起自己的衣服，使劲嗅了嗅："不对啊，我没喝酒啊，难道是在KTV里沾上的？"

听着她的小声嘀咕，简常念扑哧一声笑了出来，率先伸出了小拇指："好啦，和解和解，就让今天这件事成为我们三个人之间的秘密吧，反正说出去对谁也没好处。"

金南智看看简常念，再看看谢拾安，嘴嘟得老高，不情不愿地也伸出了小拇指，和简常念轻轻地钩在了一起。

"拉钩上吊不许变，说出去我就……就打死你们！"金大小姐狐假虎威，装腔作势，看着安静吃饭的谢拾安龇牙咧嘴的。

谢拾安伸出手去，象征性地和她们碰了一下，三个人相视一笑。

因为一场意外，未来的三位世界冠军，在燕京凌晨夜市的小摊上，悄然间撒下了友谊的种子。

回程的路上，金南智总算是想起了明天，哦不，今天下午的比赛了。

吃饱喝足，她心情大好，蹦蹦跳跳地去踩走在前面的谢拾安的影子："喂，我说你，要是不救我的话，你不就是冠军了？"

谢拾安手插在兜里，头也没回地往前走，回道："我们只是对手，不是敌人。"

即使睡得很晚，谢拾安也并没有赖床，而是早早地来到了场馆备战。

她和严新远打了一会儿热身球之后，金南智也到了，装模作样地走上前来和她握手，眨了眨眼睛。

"燕京队，金南智。"

"滨海队，谢拾安。"谢拾安面无表情地收回手。

金南智翘起了嘴角，内心道："装，你再装。"

"今天的比赛我可不会手下留情哦。"

即使你昨晚救了我。

谢拾安读懂了金南智没说完的半句话，点了点头："我也是。"

严新远站在旁边，不知道为什么，总觉得暗流汹涌，有点不对劲。

这帮小兔崽子该不是瞒着他私下打架了吧？

他皱皱眉头，正要开口，简常念过来把人拉走："严教练，比赛要开始了，我们该下去了。"

严新远这才作罢，叮嘱道："好好打，按照我说的，稳中求进，出奇制胜。"

谢拾安点了点头，表示自己知道了。

导播把直播画面从比赛现场转到了解说席上，只见解说员旁还坐着一个熟悉的人。

"今天我们邀请到了世界冠军蒋云丽做客我们的演播室，来，蒋前辈，跟大家打个招呼吧。"

蒋云丽笑着冲镜头招了招手："哈喽，观众朋友们下午好，我是蒋云丽。

"前辈就算了吧，咱俩年纪差不多，还一起打过球呢。"

解说员也曾是一名职业选手，后来退役转行去了电视台体育频道做解说。

闻言，男人笑了笑，脸上颇有些怀念的神情："咱俩搭档打混双已经是二十年前的事了吧，时间过得真快啊。我看你手上还贴着膏药，今天也是带病坚持来的，现在身体好点了吗？我想观众朋友们也都很关心这个问题。"

蒋云丽很大方地把自己的手亮在了镜头前，脸上并没有遗憾，而是一派坦荡："没什么大问题，只要不剧烈运动就行，主要是我太想来看这场比赛了。"

解说员也笑了起来："是因为谢拾安在半决赛中战胜了你，所以特别关心她的战况吗？"

蒋云丽点了点头："当然，我希望她能赢，但是也同样期待着，金南智能有不俗的表现。双方势均力敌才是一场精彩的对决嘛，对于观众来说，也能大饱眼福了。"

解说员继续道："看了这么多场比赛了，相信大家对于谢拾安已经非常了解了。云丽，你也是职业选手，能不能给我们简单介绍一下金南智的打法特点啊？"

这话问到点子上了。

蒋云丽道："金南智在十四岁的时候就获得了全韩高校联赛的女子单打冠军，爆冷淘汰了韩城名将郑美舒。

"这个奖项在我们国内是什么水平呢，相当于我们的全国大学生运动会，竞争是非常激烈的，获胜者可以说是半只脚已经踏进了国家队。

"在她来到燕京队的这段日子里，我也看了不少她的比赛，实力确实非常强劲，而且还是神出鬼没的左手球，一些假动作常常让对手防不胜防。"

解说员道："听云丽说了这么多，这么看来，这确实是一场充满了悬念的比赛啊。现场准备就绪，比赛即将开始，让我们拭目以待！"

随着裁判哨声响起，比赛正式开始。

一开场，金南智就充分发挥了自己的优势，利用左手的假动作，频繁得分。

"也许是经验不足，谢拾安在应对左手球上，稍显吃力。"解说员道。

果不其然。

在掌握了主动节奏后，金南智接连得分，一鼓作气拿下了第一局比赛的胜利。

蒋云丽替谢拾安解释了一下："左手球其实和我们的惯用思维是反的，对手的动作就像是镜像，你得反过来去思考。也不急，这才第一局，还有时间给谢拾安去做调整。"

谢拾安回到休息区擦汗喝水，脸上还是没什么表情，并没有因为首局失利而受到影响。

"乔小姐，该换药了。"护士推开了病房门，床上空空如也。

"哎，人呢？"她走近一看，床头柜上留了张字条，是乔语初拿左手写的，上面躺着几个歪歪扭扭的字迹——

去看比赛了，看完就回。

"咱们先输一局，让她先膨胀一会儿，第二局给我重拳出击，狠狠地打，这几天的训练成果也是时候拿出来检验检验了。"

严新远把手放在谢拾安的肩膀上，叮嘱道。

谢拾安点点头，拿着球拍正准备上场，忽然听见身后有人在喊她的名字。

"拾安！"

她转头一看，是匆匆赶来的乔语初，因为剧烈奔跑，乔语初不停地喘着粗气，发丝都贴在了额上。

谢拾安脸上露出笑意："你怎么来了？"

"这是你第一次拿全国大赛的单打冠军，我想我不能上台，但是应该在场。"

乔语初的突然出现，在谢拾安的心里盛开了一整片春天，此时此刻的她，有种所向披靡的干劲。

谢拾安脸上的笑意渐深："还不是冠军呢。"

乔语初伸出了自己的左手。

谢拾安会意，和她对拳。

"在我心里，你一直都是。"

简常念也从旁边把手伸了过来。

"拾安，还有我。"

谢拾安微弯起嘴角，也和简常念轻轻碰了一下拳头，在现场观众山呼海啸般的欢呼声中，昂首阔步地走上了赛场。

第二局比赛，正式开始。

第二局一开始，谢拾安就表现出了极强的进攻性。

严新远在训练室里说的那些话仿佛又在耳边响起：

"据我所知，金南智这个人年纪小，心性没定，容易浮躁，先输一局，让她麻痹大意。但是，这一局你也不能白输，尽可能地去观察她，吃透她的套路和打法。

"在上一场和蒋云丽的比赛中，她也使用了大量的假动作，而且还看穿了你不少东西，我不信你一点儿都没学到，学到了，就给我好好发挥出来。

"在你率先来到第二局局点的时候，金南智肯定会慌，这个时候就是你一鼓作气拿下比赛的时候。"

谢拾安默念着"一鼓作气"这四个字，右手虚晃了一下，看似平推上网，实则突然就是一个扣杀。

她的动作和球速实在是太快了。

金南智只看见了一颗白色"流星"窜向了她的右半场，根本来不及回防，就坠落在地。

记分牌亮起。

21∶17。

谢拾安获得了第二局的胜利，金南智恨恨地咬着牙，回到了自己队伍的休息区里。

教练给她递了瓶水："别着急，最后一局慢慢打，谢拾安是打快攻快杀的选手，你一定要耐心一点，把主动权握到自己手里，才有可能吃分。"

金南智冷哼了一声道："什么快攻快杀，我看也就那样，第一局还不是输给我了，她已经是强弩之末了，最后一局肯定还是我赢。"

教练叹了口气，心想：谁是强弩之末还说不定呢。

他苦口婆心道："你从小组赛一路杀上来，确实打败了不少顶尖选手，但是那也是因为你很少在中国赛场上露面，她们对你的研究不够。如今已经是决赛了，你觉得谢拾安会毫无准备而来吗？"

奈何金南智压根儿没把他的话放在心上。

休息时间很快就结束了，双方又拿着球拍上了赛场。金南智在中国也有不少球迷，正纷纷举着她的灯牌和应援物为她助威。

在韩城社交媒体上，金南智被誉为"韩城百年难遇的羽毛球天才少女"，肩负着在世界赛场上为国争光的重任。

少女志得意满，压根儿不把任何人放在眼里，这种性格让她取得了一时的成功，但也注定她定会在某日遭遇滑铁卢。

在第三局抢先拿到11分的时候，金南智甚至得意地绕场跑了一圈，举手向观众示意，提前在庆祝夺冠了，却没想到，下半场才是她真正的噩梦开始。

"来了，谢拾安接发球，这个角度很刁钻啊，金南智放网，谢拾安跟上，反手就是一个对角！

"这个球，假动作！金南智被骗到了，根本来不及回防！

"11∶11，谢拾安扳平了比分。"解说员激动道。

蒋云丽看着谢拾安奋力拼杀的背影，眼里也有些欣赏："沉寂了两局之后，谢拾安开始发力了。这一局的她，知道对手会针对她的打法去制定战术，所以我不跟你打快攻快杀了，谁说打快攻的选手就打不了防守反击？如果这一局能赢，那么谢拾安的实力会再上一个台阶，标志着她往全能选手的方向又迈进了一步。"

所谓全能，就意味着没有弱点。

12∶11，14∶12，16∶12。

谢拾安一马当先，比分被逐渐拉开。

金南智因为救球摔倒，恨恨地拿球拍砸了一下地面发脾气。

全场哗然。

谢拾安淡淡地看着金南智："你要弃权吗？"

金南智抬起头来，眼里全是血丝，咬牙切齿道："当然不，比赛才刚开始。"

她膝盖破了皮还在流血，看着有些触目惊心，还倔强拒绝了教练申请的医疗暂停。

金南智倒抽了一口凉气，咬着牙，爬了起来，重新拿稳球拍，昂首道："再来！"

也许是人被逼到了绝境才会激发出全部的潜力，最后几个球金南智发了疯一样地进攻。金南智的左手球确实打得神出鬼没，但谢拾安也练就了一双火眼金睛，如今也能熟练使用左手球的谢拾安，不仅能看穿对手全部的假动作，还能出其不意地找到金南智防守薄弱的地方发起进攻。

谢拾安整个人站在这里，就像一堵墙一样，无懈可击。

金南智打着打着，眼眶就红了，因为她发现，谢拾安前两局的示弱都是装出来的，自己压根儿突破不了对方的防线。在输给尹佳怡之后，从未有过的无力感和挫败感又一次笼罩了她。

"20∶16，最后一个球了！

"谢拾安平推上网，搓球。

"金南智盯得很紧啊，反应速度很快，下手球接杀防守。

"谢拾安后撤，一直在控场，拉吊她。

"金南智并步起跳，不想再被拉扯消耗了，她要放手一搏了！"解说员紧盯着战况。

蒋云丽聚精会神地盯着导播传回来的画面道："这个起跳动作，不像是要杀对角，谢拾安危险了！"

球已经飞在了半空中，谢拾安人在后场，右手拿拍，球的预计落点却是靠近中线的左边。

金南智大汗淋漓，后背的衣服全湿了，嘴角却溢出了一抹势在必得的笑意。

她的左手绝杀，无人能挡，她曾靠着这一招，击败了无数顶尖选手，包括当时世界排名第十五名的韩城名将郑美舒。

然而下一秒，她嘴角的笑意就僵在了脸上。

明明是个反手位，谢拾安本该接不到的，但只是眨了个眼的工夫，少女蓝色身影如电，一个箭步冲了上去，离地起跳，猛地把球抽了回去。

就连解说员都震惊了："这个球，明明是反手位啊，谢拾安是怎么做到的？"

现场慢放视频出来了。

原来就在谢拾安离地起跳的那一瞬间，拿在右手的球拍突然换到了左手，她用金南智的方式，完成了最后的绝杀。

白色"流星"坠地的时候，全场欢呼。

金南智一夕跌落云端，不可置信地看着眼前所发生的一切。

解说员的声音再度响起："让我们恭喜谢拾安获得本届羽毛球全国大赛女子单打的——冠军！也祝愿金南智在今后的比赛中可以有更好的表现……"

在全场观众山呼海啸般的掌声里，谢拾安走上前去，想跟金南智握手："其实你今天打得已经……"

话音未落，举在半空中的手就被人拍落了。

金南智拿着球拍，红着眼睛，扭头就跑。

"谁要你假惺惺地来安慰我了，滚！"

比赛落下帷幕，人潮散去，空空荡荡的场馆里灯光次第熄灭，有人在黑暗里坐了很久。

金南智刷着手机消息，一条条看着有韩城网友在她的社交账号下的评论：

"在国外训练了一年了，真不知道你究竟学了些什么？你不配'天才少女'这个称呼。"

"今天的比赛看得让人好失望。"

"你还是回去继承家业吧，别打球了。"

"难道你不远万里跑去别的国家，是去丢韩城人的脸的吗？"

"不会再喜欢你了，垃圾。"

……

诸如此类的评论，刷了整整几大页。

金南智吸了吸鼻子，用手背抹掉眼泪，在一片谩骂声中，只有一个人留言鼓励了她。

尹佳怡："加油。"

短短的两个字，后面附了一个打气的手势。

看着尹佳怡的头像，金南智破涕为笑。

突然，手机又振动了一下。

小叔叔："出来吃饭吗？带你去吃部队锅。"

金南智想了想，还是拒绝了他。

因为她现在有更重要的事要去做。

少女擦干眼泪，在黑暗中站了起来，拔足狂奔，冲出了场馆，总算是赶在滨海队上车之前，拦下了谢拾安。

她跑得上气不接下气，胸腔剧烈起伏着，眼角还挂着泪痕："我……我想问……"

谢拾安接下了她的话头："你是想问今天为什么会输对吗？"

金南智拼命地点了点头。

谢拾安手插在兜里，一派云淡风轻。

"你出去玩的时候，我在训练；你在吃饭的时候，我在训练；你在睡觉的时候，我还在训练。

"我为了打败你，这段时间以来，没有睡过一个完整的好觉。

"你来中国的时间也不算短了，好好想一想，究竟是为了什么来到这里。"

她说完后，转身离去，留下金南智一个人站在原地深思。

谢拾安即将上车的时候，金南智如梦初醒，跑了几步，冲着她的背影大喊："下次，下次交手我不会再输给你了！"

谢拾安微微侧头，嘴角浮起一丝笑意。

"我很期待。"

单打的比赛结束后，全队上下总算是能好好喘口气了，严新远一高兴决定带她们出去聚餐庆祝庆祝，一行人去了燕京有名的羊蝎子馆。

冬天就适合吃这种沸腾的火锅，香喷喷的羊骨吸满了汤汁，吮一口就让人打心眼里觉得满足。

众人大快朵颐，满屋子欢声笑语。

谢拾安的手机响了起来，是一个陌生号码，她接了起来："喂？"

"是我，拾安。"听筒里传来了熟悉的声音。

谢拾安脸色变冷，起身往外走去："我和你没什么好说的。"

男人尴尬地笑了两声："你先别挂，我这不是看新闻，看见你夺冠了吗？你人在燕京，离得远，爸爸也去不了现场看你打比赛，只能打个电话祝贺祝贺你了。"

谢拾安沉默良久。

一时间只剩走廊上的风声。

"你之前不是不同意我打职业吗？"

"嗐，那都是以前了，你爷爷带着你玩的时候，爸爸以为你就只是玩玩而已，谁知道现在成绩这么好，我女儿可真给我长脸啊。"

谢拾安嘴角勾起一丝嘲讽的笑意："所以呢，你又缺钱花了？"

男人清了清嗓子，干咳了两声："也不是缺，就是和人合伙做生意亏了点钱，银行那边催得紧，你不是有那个赛事奖金吗？先借我两万，等生意盈利了，我再还给你。

"你放心，这次肯定是正经生意，你呀，就等着爸爸我发财致富，别说两万，就是两百万，只要你开口，爸爸都给你，你也当那个什么……财阀公主。"

谢拾安听到这里，真的就笑出了声，别人家的父母，子女事业上有了一点起色，第一件事就是夸赞表扬，再不济，孩子在外面拼搏，也会关心一下她过得好不好，穿得暖不暖。只有她爸爸，第一件事是打电话跟自己要钱。

压抑了十二年的情绪在这一刻通通喷薄而出，谢拾安红着眼眶，嘶吼道："谢斌，你有完没完！爷爷去世之后，你拿走了他所有的遗产，只有房子爷爷早有先见之明，写在了我名下，找了律师做了公证，你拿不走，也不想要，因为你嫌它地段偏，没有升值价值！

"除了遗产还有他所有的作品！你通通都拿出去变卖了，还填不满你那个无底洞吗？

"这些年你花天酒地，有管过我吗？你有管过我，哪怕一天吗？你给你那些女朋友花钱，给她们买包买车买奢侈品，你有在我身上花过一分钱吗？"

"我……拾安啊，你听爸爸说……"男人尴尬地笑了两声，还想辩解什么。

"你不要再给我打电话了，我会换号，江城的房子我也不会回去住了。还有，我们的父女关系就到此为止，我没有你这种爸爸。"

她果决地挂断了电话。

谢拾安挂掉电话之后，咬着牙，紧紧攥着手机，趴在栏杆上，忍住了想要把它丢出去的冲动。

"拾安……"

身后有人轻轻唤了她的名字。

谢拾安飞快地用手背揩掉眼角的泪渍，转过身去："我没事……"

话音未落，乔语初就摸了摸她的脑袋，柔声道："冠军不可以哭鼻子哦，过去的就让它过去吧。"

谢拾安眼眶一热，吸了吸鼻子，险些掉下泪来："嗯。"

"他要是再来骚扰你，我保护你。"

泪水在眼眶里打转，谢拾安强忍着没让它掉下来，哽咽着："好。"

队友们听见动静，也都站了出来。

简常念："还有我。"

"对，还有我们。"

"他要是敢去训练基地找你，我们就打得他满地找牙。"

严新远也走了过来，揽上谢拾安的肩膀。

"走吧，先吃饭，菜要凉了。"

回程的大巴上，乔语初把自己的外套轻轻地盖在了睡着的谢拾安身上，起身坐到了严新远对面的空位上。

"严教练。"

燕京晚上很堵，车厢摇摇晃晃的，严新远也没休息，而是借着昏暗的灯光在看比赛视频，他的手里还拿着一沓报表。

乔语初知道，那是即将提交给赛事组委会的团体赛大名单。

"怎么了？"严新远摘下眼镜看向她。

"我想上大名单。"乔语初低头看着自己手上包裹着的纱布，还是决定坦白自己的内心的想法。

"我知道为防万一，您肯定会安排替补，但是，我想上大名单。"

她轻声却又坚决地重复了一遍。

严新远把眼镜放在膝上，认真地看着乔语初："是因为拾安吗？"

"是，也不完全是，她一个人实在是太苦了，还有就是蒋云丽的那场比赛，也让我重拾了信心。我之前想着，打完这场就不打了，可是，蒋云丽都能拼搏到四十五岁，我觉得我还没有到山穷水尽的地步。如果真的到了那一天，我再退役也来得及。"

见乔语初重拾信心，严新远也很欣慰："我从来就没有想过要把你刷下大名单，距离团体赛还有三天，因为这次还有地方代表队直接晋级决赛，实际轮到咱们打比赛的时间还要再长一点。"

"这段日子你还是要遵医嘱,好好恢复,至于最后能不能上,也要根据你的身体状况来决定。我想拾安,也不是只想和你打完这一场比赛,而是很多很多场比赛。"

乔语初脸上溢出了感激的笑容,眼眶也有点发热:"好,我知道了。谢谢您,严教练。"

"嗐,什么谢不谢的,我啊都这把年纪了,也没儿没女的,把你们都当成自己的孩子看待,看见你们开心、健康,我就满足了。

"当然,要是在退休前,还能带出来几个世界冠军,那就更好了。"

简常念在后排睡着,迷迷糊糊听见有人说话,她坐了起来,趴上了前排的座椅:"世界冠军?怎么不是大满贯啊?"

严新远回头看了简常念一眼:"去去去,你知道大满贯有多难吗?"

乔语初也扑哧一声笑了出来。

"时机、运气、过硬的实力缺一不可,纵观世界羽坛历史,获得过大满贯的运动员也没几个。"

简常念想了想:"嗯,我估计是没戏了。不过拾安这么强,肯定可以的,说不定不等您退休,她就把大满贯的奖杯给您捧回来了呢。"

严新远笑得合不拢嘴:"那敢情好,我也过一把冠军教练的瘾,你也跟人家学学,天天陪练陪练的,也不见长进。"

简常念嘟囔:"我那都是被动挨打,严教练您又不是不知道……"

乔语初往外看了一眼,医院要到了,她轻声道:"那我就先回医院了。"

简常念和她挥手告别:"语初姐再见。"

"拾安要是醒了,就说我先走了,比赛前肯定会回来的。"

乔语初看谢拾安还睡着,外套也没拿就走了。

回到了燕京队的训练基地,走进熟悉的球馆,金南智啪嗒一下,按亮了墙壁上的灯。

记忆纷至沓来。

一年前自己追着另一个人的脚步来到这里,怀揣着不服输的精神再次挑战她。

彼时的尹佳怡虽然已经在国家队了,但偶然也会被教练请过来给她们这些新人上上课。

异国他乡再次重逢,但比赛结果和在韩城集训那次,没有任何不同。

少女被2:0干脆利落地打败了,输得甚至比今天还要惨,少女不甘示弱,只要一有空，就跑去国家队缠着尹佳怡要和她打球。

去的次数多了，除了打球，两个人也有了更多的交集，或者说羁绊。

她记得在韩城集训时，尹佳怡爱吃泡菜，于是她特意托了妈妈千里迢迢邮寄过来。

尹佳怡也会在她输了比赛哭鼻子的时候，摸摸她的脑袋安慰她。

时间久了，就连尹佳怡的队友都开玩笑道："佳怡，南智这么黏你，你以后要是找了男朋友，可怎么办啊？"

"我根本就没有谈恋爱的打算，而且她虽然是外援，但现在人在燕京队，就是我们的队友，竞技体育没有国界，教一教也没什么的。"

那天，金南智拿着妈妈千里迢迢寄来的，尹佳怡喜欢吃的泡菜冲了进来："尹佳怡——"

尹佳怡拿着球拍面无表情地从金南智身边过，看也没看她一眼。

"我要训练，你以后别再来了。"

从那之后，尹佳怡不再去燕京队做客，也很少留在国家队训练，而是到世界各地比赛，偶有空闲，也只会回杭城的家里休息。

两个人的联系方式也是删了又加，加了又删，每次拉黑好友的是金南智，主动加回来的也是她。

一开始，金南智还会在社交软件上跟尹佳怡发消息，可那个人多半是不会回复的，就算回消息，也只是几个句号或者无奈的表情。

就这样，尹佳怡和金南智已经很久不联系了。

直到这个夜晚，铺天盖地的负面评论里，只有尹佳怡罕见地主动问候了她几句：

"膝盖上的伤还好吗？记得去看队医。"

"不要太在乎网友们的评论，尽力就好了。"

金南智看着手机屏幕良久，始终没能敲下一个字。

她起身，绕着场地白色的界线走了一圈又一圈，手指轻轻抚摸过羽毛球网，闭上眼，仿佛还能听见看台上观众们山呼海啸般的呼喊声，白天比赛时的那种震彻人心的悸动又袭上了心间。

她忽然有一点明白，为什么她会打不过尹佳怡和谢拾安了。

因为她们热爱羽毛球的心比自己更纯粹，她们是心无旁骛地爱着这个舞台的。

"叮咚——"手机又响了起来。

一条母语信息跳了出来，是韩城国家队主教练发来的邀请："怎么样，你考虑清楚了吗？要不要回到国家队来备战明年春天的世锦赛？"

对方似是怕金南智拒绝，又飞快地发了一条过来："你有在外国学习的经验，我们也会给你配备最好的教练组，还有优渥的薪资。来吧，回到家乡来，我们一起去开创属于你的时代。"

自从金南智获得了全韩高校联赛女子单打的冠军之后，这已不是国家队头一次抛来橄榄枝了。

从小到大，她无论学什么都很快，人生就像开了挂一样，从小学开始不断地跳级，十二岁加入汉阳羽毛球青年队，十四岁拿全国冠军，十五岁拿到大学免试入学通知书，十六岁这一年，她遇到了这一生中最大的挫折——尹佳怡。

那一年，世界羽联超级赛在汉阳举行。

尹佳怡也来到了韩城备战，在汉阳队的场馆里，她们第一次遇见。

作为东道主的汉阳队，邀请她们打一场热身赛，由尹佳怡对阵金南智，仅仅一个回合，金南智的骄傲就被击碎了，职业生涯首次遭遇滑铁卢。

那之后，金南智拒绝了国家队的邀请，也极力反抗着来自家庭的阻力，一意孤行出国留学。

她有时候也不知道，自己究竟是在追那个身影，还是一场虚无缥缈的梦境？

不过，有一件事，她现在能确认了。

金南智打开对话框，打字：

"我会回去的，但不是现在，我在这里还有一场比赛没有打完。"

第二章

谢幕之战

翌日。

燕京队的训练室里明显气氛低迷。

有队友抱怨："还打什么打啊,不管是团体赛还是单双打不都是咱们这几个人吗?滨海省队的谢拾安那么厉害,就连南智都输了,我看这次团体赛咱们也悬咯。"

"说到这个,南智是不是快回韩城了啊?我记得她一年合约期快要满了。"

"不管合约期满不满,人家早晚是要回去的啊。只是她这一走,咱们又少了一个主力。"

"而且我看她昨天输了比赛那副沮丧的样子,团体赛来不来参加,还不一定呢。"

"这都几点了,还不来训练,多半是悬了。"

几个人话音刚落,球馆的门就被人推了开来。

金南智背着球包,出现在了门口。

阳光洒在了她身上,少女朗声道："各位,打起精神来,不能因为我不在就不好好训练了吧?"

众人眼里又惊又喜："南智,你回来了,你不走了吗?你会和我们一起打团体赛对吗?"

"还有你的头发……"

队友们吃惊得张大了嘴,仿佛能塞下一整个鸡蛋。

金南智笑了笑,摸了摸自己剪短的头发。她没戴耳环,只是穿着一身简单的运动服站在这里："染回去了，教练说得对，职业选手还是要有职业选手的样子。"

她伸出手去，嘴角含笑，看着自己的队友们。

"来吧，各位，这是我们燕京队今年打的最后一场比赛，也是我个人在中国打的最后一场比赛了，加油，拿个团体赛冠军回来！"

队友们纷纷站了起来，围住金南智，大家眼里都闪烁着希望的光，把手叠放在了一起。

"燕京队——"

"加油！加油！加油！"

在谢拾安她们紧锣密鼓开展赛前特训的时候，乔语初也在医院里做起了复健。

"一、二、三……"她一边数着数，一边做着俯卧撑，一开始是两只手着地，到最后慢慢抬起了左手，把身体重心放在了右手上。

乔语初咬着牙，坚持着，满头大汗，在数到"四十九"的时候，意外还是发生了，右手腕传来一阵剧痛，她失去了平衡整个人摔倒在地。

"乔小姐！"正在走廊查房的金顺崎听见动静，一个箭步就冲了进来，把人从地上扶起来。

"你没事吧？"

乔语初笑了笑，脸色发白："没事，我就是想……复健来着。"

"你刚做完手术没几天，伤口还在愈合阶段，就算是复健也应该在医生的指导下进行！"

金顺崎语气里难得带了一丝严厉，手还搭在她的肩膀上。

乔语初躲开他关切的目光，强撑着自己站了起来："我没事……留给我的时间不多了，我必须……必须尽快重返赛场。"

金顺崎无奈地叹了口气："虽然现在已经很晚了，但我觉得你并不想休息，请跟我来吧——"

乔语初一怔："你……"

金顺崎站在门口，手插在白大褂兜里，看着她："我带你去复健。"

乔语初嘴角这才露出一丝笑意："金医生这么晚了还不下班吗？"

金顺崎耸耸肩，同她一起去康复中心："本来查完你的病房就要下班了，但现在又有新的工作了。"

乔语初脸上略有些歉意："抱歉，这么晚了还麻烦您。"

金顺崎澄澈的目光看过来，表情略有些无奈："乔小姐，可以不用敬语吗？这样显得我很老哎，而且也不用说抱歉，陪伴你到完全康复出院也是我的工作之一。"

乔语初扑哧一声笑了出来："虽然金医生看上去很年轻，但实际上……"

金顺崎的表情越发无奈起来："好了，知道了，你已经不是第一个这么说的人了，就连我的小侄女都开始嫌弃和我没有共同话题了呢。"

"好啦，那我不说敬语，金医生也别一口一个乔小姐了，听着也怪别扭的。"乔语初唇畔笑意不减。

金顺崎停下脚步看着她，神情里颇有些小孩子般的执拗和认真："不是说不说敬语吗，怎么又喊金医生？"

乔语初从善如流地改了口："金。"

金顺崎这才笑开："那我可以喊你语初吗？"

"好啊，她们都这么叫。"

金顺崎看着她的眼神如月色般温柔，含笑道："语初。"

短短两个字却如同羽毛般拂过了心间，带来些微的痒意。

乔语初也不知为什么，怔了一下。

金顺崎推开了康复中心的大门："到了，我们进去吧。"

时间很快就到了团体赛当天。

谢拾安起了个大早，去训练室热身，但令她没有想到的是，刚走到门口就听见里面传来砰砰的击球声。她推开门一看，简常念转过头来，冲她笑了笑："早啊。"

谢拾安把球包放在了地上："你昨晚没回去？"

简常念挠挠脑袋，有些不好意思地笑了："我本来是想多练会儿的，结果太累了，想躺下休息一会儿，不知不觉就睡着了，醒过来的时候已经半夜了，索性就躺这里继续睡了。还好训练室里的暖气够热，不然我估计非得感冒不可。"

"让严教练知道，又得挨骂了。"

简常念赶紧往门外瞅了一眼，还好没人。

"嘘，你小声一点，我哪敢让他知道啊，早知道就不告诉你了。"

谢拾安嘴角浮起一丝笑意，拿起球拍走到了她对面："来吧，打一场热热身。"

到了下午即将出发去比赛场馆的时候，乔语初还是没回来，谢拾安上车的时候往车厢里四下瞅了一眼，也没看见她。

谢拾安的眼里略有些失望。

简常念从她身后跟上来："拾安，我们先坐吧，语初姐说了能来就一定会来的，我相信她。"

谢拾安点了点头，把包放在了座位上，坐了下来。

训练中心离比赛场馆不算太远，十几分钟的路程，简常念坐在车上，摇晃着，慢慢闭上了眼睛，脑袋偏向了另一边坐着的人。

谢拾安摘下耳机："你这么困真的没事吗？今天还要第一个上场。"

简常念猛然惊醒，坐直了身子，冲她笑了笑："没，我第一个上场先拿下一局再说，燕京队总不会安排金南智第一个上场吧？"

谢拾安又戴上了耳机，看向窗外的街景："如果觉得勉强的话，趁出场名单还没交换，可以跟严教练说。"

她的语气虽然冷冰冰的，但简常念还是琢磨出了一丝关心的意味。

少女笑着，捅了捅谢拾安的胳膊："哎，你关心我啊？"

谢拾安嫌弃地一巴掌把简常念的手拂开，皱皱眉："别碰我，我是怕你状态不好，拖累我们。"

"哎呀，你就放心吧，我肯定先给你拿下一局，不会拖你后腿的，再说了，我也答应你了，要还给你一个冠军，语初姐不会食言，我也不会。"

简常念笑嘻嘻地说着。

谢拾安只当是一句戏言而已。

此时的她压根儿没把她们说的那些话放在心上，只是令她没有想到的是，在后来漫长的岁月中，曾信誓旦旦答应过她要陪她一起走下去的人却走散了，而这一句戏言，有人却记了一辈子。

简常念一直记着要还给谢拾安一个冠军，她是第一个迎战燕京队的选手，首局的胜利对于双方的士气来说，影响很大。

因此，这场比赛，她绝不能输，怀揣着这样的信念，简常念拿着球拍，坚定地走上了赛场。

与简常念对战的这名选手已经入选了国家队，在国内小有名气，也算是后起之秀，实力自然不可小觑。

这注定是一场分外胶着的比赛，场内场外的观众都纷纷绷紧了神经，提心吊胆。

万众期盼之下，简常念还是以一分之差输掉了第一局，她有些沮丧地拿着球拍走了回来。

"对不起，严教练，就一分，我没发挥好。"

严新远拍了拍她的肩，安慰她："没事，不还有两局吗？来喝点水，第二局好好打，别怕她，干就完了。"

简常念点点头，深吸了一口气，重新振作起来，走上了赛场。

"第二局一开始，简常念的进攻欲望很强啊，丝毫不给对手机会。

"不得不说，我在单打小组赛的时候看简常念的比赛，她的接发球还稍显犹豫，一不小心就会被对手找到机会，掌握主动节奏，一波结束比赛。

"经过这段时间的调整，能明显感觉到她整个人比之前更加自信，更加敢打敢拼了，实力明显又迈上了一个新的台阶啊！"解说员激动道。

"最后一个球了，简常念最终拿下了比赛，以21：13的大比分赢得了第二局的胜利！

"双方扳平比分，第三局看哪边能拿到首胜。"

简常念走下来的时候，扶了一下休息区的椅子，整个人大汗淋漓，脸色看着也有点不太对。

严新远扶了她一把："这是怎么了？"

坐到椅子上的时候，简常念才觉得没那么头晕目眩了，她强撑起精神，笑了笑："没事，严教练，体力消耗得有点大了，休息一下就好。"

严新远看简常念满头大汗的，生怕她脱了水，拧开了一瓶纯净水给她，眼里有些担忧："如果不舒服就说，我去申请医疗暂停。"

简常念抿了一口水，觉得稍微好些了，摇摇头："不用了，我坐会儿就行，等休息时间到了，就上场打比赛。最后一局了，这一场我一定要拿下来。"

"严教练……"

裁判过来请严新远去看一下争议球的回放，他只好起身："那好吧，你先休息一会儿，不舒服的话一定要告诉我。"

简常念点点头，看着他走远，正要去拿毛巾擦汗的时候，一只手递了毛巾过来。

她顺着白皙的手腕看去，是谢拾安。

少女面冷心热："不用逞强，后面的比赛还有我。"

简常念从谢拾安手里扯过毛巾，擦了擦头发："我没事，就是昨晚没睡好……"

话音未落，简常念罩在脑袋上的毛巾就被人一把拉了下来，谢拾安的手掌贴上简常念的额头，才发现她的额头烫得惊人："你在发烧！我去找严教练……"

谢拾安说着转身就要去找严新远，简常念噌一下站了起来，拉住她的手腕。

简常念舔了舔因为高热而有些干裂的嘴唇，眼神焦急："拾安！现在的每一分都对我们太重要了，所以这一场，我必须要赢。"

谢拾安不依，想要甩开她："那也不行……"

简常念把谢拾安的手腕钳得死死的，寸步不让："语初姐现在还没回来，也不知道她究竟恢复得怎么样了，兴奋剂检测能不能过关，万一……万一……"

她顿了一下，眼神里是从未有过的坚毅。

"你一个人最多也只能打两场比赛，我这一分至关重要，我真的还能坚持，可能就是昨晚着凉了，出出汗就好。

"拾安，你别闹了，别让对手看出来。"

话说到最后，简常念语气软下来，难得带了一丝恳求的意味在。

谢拾安的脚步就困在了原地，动弹不得。

即使她们已经非常小心尽量不露出任何破绽了，但简常念的状态还是引起了金南智的注意。

金南智往那边看了几眼，把人叫到了一起，低声道："简常念似乎有点不舒服，最后一局了，别着急，慢慢跟她拉吊，消耗她的体力，先拿下这一分，后面的比赛还有我呢，这个冠军我们一定要拿下。"

一群人把手放在一起，眼里都闪烁着必胜的希望。

"燕京队——"

"加油！加油！加油！"

滨海省队这边也是，上场前惯例的出征仪式。

大家纷纷看向了简常念。

简常念把手放了上去。

谢拾安站在一旁没动，目光深沉。

简常念又看了她几眼，轻声道："拾安……"

谢拾安这才抿着嘴角，不情不愿地把手也放了上来。

"常念——"

"加油！"

"滨海省队——"

"无敌！"

在观众们山呼海啸般的掌声里，第三局比赛正式拉开了帷幕。

"前两局都打得非常快啊，第三局双方的节奏都慢下来了。

"简常念发起进攻，杀球，速度很快啊。

"但是这个球，她好像失误了，等回放出来我们再看一下。

"11：5，让我们恭喜燕京队暂时领先。"

慢放视频出来之后，大家看到简常念杀过去的球因为用力过猛而飞出了线外。

她太想赢了，而且每一分每一秒体力都在流失，所以必须速战速决。

简常念舔舔唇，不停地喘着粗气，拿着球拍的手紧了又紧，后背的衣服全湿了。

她摇摇头，企图把脑子里那一点眩晕感甩出去。随着裁判哨声响起，下半场的比赛正式开始。

在落后整整六分的情况下，想要扳平比分都是很不容易的，更遑论赢得这场比赛的胜利了。

燕京队的比赛选手已经胜券在握了，甚至赢球后，已经在跟队友击掌庆祝了。

简常念看了一眼记分牌，视线有些模糊，她不得不把舌尖咬出了一丝血腥味，让疼痛去刺激神经，才看清上面的数字。

19：11。

大比分落后，可以说她半只脚已经踏出悬崖了。

身后的观众都在为简常念加油：

"简常念——"

"加油！！！"

"滨海队——"

"加油！！！"

手机屏幕前，观看直播的周沐也替简常念深深捏了一把汗，小声道："常念，加油啊。"

远在海西集训的程真，今天面临最后一次考核了，这次考核成绩将直接决定他能否进入游泳队的大名单，来出征春季的全国游泳联赛。

考核前，他一边做着热身，在泳池边上来回蛙跳，一边手里拿着手机看比赛视频。

有队友从程真身边走过："哟，看什么呢？这么认真。"

"我朋友，打进羽毛球全国总决赛了，厉害吧。"

"厉害归厉害，可这比分，怎么感觉要输啊。"

程真伸长腿，绊了他一下："去你的，说点吉利的行不行啊？"

20∶11。

这场比赛打到这里，已经没人看好简常念了，看台上的呼声小了许多，有观众陆续离场。

就连她的队友们也都在准备下一场比赛了。严新远摘下眼镜，叹了口气，背过身去。就在他转身的那个瞬间，解说员惊呼："这是什么啊？简常念在空中完成了一个转体180度挥拍杀球，这不是谢拾安的绝招吗？！"

坐在休息区里备战的谢拾安猛地站了起来。

被逼到绝境的简常念咬着牙，红着眼，拿着球拍一下又一下地开始了她的反击。

简常念的脑袋越来越晕，单纯凭着那一口气在不断地杀吊，然后得分。

"她打得好凶啊。"

"对手有点招架不住了，被简常念接连得分。"

20∶12。

……

20∶18，20∶19，20∶20。

解说员忍不住惊呼："我的天哪！简常念居然一口气扳平了比分！"

看台上掌声雷动。

就连燕京队的队员们都看得目瞪口呆。

滨海队这边则炸开了锅，在场外声嘶力竭地喊着简常念的名字。

周沐也在紧张地替她加油："常念，最后两分了，加油啊！"

"这是打到目前为止最具戏剧性的一场比赛了吧，这么大的分差，居然一口气就追了上来。"

"还有最后两个球，这场比赛究竟鹿死谁手呢？"

解说员话音刚落，简常念就动了。

"来了，简常念平推放网，对方拉吊，拉开了和她的距离。"

"简常念不想给她任何反击的机会啊，直接上手杀球。"

"21∶20，简常念杀球得分！

"最后一个球了，可以看得出来，双方谁都不想放弃，一个多拍。"

击球传来的砰砰声，回荡在整个场馆里，牵动着现场和屏幕前每一位观众的心。

砰——

简常念奋力一击，白色"流星"划过半空。

众人都紧张得屏住了呼吸。

片刻寂静之后。

记分牌亮起，犹如在平静湖泊里投下了一枚定时炸弹。

22∶20。

全场观众的欢呼声如山呼海啸，掌声雷动。

严新远也大喊了一声，高高举起了双手为简常念鼓掌："好，常念，好样的！"

简常念回头看了一眼，慢慢笑了起来，然后就浑身脱力，一屁股坐在了地上。

一道白色的身影冲到了她身边。

"豆……简常念，你怎么样？"谢拾安脱口而出，本想喊她外号，又想到还在赛场便中途改了口。

严新远和队医也都围了上来，严新远一摸到简常念的胳膊，才发现她浑身滚烫："发烧了，快，先把人扶下去！"

一行人把简常念扶到了休息区里，一量体温，竟然高达38.9摄氏度。严新远恨铁不成钢道："你……你这是怎么弄的？生病了也不告诉我，还带病打比赛，真有你的！"

谢拾安张张嘴，刚想开口说话，简常念怕连累她背上一个知情不报的罪名，抢先道："没事，严教练，我就是昨晚太累了，在训练室凑合了一晚，看在比赛赢了的份上，您就别骂我了吧。"

她坐在这里，额头上捂着冰袋降温，除了因为高热脸色发红，嘴唇没有一丝血色。

"你……等比赛打完，你给我等着！"严新远就是想骂，也骂不出口了。

比赛不会因为简常念一个人身体抱恙就暂停，下一场双打即将开始，简常念坚持不去医务室挂水，为了接下来的比赛也不敢服用退烧药，只采用最原始的物理降温办法，在休息区坐着。

这场双打将由杨丽和苏洁出战。

赛前，谢拾安看了旁边坐着的简常念一眼，率先伸出手去："常念发着高烧还坚持打完了上场比赛，我们也不能输，这场比赛，加油！"

简常念拿下的首胜使得滨海省队士气大涨，每个人脸上都信心满满，一齐吼道："滨海队——无敌！"

解说员A："哇，今年的滨海省队简直就像是一匹黑马，太让人惊喜了！"

解说员B也赞同道："我原以为队内最强的是谢拾安，没想到其他人也发挥得这么好。果然，能从高手如云的东部赛区一路杀进全国总决赛，是有两把刷子的啊。"

两个人异口同声道："让我们恭喜杨丽和苏洁拿下第二局的胜利，也恭喜滨海省队拿到第二个积分，提前来到赛点！"

解说员A："下一场比赛不知道谢拾安会不会上场呢？"

解说员B："我觉得还是得看金南智的动向，以及双方教练安排了，如果金南智一直不上，那么谢拾安多半也会选择按兵不动。而且，今年的滨海省队是一支新生代的队伍，除了乔语初、谢拾安，几乎全员新人，主教练严新远估计也有自己的考量，他是否要让新选手上台磨炼磨炼？"

解说员A："在先拿到两分的情况下，其实是可以选择让新人上场的。"

解说员B："也不一定，如果这是小组赛或者半决赛，那么可以给新人更多的磨砺机会，可这是全国总决赛啊，拿下这一分，直接锁定冠军，对于滨海省队来说，这一分至关重要，所以肯定是要派出自己的最强战力的。"

解说员A："也是，不过还是要看主教练怎么安排了。"

休息时间里，两位解说员就目前场上的局势互相交流了一下看法。

台下，严新远的视线扫过一圈自己的队员们，做了一个大胆的决定："张纯，你来。"

在之前的比赛中，张纯一直是作为替补出场的，被点到时她明显愣了一下："严教练，我……"

严新远拍了拍张纯的肩膀："别怕，总决赛的经验难能可贵，抱着一颗去学习的心态上场就好。"

没有人质疑他的决定，其他队员都纷纷鼓励着张纯："就是啊，而且你也不见得就比燕京队的人弱啊，咱们平江队都打过了，还怕她们。"

"没事，我们都相信你。"

简常念放下冰袋，也走了过来，把手和她们放在了一起。

谢拾安点点头，目光里饱含着希冀。

"滨海队——无敌！！！"

第三场单打，尽管张纯拼尽了全力，双方鏖战三回合，但还是以两分之差输给了对手。

输了比赛的她沮丧地走了回来，迎接她的却是队友们大大的拥抱。

严新远也拍了拍张纯的肩膀鼓励她："第一次参加总决赛，就能打到这个程度，还是以小比分输掉比赛，输了不亏，赢了血赚。没事啊，咱们还有两场呢，肯定能赢回来的。"

话是这么说，第四场双打，原计划是由谢拾安和乔语初出战的，但现在乔语初人还没回来，所以严新远提前安排了预案。

那就是由简常念替补，接替乔语初出战。

双打不同于单打，除了对技术要求非常高，也考验着两位选手之间的默契。

因此，简常念是除乔语初外，最适合搭档谢拾安的人选了，但现在……

严新远往休息区扫了一眼，简常念已经躺在了凳子上，额头还敷着冰袋。

这样状态的她是无论如何都无法继续比赛的。

梁教练拿着手机走了过来："老严，语初的电话还是打不通。"

裁判也在催促："如果参赛选手不能上场的话，那么这场比赛你们只能弃权判负了。"

简常念闻言，挣扎着坐了起来，拿起球拍："严教练，我……"

虽然这场比赛弃权，会白白送给对手一分，但还有最后的决胜局呢。

严新远咬了咬牙，赶在她的话头前面开口："裁判，我们弃……"

话音未落，运动员通道的大门就被人撞开了，乔语初背着包，气喘吁吁地跑了进来，举起手来："裁……裁判……我……我参赛……滨海省队……决不弃权！"

看见乔语初出现的那一秒，谢拾安眼底有了笑意。

其他队员都纷纷围了上去："语初姐，你可算是来了！"

简常念也明媚地笑了起来，想走过去给乔语初一个拥抱，但刚站起来就是一阵头晕目眩。

一双手稳稳地扶住了她。

乔语初把人放在了椅子上，回身看着自己的队友和教练："抱歉，各位，等兴奋剂检测结果耽误了些时间。常念，你辛苦了。

"接下来的比赛,交给我和拾安。"

两个人对视一眼,同时点了点头。

谢拾安抄起手边的球拍扔给乔语初:"手恢复得怎么样了?"

乔语初接住球拍,在指尖转过一圈:"放心吧,不会拖你后腿。"

谢拾安伸出手去,和她轻轻一击掌:"不是拖后腿,是我们——并肩作战。"

金南智那边也准备就绪了。

双方队员上场。

现场爆发出了一阵热烈的欢呼声。

解说员A:"在东部赛区出线的那场比赛中,滨海省队的队员乔语初不幸负伤,不知道在经过了这段时间的休养之后,她恢复得怎么样了?"

解说员B:"我还蛮期待今天这场双打比赛的,强强对决嘛,继金南智上次在单打总决赛输给谢拾安之后,这还是两个人头一次交手。"

解说员A:"究竟是谢拾安继续书写自己的不败传奇,还是金南智知耻而后勇,复仇成功?且让我们拭目以待!"

随着解说员慷慨激昂的话语,比赛正式拉开了帷幕。

双方队员握手。

谢拾安淡淡地抬了下双眸:"你剪头发了?"

金南智扬眉:"对啊,为了打败你,整整一礼拜,我都没有休息过。"

谢拾安收回手,语气虽淡,但势在必得:"即使这样,结果也不会有什么不同。"

"比赛一开始,我们可以看到,金南智的左手球还是给了滨海省队极大压力。"

"谢拾安搓网,金南智平抽,乔语初跟上,被调动起来了呀。"

"左半区防守有空缺,燕京队再拿一分。"

乔语初拿肩膀部位擦了擦脸上的汗,踮脚后撤,虽然是在跟谢拾安说话,但目光一直盯着对面:"拾安,金南智的左手球很不好应对,我们打另外那个,压她头顶,也能给到金南智防守上的压力。你再来发起进攻。"

谢拾安微不可察地点了一下头,两个人错身而过的时候,又击了一下掌。

即使场上的局势陷入了逆风,但两个人脸上的神情都是如出一辙的坚毅。

时间一分一秒地过去。

第一局由燕京队拿下。

第二局谢拾安扳回一分。

双方战至1：1平。

第三局比赛开始。

周沐紧张得咬起了笔杆子。

看台上燕京队的旗子和滨海省队的队旗，交相辉映着。

双方粉丝都在扯着嗓子摇旗呐喊。

靠近燕京队看台那边观众席上的角落里，坐着一个人，戴着口罩和鸭舌帽，没有拿应援物，只是捧了一束鲜花，安安静静地看着场上发生的一切。

解说员A："金南智摔倒了，似乎上次膝盖上的伤还未完全愈合。"

在金南智摔倒的那一瞬间，坐在角落里的那个观众短暂地起了一下身，然后又坐了回去。

解说员A继续道："经过队医短暂的消毒包扎之后，她又回到了赛场上。"

在休息的间隙里，谢拾安回头看了一眼乔语初："你……"

乔语初咽了咽口水，目光一直盯着前方，知道她想说什么："我没事，真的已经全好了，你看，打了这么久了，我没拖你后腿吧。"

谢拾安回过头去："我不是说这个，你的身体状况，比比赛重要得多。"

她最后半句话声音放得极低，语气也很轻。

乔语初仍是听见了，唇畔扬起笑意，走上前来，和谢拾安肩并肩："那怎么行，距离我们的梦想只有一步之遥了，你可别掉链子啊。"

记分牌上亮起数字：15：11。

她们暂时领先。

谢拾安眼底浮出一丝笑意："不会，这个冠军奖杯就送给你做新年礼物吧。"

在谢拾安说这话的时候，谁也没有注意，乔语初悄悄地把球拍换到了左手，迅速活动了一下右手腕，然后很快换了回来。

藏在她明媚笑容下的，是她一直忍耐却难以克制的痛楚。

最后的几个球，金南智带伤上场，仍是发挥出了自己的全部实力，一度和她们打得有来有回。

11∶16，13∶17，15∶18，18∶18。

　　解说员A："金南智利用几个假动作，连续得分，竟然把比分扳了回来。"

　　解说员B："这几个球，乔语初是失误了吗？那个放网，球只差一点就过去了啊。"

　　解说员A："可能还是太紧张了吧，毕竟这可是总决赛啊，双方又打得这么激烈，金南智给她们的压力实在是太大了。"

　　解说员B："不愧是被誉为韩城羽毛球天才少女的选手，如果说未来羽坛，还有谁能给中国队这么强的压迫感，那一定是金南智。"

　　金南智个子小小的，没有谢拾安高，长相也很软糯可爱，也因为这样她收获了一大批粉丝，但她的打法却和她的长相完全相反，极为凶悍。

　　小小的身体似乎拥有着无穷无尽的力量，她不要命一样，吊球、杀球、扣球，再加上还有队友的帮助，一时之间竟然打得谢拾安她们手忙脚乱。

　　乔语初手撑在膝盖上，不停喘着粗气。

　　她手腕上还戴着护腕，拿着球拍的右手在连续高强度的发力之后，已经微微发起抖来。

　　在谢拾安关切的目光看过来时，乔语初又重新直起了腰，信心满满："拾安，我们也要放手一搏了。"

　　两个人交换了一个眼神，彼此心照不宣。

　　乔语初点点头，站到了前面。

　　解说员A："别说什么国界之分，现在的金南智就代表中国燕京队，谁是东西部赛区最强，就看这最后的几个球了。"

　　解说员B："谢拾安发接发，金南智回手挑一下，乔语初平抽，金南智反手挑对角。"

　　看见金南智跑到网前的时候，乔语初眼前一亮，机会来了！

　　她没回头，只是大喊："拾安！"

　　一道迅捷如闪电般的身影从乔语初背后猛地窜了出来。

　　乔语初配合谢拾安微微下蹲，低下了头。

　　球拍带起的劲风扬起了她的发丝。

　　砰——

　　白色"流星"划过半空。

就是这眨眼的一瞬间,"流星"坠地。

记分牌亮起。

20∶19。

还有一个球,谢拾安她们就能拿下这场的胜利,意味着滨海省队也将夺得本届全国大赛团体赛的总冠军。

全场都在为她们欢呼。

这个交叉掩护进攻,让解说员都看傻了。

解说员A:"这个球,我只能说是天衣无缝,无论是彼此的实力还是默契程度,乔语初刚刚要是稍微站起来那么一点点,谢拾安打到的就不是球,而是她的脑袋了。她为谢拾安的突然进攻做了大量的铺垫和假动作,把金南智都给骗了过去,以为她还要和自己拉扯接球呢,殊不知,螳螂捕蝉,黄雀在后。"

躺着休息的简常念都顶着毛巾跳了起来,为她们欢呼:"拾安,语初姐,好样的!"

站在场外的严新远也为她们鼓掌大声叫好。

金南智回头看了一眼自己的队友:"最后一个球了,不留遗憾就行。"

一脸沮丧的队友因为她这一句话又重新振作起来,点了点头道:"好!"

"谢拾安发接发,成败就在此一举了啊。"

解说员B也有些兴奋,紧紧盯着屏幕:

"金南智封网。

"乔语初后撤,一个高远球,拉开了距离。

"谢拾安在等,等一个能一击必杀的机会。

"金南智这个球反击得漂亮!

"乔语初一个鱼跃,极限地把球救了起来。"

手撑在地上的时候,又传来一阵锥心刺骨的刺痛,乔语初顾不得许多,只是牢牢盯着半空中飞来的那抹白色鸿羽:"拾安!"

谢拾安闻声而来,身随意动。

她就像一堵墙一样拦在了网前,高高跳起,气流扬起了她的发丝,蓝白色队服飞扬着。

仿佛全世界的光都洒在了她身上。

流星白羽腰间插，剑花秋莲光出匣。
这是赢了比赛之后，解说员们对谢拾安的溢美之词。

随着这一记绝杀，记分牌亮起。
21：19。
比赛落下了帷幕。
全场寂静。

周沐疯狂地拍着桌子大喊："啊啊啊，我们赢了！"
妈妈推门而入："大晚上的不写作业，干什么呢？"
周沐赶忙把手机压在了书本底下，讪笑着："这就写，这就写。"
等妈妈走后，她又把手机拿了出来，却没有再玩了，而是扔到了床上。
简常念跟尹佳怡要的那张签名，被周沐从笔记本上撕了下来，拿相框裱了起来，和她们走之前聚会的照片一起放在了书桌上。
看着朋友们的脸以及这张珍贵的签名，周沐会心一笑，翻开了试卷，又投入了书山题海里。
她心道："常念她们都这么棒，自己也要加油才行。"

扑通——
少年跃入池底，循着那一片光亮游去，再次起身的时候，听见周围传来了欢呼。
"03号程真，以3分57秒的成绩，打破了建队以来男子400米自由泳最好成绩，恭喜他！"
少年看着记分牌，嘴角扬起了大大的笑容，兴奋地扑起了水花。

镜头再次回到滨海省队这边，谢拾安回身，朝坐在地上的乔语初伸出了手。
"我们赢了。"
乔语初脸上总算是露出了如释重负的微笑，搭上她的指尖。
谢拾安使力，把人拽了起来。
颁奖的时候，众人坚持把严新远也拉了上来。
简常念从自己脖子上取下奖牌，挂在了他身上，手里拿着干花，笑容灿烂，和队友们一起合影留念。

有记者去采访拿了银牌的金南智，少女微微笑着，眼底也闪烁着泪光。

她透过记者的话筒，在跟观众说，也是在跟没有来现场的那个人做着最后的告别："一年前我追着一个不切实际的梦来到这里，今天这场比赛是我在中国打的最后一场比赛了，很开心谢幕之战能打得这么精彩，也很感谢我的队友和教练在这一年里，对我的关心、帮助和支持。

"这段日子对我来说，弥足珍贵，以后咱们国际赛场上见。"

金南智说完，对着镜头深深鞠了一躬。

她的教练和队友们都纷纷围了过来，红着眼眶抱在了一起。

解说员看见这一幕，也有些动容。

"再见，燕京队的金南智，在接连败给谢拾安之后，也请不要气馁，你今天能站在这里，恰恰说明，你已经打败了大多数人。

"银牌不是你的最好成绩，但绝对是你，或者说是十七岁的金南智，最差的成绩。

"竞技体育没有国界，感谢你为燕京队做出的贡献，我们永远期待着你在世界舞台上大放异彩的那一天。"

第三章

裂痕

"南智，我舍不得你。"

"南智，有机会一定要回来看看啊。"

"好，有时间来汉阳玩，我一定带你们好好逛逛。"

金南智拖着行李箱，和自己的队友们一一拥抱告别。

一回头，谢拾安和乔语初缓缓走了过来。

谢拾安手插在兜里，语气淡淡的："你要回韩城了？"

金南智点了点头，嘴角扬起明媚的笑容："对啊！你来送我啊？"

谢拾安心道："你想得倒挺美。简常念说你要走了，托我带句话，等下次见面的时候，一定会打败你。"

金南智喷了两声："欸，你这个人真的很口是心非，自己想来就来嘛，还推给别人。"

谢拾安额角青筋跳了两下。

赶在她发火之前，金南智总算是又想起了另一件事："最近一直忙着训练，你的外套洗干净忘了还给你了，反正我都要走了，就留给我做个纪念吧。"

一件衣服而已，谢拾安痛快地点了头："好。"

金南智上前一步，冲她伸出拳头，眼里锋芒毕露："下一次见面，我就是韩城队的金南智了，期待和你在世界舞台上的比赛。"

谢拾安微微一笑，和她碰了一下拳头："我也是，反正结果也没有什么不同。"

谢拾安是懂论如何一句话让金南智破防的，这不大小姐又跳着脚叫了起来。

躲在体育馆门口阴影里的某个观众，远远地看着她们笑闹，却没有勇气上前一步去把手里的花递给金南智。

直到，金顺崎的车开了过来。

车窗摇下来，露出车主英俊的一张脸："走吧，南智，我送你去机场。"

乔语初吃惊得瞪大了眼睛："金，你说的侄女难道就是……"

"小叔叔，我的生日礼物呢？"金南智甜甜地叫了一声，扒在了车门上。

"这辆车就是啊，等你考过了驾照，就给你。"

在看到金顺崎出现的那一刹那，谢拾安的神色起了一丝微妙的变化。

她扬起的嘴角慢慢落了下去，手插在兜里，冷淡地看着他们寒暄，一言不发。

"之前就听南智提过了，遇到了一个很强的对手，没想到就是语初的妹妹啊，幸会幸会。"

谢拾安仿佛没听见一样，转身就走。

金顺崎下了车，伸出来打算握手的手停留在了半空，气氛有一丝尴尬。

乔语初笑了笑，打着圆场："金，你别介意，她今天打比赛确实有点累了。"

金顺崎摸摸鼻子，收回手："没事，我就是觉得，咱们都认识，还蛮有缘分的，如果不是要赶飞机，真想邀请你们一起用个晚餐。"

金南智拉开车门，坐了上去："小叔叔，你快点啦，要赶不上飞机了。"

"没关系，你们先去吧，改天再约也可以。"乔语初道。

金顺崎回身拉开车门，和乔语初挥手告别："那，语初，改天见。"

车刚开出去不远，金南智仿佛又想起了什么事似的，下意识想去推车门下车。

金顺崎吓了一大跳："喂，喂，你干吗？快坐好！"

金南智回过神来，手慢慢从车门上松了开来，神色有点怅然。

金顺崎看了看她的眼神，小心翼翼地问道："是还有什么人没来得及告别吗？"

金南智捏着手机，轻轻地点了一下头："嗯，一个……朋友，她说会来看我的每一场比赛，只要她有空的话。"

金顺崎一边开车，一边抽空看了她一眼："那她今天来了吗？"

金南智摇了摇头。

尹佳怡人在杭城，怎么来？也不会来。

"没有。"

从小到大，这还是第一次见她失魂落魄，金顺崎换回了母语，安慰道："南智啊，也不一定就是朋友失约了，有很多事是我们无法预料到的，但有一件事，叔叔想告诉你，那就是我们想念谁，一定要及时告诉她。

"因为你也不知道未来会变成什么样子，不论是不是朋友，至少此时此刻，你们心系彼此。"

人潮散尽，尹佳怡从地上捡起一张透卡，是观众落下的金南智的应援物。

照片上的女孩，明眸皓齿，笑得灿烂。

她凝视了良久，正打算掏出手机的时候，铃声响了起来。

尹佳怡手忙脚乱地接通："喂？"

"是我。"

"我知道是你。"

"我要回韩城了。"金南智轻声说着。

"嗯。"

"以后没人烦你，你可以轻松一点了。"金南智的语气大大咧咧的，但细听尾音还是有一丝颤抖。

尹佳怡沉默良久。

久到身旁的车来了又走，北风呼呼刮着，她站在这里，迎来了燕京今年冬天的最后一场雪。

"我从来……"

车流呼啸而过的声音和风声一起压过了电话那头的人声，金南智一时没能听清楚她究竟说了句什么。

"你说什么？"

"我说……"尹佳怡又重复了一遍，"生日快乐。"

金南智这才笑开："你还记得今天是我生日啊。"

"嗯。"尹佳怡也笑了一下，"因为去年你就是这个时候来的。"

"那你还记不记得，去年的这个时候，我们的约定——"

去年金南智来的时候，因为她在这个国家只有一个熟人——尹佳怡，所以即使千般不愿，教练还是派尹佳怡来机场接的她。

自从韩城那次集训之后，两个人已经许久未见了。金南智一下飞机，就缠着尹佳怡要生日礼物："喂，尹佳怡，今天是我生日哎，你就没有一点表示吗？"

"表示就是你爱走不走，不走拉倒。"

金南智蹲在地上，抱着尹佳怡的腿就差撒泼打滚了："我可不认识路，你把我丢在机场，就是影响两国友谊，千古罪人你！"

尹佳怡哭笑不得，拿金南智没办法："那大小姐你说，你想怎么办？你也没提前告诉我，你今天生日啊。"

金南智从地上爬起来，抱住尹佳怡的胳膊："我后天入队第一场比赛，你来看我吧，还有以后的每一场比赛，只要你有空，都来看我。"

尹佳怡扶额："你当我很闲吗？"

"我知道，世界冠军，大忙人，不是世界冠军，我还不稀罕你来看我呢。你想想，世界冠军坐在场外看我比赛，那我得多厉害啊，冠军 buff（在游戏中常指增益效果）加成，这不得百战百胜！"

"哎呀，真是怕了你了，行行行，看看看。"

一年前尹佳怡空着手去接金南智，一年后尹佳怡拿了花去看她的比赛，却没好意思亲手交给她。

她艰难地吐字："对……"

金南智仿佛知道尹佳怡想说什么，故作轻松地笑了笑，打断她的话："好了，我要到机场了，尹佳怡，再见。"

金南智很少用这么正经的语气跟自己说话，她留给尹佳怡的印象大多是撒娇的、耍赖的、生气的、无理的。

"南智，"那一瞬间，尹佳怡察觉到对方失望的情绪，她有些急促地叫了金南智的名字，然后一字一句道，"世锦赛，我会参加，到时候我们再见面吧。"

金南智一怔，旋即破涕为笑，吸了吸鼻子道："那我们可说定了！"

"好，说定了。"

尹佳怡笑了笑，挂断了电话。

尹佳怡回到训练中心的时候已经是深夜了，队友把她迎进门："不是下午的飞机吗？怎么这么晚才到，还不让我们去接你。哎，你怎么坐飞机还带了束花啊？"

尹佳怡把背包放在了床上，找了个花瓶把花养了起来："回来路上看见的，觉得很美就买了。"

大片紫罗兰盛放着，那么美又那么热烈，扑面而来的，鲜活的生机点亮了房间。

下了飞机赶去比赛场地，路过花店的时候，尹佳怡一眼就相中了橱窗里的它。

"拾安！拾安！你走那么快干吗？"乔语初小跑了一段路，才追上谢拾安。

谢拾安脚步微顿，头也没回："回去休息。"

乔语初攥住她手腕："你心情好不好，我还看不出来吗？你为什么对金医生那么没礼貌？第一次也就算了……"

乔语初话音未落，谢拾安猛地回头看了她一眼："我对他没礼貌？就是个陌生人，我还要怎么对他啊，三跪九叩吗？"

即使谢拾安收敛了锋芒，也难掩骨子里的尖锐。

"而且你为什么要向着他说话，你们很熟吗？我没礼貌的时候多了去了，也没见你指责过我半句！"

谢拾安说话向来都是这样一针见血。

乔语初哑口无言，徒劳无功地解释着："不是……我是觉得，金医生尽心尽力给我做手术，让我有能重返赛场的机会，你不看僧面看佛面，也该对人家客气一点吧。"

"是，你的手术是他做的没错，可他除了是你的医生，也是我们的对手，他是金南智的叔叔啊，我还要怎么对他客气啊！"

两个人唇枪舌剑之间，乔语初的火气也被点燃了："谢拾安！虽然是对手，你不是也救了金南智一命吗？她走之前你还去送她，在你心里，比谁都尊重每一个真正有实力的对手。

"所以，我就不明白了，你究竟是在生什么气啊，我真是越来越搞不懂你了！"

乔语初这番话吼完，谢拾安的眼神一下就黯淡下来了，抿紧唇，一言不发，转身就走。

雪越下越大。

她走的方向并不是回训练中心的路。

谢拾安这个性格，让她一个人出去，还不知道会做出什么事。

乔语初心急如焚，一把拉住了谢拾安的胳膊："拾安……"

话音未落，谢拾安一把甩开了她，手正好打在了乔语初的右手腕上。

乔语初吃痛，倒退了几步。

只顾着闷头往前走的人总算是停下了脚步。

谢拾安装出了一副心硬如铁的表情，实际上微微泛红的眼角早已出卖了她："你别跟着我，我自己会回去的。"

乔语初试探着，往前走了几步，一点点挽上她的手臂："拾安，我刚……太着急了，口不择言，你不要往心里去，你知道我不是那个意思。

"现在夜已经深了，雪又下得这么大，我们……我们回去慢慢谈。严教练，还在等着我们呢。"

乔语初拽着谢拾安走了两步，也许是顾及着乔语初手腕上的伤势，谢拾安并没有反抗，就这么跟着她回到了车上。

医院里。
打完比赛的简常念总算是肯安安分分地躺下来挂水休息了。
严新远坐在她床边的椅子上，一边削着苹果，一边问："所以，你昨晚彻夜未归，就是为了练拾安的绝招？"
简常念微微坐起来，点了点头，一脸等着被表扬的兴奋表情，道："对啊，我天天当她陪练，看见这一招可馋死了，想着要是能在比赛中用出来就好了，肯定能一招绝杀，赢下比赛！"
"拾安练多久了？你才练了多久？知不知道什么叫拔苗助长！还敢晚上不回去睡在训练室，把自己整感冒了，我看你就是欠削！"严新远皮笑肉不笑的，真想给简常念那么一下子，好叫她清醒清醒。
简常念看着他手里明晃晃的刀子，哭丧着一张脸，吱哇乱叫："啊——严教练饶命，看在今天比赛赢了的份上，不要训我了吧！"
严新远冷哼了一声，递了一个削好的苹果过去："也就是今天比赛赢了，不然看我怎么收拾你。我告诉你，等你感冒好了，给我写八百字的检查交上来，好好反省反省！"
简常念疯狂点着脑袋认错："写写写，就是八千字也写。"
敲门声响了起来，严新远起身去开门。一见着来人，简常念脸上就露出了笑容："拾安、语初姐，你们怎么来了？金南智走了吗？"
乔语初把手里拿着的饭盒放在了桌上，伸手摸了摸她的额头，没有刚才那么烫了："来给我们的大功臣送饭啊！喏，你爱吃的猪脚饭。"
简常念兴奋地打开饭盒一看，顿时大失所望："啊！猪脚饭里没有猪脚，怎么能叫猪脚饭呢？"
乔语初扑哧一声笑了出来："医生说了，感冒期间，饮食清淡，忌油腻辛辣，这不是还给你配了青菜吗，快吃吧。"
"严教练，这是您的。"乔语初从袋子里又取出了一份递给严新远。
简常念一边吃饭，一边看着她们，谢拾安从刚刚进门开始，到现在都一言不发，沉默得有些反常。
"拾安，你不吃吗？"

"不饿。"谢拾安冷冷地回了两个字。

简常念反思了一下，自己今天好像没有惹她啊，难道是因为自己偷学了她的绝招？

"那个……我也是在给你陪练的时候，看你打……所以也想尝试一下。今天能成功我也很意外，你不高兴我以后不练了就是。"简常念小心翼翼地说着，把自己的饭盒推到了谢拾安面前，"因为我生病，害得大家今天赢了比赛也不能去聚餐。打了那么久，怎么可能不饿，你多少吃一点吧，这半边我没有动过，给你。"

她不提这事还好，一提谢拾安就像吃了枪药一样，再加上本来心情就不太好，顿时发作了："你觉得你自己很能吗？当什么救世主，搞成这副样子，没有你今天我也能赢下比赛。"

越说越不像话了。

乔语初一把将人拉住："拾安！常念都这样了，你就少说两句吧。"

简常念的笑容僵在了脸上，一点一点地缩回手："对不起。"

"没事啊，常念，你先吃饭，我和拾安在来的路上已经吃过了。你跟我出来一下。"乔语初说着把人拉出了房门。

"我们两个人吵架，你有必要迁怒别人吗？"

谢拾安手插在兜里站着，表情有些桀骜："我就是这样，你又不是第一天认识我了。"

"你——"乔语初气不打一处来，再想想自己为了能和她一起比赛吃的那些苦，下意识扬起了手。

谢拾安微微弯起了嘴角，脸上挂着讽刺的笑，不躲不避，红着眼眶等着掌风落下来。

乔语初的手最终只是轻轻挨了一下谢拾安的脸。

乔语初颓唐地转身，今天强撑起来的精神消耗得一干二净，只觉得从里到外的疲惫："你自己回去吧，我不想再管你了。"

谢拾安赌她会心软，舍不得打自己，可是赌赢了，却没有想象中的那么开心，甚至有一丝难过。

童年被父母遗弃的阴影再一次袭上心头，谢拾安溃不成军，去拉她的手腕："语初，语初，我不该跟你发脾气……"

乔语初推门而入，反手锁上了病房门。

看到她进来，屋里的两个人面面相觑。

"拾安她……"简常念忧心忡忡道。

乔语初勉强笑了笑："没事，我和她有一点小摩擦，让她一个人安静一下吧。"

走廊里渐渐没了动静。

严新远起身："毕竟这不是江城，人生地不熟的，你在这儿陪着常念吧，我去找拾安。"

乔语初颓然地点了点头。

"好，谢谢严教练。"

第四章

愿望

比赛打完，也不用再训练，乔语初离开之后，谢拾安骤然有一种不知何去何从的茫然。

她在楼下的花坛边上坐了很久，羽绒服上都落满了雪花。

头顶上方突然撑开了一把伞。

谢拾安眼里含着一丝欣喜，抬起头来："语……严教练。"

严新远叹了一口气，把人拽了起来："走吧，孩子，我送你回公寓。"

谢拾安不情不愿地跟着他走了几步："我在这……"

在被他宽厚的手掌拉住的时候，她久违地感受到了一丝来自长辈的温暖，余下的话便再也说不出来了。

看着严教练佝偻的背影、蹒跚的步伐时，不知道为什么，有那么一瞬间，谢拾安想到了爷爷。

她把严教练手里的伞接了过来。

看着雪地里一老一少的身影逐渐走远，楼上的乔语初这才放心地关上了窗户。

简常念看着她，眼里有些不解："既然关心的话，为什么不下去呢？"

乔语初坐回到床边，盯着自己的手腕，嗓音放得极轻："拾安已经长大了，我不可能陪着她一辈子。"

从医院到公寓距离不远，严新远看谢拾安没有想要坐车的意思，便陪着她一起走完了这一程。

两个人边走边聊。

"拾安啊，你看今晚雪这么大，明早起来，说不定又是一个晴天了呢。"

他意有所指。

"万事万物都是这样的，有盈就有亏，有相聚就会有分离，没有人能逃得过这样的自然规律。虽然我不知道你为什么心情不好,但学会顺其自然,也是人生的必修课之一。"

严新远说到这里,谢拾安才抬了一下眸子。

"从小到大,我再混账,她也没打过我。"

那一巴掌轻轻落到脸上的时候,即使她赌赢了,也还是心如刀绞。

尤其是她们争吵的重心还是一个外人。

严新远和蔼地看着谢拾安,老人身上的豁达和平静也在感染着她:"如果你只是一个陌生人,我想无论你变成什么样,语初都不会生气的。可是你是谢拾安,是她从小看着长大的,我想她有时候的想法,可能会和我差不多,有些恨铁不成钢。"

谢拾安低下了脑袋,看着脚下的路,在雪地上踩出了一串又一串的脚印:"是……这样吗?"

"你单打决赛赢了的那天晚上,她跑来找我,请求我不要把她刷下大名单。拾安,她也想和你一起打很多很多场比赛。"

谢拾安顿住脚步,公寓楼到了。

严新远把伞接了过来,站在路灯下。

他的身上总是有一种令人平静下来的力量,无论是在训练时,还是生活里。

谢拾安见过很多迂腐的老师,但唯独不讨厌严新远的说教,因为她知道,严新远是真心对她们每一个人好。

"语初为了能重返赛场,真的付出了非常多的努力,还有常念,发着烧还坚持赢下了比赛。

"我们是一个集体,你在房里说的那些话,她们听了,会难过的。"

少女挺直的脊梁终于有了一丝颤抖:"我……我会跟常念道歉的。"

严新远笑了笑,洞若观火:"其实我也看出来了,除了和语初吵架,你是不是觉得,自己练了几年的招数,常念只用了几个晚上就学会了,所以有一点点落差感。"

谢拾安抬起头,想辩解什么,然后又颓然地垂下了脑袋:"我……虽然赢了比赛,但是我好像也没有很开心。尹佳怡、蒋云丽,还有金南智,甚至是常念,她们都很强,我还没有和她们拉开太大的差距。"

"竞技体育哪有常胜将军呢?"严新远把人送到了台阶上,轻拍了拍谢拾安的肩膀道。

"你们这一代人就是我们国羽的脊梁,而你和常念——"严新远看着她,目光慈爱,笑了起来。

077

"我有预感，会是世界羽坛未来的双子星。"

被人期待和鼓励着的感觉，让谢拾安空落落的内心又充满了温暖。

少女终于露出了一个笑容。

严新远摸了摸她的脑袋："去吧，回去好好睡一觉。等常念好起来了，我带你们在燕京到处逛逛。"

谢拾安走上楼梯，又回过头来说了一句："严教练，我一定不会让您失望的。"

简常念看乔语初一直盯着自己的手腕，为了遮掩手术留下的疤痕，乔语初戴了一个护腕，就连比赛的时候也没取下来过。

简常念坐在床上，有些心疼地捧起了乔语初的手，轻轻地吹了吹："语初姐，还疼吗？你手术刚做完就来打比赛，要是我不生病就好了。"

乔语初看简常念就像看妹妹，当然，这个妹妹要比谢拾安省心得多，于是伸出手摸了摸她的脑袋："早就不疼了。你也不想生病啊，大家都是为了同一个目标在努力，所以拾安刚刚的话你不要往心里去，她是在和我赌气呢。"

简常念似懂非懂地点了点头："语初姐刚刚说拾安已经长大了，不需要你了，可是人不管长到多大，都还是需要亲人的啊。"

她掰着指头算了算："我有外婆，语初姐有父母，严教练有我们，只有拾安，什么都没有。"

乔语初浑身一震，微微咬紧了下唇，谢拾安离开之前失望的眼神又浮现在她的脑海里。

乔语初看着简常念，忽然有点羡慕，羡慕简常念的心直口快，有什么就说什么，原来懵懂无知的人才活得最通透。

"我知道了，我和她也很少这样吵架，等彼此都冷静一点，我也会去跟她道个歉。"

乔语初扶着人躺下，替简常念掖好被子："你睡一会儿吧，等烧退了我们就回去。"

难得第二天没有比赛，本可以好好休息的夜晚，谢拾安却失眠了。

她躺在床上辗转反侧，索性爬起来做了一整套地面运动，却还是睡不着。

她看着另一侧空空荡荡的床铺，悄无声息地叹了口气，今晚乔语初多半是不会回来睡了。

谢拾安想了想，拿起钥匙和钱包出了门。

她在门卫大爷眼皮子底下刷卡出了大门，过了一会儿，又拎着一袋啤酒和下酒菜走了回来。

门卫大爷喊了谢拾安好几声，可她戴着耳机，头也不回地进了公寓。

回到房间，她锁上门。

谢拾安靠着床沿坐了下来，随手拖过一把椅子，把下酒菜放了上去，然后从塑料袋里取出啤酒，一罐、两罐、三罐……接连打开放了手边。

她透过落地窗，安静地欣赏着燕京的夜景，享受着这难得却又有些寂寥的独处时光。

"嘀嗒嘀嗒"，时针不知道走了有多久。

谢拾安手边的啤酒罐全空了。

此时，房门传来一声轻响。

乔语初还没走进来，就闻到了一阵刺鼻的酒味。她按开壁灯，顿时大惊失色，把包扔在了自己的床上，走了过去。

"拾安！你怎么喝了这么多酒啊？"乔语初又气又心疼，晃着她的肩膀，试图把人叫醒。

谢拾安手里还拿着一个空啤酒罐，脑袋歪在了床沿上，皱着眉头，似是有些难受。

乔语初把她手里的啤酒罐拿走，触到她指尖，竟是凉得刺骨，也不知道她究竟在这儿坐了多久了。

乔语初叹了一口气，使劲把人从地上抱了起来。

"真是拿你没办法，谢拾安，你什么时候才能让我省点心啊？"

躺在床上的人无知无觉，只是眼角渗出了几滴泪水。乔语初替她脱了外套，盖好被子，打开空调，然后又拿起钥匙出了门。

这个点医务室早已经没人了，况且运动员深夜喝酒也不是什么光彩的事，乔语初想了想，还是跑到稍微远一点的药店去买了醒酒药。

她拎着塑料袋急匆匆地跑了回来，水是走之前就烧好的，现在温度正好。

乔语初把人扶起来了一点，让人靠在自己怀里，将玻璃杯小心翼翼地递到了谢拾安的唇边："来，拾安，喝了就不难受了。"

在她的催促下，谢拾安抿了一小口，然后就皱起了眉头："苦……"

乔语初端起来自己尝了一下，是有点，还好她早有准备，从床头柜上拿起喝咖啡剩下的白砂糖，倒了一点进去，拿勺子搅匀，再送到谢拾安唇边。

这次谢拾安没再拒绝了。

乔语初看着谢拾安一口一口喝完。心想她虽然已经是个成年人了，还是个了不起的冠军,但在自己这里,总是一副孩子心性,长不大似的。

"你啊,我就不该让你一个人回来,要是让严教练知道了,看他怎么罚你,还好比赛打完了,不然被禁赛了的话,你哭都来不及。"

乔语初说着,放下杯子,正准备起身。

她看到谢拾安闭着眼睛,泪却涌了出来。

被酒精支配了大脑的人,说话有些语无伦次:"乔语初!我疼……心里疼……我小时候那么淘气,你最害怕虫子了,我抓起蚯蚓放进你的书包里,你也没打过我。

"凭什么……凭什么……你要为了一个无关紧要的人凶我,我不……明白……"

谢拾安哽咽着:"我不想你离开我……

"他们都不要我……

"只有你……只有你了。"

那一瞬间,简常念跟乔语初说过的话,又涌入了她的脑海里:

"可是人不管长到多大,都还是需要亲人的啊。

"我有外婆,语初姐有父母,严教练还有我们,只有拾安,什么都没有了。"

乔语初早该想到的,曾被父母遗弃过的人,内心该多么缺乏安全感啊。

也因为这样的经历,谢拾安打小就寡言,不擅长表达自己,没几个朋友,她就没见谢拾安哭过几回,更别说现在这样泪流满面的样子。

乔语初心里五味杂陈,眼眶一热,她轻轻揩去谢拾安眼角的泪水,把人抱在了怀里:"对不起……我说的也都是气话,我怎么可能不管你呢?你也是我生命中最重要的人之一。"

谢拾安把头埋在乔语初怀里呜咽着,乔语初便有一下没一下地拍着谢拾安的背,直到她慢慢安静下来。

药效总算发挥了作用,谢拾安舒展开了眉头,呼吸均匀。乔语初动了一下,想起身,又被人紧紧抱住了胳膊。

谢拾安眼角又挤出了两滴眼泪:"不要……不要离开我……"

"唉……"乔语初无奈地叹了口气,摸摸她的脑袋,"好,我不走行了吧。"

乔语初坐在床边,帮谢拾安盖好被子。

她伸手按灭了台灯。

"快睡吧,晚安。"

谢拾安醒过来的时候已经天光大亮了。

她艰难地睁眼，脑袋还是昏昏沉沉的，太阳穴隐隐作痛，于是又合上了眼睛。

本来是想多睡会儿的，奈何这时门铃响了起来。

浴室里传来了哗啦啦的水声，乔语初应该是在洗澡。

谢拾安爬起来开门。

是简常念。

"严教练让我来叫你们……"

她话音未落，就看见了满地散落的啤酒罐，顿时惊呼："拾安，你居然在公寓里喝——"

胆子也太大了吧。

谢拾安一把捂上了简常念的嘴，把人摁在了墙上："不许说出去，否则——"

简常念疯狂地点着脑袋："知道了，快放开我啦！"

乔语初听见动静，从浴室里探出头来："这大清早的，你们怎么又在打架了？"

谢拾安这才收回手："没有，我就是……"

简常念烧退了，感冒还没好呢，被她这么一吓，咳了几声，险些喘不过气来："咳咳……谢拾安，你谋杀啊！"

谢拾安回身去收拾屋子："谁叫你一进来就大呼小叫的？"

"严教练说下午咱们去景区逛逛，明天早上的飞机就回江城了，我好心跑来叫你，谁知道一进门就被一顿毒打，真是好心当作驴肝肺。"

简常念嘀咕着，却还是帮她捡起了地上的啤酒罐，扔进了垃圾桶里。

乔语初在浴室里大声说："拾安，你还是快点把垃圾收拾好，自己带下去吧，不然一会儿清洁阿姨就来了。"

谢拾安把垃圾袋系紧，扔给了简常念："拿着，和我一起去。"

"喂，为什么我也要去啊？"简常念不理解。

谢拾安从背后推了简常念一下："没看见我拿不下吗？废什么话。"

两个人一起下了楼。

简常念走在前面，谢拾安一直记着昨晚跟严新远说的，要跟简常念道歉的话，犹豫了一会儿还是开口道："你感冒好点了吗？"

"烧退了，还有点咳嗽，吃点药就好。"

面对谢拾安罕见的关心，简常念奇道："你把我叫出来，不会就是想跟我说这个吧？"

谢拾安有点无语，把垃圾扔进了垃圾桶里，一言不发，转头就走。

简常念扔掉手里的东西，追了两步，心里美滋滋的，如果身后有尾巴，那么早就翘上了天。

"哎呀，语初姐又不是外人，你关心就关心嘛，光明正大说不就好了，不用这么遮遮掩掩的。"

谢拾安猛地顿住了脚步。

简常念以为她又要动手，下意识就往旁边一闪，却见对方只是站在台阶上，认真地看着她。

"虽然我昨天的语气有些不太好，但是——你真的可以相信我，我不希望比赛的胜利建立在队友的痛苦之上，无论是你还是语初。"

简常念一怔，胸口涌进一股暖流。

她刚想开口说什么，谢拾安转身就走："还有，我不介意你模仿我，我只是……"

简常念追上去："只是什么？"

"没什么。"谢拾安摇了摇头。

她只是有点惊叹于简常念的成长速度罢了。

滨海省队一行人离开燕京之前，又去了热门景区和商场转了转。在广场前面，有不少拿着相机等着给游客拍照的小贩。

简常念心思一动："拾安，我们拍张照吧，我还是头一次来燕京呢，想留个纪念。"

乔语初她们已经走到前面去了。

谢拾安手插在兜里，表情有些不耐烦："都是要钱的，我拿手机给你拍不就好了。"

简常念一把将人拽了过来："哎呀，就十块钱，我出了！"

刚好严新远跟在后面，简常念也把人拉了过来凑热闹。

"老板，给我们来一张。"

"好嘞。"

说时迟那时快，不等谢拾安摆好动作，老板已经按下了快门。

等照片取出来一看，严新远站在中间，一左一右揽着她们，两个人都笑容灿烂，只有谢拾安一个人的表情踬得二五八万似的。

简常念给了钱，乐得合不拢嘴："就要这张。"

"不行，给我重拍。"

谢拾安伸手去夺，简常念早就一溜烟跑远了，正躲在乔语初身后冲她做鬼脸。

一下午的时光就在打打闹闹中度过了，一行人又去吃了烤鸭，回到公寓已经是晚上八点多了。

金顺崎的车就停在训练中心门口。

谢拾安记得他的车牌号，而且除了他，训练中心里也没人开这种豪车。

乔语初也顿住了脚步。

金顺崎从车里钻了出来，冲她招招手："语初。"

乔语初回头看了谢拾安一眼。

谢拾安低下头。

"我去一下，马上就回来，你先回去吧。"乔语初安抚道，匆匆跑了过去。

"金医生，什么事？"

金顺崎敏感地留意到乔语初对自己的称呼又回到了最初的生疏，不过他早已不似年轻人那样冲动，也学会了不动声色："我看南智已经回韩城开始训练了，估计你们也快要回去了，想着走之前再请你吃个饭。"

乔语初笑了笑："我们明天的飞机，我已经吃过饭了。"

金顺崎一怔："这么快啊？"

"对啊，你不是说韩城队已经在备战了吗？我们也得加紧训练才行。"

"那……我请你喝杯咖啡可以吗？"金顺崎替乔语初拉开了车门，眼里带着一丝恳求道，"我从国际医院开过来还挺远的，而且世锦赛也不在燕京举行，我们下一次见面就不知道是什么时候了。"

乔语初看着他诚挚的表情，心一软，还是点了点头："那好吧。"

看着那辆车逐渐走远，简常念小小地叫了一声："拾安……"

谢拾安这才收回视线："走吧。"

她们正准备离去的时候，一行人迎面走了过来，为首的人四十岁开外，拎着公文包，正是万敬。

"师兄。"万敬先跟严新远打了个招呼，然后把视线挪到了谢拾安身上。

严新远立刻明白了，这是挖人来了，看这阵仗，估计连合同都拟好了。

"那个……"万敬轻咳了一声道,"我叫万敬,现任国羽女队主教练,这是……"

他随后又介绍了一堆人,不过谢拾安一个也没记住,不卑不亢地和人轻轻握了握手便松开。

"万教练,你好,请问有什么事吗?"谢拾安问道。

万敬看了一眼谢拾安身后的一堆人,刻意避开了严新远的视线:"是这样,有些事我们想和你商量一下,去会议室吧。"

谢拾安站着没动:"什么事不能在这儿说?"

万敬索性也不避讳了:"是关于这次世锦赛以及你个人未来发展前途的事。"

严新远拍拍她的肩膀:"去吧,去听听看也好。"

会议室里。

谢拾安一个人坐在一侧,万敬轻咳了一声,清清嗓子,先开了个头:"是这样,鉴于你在全国大赛上的优异表现,各位都有目共睹,我们商量了一下之后,决定破格吸收你进国家队。"

他旁边一个西装革履的人道:"国家队里像你一般大的队员也有,不过那都是从地方上层层选拔挑进来的,先在国青队里磨炼几年,然后到二队,有了一点成绩之后,才能进入国家队一队,破格提拔的机会不多,你要珍惜啊。"

谢拾安脸上的表情淡淡的,始终没什么表示。

万敬又道:"而且,你加入国家队,这次世锦赛的参赛名额,就不用选拔了呀,此次世锦赛在申城举行,作为主办国,国家队有外卡的名额给你。你想想,要想从各省队几百号人里脱颖而出,也是一件不容易的事,万一到时候你状态不好,被刷下去了就不好了。"

世锦赛,代表国家出战,名额有限,她能理解,但这个外卡名额,她就有些看不懂了。

原来只要加入国家队就有名额,那对那些心怀梦想,层层选拔上来的人该有多不公平啊。

谢拾安嘴角勾起一丝笑意:"这算不算是,走后门啊?"

另一个人又发话了:"什么走后门,你小小年纪,说话怎么这么难听,你教练没教过你怎么跟人说话吗?"

谢拾安靠在椅子上,嘴角的弧度落了下去,面色有些冷,就差翻个白眼了。

万敬出来打着圆场:"也不算是走后门啦,这是我们内部培养优秀人才的方针。

"还有啊,你加入国家队,薪资待遇肯定也比之前要好得多。听说你家庭情况挺特殊的,那就该更努力才是,不要白白荒废了这大好光阴。"

万敬从公文包里取出了合同递了过去:"合同我们已经拟好了,你看看满意吗?如果不满意,薪资方面还可以再调,而且据我所知,也有几家公司看中了你的人气和形象,想签你做代言人,只要你加入国家队,商务合同立马也可以签。"

谢拾安直起身,瞥了一眼。

合同上薪资那一块写着她想都不敢想的数字,更何况还有天价的商务代言邀约在等着她。

一夜成名和一夜暴富近在咫尺,没有谁会不动心吧。

谢拾安沉默良久。

众人都以为谢拾安会答应的时候,她把那张纸一点一点地推了回去。

"抱歉,我还是想留在滨海省队,而且,我也不需要谁给我走后门,我会自己打进世锦赛的。"

她嗓音虽轻,却掷地有声,说完就起身走了。

看着谢拾安毅然决然离去的背影,万敬在心底苦笑了一下。

她不仅有气节、风骨、天赋,还肯努力。

师兄,你还真是又培养出了一位好学生呢。

咖啡厅里,侍者拿着菜单走上来:"先生,您好,喝点什么?"

"一杯拿铁,给这位女士……"

乔语初笑了笑,打断了金顺崎的话:"晚上摄入过多咖啡因会容易失眠,给我一杯柠檬水就好。"

金顺崎合上菜单:"那好吧,再来一块黑森林蛋糕。"

"好的,先生,请稍等。"

等侍者走后,金顺崎拿出了一早就准备好的礼物,放在桌上,推给乔语初:"对了,还没恭喜你获得冠军,这是给你的贺礼,快打开看看喜不喜欢。"

乔语初拆开礼盒,是一款名贵的手表。

即使她不怎么关注奢侈品,也在电视广告上无意中看过,这是限量款,价格不菲。

金顺崎是花了心思的,只是以这块手表的价值来说,送朋友明显是不合适的。

乔语初又将礼盒推了回去:"抱歉,金医生,我不能收。"

金顺崎的表情有些困惑:"为什么不能收啊?这是我的心意,运动员也没有不能戴饰品的规定吧。"

乔语初沉默了一会儿道:"因为礼物的价值已经远远超出了我们目前为止的关系,所以金医生还是收回去比较好。"

既然话已经说到这里,金顺崎索性摊牌了:"那为什么不能再进一步发展呢?"

他慢慢倾身,看乔语初没有反抗的意思,一点一点地握住了她的手,深情款款道:"不瞒你说,我从见你第一面就觉得你很特别,我之前虽然也谈过几段恋爱,但是没有谁能像你一样,让我有这种怦然心动的感觉。我并不只是想和你谈一段恋爱而已,我想和你建立起长久且稳定的关系,做彼此的依靠和基石,慢慢走完余生剩下的旅程。

"这些话在我心里憋了很久了,本想晚一点再告诉你我的心意,但是又怕以后再也没有见面的机会了,而且语初……你最近对我不冷不热的,我有些患得患失。"

自从上次他送南智回国遇见乔语初之后,她对他的态度一下子就冷淡了下来,就连消息都不怎么回了。

金顺崎苦笑了一下,看着她的眼睛,真挚地道:"很奇怪吧,我一个已经三十六岁的男人,竟然开始患得患失。语初,我喜欢你,你愿意给我一个机会,一个和你进一步发展的机会吗?"

咖啡厅里飘荡着悠扬的钢琴声,回答金顺崎的是乔语初良久的沉默。

金顺崎温柔,深情,长相俊美,性格也很体贴谦逊,工作踏实负责,家境也很好。

这样的人大概是每个女生心目中的白马王子吧,乔语初承认,在和他相处的过程里,自己是有一点动心的。

只是……

她想到谢拾安一个人哭的样子,猛地咬紧了下唇,慢慢地把手从他的掌心里抽离了出来。

"抱歉,我想我们还是做朋友吧。"

金顺崎脸上有些失落,勉强打起精神笑了笑:"是我哪里让乔小姐不满意吗?如果你介意我的国籍,我们以后也可以在你的国家定居,不会让你远离自己的家乡,还有我的父母,他们都很开明的,不会不同意。

"至于年龄,这个我真是没有任何办法,但是我想我可能比你的同龄人更有优势的一点就是,更成熟,更体贴,更顾家,也有信心和能力给你更好的生活。"

看他这样,乔语初心里也感到一阵钝痛,鼻头没来由地一酸,定了定神道:"不是的,和国籍、年龄这些外在因素通通无关,金医生你已经很好很好了,是我配不上你,我只是一个普普通通的羽毛球运动员罢了,尽管爸妈也在催婚,但是我还是想坚持自己的梦想。

"做乔语初，而不是谁的太太。"

乔语初吸了吸鼻子，嘴角挂着笑容，坚定而又认真地说完了这番话。

金顺崎一怔，有些佩服于她的勇气和坦荡，说出了心中一个模模糊糊的猜测："除了梦想之外还有一部分是因为你的那位……妹妹吗？"

乔语初抿紧了嘴角，还是对他坦白了："她也算一部分原因吧，她很依赖我，我也不可能抛下她独自去结婚，没有哪一个男人可以接受家里平白无故多出来一个没有血缘关系的妹妹吧。就算是金医生，也不可以吧。"

金顺崎沉默，乔语初起身，眼底闪着泪花，笑着跟他告别："那……谢谢金医生这段日子以来的照顾，我们……有缘再见吧。"

金顺崎起身，叫住了她："语初。"

乔语初回身。

男人看着她，嘱咐道："虽然手术已经成功了，但是记得每三个月复查一次，或者……来找我也行。

"尽管比赛重要，但还是要注意身体，我衷心地祝愿你能在通往梦想的道路上越走越远。

"还有，我们现在还是朋友，对吗？"

金顺崎张开了双臂，嘴角挂着温柔的笑容，眼角却泛着红："那作为朋友，可不可以给我一个礼节性的拥抱来告别呢？"

乔语初红着眼，轻轻抱住了他。

谢拾安回到公寓时，简常念还站在楼下。

"你在这儿干吗？"谢拾安皱起眉头问。

简常念搓了搓有些冻僵的手，鼻头都是红的："那个……我……我刚下来，要去便利店，你去不去？"

"正好我也想去，走啊。"谢拾安抬脚，走在前面。

简常念跟了两步，还是有些好奇："那个，他们把你叫去，说什么了？"

两人进了便利店，谢拾安一边从货架上挑选零食，一边道："说破格提拔我进国家队一队，明年世锦赛的选拔赛也不用打了，直接锁定一个外卡名额。"

货架上的商品琳琅满目，简常念看都没看一眼，只绕着谢拾安团团转："你答应他们了？！"

谢拾安从货架的缝隙里瞥了简常念一眼："那可是国家队，而且还有高额的薪资和商务代言邀约在等着我，是你你也会同意吧？"

光是听见薪资和商务代言两个词，简常念的眼里就冒出了星星，愣了愣，才点了点头："那倒是。"

不过片刻后，她又恨不得把自己的舌头咬断："呸呸呸，是什么是！谢拾安，你不会真的答应了吧？"

谢拾安付完钱，拎着购物袋往外走："你不是也说了吗？我有什么理由不答应。"

简常念追着谢拾安的背影，大喊："谢拾安，我真是看错你了！严教练那么喜欢你！你打比赛，他彻夜不休陪着你！你的衣服破了，都是他亲手给你缝，他在你身上倾注的心血，比我多得多！"

"还有我和语初姐，大家一路走来，多么不容易，才刚刚拿到团体赛的冠军，你就要为了钱，抛弃我们，抛弃滨海省队这个大家庭吗？"

她红着眼睛，一口气吼完，就连空气都寂静了那么一两秒。

路过的行人纷纷诧异地看着简常念。

谢拾安回过头来，嘴角挂着揶揄的笑。

简常念吸着鼻子，吞吞吐吐地说："看……看什么看……没看过人哭啊……"

谢拾安看着简常念的表情越发玩味起来，眼底还隐隐有一丝无奈："怎么我说什么你都信？"

"欸？"简常念的大脑卡了一下壳。

片刻后，终于回过味来的她，从地上抄起一大捧积雪团成团，狠狠砸了过去。

"好哇！你！又戏弄我，谢拾安，你站住！不要跑！吃我一拳！"

冰冷的雪粒子落进脖颈里，谢拾安浑身一个激灵，也不甘示弱，从地上团起雪球扔了回去。

两个人笑着闹着，在公寓门前的空地上玩了很久，直到筋疲力尽，双双躺倒在了雪地里。

松树枝上又落下了雪花。

谢拾安往上看去，能看见公寓的灯光，今晚的夜空，竟然还镶嵌着繁星。

简常念手枕在脑袋上："拾安，你看，今晚有星星哎。"

谢拾安淡淡地"嗯"了一声。

简常念偏头看向她，双眸也亮若繁星："现在这样真好，有你、严教练、语初姐，还有滨海省队的兄弟姐妹们，真希望大家能一直一直在一起。"

"哪有人能一直在一起不分开的呢？"谢拾安嗤之以鼻。

简常念伸出手去，指了指夜空里的星星："有啊，我在课本上学过，一颗恒星亿万年才演变一次，你看，那颗是你，那颗是我，那颗是严教练，那颗是语初姐，我们要像星星一样，一直一直在一起，永远也不分开。"

谢拾安抬眸，学着她的样子，伸出手去，用手指把那几颗星星框在了一起，眯眼看去的时候，一颗流星划过了天际。

未来和星空一样触手可及。

少女终于明朗地笑了起来。

谢拾安最终还是没去国家队。

一行人回到江城的第二天，就是除夕了。

难得不用早起训练，谢拾安一觉睡到了大中午，拉开窗帘一看，妈妈的车就停在了楼下。

女人站在车外，手里拿着手机，见她探出头来了，于是笑着冲她招了招手："拾安，回家过年吧。"

乔语初往下看了一眼，拍了拍谢拾安的肩膀道："去吧，你已经有好多年没回过家了吧。"

在谢拾安拖着行李箱往外走的时候，从海口飞往江城的飞机也落了地。

程真一眼就在人群中看见了父亲，蹦蹦跳跳地跑了过去："爸，我回来了！"

程父大力地拍了拍他的肩膀，笑道："行啊，不错，长高了，也结实了！走，回家，你妈妈一大早就起来忙活了，做了一大桌菜，全是你爱吃的。"

二人走到停车场，程真打开后备厢，把行李放了进去，等到坐进车里时，他才发觉有些不对劲："爸，你换车了？"

程父笑了笑，面色无恙，打着方向盘："嗐，从前的车虽然好，但开着去公司还是有些太高调了，让底下员工看着影响不好，索性就换了，反正就是个代步工具而已。"

程真就没多想："爸，那你这车能借我开开吗？晚上我想去找拾安她们玩。"

程父一口答应下来："行，但你记住一点啊，开车不喝酒，喝酒不开车，听见了没？"

程真连连点头："知道了知道了，真啰唆。"

程真难得回家一趟，训练又出了成绩，程父心里欣慰，一高兴就道："对了，儿子，要出去玩身上还有钱没？"

"哇！爸，你也太神机妙算了吧！你怎么知道我没钱花了啊？"

程父笑了笑，继续开着车："我是你爸，我还不知道你那个大手大脚的毛病？钱包在那底下，要多少自己拿吧。"

他出发之前特地去了银行一趟，取了些现金，钱包塞得鼓鼓囊囊的。

程真拿起钱包来，嘀咕："爸，你以前都是直接打到我银行卡的啊。"

"爱要不要，不要还给我，你刷银行卡，不得让你妈知道啊？这可都是你爸我的私房钱！"

程真生怕他反悔，赶忙从钱包里抽了一沓票子出来，揣进自己兜里："要要要，还是你对我好。"

自从妈妈改嫁之后，谢拾安便很少踏足这里，仅有的几次，也都给她留下了很深的阴影。

她站在电梯门口迟疑了一下。

谢妈妈一把将她拉了进来："愣着干吗？快上去啊。"

妈妈的手还停留在自己的臂弯里，不知道从什么时候起，谢拾安对妈妈的接触开始变得不习惯起来。

她身子变得僵直，直到听见"叮咚"一声，电梯门开了，妈妈才松开她往外走去敲门。

谢拾安松了一口气，快步跟上。

"悠悠啊，快开门，妈妈回来了。"

小女孩踩着拖鞋飞奔了过来，拉开门，扑进妈妈怀里，她抬眼有些陌生又有些好奇地看着谢拾安。

谢妈妈抱着小女孩，含笑道："悠悠，叫姐姐。"

小女孩松开了妈妈，怯生生地站着，脸上露出防备的神色，也不叫人，就这么看着她。

悠悠爸爸走过来把人拉走："来，悠悠，和爸爸一起看电视吧。"

谢拾安站在这里，就像一个透明人一样，还是妈妈把她的行李拿了进去："去沙发上坐一会儿吧，饭马上就好啊。"

在谢妈妈准备做饭的时候，悠悠又跑进了厨房，调皮地翻着她放在料理台上的塑料袋："妈妈，我要吃零食。"

"悠悠乖，今天妈妈买了好多菜，有鱼、有虾，还有悠悠最爱吃的大鸡腿，不吃零食了，一会儿吃饭好不好？"

"我不嘛，妈妈，我就要吃零食。"小女孩撒着娇，谢妈妈实在没办法，只好从冰箱里取了两瓶酸奶给她。

"去给姐姐一瓶。"

悠悠拿着酸奶跑出来，坐到了爸爸旁边："爸爸，帮我打开。"

男人把两瓶酸奶的吸管都扎了进去："悠悠自己喝吧，不用给别人。"

电视里放着动画片，悠悠穿着鞋子在沙发上跑来跑去，悠悠爸爸则起身去了厨房，随手拉上了推拉门，只留了一条缝来。

谢拾安能听个隐隐约约。

"不是说好了只过除夕的吗？怎么连行李箱都搬过来了？咱家哪有地方住啊？"

"拾安也就放几天假，我跟她睡悠悠的房间，你和悠悠睡主卧，凑合凑合吧。"

"悠悠一个人都睡习惯了，你又不是不知道。"男人抱怨，"而且大过年的，空手来也就算了，你见谁是冷着一张脸上门来拜年的啊？"

锅铲撞到锅的声音越发响亮。

"行了行了，这么多年，她总共也没来过几次，你就少说两句吧。"

谢拾安听得入神，没留意悠悠已经朝她跑了过来，一脚踩在了她腿上，眼看着就要滑下沙发。

谢拾安手疾眼快地把人扶住了。

正巧男人从厨房出来，见着这一幕，顿时疾步走了过来，他一把将人抱了下来，瞪了谢拾安几眼："干什么呢！你都这么大人了，不知道让着妹妹，往边上坐坐吗？"

悠悠撇着嘴，就要哭出来："爸爸……"

"没事啊，来，悠悠，我们去玩游戏。"

悠悠爸爸圈着人坐在沙发里玩起了游戏。

谢拾安今天刚换的新裤子上留下了一个脏兮兮的脚印，被踩到的地方也隐隐作痛。

她凝视了良久，然后起身走向厨房："妈，我来帮你吧。"

谢妈妈连连摆手："没事，不用不用，你难得过来一趟，去坐着吧，饭菜马上就好。"

饭菜上桌，鱼虾蟹肉一应俱全。

谢拾安已经有好多年没有吃过妈妈做的菜了，她刚拿起筷子，妈妈就给她夹了一块红烧肉:"来,尝尝妈妈的手艺,你小时候最爱吃了。"

谢拾安一怔,迟迟没动筷子。

谢妈妈看了看她表情:"怎么了,是不爱吃吗?"

"没,我们不让吃这个。"

因为要随时准备兴奋剂检测,而市面上的猪肉因为人工养殖,或多或少都会有一些激素残留,省队食堂里也都是鸡、鸭、鱼、牛肉居多,久而久之,谢拾安也就养成了不吃猪肉的习惯。

谢妈妈恍然大悟:"哦,对,你现在是运动员了,来,不吃猪肉就吃别的,油焖大虾尝尝。"

悠悠爸爸放下筷子:"父母夹什么就吃什么,哪来那么多规矩,这里不是滨海省队,是你家。"

"哎呀!就是一块肉而已,吃饭吃饭,悠悠,把饮料给妈妈拿过来。"

谢妈妈打着圆场,给他们每个人倒了一杯饮料,悠悠抿了一口自己杯子里的饮料,又看上了坐在旁边的谢拾安的杯子,不等人阻止就低头喝了一口,觉得不好喝又吐了出来。

"悠悠!你怎么能吐在姐姐的杯子里呢?"谢妈妈大惊失色,把人抱了起来。

"孩子又不是故意的,你吵什么啊!"悠悠爸爸摔了筷子,大声道。

谢拾安坐在这里,食欲全无。

她放下筷子起身,走向了门口。

谢妈妈追了两步:"哎,拾安,这么晚了,你去哪儿啊?"

谢拾安扶着门框穿鞋:"回训练基地。"

悠悠爸爸也站了起来道:"让她走!让她走!不就是一杯饮料吗!这么大人了,怎么心胸这么狭窄啊?我告诉你,今天你要是出了这个门,以后就别想再回来!"

谢拾安停下了动作,直起身,嘴角勾起一丝嘲讽的笑意,慢慢朝他走了过去。

她站起来,比这个男人还要高。

极强的压迫感迎面而来,男人满脸警惕,不自觉地往后退了一步:"你……你要干什么?"

"我想请你搞清楚一件事,这里是你家不是我家,要不是看在我妈的分上,你以为我愿意来?还有啊,你又算是什么东西,自我进门开始就在阴阳怪气,指指点点的,我和你有半毛钱关系吗?你有什么资格说我一句不是?如果你觉得我还像小时候一样任人宰割,那你就错了。"

谢拾安端起桌上的玻璃杯，狠狠一扬手。

谢妈妈大惊失色，扑了过来阻止她："拾安，不要！"

却已经来不及了。

"还有啊，我就是这么心胸狭窄，别人碰过的东西就是倒了也不要。你不心胸狭窄，那你喝啊！"

满地碎玻璃，饮料洒了男人一身。

悠悠吓得大哭起来。

在一地狼藉里，谢拾安拖着行李箱，摔门而去，任由身后男人暴跳如雷。

女人凄厉的哭声传了出来："我求求你们，别闹了，大过年的，给我一条活路吧！"

谢拾安下了电梯，刚走出单元门没多久，谢妈妈就穿着单薄的毛衣，踩着拖鞋追了下来："拾安，拾安，你听话！回去跟你叔叔认个错，他一定会接纳你的！"

闻言，谢拾安转过身来："我认错？我为什么要跟他认错？我有什么错！"

谢妈妈满脸不可置信地看着她，忽然觉得自己的这个女儿有些许陌生："拾安，你小时候多么乖巧、懂事、听话啊，现在怎么变成这样了？长辈说你一两句也不行吗？今天除夕，你考虑考虑妈妈的感受好不好？"

"妈妈也是做了很多努力，才说服你叔叔让你回家过年的，就这几天，你忍一忍，咱们……"谢妈妈走上前来，轻轻地握住了她的手，眼里含着泪光，恳求道，"咱们好好地过个团圆年，好不好？"

谢拾安冷眼看着她，说不出来心里是什么感受，一阵阵麻木，然后又开始钝痛："我考虑你和他的感受，还要考虑我那个名义上的妹妹的感受，那谁来考虑我的感受？"

"爷爷去世的时候，我才六岁啊，我爸卷了钱跑了，你看捞不着钱了，你也跑了，就在那里——"谢拾安伸手，往她背后的单元门口一指，"就在那里，大冬天的，我等了你一晚上！你呢，你在和那个男人订婚，你有看过我哪怕一眼吗？最后还是邻居看不下去报的警，警察把我送到了我爸那边，我爸扔给我二十块钱就让我滚，让我别耽误他打麻将。

"你知道我觉得自己像什么吗？我觉得我就像一个皮球一样，被你们踢来踢去。

"谁都不想要我，谁都觉得我是个累赘，那你们把我生下来，干什么，干什么啊！"

她一边说着，一边极力压抑着从喉咙深处涌出的哽咽，却还是泪流满面了。

谢妈妈也捂着嘴哭了起来，走上前来想抱抱她："对不起，拾安，对不起，妈妈那个时候没有办法，你爸卷走了家里所有的钱，还有负债，妈妈也要生活啊。妈妈不是故意抛弃你的，妈妈想着，等家里情况好一点，再接你回来……"

话音未落，谢拾安一把将人推了开来："你别碰我！是你们把我带到这个世界上来的，我没有错，也不欠你们任何人。你说我变了，那我变成这样，是谁造成的，难道你们心里不清楚吗？"

谢拾安倒退着，一步步走远："就这样吧，你们才是一家三口，而我，自从爷爷去世后，我就没有家了。

"以后也请你不要再来打扰我，我成年了，可以过好自己的生活。"

说完之后，她毅然决然转身离去，转身的那一刹那，所有压抑着的委屈和泪水顷刻涌出。

悠悠爸爸追出来之后，看着谢拾安的背影，把谢妈妈揽在了怀里："走吧，都跟你说了，她是不会回来的，悠悠还在家里等着我们呢。"

谢妈妈抽泣着，和他一起上了楼。

谢拾安拖着行李箱，在小区里走了几步，突然就开始狂奔。

北风呼呼刮着，吹得她脸颊生疼。她越跑越快，仿佛只要速度足够快，过去的那些苦难就再也追不上她似的。

她就这么一路狂奔着，跑出了小区大门。

街边路灯下停了一辆大众。

车窗玻璃摇下来，露出简常念明媚的笑靥："走啊，回训练基地大家一起过年。"

谢拾安拉着行李箱猛地怔在了原地，原本已经抑制住了眼泪，可是鼻头却又开始发酸。

乔语初远远地看见她神色有异，推开车门下车，走过去摸了摸她的脑袋："怎么了？回去吃年夜饭了，严教练还在等着我们呢。"

谢拾安微微弯起嘴角，拿袖口揩干净眼角的泪渍："好。"

程真也下了车，帮她把行李放进了后备厢里："哎呀，某个人面子可真大，我这刚到江城，屁股还没坐热呢，就被拉来当苦力。"

乔语初瞪了他一眼："也不知道是谁，不回自己家过年，非要跑到我们这儿来凑热闹，现成的苦力干吗不用啊？"

谢拾安坐进车里，手脚早已被冻得麻木了，车里暖气足，她这才感受到了一丝久违的温暖："你们怎么来了？"

简常念往旁边坐过去一点，给谢拾安腾位置："外婆今天出院，但是已经没有班车回村里了,我就想让她在我们宿舍跟我凑合一晚上,刚好严教练说晚上年夜饭大家一起吃火锅,我和语初姐就拉了程真一起出来买菜。周沐也没回家,在训练基地和外婆一起,帮严教练包饺子呢。"

乔语初系好安全带,回头道:"买完菜准备回去了,刚好路过这里,我就想着,要不要问问你还吃不吃,刚准备给你打电话呢,你就出来了。"

程真回过头来,笑道:"我还买了好多烟花呢,一会儿吃完饭,咱们就去把它们放了。"

没有人问谢拾安发生了什么,为什么会深夜拖着行李离开家,句句没有关心,可句句又不离关心。

她浑身已经凉透的血,又一点一点地热了起来。

"橙汁儿,开快点,我要饿死啦。"

"知道了知道了,再快我都要超速啦!"

一行人回到训练基地,还是在单位分配给严新远的宿舍里,严新远系着围裙在翻炒火锅底料,梁教练在他旁边打下手,择菜、洗菜。

外婆和周沐坐在客厅里擀面皮包饺子。

一见有人进门,周沐立马站了起来:"你们回来啦!"

梁教练闻声也冲了出来,接过他们手里的东西:"你们可算是回来了,快快快,就等着你们的菜下锅了。"

简常念跑过去捏了捏外婆的肩膀:"外婆,累不累啊?"

外婆笑了笑,捏着手里的饺子:"不累不累,包几个饺子有什么累的啊。"

"常念,你看,为什么外婆包得这么好看,我的却这么丑啊?"

简常念看着案板上放着的饺子,险些笑破肚皮,外婆包的饺子有棱有角,一个个像大元宝,周沐包的,馄饨不像馄饨,包子不像包子。

"哈哈哈,你还是别浪费食材了吧!"

周沐气得扑过去挠简常念痒痒。

外婆见状,也笑得合不拢嘴:"好了好了,别闹了,他们在贴窗花呢,你也过去帮帮忙吧。来,沐沐,先捏这里,再捏这里,食指轻轻这么一拢,饺子啊就成型了。"

简常念跑过去帮乔语初他们贴窗花。

"高一点,再高一点。"

乔语初站在底下指挥，程真踩着凳子，抻长了脖子："是这里吗？"

"对对对，慢点，别贴歪了。"

"语初姐，有什么我能帮忙的吗？"简常念问道。

乔语初回头看了她一眼："你去看看拾安吧，她在门口贴对联呢。"

简常念一溜烟跑出了大门。

谢拾安手里拿着对联，踩在椅子上摇摇晃晃的，简常念一只脚踩住了椅子，同时伸手扶住了她的腿，抬头冲人笑了笑。

谢拾安低头看了一眼，举着对联问："正了吗？"

"再往左一点，好，好，就是那里。"

两个人协作着贴完了对联，谢拾安从地上的塑料袋里拿起福字，正准备往门上贴的时候，简常念一把拦下了她，把她手里的福字颠倒了过来："哎，福字要倒着贴才行，寓意'福到'嘛！"

谢拾安很少和人一起过除夕，更不懂如何贴福字这种事了，她翻了个白眼，却还是依着简常念把福字倒过来贴了。

"迷信。"

简常念又从地上捡起小灯笼："拾安，这儿还有灯笼，我们也挂上去吧。"

"好。"

谢拾安站在椅子上，一左一右给门头挂上了红灯笼。单位斑驳的铁门，掉了漆的墙皮，被她们这么一折腾，竟然也看上去喜气洋洋，焕然一新了。

简常念拍了拍手，满意地看着自己的杰作："不错不错，我真有家装设计的天赋。"

"你在说什么啊，都是我贴上去的好不好？"谢拾安反驳道。

周沐跑出来叫她们："常念、拾安，快洗手吃饭啦！"

炉火正旺，红锅沸腾，一屋子老老少少有说有笑的，每个人脸上都挂着喜气。

零点钟声响起的时候，窗外焰火也升了空。

周沐在前面摆好相机，又跑了回来。

严新远端起酒杯："今天破例，允许大家喝一口啊，新年快乐！"

杯子碰在一起，相机也按下了快门，时间定格在了此刻。

"新年快乐！"

新年。

快乐。

那天晚上，吃完年夜饭把外婆送回了宿舍休息，简常念刚准备躺下睡觉的时候，窗户处传来异响。

有人在拿小石子砸玻璃。

她拉开窗户一看，周沐冲她招了招手，程真还有乔语初、谢拾安都在下面。

"走啊，去放烟花。"

简常念做了个口型："等我。"

说完，她回身匆匆裹上外套就跑下了楼。

一行人开着车，在凌晨的夜色里，跑到了人迹罕至的江边。

对岸的焰火还在升腾。

程真也点燃了烟花。

砰——啪——

五颜六色的"花朵"在头顶盛放。

潮水卷到了岸边。

简常念对着奔涌的江水大喊："喂，你能听到吗？我要打进世锦赛！"

周沐有样学样："我要考上理想的大学！"

程真也把手拢成了喇叭状放在嘴前："那我要拿全国游泳联赛的冠军！"

谢拾安也站在了他们身边："我要一个大满贯！"

乔语初笑了起来，冲着江水大喊："那我就保佑我朋友们的愿望都能实现！"

远处江面上的轮船传来了悠长的汽笛声，仿佛在回应他们。

少男少女们笑得灿烂。

那些看向大海的人，也会成为大海。

第五章

新年

大年初一。

热闹了一整晚的年轻人们就要各自回家了。

简常念想了想，走之前还是去敲响了谢拾安的宿舍门："拾安，你要不要跟我回乡下玩？"

乔语初也在收拾行李："去吧，拾安，反正初四才开始训练呢，我妈一上午打了好几个电话了，催我回家呢。你在这儿也是一个人，还不如和常念一起呢。"

谢拾安看看她，再看看简常念恳切的眼神。突然，周沐跑进来，一把将人拉走："哎呀，你就跟我们走吧，我们乡下可好玩了，可以溜冰，可以钓鱼，还能去赶集、看社火。"

"哎，等下，我拿球拍，拿球拍。"

谢拾安被人拽着走了几步，又跑回去把自己的宝贝球拍带上了。

乔语初抿唇笑道："拾安，注意安全，玩得开心啊。"

"你也是，到家给我发个消息。"

"好。"

"妈，我回来了。"

乔语初推开门，屋里冷冷清清的，连个窗花都没贴。

乔妈妈坐在客厅里，边看电视边嗑瓜子，见她回来了，也没什么好脸色："你还知道回来啊？除夕阖家团圆的日子都跑出去和别人一起过，你眼里还有这个家吗？"

乔语初把给妈妈买的水果、牛奶等年货放在了桌上："妈，你就少说两句吧，队里团聚，又不是只有我一个人没回家，程真也去了啊。"

"人家程真多大，你多大？一天天的光惦记着玩，对自己的终身大事一点也不上心。"

"我操什么心啊，这种事就好比牛不喝水总不能强按头吧，遇不上看对眼的，我也没办法啊。"

"一天天的不是训练就是和隔壁那个丧门星一起玩，能遇上看对眼的就怪了！"

乔语初正要倒水喝，闻言，把杯子重重地放在了桌上。

"妈！你干吗老跟拾安过不去啊？我自己的事你扯别人干什么！"

乔妈妈把瓜子往果盘里一扔："得得得，大过年的，我不跟你吵，从小你就护着她，赶紧换衣服收拾收拾，一会儿咱们去你王阿姨组的饭局。"

说是饭局，多半又是相亲局，每年都是这一套。

乔语初无奈地摇头，回了房间，知道要是自己不去的话，妈妈多半又会闹个天翻地覆。

大过年的，乔语初也想消停一会儿。

饭局上。

乔妈妈的一众亲朋好友纷纷夸赞起了乔语初，说她长得标致，性格又好，还有出息，将来一定会是个好媳妇。

乔语初耳朵都快听起茧子了。

乔妈妈倒是笑得合不拢嘴："哎呀，那倒是，我们语初今年还拿了个冠军呢，今时不同往日，也不是谁都能娶到我女儿的，少说在彩礼这道关上也得掂量掂量自个儿有没有那个能力。有合适的年轻小伙子别忘了介绍给我们家语初啊，成了给你们介绍费。"

乔语初坐在这里，看着他们谈笑风生，她像一个局外人一样，直到被妈妈拉了几下袖子，才站起来给各位长辈敬了杯酒："给各位叔叔阿姨拜年了，祝你们新年快乐，身体健康，阖家欢乐，万事如意。"

"瞧瞧，瞧瞧，这孩子多会说。"

乔语初坐下来，才想起爸爸好像有几年没有回家过过年了。她掏出手机，和爸爸的聊天记录还停留在她生日那天。

她想了想，起身走到包厢外面，给爸爸打了个电话。

铃声响了第二遍，电话才被接起。

"喂？"

"爸。"

男人笑了笑:"语初啊,怎么了,给爸爸打电话有什么事吗?"

"没事就不能给你打电话啊。"乔语初嘴角挂着笑意,尾音微微上扬着,"你今年还是不回来过年吗?"

男人语气里有一丝歉意:"对不起啊,语初,这个客户催得紧,年后就要收房了,工程正进行到关键时刻,爸爸实在是脱不开身啊。"

"这样啊……"乔语初脸上有些失落,但转念一想,又心血来潮道,"那你回不来,我和妈妈一起去省城看你好不好,反正我放假到初四呢,闲着也是闲着,咱们一家人就在省城过这个春节怎么样?"

乔爸爸犹犹豫豫的,似是有什么难言之隐一样:"不行啊,语初,爸爸也想你们来,但是爸爸还住在公司宿舍呢,你们来了也没地方住,不方便,而且过年酒店这么贵,就算了吧,还是等年过完,爸爸再回去看你们。"

乔语初虽有些失落,但这些年来也习惯了与爸爸聚少离多,并未深想:"那好吧,你在省城注意身体,工作再忙也要记得吃饭。"

乔爸爸欣慰地笑了起来:"好嘞,你难得回家一趟,好好陪陪你妈妈,她一个人在家也孤单得很。"

"知道了,爸。"

"等爸爸再攒攒钱,把那套老房子卖了,在省城换一套大房子,就把你们都接过来,咱们一家人团团圆圆的,过多少个春节都行。"

乔语初抿起嘴,笑道:"行啦爸,你也一把年纪了,赚钱这事还得悠着来。我不跟你说了啊,吃饭去了。"

"好,挂了啊。"

乔语初挂断电话后,深吸了一口气,又拉开门,走进了人堆里。

几个月没回家,院门锁上都是灰尘,简常念轻轻推开大门,院里也都落满了枯树叶。

她怕谢拾安嫌弃,赶忙拿来扫帚扫地。

"你别介意啊,有段日子没回来了,屋里都是干干净净的,我走之前都铺上了报纸。"

外婆接过了她手里的扫帚,往外赶着人:"去去去,带拾安出去玩会儿吧,傍晚别忘了回来吃饭。"

简常念怕她劳累,不肯道:"外婆……"

"哎呀，去吧，都躺了几个月了，还不让我活动活动啊。"

周沐也在院外叫她："走啊，常念、拾安，溜冰去啊！"

简常念虽然对这项活动心有余悸，但架不住谢拾安这个城里人觉得新奇。

三个人走到了小河边，此时正是午后阳光最好的时候，村里吃完晌午饭的小孩们都跑出来玩了，远远地就能听见欢声笑语，走近了才发现一群小孩拉着一个木犁在冰面上跑来跑去。

周沐拉着谢拾安跑了过去："拾安，我们也去玩。"

谢拾安看着脚下的冰面，隐约能看见河底的水草，有些犹豫："这……会不会碎啊？"

周沐捡起一块大石头使劲往下砸了砸，冰面上只出现了几道浅浅的白色划痕："哎呀，你就放心吧，冻得结实得很，我们每年都来玩，也没掉进去过。"

谢拾安这才放心地踩了上去，村里的小孩都眨巴着眼睛看着这个陌生人，不一会儿就接纳了她。

一群人在冰面上嬉戏打闹，轮流坐上木犁，被其他人拉着跑。

冰天雪地里，谢拾安张开了双臂，嘴角洋溢着笑容，尽情拥抱着自由和风。

玩了一圈下来，谢拾安才发现简常念一直蹲在岸边默默看着她们。

谢拾安离开人群，走了过去："你不玩啊？"

简常念摇摇头，又离冰面远了一点："不了，你们玩就行。"

周沐过来拉谢拾安："常念小时候落过水，所以对这些池塘、河边、冰面什么的都有心理阴影，你就别劝她了。"

谢拾安点点头，想起了简常念跟自己说过的，幼年时曾落过水万幸被人救起来的事。

看着别的小伙伴都能溜冰，自己却因为害怕而不敢下去，这是整个童年里，简常念唯一觉得自己被孤立的时候。

简常念在岸边堆着石头玩，堆到一半，身前投下来一片阴影。

她抬起头一看，谢拾安又回来了。

"走吧，我们去玩别的。"

简常念嘴角顿时露出了笑容，拍拍手，站起来："那我带你上山去捡松子吧。"

"好。"

冬天的山里虽然没有什么景致，但别有一番意趣，翻过半山腰，就是一片松树林，简常念一行人边走边捡着满地掉落的松果，摘着熟透的野果子，挖着诱人的冬笋，直到夕阳西下。

炊烟从山脚升起。

简常念擦了擦脑门上的汗："走吧，回家吃饭去。"

三个人沿着田埂往家走，目之所及都是一望无际的田野，偶有一行飞鸟飞过。

谢拾安走着走着，突然听见有什么声音。

她顿住脚步："你们听，是不是有什么小动物在叫啊？"

周沐道："不可能，这个季节动物都冬眠了吧。"

简常念也凝神仔细听了片刻，断断续续的动物呜咽，好像就是从田埂下传来的。

她跳下田埂，扒拉着野草，总算在一片麦秆堆里，有了新发现。

"你们快来，这儿有一窝狗崽。"

谢拾安也跳了下去，扒开麦秆一看，一窝狗崽蜷缩在一起，大点的花斑狗是它们的妈妈，已经一动不动，冻僵了。

简常念拿手里的树枝轻轻拨了拨，唯一一只存活的小狗也奄奄一息，气若游丝，不停发着抖。

周沐担心道："怎么办，它还这么小，留在这里会被冻死的。"

谢拾安解下了脖子上的围巾，把小狗轻轻地抱了起来，眼里带着一丝恳求望向了简常念："可以先把它带回去吗？"

简常念点了点头，起身跑在前面带路。

"好，回去让外婆看看能不能救活。"

"外婆，我们回来了！"简常念人未到声先至，一路高喊着冲进了自家院门。

"回来得正是时候，我正准备去叫你们吃饭呢。"外婆甫一看见谢拾安怀里抱着的小狗，也觉得有些可怜，"哎哟，这么小一只啊，这大冷天的，常念啊，去找个纸箱过来，再拿点儿干草。"

简常念一溜烟跑进了里屋，又从屋后的柴堆里扒拉出了一些干草。

外婆把刚烧开的水和凉水那么一兑，用手试了试，温度适宜，便倒进了塑料瓶里，然后在外面裹了一层布，做了一个简易的暖水瓶。

纸箱里铺了厚厚一层干草，外婆又垫了几块棉絮，把暖水瓶也放了进去。

谢拾安轻轻地把小狗放了进去。

"放灶房里吧，那里面暖和。"外婆道。

谢拾安点点头，把纸箱抱进了温暖干燥的厨房里，就放在灶台旁边取暖。

周沐也跑了进来，气喘吁吁道："给，我从卫生室要的干净针管，还有我家的羊奶粉，兑一点给狗狗喝吧。"

谢拾安刚把针管凑到小狗跟前，闻到了食物气味的小狗闭着眼睛就凑了上来。

她一点一点地轻轻推着，小狗喝得欢快，眼角都渗出了泪水。

少女们的心里一片柔软。

"哇，它好可爱啊！我们给它取个名字吧。"

简常念一拍大腿："就管它叫'旺福'吧！"

谢拾安撇撇嘴："也太土了吧。"

"哎呀，本来就是土狗嘛，而且这名字寓意多好，又旺又有福气！"

"旺福，旺福，旺福……"简常念又试着唤了几声，本来奄奄一息的小狗在喝过羊奶之后，精神看起来比之前好了很多，虽然还是没睁眼，但是试探着舔了一下她的手指。

简常念喜出望外："你看，它也喜欢这个名字！"

谢拾安："……"

狗能说话就怪了，还不是你叫什么就是什么。

外婆把饭菜端上桌，笑道："孩子们，洗手吃饭了，沐沐也在这儿吃啊，外婆已经跟你妈妈说过了。"

周沐大刺刺地坐了下来，抄起筷子："那我可就不客气了，外婆做的铁锅炖大鹅可好吃了！"

闻言，洗完手的简常念和谢拾安对视一眼，顾不得去擦手，便争抢着坐上了桌。

外婆笑得合不拢嘴："哎呀，慢点、慢点吃，锅里还有呢。"

片刻后，简常念率先举起了空碗："外婆，我还要。"

周沐打了个饱嗝："外婆，我也要。"

谢拾安把筷子放在了空碗上："还有我。"

吃饱喝足后，夜已经深了，周沐跟她们告别回家，外婆在灶房里收拾锅碗，简常念和谢拾安就搬了个小椅子坐在她旁边剥松子。

谢拾安还是第一次见着野生松子，有些好奇地掰了一下松果，弄得手都红了，还是没剥下来。

简常念笑了笑，把手边的铁锤扔给谢拾安："像这样，使劲敲一下松果，把松鳞敲散，然后再从顶部用力一掰，松子就掉出来了。"

　　谢拾安学着简常念的样子，如法炮制，松子纷纷掉落了下来。

　　"哎，接着啊，别洒了。"

　　她们在这边剥松子，外婆在那边炒松子，浓郁的松子香气很快便传了出来。

　　看着新鲜出炉的炒松子，谢拾安实在忍不住，顾不得烫手，剥了一个塞进嘴里，嘴角浮起了笑容。

　　甜的，真好吃。

　　她好像有一点理解，什么叫丰收的喜悦了。

　　到了晚上睡觉的时候，谢拾安才发现简常念家是真的家徒四壁啊。

　　透风的门窗，玻璃碎了便糊了一层纸，风一吹就哗哗作响。房里也没几件家具，连电视都没有，最值钱的应该就是靠墙放着的老旧衣柜了吧。

　　屋里仅有的一盏电灯都积了厚厚的一层灰，光线也十分昏暗。

　　简常念和外婆就生活在这样的环境里，年复一年。

　　外婆抱着新被子走进来，脸上有些赧然："床单枕套白天都换过了，这被子啊，是我给常念缝的嫁妆，一针一线，都是好棉花，干干净净的，又暖和，你别嫌弃啊。"

　　听见"嫁妆"两个字，又看到这被子还是龙凤图案的大红喜被时，简常念脸一红，神色多少有些不自然："我才多大啊，你都给我准备嫁妆了。"

　　"这都是长辈们从小要操心的，临了再准备，可就来不及了。"

　　谢拾安摇摇头，把被子接了过来："不嫌弃，谢谢您。"

　　她把被子抱上床，伸手一摸，床铺竟然是暖和的，她回头："您……"

　　简常念也意识到了不对，一摸床单："外婆，你把电热毯给我们了，你怎么办啊？侧屋那么冷。"

　　外婆脸上满是皱纹，沟壑丛生，可是笑容却是那么暖心："外婆不冷，有暖壶呢，山里气温低，拾安来玩一趟，可别感冒了才是。"

　　谢拾安抿抿唇，拔下了插头，不等外婆阻止，就把电热毯取了下来还给她："外婆，我身体好，不怕冷，您用吧！您要是不同意，那我以后可就不来了。"

　　外婆无奈，只得收下："唉，这孩子，那你们早点睡，明早记得起来吃早饭。"

　　灯关了，谢拾安躺在床上，借着月光，看着木质的、破破烂烂的天花板，上面还缠着蜘蛛网："你爸爸妈妈呢？好像从没有听你提起过。"

"很小的时候他们就离开家了，因为没有印象，所以我也就没有提。"

"那你不想他们吗？"

"想啊！我有时候会想，他们到底长什么样子，现在又在哪里，为什么不要我？但是要说和他们怎么相处的，就一点也记不起来了。"

简常念动了动，侧身看着谢拾安："所以我有时候还有一点羡慕你。"

谢拾安嘲讽地弯了一下嘴角："我家那个样子，有什么好羡慕的。"

简常念的双眸亮晶晶的："不是的，至少你有过一段幸福的时光，而我，关于父母的记忆都是一片空白。"

谢拾安沉默一会儿，说道："你有外婆。"

不知道为什么，每次听见她用这样的语气说话，简常念的心都会揪紧，于是不假思索道："你也有语初姐、严教练，还有……我。"

话音刚落，谢拾安的目光唰一下看了过来。

她的眼睛像是一个深邃的漩涡。

"如果……如果你愿意的话，以后每年都可以来我家过年，反正也只有我和外婆两个人在家。"

谢拾安收回视线，把手枕在了脑袋底下："明天陪我进城一趟吧。"

"干吗？"

"陪旺福去看医生。"

次日，知道今天要进城，两个人起了个大早，外婆做了手工馒头，还蒸了几个糖包当早饭。

吃完之后，谢拾安本想帮忙收拾桌子的，外婆连连摆手道："不用不用，你们不是要进城吗？快去吧，今天镇上还有集市和社火呢，早点去还能逛逛。"

简常念把旺福轻轻地从纸箱里抱了起来，放进了自己的书包，抱在怀里："拾安，我们走吧。"

谢拾安点点头，跟着她出了院门。

两个人坐着牛车到了镇上，不大的小镇今天被堵得水泄不通，一眼望过去全是人。

两个人踮起脚使劲瞅着。

简常念道："拾安拾安，你快看，舞龙舞狮的过来了。"

在一阵鞭炮声和锣鼓声里，社火队伍由远及近走了过来。

领头的人手里拿着彩球，扮成小狮子的人们便跟在他身后转来转去，跳着舞，一副憨态可掬模样。

舞龙的队伍也耍得那叫一个虎虎生风，还有什么采莲船、走高跷，净是一些民间小风俗。

整条街上的人脸上都洋溢着喜气，不时拍手叫好，谢拾安也不由得鼓起掌来："好厉害！"

等社火散尽之后，集市又热闹起来了，简常念带着人穿梭在小贩堆里。

"以前我可喜欢过年了，这一天不仅能出来玩，也是外婆摆摊收益最好的时候。

"赚到了钱她就会给我买糖画、糍粑、切糕，还有好多好多好吃的，啊对！还有小泥人！"

简常念看着前面的小摊，突然眼前一亮，拉着人就跑了过去："拾安拾安，我们转个糖画吧。"

卖糖画的老人笑了笑："两块钱一次。"

简常念掏出四个硬币递了过去："给。"

谢拾安看着小桌上的轮盘，画的是十二生肖，大概是转到什么就给画什么。

她随手那么一拨，指针就停在了龙上。

老人眼里也有些惊讶："手气真好。"

简常念摩拳擦掌："让我来试试。"

结果不出所料，最后指针停在了鼠上。

简常念一声惨叫，虽然都是糖画，但龙画起来复杂用料也多，图案还好看。

两个人离开小摊，简常念一路走一路眼巴巴地看着谢拾安手里威风凛凛、栩栩如生的辰龙糖画："拾安，你的那个好好看哦！"

谢拾安不为所动："你都抽到了自己的属相，还有什么不满意的？"

"可是，我从小到大都没转到过龙。"

简常念语气可怜巴巴的。

谢拾安停下了脚步，她险些撞了上去。

"哎，吓我一跳，你怎么不走了？"

谢拾安把手里的糖画给她，眼底有一丝无奈："那好吧，我们交换。"

心满意足拿到糖画的简常念一蹦三尺高，脸上洋溢着笑容，兴奋地拉着谢拾安的手跑了起来。

两个人穿梭在熙熙攘攘的人群里。

"拾安，快点啦，前面还有套圈的。"

玩了一上午，吃了不少小吃，简常念摸摸圆滚滚的肚皮，总算想起来背上还有个小家伙呢。

谢拾安看时间也不早了："走吧，我们去坐车。"

到了宠物医院，医生大致检查了一下旺福的身体状况，就皱起了眉头："它太小了，出生还不到一个月，抵抗力这么差，又有肺炎……它是流浪狗吧，我劝你们还是不要治了，费钱。"

简常念刚想开口说话，谢拾安就斩钉截铁道："不管花多少钱，我们都要治。"

到底也是一条小生命，医生看她们坚持，妥协道："那行吧，不过，你们要签免责协议书的啊，它这么小，我们会尽力而为，但不保证一定能救活。"

谢拾安点点头："好。"

她看也未看就干脆利落地签下了自己的名字。

医生拿过来看了看："行，去前台缴一下住院费吧，这几天我们会先把它放在保温箱里，进行抗感染治疗，等情况好一点再给它做体内外的驱虫。你们呀，来得正是时候，我们这儿昨天刚好有一只母犬产下了宝宝，母乳有现成的了。"

简常念和谢拾安都笑了起来："那就麻烦您了。"

临走之前，简常念和谢拾安只能趴在玻璃门外，看着在里面隔离治疗的旺福，跟它告别："旺福，你一定要争气啊，快点好起来，不然可对不起我们花了这么多钱来救你哇。"

简常念对它比了一个加油打气的手势。

小小的旺福似有所觉，翻了个身，咂了一下嘴，便又睡着了。

两个人离开宠物医院，谢拾安让简常念在这儿等一会儿，简常念以为谢拾安要去洗手间呢，谁知道她抱着背包从银行出来了。

"你……这是？"

谢拾安把背包甩上肩头："走吧，我们去把你的玉赎回来。"

两万块钱不是一笔小数目，差不多相当于谢拾安全部的赛事奖金了。

简常念追了两步，神色焦急："拾安，拾安，这么多钱你……"

她话音未落，谢拾安转过身来看着她："这么多钱，你不也是说当就当了。我不喜欢欠别人的。"

谢拾安说完就别扭地把头转了过去："你不去我自己去。"

后来的日子里，谢拾安无比庆幸这一天做了最正确的决定。

也许有些事情真的是冥冥之中早就注定的。

比如她会遇到乔语初，也会遇到简常念。

又比如简常念的那块玉竟然是爷爷的遗物。

她们说明来意后，老板打开了玉匣子："说来也巧，你们要是再晚来一天的话，这玉我就卖给别人了。"

一看见这玉坠子，谢拾安就一把拿了起来，呼吸都漏了半拍，慢慢红了眼角："这玉……它……"

简常念看她情绪不对，急忙安抚道："拾安，这玉怎么了，你慢慢说。"

谢拾安捏着这块玉，感受着它的圆润和温度，她眨了一下眼睛，就有泪水滑落了下来："是……是我爷爷的遗物，是他和我奶奶结婚时，亲手雕刻的定情信物，一玉一手镯，他一直随身戴着，直到我六岁那年，也就是他去世半年前，他和好友去乡下踏青钓鱼，回来告诉我玉丢了，原来……原来，不是丢了……"

简常念也怔在了原地，记忆纷至沓来。

落入水里的失重感，口鼻被淹没的窒息感……

她哭不出，喊不动，挣扎着挣扎着就渐渐没了力气，往水底沉去。

就在她即将闭上眼睛的那一刻，一个人影破浪而来，一把抱住了她，将她托出水面。

"孩子，别睡，别睡，坚持住。"

"成功了，成功了，醒了。"

有人在对简常念做心肺复苏。

她勉勉强强睁开眼，只看见了一张方方正正的脸，老人鬓角都是白发："醒了就好，以后别到水边玩，危险。"

老人说完，冲她笑了一下，没要任何酬劳，拿起放在岸边的衣服就离开了。

简常念昏昏沉沉地被外婆抱了起来，手心里一直紧紧捏着一块玉坠。

也许是她被救上来时，无意间从恩人脖子上拽下来的，又或者是救人者遗落在岸边的。

总之，她就这么紧紧地攥了十几年，哪怕家境再困难也舍不得卖。

她在等一个失主，想亲口跟人说一声"谢谢"。

原本模糊的记忆里,老人的脸逐渐和谢拾安家客厅墙上挂着的遗像慢慢重合了。

简常念也红了眼眶:"这么说,当初救我一命的是……你的爷爷。"

谢拾安吸吸鼻子,把背包里的钱通通倒在了柜台上:"老板,我要赎它。"

老板听她们说了这么多,轻蔑一笑,拿起桌上的钱,蘸着口水点了点:"搁这儿说书呢,你想赎它,可这钱不够啊。"

"这钱怎么就不够了?当初不是说好了等我们赚够钱就来赎回去吗?"简常念急道。

"当初是当初的价钱,过了这么久了,升值了。"老板看她们诚心想要,又提了价钱,"这样,五万,一口价,这玉啊我就还给你们,昨天来了个买家出价八万我都没卖呢。"

谢拾安从钱包里掏出身份证,还有爷爷的照片,一起递了过去给他看:"我真的不是在编故事,这是我爷爷的遗物,他已经去世很多年了,我从小跟着他长大,只想留个念想在身边,求求您,低价转给我们吧。"

老板接过身份证和照片一看:"嚯,还真姓谢啊,你别说,是有点像。"

谢拾安和简常念对视一眼,眼底涌出喜色。

下一刻,老板就把玉坠夺了回去:"不过啊,今天就是天王老子来了也不行,五万,就五万,拿不出来就走人。"

"你!"简常念气急。

"你这是坐地起价!"

"你们别在这儿胡搅蛮缠影响我做生意,拿不出钱来就滚得远远的!"

话音刚落,谢拾安就深深地弯下了腰,她道:"您也有父母子女吧,将心比心,如果有朝一日,您的亲朋好友也不幸离世,我们留不住时间,但至少可以留一些东西在身边,看着这些旧物件,仿佛亲人也还在一样。"

"拾安,你别这样!"

简常念去拉谢拾安,她纹丝不动。

"如果我现在手里有钱,别说五万,您就是要五十万我也给您,但是我浑身上下只有这么多钱了。您就看在我过世的爷爷的分上,把玉还给我吧。"

相处这么久,何曾见到谢拾安低声下气求过别人,看她这样,简常念一股热血直冲上脑门。

她气得红了眼眶,咬咬牙,突然转身冲出了店门,一口气跑到了最近的银行里。

她把卡插进自动存取款机里,把里面的余额全部取了出来,回去路过一个甘蔗摊,突然停下了脚步。

"老板，两根甘蔗。"

"剁吗？"

"剁。"

简常念拎着买好的水果，进了典当行。

老板眯了眯眼睛："干什么？"

简常念一言不发，一手拎着削好的甘蔗，一手把背包摔在了柜台上："三万块，我们也没有多的了。"

老板看着她们急切的样子，再看看那袋甘蔗。

"这甘蔗给你，算是赔罪，还有这些钱——"简常念又把钱包里的钱通通倒了出来，什么十块八块一毛两毛的都有："这些也都给你，这块玉对于你来说可能只是商品，对于我朋友来说，却是她爷爷的遗物，求你了。"

看她们言辞恳切，又或者是怕被她们缠上耽误自己做生意，老板嘀咕了两句，就去给她们拿东西了。

拿到玉匣子之后，谢拾安打开看了一眼，嘴角就浮起了笑容。

简常念想了想，说道："当初抵押的时候立的票据也找出来，一起销毁了。"

"嘿，年纪不大，懂得倒挺多！行吧行吧，你们等着，我去翻账簿。"

钱货两清。

谢拾安拿着失而复得的玉坠出了店门："行啊你！"

简常念挠挠脑袋，有些不好意思地笑了："其实我也很害怕，跟他对峙的时候手都在抖。"

谢拾安看着这块玉坠，眼神颇为眷恋："爷爷去世之前也一直惦记着这块玉的下落，如今我总算是替他找到了。"

看谢拾安开心，简常念也心情大好："那你要不要去看看他啊？反正时间还早。"

谢拾安敛下眸子，似是有些怕触景生情。

简常念道："我想爷爷应该也想亲耳听到这个好消息。"

今天是大年初二。

陵园里扫墓的人还是蛮多的。

谢拾安往铜盆里扔着纸钱，扬起的黑灰被风吹着飘了很远。

"我奶奶去世得早，我出生就没有见过她，只知道爷爷这么多年一直没有再找，他一个人抚养我爸长大，又照顾我，到头来……"

简常念把手轻轻放在她的肩膀上，安慰道："拾安……"

谢拾安回过头来，红着眼睛，勉强笑了笑："如今也算是了却他一桩心愿了。"

"那……那你奶奶的那只玉镯子呢？"

"爷爷留给了我，去世之前他把玉镯子塞进了我的衣服里，才没被我爸抢走，他说这是他亲手雕刻，送给奶奶的定情信物，嘱咐我一定要好好保管。"

简常念也往铜盆里扔了一沓纸钱，火焰熊熊燃烧着。

据说火烧得旺，代表远在天国的逝者已经接收到来自地面上亲人们的思念。

"爷爷他……一定很爱你。"

谢拾安笑了笑，神情里颇有一些怀念："他教我打羽毛球，是我的启蒙老师，他既是我的爷爷，也是我的爸爸和妈妈。"

说到这个，简常念想起来了。

她收藏了一张体育晚报，是谢拾安夺冠那天的新闻，半个版面都是谢拾安。

简常念从书包里把报纸拿了出来，小心翼翼地递了过去。

"拾安，奖杯奖牌什么的不能烧，但是我想爷爷他……应该也很想看这个。"

谢拾安一怔，看着这张有些褶皱的报纸："你……"

简常念转过头去，神色有些不自然："那个……我那天路过报刊亭买的，那上面不仅有你，还有咱们滨海省队呢。"

报纸上大半个版面都是谢拾安战胜了金南智的报道，"滨海省队"四个字只是寥寥带过。

谢拾安看着这张报纸，抿了一下嘴角，轻轻道："谢谢你，刚刚，还有……现在。"

火焰一点一点地将报纸吞没。

她看着墓碑上爷爷奶奶的照片道：

"爷爷，我没有辜负您的期望，我有好好长大，按时吃饭，我长高了，也很健康。

"我还遇到了很好的教练和同伴，大家一起拿了羽毛球全国大赛团体赛的总冠军，还有我个人的单项冠军。等春天的时候，我会去参加世锦赛，拿到冠军，我再回来看您。"

谢拾安说罢，就冲着墓碑深深鞠了一躬。

她一转身，简常念也弯下了腰。

简常念抬起头来，红着眼眶，嫣然一笑："我也该跟爷爷说声'谢谢'。"

她看着墓碑上爷爷慈祥的笑容，在心底补了一句：

"也请您放心，拾安现在不是一个人了，她是我最好的朋友，无论发生什么事，我都不会离开她的，您救我一命，我护她一生。"

在对未来还一无所知的年纪，她单薄的肩头，就已经挑起了重任。

天地浩荡，风过人间。

墓碑前的烛火轻轻晃了晃。

她们相携下山。

"回家吧。"

"好。"

天快黑了，谢拾安和简常念还没回来，外婆放心不下，便一直在院门口的小路上等着。

远远地，乡间小路上传来脚步声。

简常念一眼就看见院里透出灯光来，外婆站在门口。简常念手里还拎着东西，一溜烟小跑了过去。

"外婆，我们回来啦。"

"回来了就好，旺福呢？"

"留在宠物医院了，医生说要长期治疗。"

谢拾安也跟在简常念身后进了院门，把手里的箱子放在了地上。

"这是？"外婆道。

谢拾安笑了笑："电暖器，冬天冷，插上电就可以取暖了。"

外婆有些心疼，舍不得谢拾安花钱："这么好的东西，一定很贵吧？你们赚点钱也不容易，孩子，拿去退了吧，外婆不冷。"

谢拾安嘴角浮起狡黠的笑："发票已经扔了，退不了了，外婆您就留着用吧。"

简常念跑进灶房里，揭开锅盖："外婆，我饿了，咱们吃饭吧。"

"拾安饿了没有？"

谢拾安点点头，肚子适时地咕噜了一声。

外婆拉着她的手颤颤巍巍地进了灶房："你这孩子，下次别浪费钱。走，吃饭去。"

饭后，农村娱乐活动不多，也没有电视看，简常念便拉了周沐过来一起打扑克。

地上开着电暖器，她们三个人坐在床上斗地主，外婆搬了个小椅子坐在旁边做针线活。

谢拾安一开始不会玩，到最后却把把赢。

简常念惨叫一声倒在床上："真是教会徒弟饿死师父啊！"

看着她们笑闹，外婆脸上也乐开了花，把昨天炒的松子还有今天市集上买的水果都端了进来："来来来，一边玩一边吃。"

农村的夜晚总是这样静谧而安宁，月亮升上了半空，乡间小路上偶尔传来一两声狗叫。

周沐妈妈来接她回家了。

简常念送人出去，关上院门，再回到屋里，外婆给谢拾安轻轻地盖上了被子，示意简常念噤声。

简常念蹑手蹑脚地走到床边一看，小声道："睡着了？"

外婆点点头，打扫着地上的果壳："你也去洗洗脸，早些睡吧。"

简常念点点头，跑出去打水洗漱，再回来的时候外婆已收拾得差不多了。

她拿起外婆放在椅子上织了一半多的毛衣一看："这大小，不是给我的吧？"

外婆从她手里拿过毛衣来，折好，放进袋子里："当然不是给你的，昨天我给你们洗衣服的时候才发现，拾安的毛衣都破了洞了，针脚也稀疏，这种穿在里面御寒的衣物，外面买的哪有自己织的好。

"要说拾安这孩子也真是可怜，我要是有个这么懂事听话的孩子，疼还来不及呢，哪会不要她？"

想到谢拾安的身世，老人有些唉声叹气的。

简常念心里一软，扑进了外婆怀里："我还不够听话吗？"

外婆笑了笑，摸了摸她的脑袋："我们常念啊，也是听话的，从小到大，除了一个周沐，也没见你带别人回来过。既然认定了是好朋友，就在一起好好玩，互相帮助，可不许欺负人家啊。"

简常念嘀咕着："她不欺负我就是好的了。"

外婆拍了拍她的背："好了好了，别吵着拾安睡觉，快去睡吧。"

"好，外婆，你也别熬夜织毛衣，对眼睛不好。"

"欸，知道了。"

外婆轻轻替她们掩上了木门，回了自己房间。

简常念拉下墙上的灯绳，将灯拉灭后，摸黑一步步走到了床边，小心翼翼地爬上床跨过谢拾安，每走一步都惊心动魄，生怕把人吵醒了。

直到掀开被子躺下来的那一刻，她才长舒了一口气，看着谢拾安熟睡的侧脸，轻声道：

"晚安，拾安。"

第二天。

她们下午就要回训练基地了。

谢拾安还是起了个大早，用仅剩不多的钱，去镇上的五金店买了几个灯泡，又买了些老人喝的奶粉、补品之类的，通通拎了回来。

简常念拉下了电闸，给谢拾安踩着椅子："你会换吗？"

谢拾安手里拿着灯泡，轻蔑一笑："笑话，我家的灯泡坏了都是我自己一个人换的。"

话音刚落，她就把灯泡严丝合缝地拧了上去。

谢拾安拍拍手，跳下来："开灯。"

简常念把电闸又推了上去。

白炽灯发出的光线亮得刺眼，整个屋子再也不像从前一样大白天都暗沉沉的了。

有了这个，外婆做针线活时眼睛应该会舒服很多。

谢拾安很满意，给其他屋里都换上了新灯泡。

两个人忙活了一上午，顺便还修补了一下漏风的门窗。外婆看着谢拾安，心里有些过意不去："请你来是让你来玩的，怎么还干上活了呢？"

谢拾安抹了抹脑门上的汗，这几天她脸上的笑容比平时多些："没事儿，我总不能在这儿白吃白喝吧。"

"怎么就白吃白喝了？你这孩子，来了几天给家里买了多少东西了！快快快，别干了，歇会儿，吃中饭了。"

吃完午饭，她们就该回训练基地了。

外婆拿着熬夜织好的毛衣走了出来，给谢拾安塞进背包里："我看你身上的毛衣破了，就给你织了件新的，大小应该是合适的，你回去试试，别嫌弃。"

谢拾安记忆中已经有很多年没人给她买过新衣服了，更别提亲手织的毛衣了。

礼轻，情意重。

她鼻头一酸，重重地点了点头："不嫌弃，我回去就穿上。"

"好。"外婆站在院门口跟她们挥手道别，"常念、拾安，回去好好照顾自己，比赛加油，有时间记得回来看看。"

简常念回头挥了挥手，看外婆还站在门口不肯走，高喊道："知道了，外婆，你快回去吧。"

两个人要到镇上去坐长途车，坐着牛车经过村口的大榕树时，正值傍晚，夕阳西下，几个孩童在树下嬉戏玩闹。

简常念看着他们，眼底有些怀念，伸手一指："你看见树上吊着的那个羽毛球了吗？"

一个孤零零、破旧的羽毛球，被一根尼龙绳吊着，风一吹就飘来荡去。

"从前周沐不在的时候，村里没人和我打球，我就是在那里，一个人练球。"

谢拾安定睛一看。

不知道什么时候，也不知道是谁挂上去的，树上又多了一个羽毛球，一阵风吹过来，它和从前那个羽毛球，一起在暮色里微微晃动着。

简常念轻声道："现在它好像有伙伴了。"

两个人回到市里，叫上乔语初一起，先去看了旺福。乔语初看着保温箱里小小的一只狗狗，叹道："好可爱！你们从哪儿捡回来的啊？"

"乡下的田埂下，找到它的时候，一窝里只活了它一个，我们就把它带回来了。"谢拾安道。

乔语初伸出手指轻轻戳了戳保温箱，旺福听见动静，爬起来，月份太小它还不会走路，走几步就脸朝下摔了下去，惹得三个人都笑起来。

"旺福的精神看起来好了好多啊。"简常念话音刚落，护士就走过来催缴住院费了。

两个人一起眨巴着眼睛看向了乔语初。

乔语初脑中警铃大作，一把捂紧了自己的钱包："干吗？看我做什么？"

"语初姐！"简常念撒着娇就扑了过去。

见简常念这样，谢拾安头皮发麻，鸡皮疙瘩掉了一地，谢拾安倒没简常念那么夸张，只是用她那双会说话的眼睛望着乔语初，看得人心软。

"为了赎爷爷的玉，我和豆芽菜身上是真的一分钱都没有了，能不能请你先垫付一点儿，等发了工资我再还给你。"

乔语初腹诽：谁让这是自己认的妹妹呢，那能怎么办，只能宠着呗。

"行行行，我去付，真拿你们没办法。"

付完钱后，医生又嘱咐了两句："小家伙生命力很顽强啊，目前来说肺部感染已经初步控制住了，如果情况良好，下个礼拜就能出院了，到时候我再电话联系你们。"

谢拾安点点头："那就好，麻烦大夫了。"

出了宠物医院，乔语初一左一右揽上她们的肩头，还在为赎玉那事愤愤不平："我跟你们说，对付这种奸商，你们就直接报警，还多给他那么多钱……"

"毕竟玉在他手里，我这也是怕他不还就算了，万一故意摔了可怎么办？"简常念道。

谢拾安："好在是拿回来了。"

乔语初想了想，岔开话题："你俩饿不饿，要不要去吃点东西？"

简常念眼前一亮："语初姐请？"

乔语初无奈，搭着她俩的肩膀往前走："我请就我请呗，谁让某些人现在是穷光蛋了呢。"

回到宿舍后。

谢拾安把失而复得的玉坠和奶奶的那只手镯放在了一个匣子里，她凝视良久，然后把它们放进了储物柜里，轻轻关上了柜门，拔下了钥匙。

一周的时间忽忽而过。

宠物医生如约打来了电话。

谢拾安听完后，嘴角扬起一丝笑容："好，我今晚就去接它。"

到了傍晚，一天的训练结束后，谢拾安没去食堂吃饭，悄悄摸到了墙边，踩着砖头，爬了上去。

简常念在底下抬头看着她："你快下来，没放假，严教练不让我们出去啊，改天去接行不行啊？"

谢拾安回头看了她一眼："你不去我自己去了。"

说罢，她就一跃而下，身影消失在了墙头。

算了算了，快去快回严教练应该不会发现的。

简常念咬咬牙，左看右看没人，索性也爬了上去。

巧就巧在，她们刚走没多久，严新远心血来潮，吹起了集合哨，要进行夜间训练。

他站在训练室里清点人数，数来数去，总少了那么两个，众人噤若寒蝉，大气也不敢喘一下。

严新远手一指："语初，你来说，人去哪儿了？"

乔语初嗫嚅着，半天也没说出个所以然来。

严新远气得一挥教棍："都这个时候了，你还在替她们隐瞒！不知道世锦赛的选拔赛马上就要开始了吗！说大话的时候信誓旦旦，到时候连选拔赛都打不进去，那才叫丢人现眼！"

乔语初在心底道："对不住了，拾安、常念。"而后把眼一闭，和盘托出。

严新远把教棍扔给了梁教练："其他人继续训练，老梁，你看着她们。"

"欸，你干吗去啊？"

"干吗？我逮人去我。"

两个人出了宠物医院，简常念把书包抱在怀里："拾安，我们把旺福放哪儿啊？严教练肯定不同意我们养小狗的。"

谢拾安想了想，放她家太冷了没人照顾，不合适；放乔语初家那也肯定不行，只怕会被乔语初父母打死。

"要不先在宿舍里藏几天，等放假的时候，再带回外婆家吧。"

简常念眸中一亮，痛快地答应了下来："行，外婆肯定也很喜欢小狗的。"

两个人坐上回训练基地的末班车，一路鬼鬼祟祟地摸到了墙边。

简常念先爬了上去，往底下瞅了一眼。

没人。

她冲谢拾安招了招手。

谢拾安把书包给她递了上去，然后自己后撤了几步，腿一蹬，飞速爬上了墙头。

"我先跳下去，你再把旺福递给我。"

简常念点了点头，看着谢拾安平安落地，然后把书包也轻轻放了下去。

谢拾安把旺福抱在怀里，轻声道："你快下来。"

"好。"

简常念两只手扒在墙头上，正要跳下去，一束手电筒光突然照了过来。

谢拾安用手挡了一下刺眼的光线。

严新远厉声道："大半夜的，干吗呢？"

"哎呀！"

一听见熟悉的声音，简常念就头皮一炸，手上的力道一松，连滚带爬地摔了下来。

她龇牙咧嘴地站了起来，头发上还粘着草根："严……严教练……"

"我说你们最近训练怎么都心不在焉的，就这个样子还想打进世锦赛，做梦去吧！东西拿来！"

"严教练……"谢拾安不情不愿地往后退了一步，却还是被人劈手夺过书包。

旺福在里面小小地呜咽了一声。

"我倒要看看——"严新远一把拉开了书包的拉链，小狗探出头来，爪子扒拉着他的手，伸出舌头，轻轻舔了他一下，兴奋地摇起了尾巴。

严新远顿住了。

简常念看他神色莫辨，小声道："严教练，严教练？"

严新远轻咳了一声，又把拉链拉上了："玩物丧志！"

说罢，他瞪了她们一眼，拎着书包转身就走。

两个人对视一眼，心底都有不好的预感，追了上去。

"严教练，严教练，我们知道错了，不该偷偷跑出去，可是……可是小狗是无辜的啊，求求您，不要扔了它，冰天雪地的，它会冻死的！"

严新远回头看了她们一眼，横眉怒目："谁说我要扔了？这玩意儿养在你们宿舍，你们还有心思训练吗？再说了宿舍那么冷，连个空调都没有，把它放在我办公室，训练不出成绩，谁都不许碰！"

简常念喜出望外，跟在他身边拍着马屁："哎呀，我就知道，严教练最好了，肯定不会扔掉旺福的。"

严新远眉头一皱："旺福？它叫旺福？谁取的名字，真够土的！"

谢拾安转过头去，扑哧一声笑了出来。

简常念耷拉下了脑袋："怎么连严教练您也吐槽我啊？"

"行了行了，别贫！你们两个，翻墙、缺勤，还带宠物回训练基地，我不开除你们就是好的了，现在给我去操场跑五千米，跑不完不许睡觉！"

简常念仰天惨叫："啊！严教练减两千米吧！我不活了！"

谢拾安木着一张脸,把人拖走:"别号了,我有预感,你继续号的话,他会再加两千米。"

严新远回到办公室,找了个纸箱,把一个旧沙发垫子放了进去,然后再抱起旺福轻轻放了进去,又拿了个碗,从保温杯里倒了点温水,放在旁边。

旺福扒拉着碗,喝得欢快。

梁教练也往纸箱里瞅了一眼:"嚯,从哪儿弄回来的啊?"

严新远摇摇头,拢了拢大衣,回到了办公桌前,坐下来整理选拔赛的报名表:"还不是常念和拾安捡回来的祸害,一天天的,不让我省心。"

"我看你也蛮喜欢的嘛,又是给它拿垫子,又是给它倒水喝的,我看啊,咱们基地也缺一条看门狗,留下来也挺好的,养大了还能看家护院。"

梁教练说着,去摸了摸旺福的脑袋,小家伙抬起头来,蹭了蹭他的手背,尾巴摇得欢快。

"嚯,挺好,还不认生。"

他这边说着话,严新远一边填表整理资料,一边不住地咳嗽着。

梁教练抬头看了他一眼:"这冬天都快过完了,你这咽炎还没好呢?我都让你少抽点烟了。"

严新远端起保温杯,喝了口水,润润喉,好半天才把嗓子眼里的痒意压下去:"嗐,老毛病了,你又不是不知道。我告诉你,你喜欢这小东西你看着啊,我可不管。"

"早说了让你去医院看看,你不去,小毛病早晚让你拖成大问题。"

"我哪有那个时间啊,这不马上又要打世锦赛了吗?行了行了,时候不早了,你回去休息吧。"

严新远把人送走,又回到了桌前,伏案工作,不时咳嗽着。

办公室里的灯一直亮到了深夜。

第六章

替补

日子就在训练中一天天过去，旺福也留在了滨海省队，等它能爬出纸箱，迈着小短腿，跟在谢拾安身后跑操的时候，选拔赛也开始了。

滨海省队全体都报了名，但真正能杀出重围的，只有谢拾安一个人。

她以全胜之姿，打败了来自全国各地的选手，拿到了这个珍贵的正赛名额。

唯一一个剩余的替补席位，将在今天下午的比赛中揭晓。

简常念看着手里的抽签结果，神色复杂。

乔语初对阵简常念。

时间仿佛又回到了去年冬天，只不过这次赛前是简常念主动去找了乔语初。

"语初姐……"简常念面色为难，"要不我去跟裁判说说重新抽签吧？"

乔语初摸了摸简常念的脑袋："你傻啊，这又不是在咱们训练基地里打比赛，裁判不会听你的。"

"可是……"简常念咬唇，"我不想内战。"

乔语初的手落到了简常念的肩膀上，看着她的眼睛，认真道："比赛哨声响起的那一刻，我就不是你的队友了，之前集训时候怎么打的，现在就怎么打。别忘了，你曾跟我说过，全力以赴才是对对手最大的尊重。"

她话音刚落，裁判就吹响了口哨："058号乔语初、075号简常念，准备！"

谢拾安的比赛已经落下了帷幕，今天是她的休息日，她却还是来到了赛场。

她穿着宽松的运动服，背着球包走了进来，在观众席上落座。

她身边那个位置早已有人坐着了。

尹佳怡戴着鸭舌帽："你也来看比赛啊。"

谢拾安淡淡地"嗯"了一声。

尹佳怡倒是兴致勃勃的："是你们滨海省队的内战哎，不如你来猜猜究竟谁会赢？"

谢拾安沉默，眼神逐渐深邃起来。

如果说时间还停留在去年的冬天，那么她一定会说是乔语初赢，但现在……

裁判吹哨举手："第一局，075号简常念以21∶17胜。"

简常念赢了第一局，但并没有想象中的那么开心，而是坐回了休息区里，一口气喝完了半瓶水。

手心手背都是肉。

严新远并不能去指导她们之中的任何一个，那对另外一个人来说就是极大的不公平。

老人左看看，右看看，还是拿起毛巾走到了乔语初身边："给，擦擦汗，下一局好好发挥。"

"谢谢严教练。"乔语初接过来，勉强笑了笑，就又打起精神上了场。

尹佳怡看着比赛的局势："她进步真快啊！"

谢拾安知道尹佳怡在说谁。

不知为何，谢拾安心底忽地有些烦闷，不想再坐在这里了。

谢拾安起身，往外走去。

裁判吹响了哨子，同时举起了红牌："075号简常念，第二次发球违规，058号加一分，再罚一张红牌，即刻取消比赛资格。"

裁判冷冰冰的话音掷地有声。

记分牌上的比分已经到了18∶15，简常念暂时领先。

乔语初咬着牙，眼眶微红："简常念，你干吗呢？不好好打你对得起谁！"

乔语初向来都是一副温温柔柔的样子，几乎不大声说话，何曾吼过她？

简常念一下子慌了神，语无伦次："我……语初姐……"

这个机会对乔语初来说太重要了，世锦赛两年一届，她还年轻，可是乔语初已经二十六岁了。

"你别叫我姐！赛场上只有对手！"

简常念看着乔语初的眼睛，鼻头一酸。

乔语初点了点头，郑重其事地又唤了简常念："常念，我想和你堂堂正正地打一场。"

123

哪怕是输，她也要站着输。

简常念吸了吸鼻子，重新握紧了球拍，眼中骤然有了战意，整个人的状态和刚刚明显不一样了。

她缓慢却也郑重地点了点头："好。"

乔语初脸上这才浮现出了一丝笑容。

比赛又开始了。

谢拾安已经走出了场馆。

尹佳怡也跟着出来了。

"你知道吗？我看了你选拔赛的每一场比赛，都是2∶0剃光头，可比全国大赛的时候还利索多了。我有时候会庆幸，幸好这次我们是队友而不是对手。"

谢拾安的目光淡淡地瞥过去："还说不定，万一我们分在了一个组里呢，我是不会手下留情的。"

"啊，不管怎么说，至少无论是团体赛还是单项上，我们国家的羽毛球队都有保底的金牌了。"

尹佳怡的神色有些深沉，蒋云丽退役后，国家队堪担大任的人并不多，她顺理成章地成了队长，有些必须承担的责任还是要挑起来的。

"毕竟……今年的对手也很强啊！"

谢拾安嘴角浮起笑意："你好像很期待今年的世锦赛啊。"

尹佳怡冲谢拾安伸出手去："世界级的顶尖高手齐聚一堂，有哪个职业选手会不期待呢？不管怎么说……欢迎你加入我们。"

2∶0，乔语初输掉了比赛，她没能在简常念手里赢下哪怕一局，这还是在简常念频频失误被罚了两张红牌的前提下。

比赛一结束，简常念就走了过去想安慰乔语初。

乔语初笑了笑，神色如常："终于打完了，可以好好休息几天了。"

简常念的嗓子眼堵得一句话都说不出来。

严新远走了过来，拍拍乔语初的肩膀："辛苦了，晚上大家一起聚餐吧。"

乔语初点点头："严教练，你们先走吧，我去下洗手间。"

"语初姐，我和你……"

简常念追了几步，突然被人抓住了胳膊。

严新远摇摇头："让她自己一个人待会儿吧。"

乔语初方便完，正准备从隔间里出去，外面忽然传来了冲水声，几个人嘻嘻哈哈的，听声音有点耳熟，应该是一起打过比赛的对手。

"刚才的比赛你们看了没？乔语初居然输给了一个新人小将，还是自己队伍的，这传出去也太丢人了吧。"

"全国大赛的时候我就看出来了，我们广平队和她们滨海省队一个赛区，要不是有谢拾安在，她们凭什么能打进总决赛啊？"

"我看啊，别说一个谢拾安了，就是世界冠军来了也带不动她。你看看她们，双打成绩有多差，选拔赛四强都没能进，再看看人家谢拾安一个人单打去了，直接零封所有对手拿到了正赛名额。"

"有这样只会拖后腿的搭档，还不赶紧跑啊！"

几个人又是一阵嘻嘻哈哈的。

"洗完了没？走走走，吃饭去了。"

乔语初的手从门把手上滑落了下来，她想劝自己不要在意这些风言风语，可只是弯了一下嘴角，泪水就滑落了下来。

等到洗手间里又恢复了安静，她才失魂落魄地从隔间里走了出来，拧开水龙头，不停地往脸上扑着水。

谢拾安和尹佳怡告别之后，听严教练说乔语初去了洗手间，便一直在门口等着。

两首歌的时间过去了，乔语初总算是出来了。

谢拾安摘下耳机，走了过去："你……"

乔语初脸是湿的，睫毛上都挂着水珠。

她不在意般地抹了一把脸："哦，没事，太热了洗了把脸。"

谢拾安从背包里翻出纸巾递过去："给。"

"谢谢。"乔语初看见谢拾安，又想起了刚刚那些人的话，也不知道她在这儿等了多久了，又听进去了多少，状若无意般地问了一句，"等很久了？"

谢拾安摇摇头："刚来一会儿，严教练说让咱们去聚餐，我就来叫你了。"

乔语初苦笑了一下，她现在根本没有心情去吃饭："你们去吧，我想先回去休息了。"

"语初！"谢拾安追了几步，叫住她，"是因为……比赛的事吗？"

乔语初勉强打起精神笑了笑，但谁都能看出来她深藏在笑容底下的一丝难过："没有，输赢很正常啦。"

"这次选拔不上也没有关系，等世锦赛打完，国家队应该还会招新的，到时候要是能选上，就可以理所当然地参加……"

谢拾安话音未落，乔语初倏地转过头来，她心里又委屈又难过，脱口而出的话就有些尖锐了："你以为谁都跟你一样，不想进国家队人家还三催四请，连合同都给你拟好了吗？"

谢拾安敛下眸子，有些受伤："我不是这个意思，我是想……"

她的话再一次被人打断了。

"不用了，我真的没事，你好好准备你的单打吧。"

乔语初转过身去，继续往前走。

谢拾安向来不善言辞，也不善于挽留，看着乔语初离去的背影，她心里头一次生出了一丝无力感。

乔语初回到房间，刚洗完澡爬上床，放在床头柜上的手机屏幕就亮了起来。

她拿起来一看，是金顺崎发来的消息："你又来燕京了？"

她想了想，打字："你怎么知道？"

"我一直在关注你的朋友圈，谢天谢地没有被删除。"

乔语初看到最后一句话，没忍住微弯了一下嘴角，想起三天前刚到燕京的时候发了一张照片，配文：故地重游。

她正准备打字的时候，金顺崎发来了语音："怎么样，要不要和我这个故人再见一面？"

饭桌上。

羊肉汤锅冒着热气，可是简常念和谢拾安两个人都是一副心事重重、食不下咽的样子。

吃到一半，万敬来了个电话，说是有事要商量，把严新远叫走了，包厢里只剩下了她们两个人，气氛更加低迷。

简常念夹了一块羊肉进碗里，味同嚼蜡："语初姐不肯来聚餐，是还在生我的气吗？"

谢拾安心里也不舒服，不冷不热道："你打人家2∶0的时候，不是蛮开心的吗？"

简常念放下了筷子："你什么意思，是说我故意打她2∶0的吗？"

"你心里怎么想的只有你自己清楚。"

为了让球自己被裁判罚了两张红牌，险些就被取消比赛资格，想到这里，简常念心里又委屈又气，一股无名火涌了上来："谢拾安！你把话说清楚！是我想抽到她的吗？我宁愿和你打，我都不想和语初姐做对手！"

"你不想？我就不明白了，哪怕你让一小局，她也不会这么难受！"

"说得我好像不难受似的，我赢了我心里就好过了吗？亲手淘汰自己队友是什么感觉你知道吗？我也把她当自己亲姐姐一样看待！"

"你把她当亲姐姐一样看待，你就不会下死手打她2：0了！她输了你知道有多少人等着看她的笑话吗？她手腕上还有伤，这是她第一次打进世锦赛的选拔赛决赛，哪怕只是一个替补席，你知道对她来说，有多重要吗？"

谢拾安这话说出口，简常念一下就红了眼眶，猛地站了起来，因为动作幅度太大，带翻了碗筷，碎瓷遍地。

"那对我来说就不重要了吗？我也是第一次打进世锦赛的选拔赛决赛啊！我都吃了两张红牌了，你还想我怎么样？非要看我被取消资格，你才开心是吗？"

空气凝滞了那么一两秒。

看着简常念的泪水在眼眶里打转，谢拾安一怔，放软了语气："我不是那个意思，你还年轻，可是她……"

话音未落，就被人冷冷打断了。

"够了，谢拾安，同样都是朋友，也要分个先来后到是吗？你扪心自问，你刚才话里话外的，有哪怕半个字是为我赢了比赛而开心的吗？

"你没有！你只在乎语初姐的感受，我不想再看见你了！"

简常念吸了吸鼻子，哭得一抽一抽，拿起自己的包，转身夺门而出。

等谢拾安回过神来，追出去的时候，走廊上已经空无一人了。

谢拾安一边找人，一边给严新远打了个电话："喂，严教练，您在训练中心吗？"

"在啊。怎么了？"

"我刚和常念争执了几句，她一气之下从饭店跑出去了，人生地不熟的，她也没有手机，我……"

谢拾安的语气有些焦急，也有些自责。

严新远马上站起来道："好，你别急，我去公寓管理处问问看人回来了没有。"

谢拾安点了点头："好，那我在附近再找找。"

她找遍了饭店周边，又跑过了几条街，人潮汹涌，车流不息，可就是没有那个人的影子。

　　谢拾安停下来喘着粗气，在原地转了一圈，用目光四下搜寻着，不远处缓缓开过来一辆公交车。

　　不知道为什么，她心思一动，抬脚跑了过去，挤在人群里投币上了车。

　　严新远一路小跑到了运动员公寓，问了管理员出入记录，管理员在电脑上一查："简常念，没回来啊，没有刷卡记录。"

　　公寓门口有闸机，一人一卡，持证才可进入。

　　严新远心想：坏了，肯定是为语初那事吵架呢，这两个孩子没一个让人省心的。

　　他一边往外跑，一边道："行，谢谢你啊，要是人回来了，麻烦你给我回个电话。"

　　公园。

　　上次来的时候还是冬天，一转眼，湖面的冰都化了，已是草长莺飞二月天了。

　　今天是工作日，公园里没什么人，正值傍晚，酒吧里也没几个客人，一条路上仅有零散几家店开着门，放着轻音乐。

　　简常念沿着这条路漫无目的地走着，直到被人轻轻扯了一下衣角。

　　她低头一看，一个小女孩眨巴着水汪汪的眼睛，奶声奶气道："姐姐，可不可以帮我们取一下风筝啊？挂在树上了，够不着。"

　　"哪儿呢？"

　　小女孩往旁边一指。

　　树倒是不高，但在护栏外面，离河堤很近。

　　简常念小心翼翼地翻过了护栏，一步步走到了风筝底下，仰头一看，就挂在眼前的树梢上。

　　简常念看着波光粼粼的湖水，不自觉地后退了一步，咽了一下口水。

　　小女孩的同伴们都站在护栏外看着她："姐姐加油，你一定可以的！"

　　简常念回过神来，点了点头，强迫自己把视线从水面上挪开。

　　她仰头望着那个风筝，估摸着跳一跳应该够得着。

　　简常念咬咬牙，退后几步助跑，猛地离地起跳，但是她却忽略了一个致命的因素，这里不是训练场，草地很滑，根本无法给她提供良好的抓地力。

　　简常念手指刚碰到风筝的那一刻，眼中一喜，刚准备开口："我——"

话音未落,她脚下一滑,整个人失去了平衡,就要向下栽去。

这是个斜坡,下面就是绿幽幽的湖水,简常念绝望地闭上了眼睛。

然而,她等了许久,失重感也没袭来,原来有人死死地拽住了她的后衣领。

简常念回头一看,谢拾安冷着脸道:"不就是吵了几句,至于跑这儿来要死要活的吗?"

一句话说得简常念原本不想跳此刻也想跳下去了:"谁?谁要死要活的了!我是想帮人捡风筝来着!"

谢拾安仰头一看,再看看站在旁边看着她们的小朋友们,轻咳了一声,掩饰自己的尴尬。

她刚刚冲过来的时候,只留意到了简常念站在水边,倒是没怎么注意旁边的人。

谢拾安托住简常念的胳膊,把人拽回到了自己身边:"让开。"

她踮脚,伸手,轻而易举地就从树上取下了风筝,递给了小朋友们。

小女孩鼓起掌来:"哇!姐姐好帅!"

谢拾安难得摸了一下小女孩的脑袋,柔声道:"回家吧,天黑了,别在水边玩,危险。"

小女孩乖巧地点了点头,跑远了。

简常念跨过护栏,扭头就走:"就爱出风头。"

谢拾安手插在兜里,跟着她走。

"你别跟着我了,行不行?我说了我不想再看见你了!"简常念被这个走到哪儿跟到哪儿的"尾巴"烦得不行,回过头怒吼道。

"你跟我回去,我就不跟着你了。"

"你这个人究竟听不听得懂人话啊?我自己有脚,会回去的,让我一个人待会儿行不行啊!"

简常念气急了,快走两步,谢拾安又跟了上来,她转头冲谢拾安劈头盖脸发了一顿火。

她声音很大,有散步的行人驻足观望。

"这是干吗呢?"

"小姐妹吵架了吧,走走走,管那么多干吗?"

谢拾安无奈地摘下了耳机,借着林间小道上昏暗的灯光,还是能看清简常念眼角的泪痕。

谢拾安本身是不会低声下气向人道歉的性格,但心一软,语气里难得带上了一丝恳求道："跟我回去吧，严教练也很担心你。"

简常念忸怩地把头转了过去，愤愤道："你让我跟你回去我就回去，那我也太没面子了吧！"

谢拾安眼底浮起一丝无奈："那你还想怎么样啊？"

"我饿了，想吃饭！"

"好，吃。"

"但是我没带钱。"

谢拾安小小的脑袋上好像冒出了一个大大的问号。

两个人最终就近找了一家西餐厅坐下了，简常念原本看着那些灯红酒绿的酒吧垂涎不已，想进去见见世面，顺便再狠狠敲诈谢拾安一笔。

谢拾安却冷着脸把人拖走了："没钱！再说了，马上就要打比赛了，你还喝酒，嫌红牌罚的不够重是吗？"

简常念挣扎未果："怎么你这人自己喝酒可以，别人喝酒就不行！"

谢拾安合上菜单，递给服务员："两份意面，两杯苏打水。"

"苏打水要加冰吗？"

"加。"

意面很快端了上来，谢拾安自顾自地开吃了："你不吃算了，一会儿给我，我可没吃饱。"

简常念看谢拾安吃得香，也不甘示弱，但奈何还是不怎么习惯用叉子，挑不上来几根，恨恨道："我怀疑你在报复我。"

谢拾安眼底总算是流露出了一丝笑意，招手唤来了服务员："一双筷子。"

服务员点点头，去拿了。

"西餐厅里，别人都用叉子，我用筷子，你还嫌我不够丢人啊！"简常念脸色微红，愤愤不平地小声道。

谢拾安往旁边瞅了一眼，整个露台，只坐了她们一桌。

"哪有人？自己舒服不就行了。"

简常念举目望去，四周灯火辉煌，湖面上的风徐徐地吹了过来，十分凉爽。

楼下的林荫小道上，柳枝拂动着，偶尔有三三两两的人骑着单车驶过。

是静谧且柔美的夜晚。

风吹散了她心中那些委屈与不满。

"你……"

"你……"

简常念刚想张嘴,却没想到两个人同时开了口。

谢拾安一怔,把话收了回去:"你先说吧。"

简常念拿筷子搅着盘子里的意面,没有抬头:"语初姐,对你来说……是很重要的人,对吗?"

谢拾安正不知该如何作答的时候,简常念又苦笑了一下,抬头看了她一眼:"你不说我也能感受得出来,毕竟我又不是个傻瓜,你总是照顾着她的感受,就连过年的时候也是。要是语初姐留在队里了,你肯定就不会去我家了,对吧?

"我和周沐也是从小一起玩到大的朋友,但是刚刚站在水边的时候,我脑袋里居然有个很荒唐的念头,就是如果你和周沐一起掉到了水里,我会先救谁?我竟然一时半会儿没有办法做出选择。

"但是拾安,你肯定会毫不犹豫地选择先救语初姐吧。"

简常念弯起嘴角,自嘲般地笑了一下,又慢慢红了眼眶。

谢拾安看着她,陷入了良久的沉默。

不说话即代表默认。

简常念吸了吸鼻子,失望地放下了筷子,起身:"我吃饱了,我们回去吧。"

谢拾安也站了起来,叫了她的名字:"常念。"

"我很依赖她,从小到大只有她对我好,所以她对我来说,确实是一个很重要的朋友。"

对于谢拾安来说,向别人敞开心扉也是头一次。

谢拾安话音一转,看着简常念的目光逐渐变得坚定起来。

"你也很特别,像你刚才说的那种情况,我不会让它发生的,因为你们都是我想守护的人。"

虽然谢拾安没有说一句"对不起",但听到这些话已很难得,简常念心中的郁结一扫而空,看着谢拾安轻轻地扬起了嘴角。

"那我们还是朋友吧?"

"当然,我还没祝贺你拿到了这个珍贵的替补名额。"

谢拾安眼底也露出了一丝笑意。

说到这个,简常念又想起了乔语初,她应该很失落。

"不知道语初姐吃饭了吗?我们打包点东西回去给她吃吧。"

"好。"

谢拾安点点头，又叫来了服务员。

两个人拎着打包好的饭盒走出了西餐厅，沿着林荫小道走去公交车站。

刚刚拿到了替补席位以及与好友和好如初的简常念志得意满，憧憬着未来，一路上手舞足蹈的。

"等世锦赛结束，我们一起去参加国家队招新的考核吧，语初姐也去，这样我们三个人就能一直一直在一起了，也能去世界各地打比赛了。"

"你可别忘了，我把人都得罪完了，指不定人家看见我们滨海省队就烦呢。"

"啊，你这个人真是的，拒绝时就不能委婉点吗？"

两个人并肩走着，一阵风吹过，柳絮纷飞，路灯把她们的影子拖得很长很长。

谢拾安回到公寓的时候，已经是晚上十点多了，她推开门一看，屋里没人，也不知道这么晚了乔语初去哪儿了，怎么还没回来？

她想了想，把饭盒放在了桌上，掏出手机来给人打了个电话，但一直是无人接听。

谢拾安挂断电话，给乔语初发了条短信："在哪儿呢？"

约莫五分钟，手机又响了起来，她拿起来一看，是乔语初的回信："出门买点吃的，一会儿就回来。"

"我给你带了意面和比萨。"

短信发过去之后，久久没有等到回复，估计正在回来的路上吧，谢拾安放下手机就去洗澡了。

一辆轿跑停在了宿舍楼下。

金顺崎把车熄了火，从储物盒里取出了一小瓶药递给乔语初："手腕还痛的话可以吃一片止疼药，这个药我偶尔偏头痛的时候也会吃，效果很好。"

乔语初看着他手上的药瓶，没接。

金顺崎笑了笑。

"你不会是在担心我会给你兴奋剂什么的吧？你放心，这个药对兴奋剂检测结果的影响微乎其微，而且，你最近的比赛也打完了不是吗？

"我是真的担心你，手术缝合的时候，你不让我们用麻药，为了愈后能快速投入比赛中，你也不敢服用激素类的消炎镇痛药，这样势必会加重术后后遗症的，别人不知道你付出了多大的代价才走到今天，但作为你的主治医生，我却是再清楚不过了。

"只是作为朋友,我不想再看到你这么痛苦了,偶尔,也请对自己好一点吧。"

乔语初看着金顺崎的脸,又把目光挪到了他手中的药瓶上,抖着唇,一点一点地、缓慢地伸出了手去。

谢拾安洗完澡出来,拉开窗帘透气,无意间往楼下瞥了一眼,看到金顺崎替乔语初拉开了车门,乔语初从车里钻了出来,两个人以拥抱告别。

门铃响了,谢拾安走过去开门,乔语初的脸上还有尚未散去的笑意。

"回来了。"

"嗯。"乔语初应了一声,把手里的塑料袋放在了桌上,"我买了水果,你尝尝。"

谢拾安的面色有些冷,看着自己大老远给乔语初打包回来的食物,只觉得自己白担心她了。

"你下午的时候不是还很生气吗?怎么,和金顺崎出去了一趟就开心成这样,这就是你说的去买东西?"

乔语初正在换鞋的动作凝滞住了,直起腰来,看着谢拾安:"你跟踪我?"

"车都停到楼下了,还怕人看见吗?"

谢拾安的话脱口而出,乔语初皱紧了眉头,提高了声音道:"是,我是和金医生出去约会了,那又怎么样?我不能有别的朋友吗?"

谢拾安看着她,疾言厉色:"你不是说早就和他断了吗?为什么又和他出去约会?他是家里有钱,但花言巧语、巧舌如簧,一看就是情场老手了,身边莺莺燕燕能少吗?你就算要找,也不至于找个这样的吧!"

谢拾安不是会委婉说话的性格,这番话三分嫉妒,七分是为乔语初好,也希望乔语初能有个好归宿。

岂料这话正戳中了乔语初的痛点,她面子上有些挂不住,今天本来就输了比赛,又听了许多风凉话,再被谢拾安横加指责,一股无名火直冲上脑门。

"谢拾安!你有什么资格干涉我的生活,我想和谁在一起是我的自由!别忘了,我们没有血缘关系,就算有,也轮不到你来指手画脚。"

她轻飘飘一句话落地,像是往谢拾安的心上插了无数把刀子,谢拾安后退了半步,颤抖着嘴唇,似是有些难以置信乔语初会说这样的话。

"语初,我是……"

乔语初冷漠地转身,径直进了浴室:"你别说了,是我一直以来太惯着你了,我明天就会回江城，你好自为之吧。"

在乔语初关上门的那一刻，外面传来了重物坠地的声音，谢拾安发狠地把带回来的饭盒全部扫到了地上，夺门而出。

乔语初听着外面的动静，仰着头，打开了花洒，泪水无声地滑落了下来。

谢拾安无处可去，也不想去打扰别人，她漫无目的地走到训练室，发现里面还亮着灯。

她有些好奇地探头往里面瞅了一眼。

一个人影来回跑跳着，面朝着墙壁挥拍击球，整个场馆里都回荡着清脆有力的砰砰声。

是尹佳怡。

一组球打完，尹佳怡停下来歇了口气："既然来了，就进来打一会儿球吧。"

尹佳怡虽然是面朝着墙壁说的，但谢拾安知道，她是在说给自己听。

谢拾安轻轻推门而入。

尹佳怡从球包里拿出一支球拍扔给了她。

谢拾安拿在手里掂了掂，职业选手对于球拍的磅数变化都是很敏感的："你换磅数了？"

她记得尹佳怡一直是用29磅的球拍。

尹佳怡点了点头，站到了谢拾安对面："对，上次输给你之后回去就换了。"

谢拾安微微扯了下嘴角："看来这段日子你没少研究我啊。"

尹佳怡也笑了笑，一副跃跃欲试的样子："现在的你是各大省队的眼中钉、肉中刺，是国家队的香饽饽，研究你的可不止我一个。废话少说，让我看看你这段时间又进步了多少。"

话音刚落，尹佳怡抬手就发了一个刁钻的网前球，谢拾安只好上网被迫迎敌。

几个回合下来，就连尹佳怡也看出来了谢拾安状态不佳，她停了手："你有心事。"

不是疑问句，而是肯定句。

谢拾安没否认，也没肯定。

外界都说，谢拾安不肯加入国家队多半是因为她的老师是被国家队下放出去的，作为学生要替老师争一口气也无可厚非，但不知道为什么，尹佳怡总觉得，这只是其中一个原因，背后肯定还有别的原因。

她想起了白天的那场比赛。

尹佳怡本来是不愿意多说什么的，但她现在是队长，要为了整个团队的成绩考虑，而且她对于谢拾安的感情也很复杂，一方面将谢拾安视作自己的劲敌，一方面又有些棋逢对手，惺惺相惜的意思。

"恕我直言，一路走到这里，不容易，明天就要飞往申城，开启整个世锦赛的征程了，我希望你就算有什么心事也暂且先放一放，等打完了比赛再说。"

尹佳怡从球包里拿了瓶水放进了谢拾安手里。

谢拾安坐在休息区的凳子上，看着握在手里的水瓶，沉默不语。

"啊，对了，你回去的时候记得关灯锁门。"

言尽于此，墙上的钟表时针已经指过了十二点，尹佳怡收拾好球包先走了。

谢拾安走后，乔语初一个人躺在床上辗转反侧，怎么也睡不着，手腕更是针扎一样刺痛。

在做完手术后的这几个月里，这种疼痛时不时就会出现，但从没有像今天这样剧烈过，她忍不住用牙咬住了枕头，疼痛让她无意识地开始流眼泪，从喉咙深处发出了一声压抑的低吼。

就在这时，她看见了放在床头的那瓶药。

金顺崎的声音回响在脑海里：

"这个药我偶尔偏头痛的时候也会吃，效果很好。

"我是真的担心你……别人不知道你付出了多大的代价才走到今天，但作为你的主治医生，我却是再清楚不过了。

"偶尔，也请对自己好一点。"

最后一句话，犹如魔音一般，不断地在她的耳膜里回荡，重槌落下的那一刻，乔语初颤抖着伸出手去，一点一点地摸索着，把那瓶药攥在了手心里。

砰砰砰——

安静的夜里，门口传来了敲门声。

简常念的床离门近，率先被吵醒，她睡眼惺忪地爬了起来去开门。

"谁啊？"

"是我，乔语初。"

简常念揉了揉眼睛，打了个哈欠："语初姐，这么晚了，有什么事吗？"

乔语初的神色有些焦急，欲言又止地道："我……"

被走廊上的冷风一吹，简常念混沌的脑子有些清醒过来了，能让乔语初大晚上找过来的事，大概率是有关于谢拾安的了。

简常念这个时候还没意识到问题的严重性。

"拾安怎么了？"

"她刚出去了，现在还没回来，我估计她一时半会儿也不想看见我。"乔语初松了一口气，但又有些不好意思麻烦简常念。

上一次和语初姐吵架，谢拾安也是这样。

简常念又打了个哈欠，嘀咕着"真麻烦"，却准备回屋去穿衣服了。

"这次是为什么啊？"她有些好奇地多问了一句。

乔语初尴尬地笑了一下："就是一些……琐事罢了，她这个性格，我实在是放心不下她。"

简常念点点头，从衣架上取下了外套，睡裤都没换，径直踩上了拖鞋，说道："是吧是吧，简直是太糟糕了！我去找找她，语初姐回去睡觉吧。"

"那就麻烦你了。"

简常念轻轻关上了门，到了走廊上灯光明亮的地方，她这才看清乔语初的脸色很苍白，额上都是冷汗，像大病初愈似的。

她有些担心："语初姐，你没事吧，脸色怎么这么难看？"

乔语初怕被简常念看出来自己偷偷服用止疼片的事，打起精神笑了笑："没，就是晚上吃得有点多，肚子不舒服罢了。"

"那你快回去休息吧，别在这儿站着了。我一定会把她带回来的。"

简常念嘴角扬起了笑容，信誓旦旦道。

乔语初往前走了几步，又回过头来，看着简常念道："如果你见到了拾安，替我转告她，我明早的飞机就回江城了，请她——"

她犹豫了一下，还是继续说道："比赛加油。"

"欸，你这么早就回去吗？"简常念有些吃惊，按理说，打完了选拔赛就可以休息几天的，她问道，"不去申城看拾安的比赛了吗？"

乔语初摇摇头："不去了。"

说完，她转身离去。

不知为何，看着乔语初离去的背影，简常念竟然觉得有一丝落寞。

强撑着爬起来去找简常念已耗尽了乔语初最后的力气，乔语初回到房间，就无力地倒在了床上，药物缓解了她身体上的疼痛，可带来的副作用却让她的脑袋一阵阵发晕，整个房间天旋地转。

在意识即将陷入黑暗的时候，她又咬着牙，伸出手去，把床头柜上放着的药瓶扒拉了下来，塞进了枕头下面。

电梯到了，简常念按下一楼，如果谢拾安还在训练中心，那么多半是在羽毛球馆里打球。

简常念走到训练室，果然不出她所料，里面灯火通明，她一步步走近，想要推门而入，却又缩回了手。

整个场馆里都回荡着清晰有力的击球声，以及鞋底摩擦地板的声音。

简常念不是第一次看谢拾安打球了，却还是会被她的球技吸引，谢拾安在灯下旋转、跳跃，明明是基础的步法，却硬生生地让她跑出了美感来。

那人在空气中微微拂动的发丝，犀利的眉眼，飞扬的衣角，挥拍的时候从手臂上滑落的汗珠……

心脏的律动逐渐和击球声重合在了一起。

怦怦——

砰砰——

一下又一下，清晰而有力。

一筒球打完，谢拾安蹲下来捡球，面朝着的正是简常念这个方向。

简常念就站在窗户底下，她快速转过了身，躲进了阴影里，捂紧了嘴巴，尽量不让自己发出任何声音。

脚步声走远了。

击球的声音又响了起来。

谢拾安在里面练到多晚，简常念就在外面守候了多久，直到鞋底摩擦地板的声音停了，谢拾安拿起毛巾擦汗。

简常念知道谢拾安要走了，看着谢拾安关门落锁回了公寓，电梯上的数字停留在了她房间的那一层。

简常念这才彻底放下心来，捂着嘴打了个哈欠，也按下了电梯。

谢拾安回到房间的时候,地板上的垃圾已经被清理得干干净净,乔语初躺在床上睡着了,发出了均匀的呼吸声。

谢拾安走过去,把垂落到地上的被子拉了起来,给乔语初盖好,自己在床边坐了下来,喃喃道:

"对不起,我不该那样说你,我只是……只是想和你在一起打球的时间久一点,再久一点。"

也只有在这种时候她才敢吐露自己的心声。

谢拾安如梦呓般低语。

时针悄无声息地转动着。

第二天。

药物的副作用撕扯着乔语初的身体,让她昏昏沉沉入睡,又过早地惊醒。

谢拾安已经回到了房间,背对着乔语初睡着。

晨曦微光透过窗帘钻了进来。

乔语初坐起来,被子从身上滑落,她凝视了谢拾安的背影一会儿,最终还是选择蹑手蹑脚地下床收拾东西。

谢拾安本身睡得就晚,又浅眠,即使乔语初的动作已经够轻了,她还是醒了过来。

谢拾安闭着眼睛,不敢转身。

乔语初也没有要开口说话的意思。

两个人就这么沉默着,直到乔语初收拾好了东西,拖着行李箱,轻轻关上了门。

啪嗒——门落锁。

谢拾安用力地攥紧了被子,泪水夺眶而出。

到了出发的时候,前来机场送行的只有严新远和梁教练,因为严新远只是省队的主教练,像这种国际赛事,他就不能随行了。

严新远看着自己的两个得意门生。今天她们都换上了国家队统一的队服。

背后也不再是"滨海省队"四个字了,而是在胸前绣了旗帜。

严新远摸了摸简常念的脑袋,还有些舍不得:"你们这一去,可别给我丢人啊!"

简常念低着头,任他搓扁揉圆,小声嘀咕着:"严教练就不能跟我们一起去吗?"

"你们到了申城自然会有人给你们安排饮食起居和训练的,我就不操这份闲心啦。"

严新远说罢,深深看了万敬一眼。

万敬会意,点了点头:"师兄放心吧,我会照顾好这两个孩子的。"

简常念自加入滨海省队以来,还没有离开过严新远这么长时间,每次她打比赛,他都会在台下看着,一想到打完比赛的时候转头看不见他,简常念就红了眼眶,扑进了严新远怀里:"严教练,为什么您不能跟我们一起去啊?您是我们的主教练,您不在,我怕我发挥不好。"

严新远一怔,缓缓拍着简常念的背:"孩子,这是规矩。"

"什么破规矩,只是去看比赛也不行吗?"

"队内还有那么多事呢,再说了,只看着你们,其他人我就不管啦?等你哪天成了世界冠军,就可以肆无忌惮,任意妄为啦。"

本来是一句玩笑话,严新远只是随口一说,哄简常念玩的。

谁知道简常念吸了吸鼻子,记在了心里。

"我要是成了世界冠军,一定让全世界都知道我的老师是您。"

"这傻孩子……"严新远被简常念逗得合不拢嘴,把人放开了,语重心长道,"都是国家队的替补了,不许哭,你听着,虽然是替补,但是时刻都不能松懈,替补并不意味着是坐冷板凳,种子选手往往能拉高队伍的上限,但替补一定是能坚守住队伍底线的人。这次也是一个和世界顶尖职业选手面对面交流的好机会,给我好好看好好学,回来我可是要考你的。"

严新远说完,又压低了声音道:"还有,你语初姐不在,看着点拾安,别让她被人欺负咯,也别让她欺负别人。"

这最后半句话才是重点吧。

简常念终于破涕为笑,重重地点了点头:"严教练,您放心,我保证完成任务!"

"拾安——"安排好一切之后,严新远又招了招手,把站在旁边的谢拾安叫了过来。

"严教练。"谢拾安摘下耳机。

严新远也摸了摸她的脑袋,手掌宽厚而温暖:"别忘了我那天晚上跟你说过的话,也别让我失望,好好想一想,你究竟是为了什么而打球,去吧。"

严新远说罢,把她们轻轻一推,推向了登机口的方向。

简常念频频回头,严新远始终在笑着张望着,不知为何,她竟然觉得有点像每次离家的时候,外婆站在院门口送她的场景,因此鼻头一酸,又险些掉下泪来。

登机的广播已经响了起来:"飞往申城的 CN7089 次航班已经开始登机,请各位旅客朋友们……"

谢拾安站在原地回了一下头:"走了。"

简常念用手背抹抹眼睛,快步跟了上去:"来了。"

坐在飞机上的时候,简常念系好了安全带,回过头来,看着谢拾安的脸总算是想起了乔语初让自己转达的话,她张了张嘴:"拾安——"

谢拾安戴着耳机,置若罔闻,飞机引擎的轰鸣声响了起来,她随手拉下了遮光板,戴上了眼罩,摆明了就是一副生人勿近的模样。

简常念遂又把话咽了回去。

把人送走后,严新远这才用拳头抵在唇边,剧烈地咳嗽了起来。

梁教练听着都觉得难受,赶忙从旁边的饮水机里接了一杯温水递给他,扶着人在椅子上坐下了:"早劝你去检查检查,你说要打全国大赛,全国大赛好不容易打完了,你又说要准备世锦赛的选拔赛,这下好了,把两个人都送走了,可以好好歇歇,你去检查一下身体吧。"

严新远抿了一口温水,这才觉得好些。

"得了,别唠叨了,这次回江城就去看行了吧?咱们几点的飞机来着?"

"下午四点的。"

"哦,四点啊,那还早,还能再去天桥听一场相声。对了,语初走了吗?"

"嘿,我说你不操心自个儿身体,倒老想着玩。她早走啦,还托我带话给你,想请几天假好好休息休息,顺便回家看看。"

"应该的,应该的,是该好好休息,别说她们,我都累了——"严新远扶着腰慢慢站了起来,梁教练赶紧搭了把手。

"哎哟!我这老骨头啊,走走走,到天桥听相声去,我们也放松放松。"

谢拾安一行人抵达申城之后,立马就投入紧张的赛训工作中,同时世锦赛的抽签结果也出来了。虽然蒋云丽已经退役,但目前来说,世界羽联的积分榜上她还是排名第一,紧随其后的尹佳怡,作为 1 号种子选手被分在了上半区。

值得一提的是,金南智也被分在了上半区,这就注定了两个人之间必有一战。而谢拾安则被分在了下半区,虽然避开了与尹佳怡的内战,但下半区里同样高手如云,对战情况不容乐观。

简常念看着贴在训练室前面的赛程表，一阵阵牙疼，来之前严新远已就目前现役的世界顶尖职业选手，给她们做了一个大致的科普和战术规划。

因此照片上的人名她大都认识。

"下半区2号种子选手，目前世界排名第三，来自肯拿马的安东·斯维奇；4号德林职业选手米萨，目前世界排名第五；6号加里天才少女纳提雅，去年刚刚拿下了世青赛女子单打的冠军……

"拾安，你这下半区全是高手啊！"

听着她们的话，尹佳怡也把目光投向了赛程表，看着那个熟悉的名字微微出了神。

在她们紧张备战的时候，乔语初并没有回到江城。

时间倒回到半天前。

乔语初起得很早，到了机场，离飞机起飞的时间还有四个小时，于是她找了家二十四小时营业的咖啡厅坐了下来，以电话的方式联系了梁教练并请假。

就在挂断电话后不久，妈妈的电话打了进来，多半又是来数落她的。

乔语初挂断，对方锲而不舍，她迫于无奈，只好满脸疲惫地接了起来："妈，这大清早的，什么事啊？"

听筒里传来了搓麻将的声音，乔妈妈在牌桌上提高了声音："比赛打完了没？打完了就赶紧回来，你陈阿姨又给你介绍了个男朋友，海归，在私企工作，人也长得又高又帅……"

她在那头喋喋不休，乔语初忽地从心底涌起了一股厌烦，敷衍着应了："知道了，妈。"

说罢，就挂了电话。

乔语初抬头看着面前机场的电子屏上跃动着的"江城"二字，明明是家所在的地方，却莫名地有些抵触。她拉着行李站了起来，一转身就看见男人站在身后，手里拿着手机，冲她笑了笑，看样子是想给她打电话的。

乔语初一怔，旋即也笑了起来："你怎么在这里？"

"你说你今天回江城，但又不告诉我航班号，我想来送送你，就只能一大早开车过来碰碰运气了。"

乔语初拖着行李向金顺崎走了过去："本来是想回家的，但是现在不想了。"

金顺崎顺势接过了她手里的东西，也没多问："那我带你在燕京好好逛逛吧。"

"你一个外国人，带我？在燕京逛？"乔语初看着他的眼神有些不敢相信。

金顺崎大呼小叫起来："当然，我来燕京少说也有一年多了，名胜古迹可能知道得不多，但是吃喝玩乐绝对在行，包乔小姐满意！"

"唉，这孩子，话都没说完就把电话挂了。"乔妈妈放下手机，继续搓麻将。

旁边的七大姑八大姨互相对视了一眼，眼里都有些八卦的意思："这孩子，年年我们都给她介绍对象，次次她都看不上，别是外面早就有对象了吧？你可注意着点儿！"

乔妈妈一听，心里也犯起了嘀咕："我们家语初从小可听话得很，应该干不出什么出格事儿。"

几个人又笑起来，你一张我一张摸起了麻将。

牌打到一半，坐在乔妈妈对面的中年妇女，接了个电话，脸色立马一变，扔下麻将就走了。

"我这儿今天有点事，改天咱们再打啊。"

"别走啊，咱们三缺一，这牌还怎么打啊？"

乔妈妈出言挽留，剩余的几个人纷纷朝她使起了眼色。乔妈妈于是不再挽留，等人走远，其他人才将内情告诉乔妈妈。

"你就别留她啦，她老公最近在外面有点事呢。"

"啊？这怎么说？"

几个人说得眉飞色舞，乔妈妈拿着牌的手却慢慢凝滞在了半空。

众人看了她一眼："语初妈妈，你这是怎么了？"

乔妈妈回过神来，笑了笑："没……没怎么，来，来，洗牌洗牌。"

她平时打麻将都是从早到晚一整天，手气好的时候还会通宵，今天却推托有事，还不到中午十二点就早早下了牌桌。

乔妈妈回到家里，坐在沙发上，看着冷冰冰的客厅，越想越不对劲。

她掏出手机想给老公打个电话，看见对话框里除了家庭必要的开支转账记录，竟然连寥寥几句寒暄都没有，再想到老公偶尔回家也是一副兴趣缺缺的模样，和她说话连敷衍都不愿意敷衍，除了对女儿还有几分笑颜，对她几乎没有什么好脸色，客气中带着疏离。

乔妈妈心里好似被针扎了一下。

她把拇指从拨号键上移了开来，还是买了一张去省城的车票，匆匆收拾了几件衣服后，就出了门。

虽然严新远万分不情愿，但一回到江城，梁教练还是把人拉去了医院检查身体。

医生看着严新远的胸片，皱起了眉头道："从X光片上看，肺部有个阴影，但具体是什么，我建议你们还是去专业的胸科医院看看吧。"

这话一出，梁教练急了："大夫，到底是什么，您倒是把话说明白啊。"

严新远低咳了几声，微微喘着气。

什么病要去胸科医院看，他心里已经有了不好的预感。

"大夫，是癌吗？"

医生看着他们，面色有些为难："癌不癌的，现在还不好说，光从片子上看，是个结节造成的阴影没错，但肿瘤也分良性和恶性。我们这是综合医院，为了不耽误你的病情，所以建议你去胸科医院做进一步的检查。"

"来，老严，你在这儿坐会儿。"

二人出了诊疗室，严新远手里拿着片子坐在了椅子上，梁教练则跑去另一边打电话去了。

严新远闲着没事，又掏出了手机看体坛快讯——

《国羽"一姐"尹佳怡轻松战胜柏国职业选手克里斯特尔，拿下首胜》。

《韩城队金南智横扫上届世锦赛亚军暹城种子选手马拉》。

《国羽新星谢拾安首战告负，不敌加里新人小将纳提雅》。

《首日比赛结束后，尹佳怡持续领跑上半区积分排行榜，谢拾安在下半区的积分形势则不容乐观》。

……

他随手点进去最后一条新闻，评论里都在骂：

"这就是全国大赛冠军真正的实力吗？真就'摆烂'呗，还是蒋云丽故意放水了啊？"

"说吧，滨海省队花了多少钱买到这个冠军的，建议羽协严查。"

"一次失误而已，没必要对运动员有这么大恶意吧。"

……

严新远一条条翻着，气血上涌，又剧烈地咳了几声。

梁教练挂掉电话，走回来："没事吧，老严？胸科医院的专家号真难挂啊，幸亏我有一个老同学,他一个亲戚在胸科医院上班,给咱约到了后天的加号,现在可以先拿着病历过去办理入院手续,等后天主任来了再给咱看。"

"没事,"严新远拿着手机的那只手摆了摆,吃力地站了起来,"我就是刚在看新闻,拾安这孩子首战告负,网上舆论又铺天盖地的,真让人担心!"

梁教练扶着严新远向前走:"有失误不是正常的吗?竞技体育哪有常胜将军呢,她早晚要一个人面对这些。"

"我就是担心她的状态,看那样子走之前心情就不好,我怕影响她接下来的发挥。"

"我看你啊,整天担心这个担心那个的,还是多操心操心自个儿的身体吧!这才第一场,后面再赢回来不就得了吗?"

"尝尝,这红酒鹅肝还合你的口味吗?"金顺崎笑着,把侍应生刚呈上来的菜推到了乔语初面前。

乔语初拿勺子小心翼翼地挖了一点,抿了一口,竟然入口即化,没有一丝腥味。

她眼神里自然而然流露出了一丝愉悦来,金顺崎眼底笑容更深,看着她的表情越发温柔。

"你喜欢就行,我还怕法餐不合你的口味。"

"没有啊,我除了猪肉,什么都吃的。"

"那就好,还有这道鱼子酱蒸蛋也是他家的招牌,一定要趁热吃,你快尝尝。"

两个人边吃边聊,金顺崎把乔语初接下来这几天的行程安排得妥妥当当。

"一会儿吃完如果时间还早,可以去足疗,那家店我常去,技师也都是老熟人了,每次按完都觉得通体舒泰,特别能解乏。"

他话音刚落,乔语初放在桌上的手机就振动了起来,来电显示是:妈妈。

她看了一眼,摁掉。

金顺崎停下了手中的刀叉:"怎么不接呢?"

乔语初脸上的笑容淡了下来:"多半又是催我回家相亲的,我暂时不想听到那些话。"

她说完,就意识到对面坐着的人是金顺崎,在他面前说自己要去相亲这种事多少有些不合适:"抱歉啊,我妈一直在催我,但我没有那个想法的。"

电话又锲而不舍地振动了起来。

这回是一个陌生的号码。

金顺崎耸耸肩:"没关系,我家里人也会催我,不过,我通常都会理解为这是他们善意的关心。你还是接电话吧,万一真的有什么急事呢?"

乔语初看看他,再看看屏幕上不停跃动着的那个陌生号码,放下刀叉,把手机拿了起来,接通电话:"喂?"

对方刚说完第一句话,她就觉得一阵晴天霹雳,猛地站了起来。

"你说什么?!"乔语初不自觉地提高了声音,半个餐厅的人都纷纷注目。

电话里的人又机械地重复了一遍道:"请问是乔自山的家属吗?你父亲在高速公路上撞了人,请你迅速到×××派出所来一趟。"

眼看着即将抵达机场的时候,前面的路口又亮起了红灯,等待通行的车辆排成了长队。

乔语初焦急得咬紧了下唇。

金顺崎看着她,慢慢伸出手去,把她的手攥进了自己掌心里。

乔语初回头,金顺崎冲她坚定地点了点头:"别怕,没事的,有我,肯定能赶上飞机的。"

他话音刚落,红灯变绿,前面排队的车辆有所移动,他迅速变道,从拥挤的车流中插了进去。

不知道为什么,乔语初看着金顺崎坚毅的侧脸,竟然像吃了一颗定心丸一样坚定。

金顺崎一直把人送到了安检口:"给,座位是头等舱C2,落地给我打个电话。"

"好。"

乔语初拿着登机牌,点了点头,她知道临时购买的航班头等舱价格不菲,但时间紧迫也顾不得和他说什么感激的话,只好等事情结束了再好好谢他。

乔语初拖着行李箱很快便过了安检,她一回头,金顺崎竟然还站在原地看着她。

两个人隔着一堵玻璃墙遥遥相望。

金顺崎动了动唇,示意她拿起手机。

乔语初接通了电话。

"真的不用我跟你一块儿回去吗?"男人的眼神温柔又充满了担忧。

乔语初笑了笑:"不用了,我可以自己处理好,再说了……现在带你回去我也不知道该怎么跟我妈解释。"

金顺崎刚刚订机票的时候,其实买了两张,他一只手插在兜里,攥着那张机票,紧张得微微出了汗,但他没有打算跟乔语初说。

"好，那希望……下次你回家的时候，我们可以一起。"

不等乔语初回答，登机的广播响了起来。

金顺崎退后一步，并没有再多说什么给她太大的压力，只是关心道："快去吧，有事可以打给我，我的手机二十四小时待机。"

乔语初看着他，尽管心里还揣着事，但脸上终于溢出了一丝笑容。

"好，有事我会找你的，再见。"

她点了点头，挂断电话。

彼时乔语初心里还残存着一丝希冀，希望能好好处理这件事，父亲承担该承担的责任，然后联系保险理赔，却没想到等待着她的将是一场疾风骤雨。

在羽毛球世锦赛紧张进行中的时候，全国游泳锦标赛也如期开赛了。

程真在男子四百米自由泳预赛中就游出了3分49秒的好成绩，以小组第一的名次闯进了决赛。

比赛一结束，他回到更衣室，第一时间就掏出手机给父亲打电话："喂，爸，你看新闻了吗？！我进决赛了！"

程父刚从公司大楼出来，手里拿着衣服，满面笑容："看了看了，爸爸怎么会错过你的任何一场比赛呢？我儿子真棒！爸爸早就说了，只要你肯下功夫，别说全国冠军了，就是世界冠军那也是手到擒来啊！"

程真换好衣服，关上了柜门，还在对父亲不能来现场观赛有些耿耿于怀："你嘴上说着不能错过我的比赛，还不是为了你那破公司忙前忙后的，这可是我第一次参加全国大赛。"

程父笑道："哎哟，爸爸这不是要赚钱养家吗？你学游泳不要钱啊？将来娶媳妇不要钱啊？再说了，最近公司实在是忙，在洽谈新业务，爸爸实在是脱不开身，你妈妈最近身体也不太好，等决赛的时候，爸爸一定抽时间去燕京看你比赛好不好？"

程真一听这话，立马道："我妈怎么了？"

"你妈妈有点感冒，不过你放心，没什么大问题，已经看过医生在吃药了。"

"那就好，让我妈注意身体，按时吃药。那就这么说定了，决赛的时候你来燕京，看我拿冠军，然后我们再一起回家。"

"欸，好，儿子。"程父忽然有感而发，叫了程真一声。

"怎么了，爸？"

程父笑笑，刚想开口，前面不远处的巷子口出现了几个手持棍棒、看上去就不怀好意的人，他往后一看，退路也被一辆车堵住了。

"没事，儿子，爸爸还有工作，就先不跟你说了，你自己照顾好自己，挂了啊。"程父匆忙挂断了电话。

他话音刚落，手机就被人抢了过去，几个西装革履的年轻人面色不善地走了过来。

车门打开，一个戴着墨镜的中年男人走了下来，从地上捡起手机。

"听说你儿子游泳游得不错嘛，马上就要拿全国大赛的冠军了，恭喜，恭喜啊！"

"你……你们想对我儿子做什么？"

"当然是父债子偿啊，你儿子前途无量，你还不起的，就让你儿子替你还。"

男人蹲下身，拿手机拍了拍程父的脸。

程父慌了神，立马握住了他的手腕，流着眼泪，求饶道："不……不要……不要让我儿子知道……他只是个孩子，没有那么多钱！我还……我还……我还有房子，我把房子也抵押给你们！"

男人撒了手，把他甩在了地上，手机也扔在了旁边，起身说道："早这样不就完了吗？让兄弟们一趟又一趟地找你。三天，我给你三天的时间，三天之后见不到一百万，我们就去燕京找你儿子。

"还有啊，你别想着躲债，听说你母亲一个人住在乡下，找不到你的话，我们就去你家里坐坐。

"我们走。"

男人说罢，带着人扬长而去。

程父从地上爬起来，捡起手机，手机屏幕已经碎了，他擦了擦装进兜里，又摘下了眼镜，才蹒跚着朝家的方向走去。

程母把人迎进门："哎哟，这是怎么了？"

程父在沙发上坐下，程母从卧室里拿来了医药箱，替他简单处理着脸上的伤口。

程父："没事……刚出公司门口下台阶时不小心踩空了，摔了一跤。"

"一大把年纪了，走路也不看着点。"程母一边埋怨，一边还是小心翼翼地为他冰敷上药。

"行了，我自己来吧。饭好了吗？有点饿了。"程父接过她手里的冰袋，自己摁在了额头上。

程母起身，又看见他穿着一身脏衣服就这么坐在沙发上，不由皱眉："起来起来，瞧这衣服脏的，脱下来我给你洗洗。饭马上就好，你先去洗个澡吧。"

147

程父洗完澡出来，回卧室换衣服，透过半掩的门缝，看见老婆在厨房里忙碌，他轻轻拉开了衣柜底下的抽屉，翻找着房产证。

程母摆好碗筷，喊了一声："找什么呢？还不赶快出来吃饭。"

程父心里一惊，但努力保持镇定："老婆，咱家房产证放哪儿了啊？"

程母推门而入，面色狐疑："你要房产证干吗？"

程父起身，揽着她坐在了床上："这不是公司最近资金链出了点问题吗？你知道的，我跟银行申请了一笔贷款，但是需要抵押咱们家的房子……"

"程勇！"程母把人甩开，"你疯了吧！为了填你公司的那个窟窿，先是卖车，现在连咱们家的房子都要卖了！你是要让咱们一家三口无家可归去睡大街是吗？"

程父把人拉了过来，抱在了怀里，好言相劝着："不是卖，是银行正规抵押，等贷款到期，把这笔钱还上，这房子该是咱们的还是咱们的。"

"那要是还不上呢？"

"怎么可能？你不相信你老公我的能力吗？我现在所做的一切，都是为了你们母子俩能有更好的生活。"

"我当然是相信你的，只是抵押房子也……"

"老婆，你相信我就行了，舍不得孩子套不着狼，现在公司虽然遇到了一点小小的困难，但只要我们夫妻同心协力，就没有迈不过去的坎儿。"

周沐躺在宿舍的床上，刷着体坛新闻，越想越来气，注册了好几个小号，去回复那些"黑粉"：

"哈？打假赛？那你倒是打一场让我看看啊。"

"别人不配参加世锦赛，你配？别人打球用球拍，你打球靠键盘和一张嘴。"

"蒋云丽放水？我看你是脑子里发大水，好好晃晃干净，洗洗嘴巴再出来说话。"

"人非圣贤，孰能无过？不就是一次失误，运动员正是需要鼓励的时候，你们不想着为本国羽毛球队加油，反倒在背后诋毁运动员打假赛，你们知道谢拾安为了走到这里付出了多少努力吗？"

周沐一一发完，又把骂谢拾安的人通通都拉进了黑名单里，看着手机还是觉得不解气。

她想了想，拨通了谢拾安的电话。

电话很快接通。

"喂，拾安，你还好吗？"

"是我，常念。"

周沐乍一听见简常念的声音，吃了一惊道："怎么是你接的电话，拾安呢？"

简常念往训练场地上看了一眼，谢拾安正负手站在万敬身前。

万敬恨铁不成钢地大声训道："你看看你今天在场上的发挥！你对得起谁？我把你挖到国家队来，是让你来丢人现眼的吗？这不是什么全国大赛，这是世界最高规格的羽毛球赛事之一，我拜托你积极一点行吗？你知道外界现在都是怎么说你，说我们国家队的吗？

"你抹黑的不是一个人，而是咱们整支队伍！"

简常念捂紧了听筒道："挨训呢，我帮她拿着手机，看见你打电话过来就接了。"

周沐也心有戚戚，知道谢拾安现在的日子肯定不好过："拾安她没事吧？今天的比赛我也看了，确实有几个球失误了，但也没必要……"

简常念接道："是啊，虽然状态不好，但第三局也努力追回来了，最后还是以两分之差输掉了比赛，就被骂得狗血淋头。"

周沐躺在床上，看着天花板："要是能去现场看你们比赛就好了，你多安慰安慰拾安吧，把状态调整过来就好了，我相信她肯定能拿冠军的！"

"我估计啊，谁来安慰都没用，还得语初姐出马。"

简常念挂掉电话，无意间瞥到了谢拾安和乔语初的聊天界面，聊天记录还停留在两天以前。

在这两天里，她们没有发过一句消息，甚至连简单的寒暄都没有。

简常念叹了口气，把手机收了起来。

到了饭点，万敬罚谢拾安打扫训练室。

等人走后，谢拾安把洒扫工具一扔，收拾起了球包。

简常念原本正擦着地板呢，看见谢拾安的动作，立刻从地上爬了起来道："你干吗去？不干活啦！"

"我为什么要听他的话？"谢拾安把球包甩上了肩头，问了句，"你不饿吗？"

简常念的肚子适时地"咕噜"了一声："有……有点。"

"谁爱打扫谁打扫，反正我要去吃饭了。"

谢拾安说着，走向了门口。

简常念想了想，把心一横，叫道："欸，拾安，等等我啊，我也去。"

两个人在夜色里走出了训练室。

"我们这样偷偷跑去吃饭，万一万教练发现了怎么办？"

谢拾安冷笑一声："呵，大不了就是回滨海省队，我倒是想回，他让吗？"

简常念只觉得谢拾安整个人的状态都有点不太对，褪去了外表的淡漠之后，内里尖锐的部分显露无遗。

这样的谢拾安让简常念有点陌生。

简常念顿住脚步，看着她的后脑勺，轻轻地叫了一声她的名字："拾安，你真的没事吗？"

谢拾安嘴角又弯起一个讽刺的弧度："我能有……"

话音未落，简常念跑上前来，往谢拾安手里塞了一颗糖："我看你以前经常吃，偷偷出去买的，可别让万教练知道了，不然又要挨骂。你吃啊，吃点甜的心情就会变好吧，不管别人怎么说，你的努力和付出我都看在眼里，我相信你肯定能拿冠军的。"

谢拾安看着掌心里的糖果，简常念误打误撞，竟然买了自己最喜欢吃的棒棒糖，也不知道她什么时候就把自己的喜好牢牢记在了心里。

那一句"吃点甜的心情就会变好"和童年时那个人说的"吃点甜的就不疼了"有片刻的重叠。

谢拾安微微一怔，攥紧了掌心里的糖果，原本紧皱的眉头总算是有了片刻舒展。

简常念顺势挽上她的胳膊，把人拖走。

"走吧，我们先去吃饭，吃完饭我再陪你练练，明天的比赛肯定能拿下！"

四个小时的长途飞行。

乔语初回到江城的时候，天已经快亮了，她马不停蹄地打车赶往了派出所。

本以为是一起可以处理的交通事故，谁知道这背后的原因竟让她无言以对也无法接受。这件事，改变了她今后的人生轨迹，就像是一台严丝合缝的机器，一个螺丝出了问题，带来的连锁反应，足以改变她的人生。

乔语初甫一踏进派出所的调解室，乔妈妈就冲上来抱住她痛哭流涕："语初……你可算是回来了，你爸他也太不是东西了……他骗得我们好苦啊！"

乔自山垂头丧气地坐在另一边，脸上有瘀青，胳膊上还吊着绷带，不住地抽着烟。

乔语初扶住妈妈，看了他一眼："爸，你没事吧？"

她一句问候又点燃了乔妈妈心底的怨气："你别叫他爸！他不配当你爸，你自己问问，他这些年究竟在外面干了些什么好事！"

乔自山扔了烟头，站起来，大发雷霆道："是，我是对不起你，但我有对不起语初吗？她从小到大，你管过她什么，你除了会一天到晚地打麻将，你还会干什么！我告诉你，这婚，我早就想离了，这日子，不过也罢！"

向来温文尔雅的父亲仿佛换了一个人一样。

乔妈妈歇斯底里地扑了上去，捶打着他："我告诉你！你休想离婚和那个女人在一起，只要我还活着一天，你就别想好过！"

两个人说着就扭打在了一起，旁人拉都拉不住。

乔语初看着眼前发生的一切，脑袋嗡嗡作响，她想也未想，就冲上去拦在了他们中间。

乔妈妈高高扬起的手已经来不及收回去了。

啪的一声，乔语初只觉脸颊火辣辣地痛。

乔语初边流着泪，边嘶吼："够了，你们还嫌不够丢人现眼吗？"

一见女儿被打，乔自山火气更甚："你有火冲我撒，把我搞成这样还不够吗？你打女儿做什么！我告诉你，这婚你离也得离，不离也得离，反正我是受够了！"

乔妈妈又要扑上来。

警察把桌子拍得震天响："这里是派出所，是处理交通事故的地方，没让你们在这儿调解家庭矛盾，要离婚去法院！再在这儿胡搅蛮缠，通通拘留起来！"

两个人这才消停了下来。

这场车祸是由于两个人在车辆行驶途中，发生了争执导致的。乔妈妈坐在副驾驶座上，不顾一切地要去打乔自山，乔自山为了躲避，慌乱之中打乱了方向盘，撞上了正在前方行驶的车辆。那辆小车被撞飞了出去，在高速公路上打了个旋儿后，撞上了路边的护栏。

电线杆倒塌了下来，车上坐着此时正跪在地上哭得撕心裂肺的男人的一家人，他的妻子和未满月的孩子坐在后座上侥幸逃过一劫，司机和坐在副驾驶座上男人年逾八旬的母亲就没那么幸运了，现在还躺在抢救室里生死未卜。

乔爸爸和乔妈妈却还在互相指责。

乔语初看着现场的照片眼前一阵阵发黑，好半天后，才红着眼眶，用力抓紧了警察的手腕，一字一句道："人……怎么样了？"

警察摇摇头："还在抢救，不过……"他顿了一下，才道，"要是情况好的话，也不用叫你来了。"

乔语初如坠冰窟，一屁股坐在了椅子上。

"那……要是人……"她停了好半天,才把那两个字咽了回去,换了另一种委婉点的说法,"不行了,会判刑吗?"

"这可说不准,具体还得看你们和受害者的调解情况,看人家追不追究你们的责任。"

一场车祸彻底掀开了这对表面相敬如宾的夫妻最后的遮羞布,乔语初的父母在派出所里大打出手,互相指责、谩骂、攻击,要让对方去坐牢。

乔语初看着眼前发生的这场闹剧,往事如走马灯一样掠过脑海。

从小妈妈就不喜欢她,把她扔给了奶奶照顾,后来她听妈妈那边的亲戚说,妈妈一直想再要个二胎,但爸爸不愿意。

再后来,奶奶去世,他们一家三口搬到了这里,爸爸会守在旁边给她辅导作业,大冬天天不亮就起来给她做早饭,课余时间陪她打球,带她出去玩。

妈妈是个刀子嘴豆腐心的人,虽然嘴上唠叨,但还是关心她的,生怕她冷了热了,每天都把她打扮得漂漂亮亮的,像个小公主一样地出门上学。

她有一次发烧,爸爸出差不在,妈妈抱着她在医院的急诊室里挂水,坐了一整晚。

她躺在妈妈的怀里睡得香甜,第二天妈妈却连腰都直不起来了。

还有每次和爸爸妈妈一起出席学校活动,那是她最快乐的时候。

幼儿园的运动会上他们和她一起做游戏,到了初高中,她因为学习成绩或者是比赛成绩站在领奖台上领奖,每次一转头都能看见他们在台下鼓掌。

他们从没有缺席过目前为止她人生里的每一个重要时刻。

在过往二十多年的时间里,他们都尽职尽责地扮演好父母的角色,从不在她面前红脸吵架,装成一副关系融洽的模样,只是为了不让她失望,其实暗地里早就相看两相厌了。二十六岁的乔语初如梦初醒,家庭血淋淋的真相正摆在她面前。

她站在这里,手脚冰凉,太阳穴那里也一阵阵地刺痛,她流着眼泪,质问道:"爸,我妈说的,都是真的?你早就想离婚了是吗?"

乔自山无言以对,背过身去抹了一把脸,才转过头来道:"语初啊,你听爸爸解释……"

乔语初闭上了眼睛,泪水潸然而下,扶着桌子的手一松,脑海里一片空白,身子晃了晃,毫无意识地倒了下去。

乔妈妈大惊失色,第一个扑了上去,抱着她号啕大哭:"女儿啊!我的女儿……"

"语初!语初!"乔自山跪在她身边,自顾自地抽了自己好几个耳光,"我不是人！我不是个东西！语初啊，你可千万不能出事啊！"

"快打120！"

住进胸科医院的第二天，严新远就进行了肺部组织穿刺活检，护士把他推进了病房，梁教练则悄悄地出门跟上了医生："大夫，这情况究竟怎么样啊？"

医生停下了脚步："不好说，还得看病理组织检验的结果。"

"那……得多久才能出结果啊？"

"快的话三天，慢的话就五天左右了。"

"要这么久啊？"

"这又不是拍个胸片什么的，上午做下午就能出结果了，病理科的医生们还要检验，如果情况不确定的话，还得再做个免疫组化。"

他往病房里看了一眼，压低了声音道："我先劝你们一句，病灶很深，穿刺的时候通过CT看了一眼，我感觉情况不是很乐观，你们还是做好两手准备吧。"

梁教练疑惑不解："什么两手准备？"

"钱的准备，还有……心理准备。"

医生意味深长地回道，说罢就走了，留下梁教练一个人站在这里，看了一眼里面躺在病床上的严新远。

明明春天已经到了，他却觉得走廊上的风，吹得人遍体生寒。

乔语初醒过来的时候是在医院里，墙上的时钟嘀嗒嘀嗒地响着，她盯着雪白的天花板看了一会儿，才恍惚想起了晕倒之前究竟发生了什么事。

乔语初的手背上还连着输液管，她挣扎着自己坐了起来，拔掉了针，摁着胶条跌跌撞撞地往外走。

护士推门进来，见此情景，赶忙放下了托盘："女士，你疲劳过度低血糖犯了，得卧床休息一会儿，暂时不能走动的。"

送乔语初来的女警也走了进来："你醒了？"

乔语初不管不顾，一把抓住了她："被撞的那位老人，现在怎么样了？"

女警顿了顿，欲言又止："在ICU里，刚刚过世。"

乔语初眼前又是一黑，往后仰去，幸亏两个人扶住了她。

两人把她扶回床上，她靠坐在床头，红着眼眶，微微喘着粗气："那我爸妈呢，他们现在人在哪儿？"

乔语初在看守所里见到父亲的时候，已经有人先她一步去看望他了。

女人带着孩子，流着眼泪和乔自山隔窗对望："对不起，是我害了你……"

乔自山眼睛也红了，仍在笑着安慰她："嗐，我没事的，你和希希往后啊别来了，传出去对你们名声不好。"

女人牵着的小男孩大概四五岁，一直在踮着脚敲玻璃叫"爸爸"。

女人便把他抱了起来。

乔自山隔着玻璃，亲了小男孩好几口："好儿子，想爸爸了没有？爸爸过几天就回去看你，到时候再带你去游乐场玩好不好呀？"

两个人玩闹了一阵，女人才把孩子放下来。

"不管他们要多少赔偿，这个钱我都可以给他们，只要不让你坐牢。"女人说着，又呜呜哭了起来。

乔自山好言相劝，柔声哄道："这事你就别操心啦，有保险呢，你的钱自个儿留着，万一我真的进去了，你和希希不能没有指望。"

乔语初还是头一次在父亲脸上看到那般温柔爱怜的神色，他从没有对妈妈这样过。

也就是这一刻，她知道，这个家彻底散了。

她心里明明有很多想要质问指责他的话，却一句都说不出来，全堵在嗓子眼里，让她鼻头发酸。

她转身离去的那一刻，泪就涌了出来。

乔自山根本没看见乔语初，自顾自地在身后道："还有一件事，你在外面帮我找个律师，起草一份离婚协议，财产、房子、车子都归她，我可以净身出户，唯一的要求就是必须离婚。"

乔语初刚走过来，隔着玻璃，乔妈妈看见她来了，站了起来："怎么样？你去见过你爸了没？他说什么了？是不是要回心转意了？那个贱女人有什么好，我早就知道他一直忘不了她，没想到他们藕断丝连，现在竟然连孩子都有了……"

乔妈妈披散着头发，妆容也花了，短短几日之内，鬓边竟然添了白发。

她一直喋喋不休，自顾自地说着，乔语初看着她，觉得有些心酸，又有些可怜。

"妈，你们离婚吧。"

乔语初平静地说出了这句话。

乔妈妈喋喋不休的话语戛然而止。

时间仿佛停住了。

乔妈妈就像一台生锈了的机器一样，缓缓转动着她僵硬的脑袋，瞪圆了她浑浊的眼珠，露出了不可置信的表情，用尖锐到能刺破耳膜的声音道："你说什么？！你再说一遍！"

乔语初动动唇，还没开口，一口唾沫就啐到了玻璃上。她站着没动，乔妈妈扑了上来，疯狂地捶打着玻璃。要不是有这层玻璃在，估计那雨点般的拳头和巴掌就会落到乔语初身上。

乔妈妈扯着嗓子哭号，然后就被赶来的警察拖走："你跟你爸一样，都是白眼狼！我白生了你，白养了你这么多年！你竟然胳膊肘往外拐，乔语初，你就这么上赶着给人家做儿做女，当牛做马吗？你们一个两个的，都想摆脱我，我告诉你，没门儿！呸！呸呸呸！"

啪嗒——

铁门关上。

又是一场闹剧落幕。

乔语初只觉得身心俱疲，眼前又是一阵阵发黑，不得不扶了一把墙，才稳住了身形。

她兜里的手机一直在振动，估计又是受害者家属打来的。

她勉强定了定神，还有好多事要处理呢，她只能拖着沉重的步伐，一步步往前走着。

出了看守所的大门，早已有人在等着她了。

女人拉着孩子站在路边，递了一张名片过来："自山已经在找离婚律师了，他愿意放弃一切财产，净身出户，除开保险赔付的那部分，我也可以垫付伤者的医药费和赔偿金，请你们好好考虑一下。"

乔语初的目光从女人的脸上落到了她手中拿着的名片上，耳边传来了小男孩在游玩区域玩耍时欢快的笑声。

乔语初弯了弯唇，露出了一抹讽刺至极的笑意："所以，我爸说的'一切'，也包括我是吗？"

女人握住乔语初的手腕，把名片放进了她的掌心里，避开了这个话题："你爸说你也长大了，他很开心看到你能有如今的成就，如果你愿意，他的家也就是你的家。"

女人离开后，乔语初浑浑噩噩的，也不知道该去哪儿，骤然有一种天地间不知何处是归途的感觉。

街上的人来了又去，她只能茫然地跟着人群往前走去，人行道上的绿灯变红。

车辆疾驰而来。

她即将迈步的那一刻，手机铃声突兀地响了起来，惊醒了梦中人。

乔语初低头看了一眼，看见屏幕上闪烁着的那个名字时，顿时捂着嘴哭了起来。

学术会议间隙。

金顺崎躲在茶水间和乔语初通电话，满眼心疼："天，究竟都发生了些什么，不是你的错，不要再哭了，你这样我真的很心疼，我恨不得有超能力可以立马飞去你身边。"

乔语初在街边找了张长椅坐了下来，他的一句玩笑话总算是让她弯了弯唇，但仍在抽噎着："我现在……真的……不知道该怎么办了。"

"你先听我说，你已经一天一夜没吃东西了，等下先去找个地方休息吃饭，吃饱喝足后给保险公司打电话，请他们的工作人员和你一同去医院，与受害者家属商量理赔的事。"

金顺崎想了想："等下我再把我一个律师朋友的电话推给你，如果他们坚持要起诉，就把这事交给律师去处理。"

"至于你父母……"金顺崎顿了一下，"我站在一个外人的角度来看待这件事的话，我觉得这样的婚姻真的没有存续的必要了。"

乔语初吸了吸鼻子，拿纸巾揩了一下眼泪："我也知道，可是我妈……在她的心里，我和我爸，就是她的全部，她婚后就一直没再出去工作了，她觉得这个家虽然聚少离多，但是不缺吃穿，也算是衣食无忧，幸福美满了。

"一夕之间美好的东西全部崩塌，她该如何去接受这个现实啊。"

听着乔语初断断续续的抽泣声，金顺崎的心像被油煎似的疼，他看了一眼腕表："语初，我一个小时之后还有一台手术，你等我，今晚十二点之前，我保证你一定会看到我，到时候我们再一起去面对这些事。

"答应我，在见到我之前，先好好保重自己的身体好吗？"

他的嗓音仿佛有一种魔力，轻而易举地就让乔语初定了心神，她流着泪，哽咽着：

"金，我真的不知道……该怎么感谢你。"

金顺崎笑了笑，温柔道："朋友不就是该在这种时候帮忙的吗？好了，别哭了，去找个地方吃饭吧，我晚上就到。"

梁教练送走医生之后，敲了敲病房门，轻轻推门而入，把饭盒放在了严新远的床头柜上："吃饭了，看什么呢？"

严新远侧卧在床上，穿着病号服，戴着老花镜，划拉着手机："看体坛新闻呢。"

梁教练把严新远手里的手机抽走，往床头柜上一扔，把小桌板给他升了起来："医生说了，你现在要多休息，少劳心劳力。"

严新远看着面前的饭盒，拿起了筷子又放下，有些食不下咽。

"怎么了，饭菜不合口味吗？"

"你把电视给我打开，手机不让看，我看看电视总行吧？看不到比赛结果，我这心里像被猫爪子挠一样，别说吃饭了，觉都睡不着。"

"你……"梁教练无奈，只好拿起了遥控器，"行吧行吧，给你看，拾安今天的比赛应该能赢吧？你看看啊，心情也能好点儿。"

他话音刚落，电视跳转到了体育频道。

镜头一闪而过，画面里的谢拾安遗憾地走下了赛场，连招呼都不愿意跟在场的媒体打一个。

解说员A道："很遗憾啊，谢拾安今天的比赛又以失败告终，她目前的排名在下半区里垫底，明天还有一场比赛，是和目前世界排名第三的肯拿马选手安东·斯维奇的对战。"

解说员B道："明天的比赛对于谢拾安来说，可谓是至关重要，她哪怕是输一小局，理论上来说，即使后面的比赛全胜，现有的积分也不可能超过目前下半区排名第一的安东·斯维奇，出线无望。"

空气有片刻的凝滞。

梁教练回过神，就要换台："没事没事，失误而已，明天的比赛……"

严新远推开了小桌板，强忍着胸口穿刺针孔留下来的痛意，坐了起来："给我买张机票，我要去申城。"

严新远艰难地穿好衣服下床，往外走去，梁教练拦不住他，追上去吼道："你疯了吧！你现在在住院！你自己身体是个什么状况，心里不清楚吗？"

严新远捂着胸口，慢慢转过身来，咬着牙道："那我也不能眼睁睁地看着拾安输掉比赛，你没看网上她都被骂成什么样了吗？只要我还有一口气在，我爬也要爬去申城！"

梁教练被严新远这番话气了个倒仰，指着他说不出话来："你……你……你给我站住！"

严新远脚步一顿："老梁，我意已决，你就……"

严新远话音未落，梁教练没好气地瞪了他一眼，把他的外套扔了过来："拿着，穿厚点，别让人看出来你还在生病，我也是拾安的教练，要去一起去。"

在谢拾安接连输掉了两场比赛之后，队内其他人也对她颇有微词，回到公寓时，谢拾安下车慢了两步，走在后面。

前面的几个人也不知道是有意还是无意，声音不大不小，刚好能让她听见：

"就这？还全国第一呢，今天的比赛真是有够难看的，我要是观众，早就退票了好吧。"

"谁指望她啊？还得靠咱们队长。"

"就是就是，要我说，省队出来的，也就只配打打全国大赛这种比赛，真要拿到国际大赛上来看，那就是软脚虾。"

"你别忘了，她们教练就是被咱们队赶出去的，真要那么厉害，早该供起来了。"

"这俗话说得好，兵熊熊一个，将熊熊一窝。"

……

"这说得也太过分了吧！"简常念在后面咬牙切齿，就要克制不住冲上去和人理论的时候，早有一个人先她一步上去了。

谢拾安提起了最后说话那人的衣领，盯着她的眼睛，一字一句道："你，再，说，一，遍。"

这人本是国家队的正式队员，但因为谢拾安在全国大赛以及世锦赛选拔赛中的优异表现，顶替了本属于她的名额，她早就对谢拾安心生不满了："说就说，我说你们滨海省队，兵熊熊一个……"

她话音未落，谢拾安迎面就挥出了一拳。

简常念见谢拾安动了真格，扑上去把人抱住，死死地往后推着："拾安，拾安，冷静，别打了！"

简常念拦得快，谢拾安的拳头虽落到女生身上，但力道已轻了不少。见谢拾安动手，其他人也都围了上来，拉架是假，浑水摸鱼看谢拾安不爽是真。

简常念挤在两个人中间，死死地抓着谢拾安的衣服。

"都干什么呢！还不快散开！"

本已走远的尹佳怡听见动静又跑了回来，一声怒喝，两方人马才停止争吵。

谢拾安把人揉开，捡起掉在地上的球包转身就走。

尹佳怡叫住了谢拾安："谢拾安，你要去哪儿？队里是绝对不允许打架斗殴的，今天这事必须严肃处理！"

谢拾安一只手把球包甩上了肩头，另一只手插在兜里，回过头来，冷冷看了她们一眼："你想怎么处理随便你，但要是再让我听见一句侮辱严教练的话，就算是天王老子来了，我也见一次打一次。"

被打的女生气得泪水夺眶而出："队长，你听听这叫什么话！比赛输了，她还有理了！"

尹佳怡看了一眼谢拾安离去的背影，回头道："都少说两句吧！今天这事谁起的头，真当我心里不清楚吗？"

"谢谢尹队替我们解围，那我们就先走了。"

简常念冲着人微微点头示意后，就转身追上了谢拾安，边走边说："拾安，拾安，你没事吧？虽然我也气不过她们那么说严教练，但是你也不能动手打人啊，万一伤到了自己怎么办？而且严教练也说了，要我们好好和人家和睦相处，不许惹……"

简常念话音未落，谢拾安转过头来，看了她一眼："你烦不烦，唐僧念经一样，别再跟着我了。"

谢拾安的语气有点儿不耐烦，眼神也冷冰冰的。

简常念停住脚步，怔在了原地，看着她离去的背影，再没跟上去。

谢拾安推开便利店的大门，径直从货架上取下了她常吃的火鸡面，又从冰柜里拿了一罐汽水，一起放到了收银台结账。

结完账后，她端着泡面，拿着汽水，坐到了一旁的高脚椅上，戴上了耳机。

谢拾安一边吃面，一边划拉着手机，打开和乔语初的对话框，时间仿佛停滞在几天前，她的头像也一直都是黑的。

谢拾安想问她最近如何，打了一行字，想了想又删掉。

隔着橱窗，金南智和队友们一起从街边过。

她一眼就看见了谢拾安，谢拾安戴着一顶鸭舌帽，耳朵里插着耳机，正拿叉子搅着碗里的泡面。

金南智想了想，和身边的人说道："你们先回去吧，我去买点东西。"

她说完就一头扎进了街边的便利店里。

门口"欢迎光临"的机械声音响起，谢拾安感觉有一阵风掠过了她身边，然后就被人拍了拍肩膀："嗨，你又在比赛前偷偷跑出来吃这种垃圾食品啊。"

谢拾安回头看了金南智一眼，置若罔闻，把手机装进兜里，继续吃着碗里的面。

金南智把谢拾安的耳机一把拽了下来："我跟你说话呢，你这个人怎么回事？"

世界重回喧嚣。

谢拾安从金南智手里把耳机线夺了回来，脸上倒是没什么表情，只是浑身上下都透着冷硬："别烦我，走开！"

"哦——看来是心情不好啊。"金南智意味深长道，从谢拾安身边走开了。

谢拾安以为金南智识趣，总算是走了，然而还没等她清静一会儿，金南智又端着泡面、拿着烤肠走了回来："给，吃泡面没有肠怎么行？"

看着金南智亮晶晶的眼睛，以及拿在手里吱吱冒着热油的烤肠，谢拾安愣了愣。

金南智以为谢拾安在担心这里面有猪肉，又把烤肠往她面前送了送："哎呀，你就放心吧！两块钱一根的烤肠你还想吃猪肉和瘦肉精，想得美！"

谢拾安略弯了一下嘴角，最终还是缓缓地伸出手去，从金南智的手里拿走了一根烤肠。

金南智在谢拾安旁边坐了下来。

两个人一起吸溜着泡面。

金南智没想到自己居然会被火鸡面给辣到，一边吐着舌头扇风，一边狂灌着汽水："好辣……我果然是好久没吃垃圾食品了。"

谢拾安倒是面色如常："你不觉得只有垃圾食品才有味道吗？"

"那倒是，食堂的营养餐吃得人都快跟白菜一样了。你这个人这么爱吃这些，我看啊，你趁早退役得了，到时候不用忌口，多好！"

谢拾安拿叉子搅上来泡面，淡淡道："我看你这么爱玩，也趁早退役得了，还能回家继承家产，不比你当运动员挣得多？"

"嘿——"金南智不乐意了，"你这个人怎么哪壶不开提哪壶？"

"是谁先说的？"谢拾安慢条斯理道。

两个人对视了一眼，从眼神里就看出来了，彼此都没真的生气，甚至谢拾安身上的冷意也稍稍散去了一些，她整个人比刚进来时话多了点。

虽然不在同一个赛区，但金南智又不是瞎子，当然也知道谢拾安接连两天比赛失利的事。

竞技体育阶级分明，一切全凭实力说话，打得不好就是会被人看不起。

"哎，老实说，你不如来我们韩城队算了，保证待遇比你现在好千倍万倍，而且有我在，谁也不敢欺负你。"金南智捅了捅谢拾安的胳膊，拍着胸脯保证。

谢拾安用一种"你好像有什么大病"的眼神看着金南智，学着她的语气和句式道："老实说，我建议你先去看看脑子。"

金南智勃然大怒，就差拍桌而起，扑过去划花谢拾安那一张好看的脸了："你这个人，狗咬吕洞宾，不识好人心，怪不得会被排挤！"

谢拾安倒是没什么所谓，又吸溜了一口泡面："反正从小到大，我都不受欢迎，习惯了，有时候身边围绕的人太多，反倒会不舒服。"

听谢拾安这么说，金南智也想起了自己刚来这个国家的时候因为年龄小被前辈们欺负的事，那时候幸亏有尹佳怡在，才一点一点地把自己拖出了泥潭。

"话是这么说没错，但人还是需要朋友，上次跟你在一起的那个简常念，还有乔……乔什么来着？"

"乔语初。"谢拾安轻声道。

"哦，对，乔语初，她们没跟你一起来吗？"

"豆芽菜替补，语初……回家了。"

金南智面上一派天真明媚，吸溜着泡面："那你干吗不拉简常念跟你一块儿出来吃饭啊？有个人说话聊天也能解解闷啊。"

谢拾安摇摇头："不了，我树敌太多，她还是离我远一点比较好。"

金南智看着谢拾安因为比赛失利有些消沉的样子，咂巴了两下嘴："啧，这可不像你，我印象中的谢拾安，在赛场上意气风发、一往无前，私底下也是非常特立独行、勇敢无畏的人。"

谢拾安一怔，手里的叉子掉在了泡面碗中。

金南智耸耸肩，又眨巴了两下眼睛，明明是安慰人的话，说得却像是在下战书一样："老实说，你是除了尹佳怡，我最想打败的人了。我辛辛苦苦训练三个月，大老远地从汉阳飞到申城，你可别让我失望啊！"

谢拾安笑了一下，又把叉子拿了起来："是为我吗？我看你是为了我们队长吧。"

金南智笑了笑，冲谢拾安眨了眨眼睛："好了，不跟你说了，我要回去训练了，我可还想报全国大赛的一箭之仇呢，一口气打败你俩，那才算是真正的大成功，想想就过瘾。"

"欸。"谢拾安叫住了金南智，举起易拉罐冲她遥遥一送，"谢谢你……的烤肠。"

金南智嘴角扬起，露出了明媚的笑容，冲谢拾安挥了挥手，又像一阵风似的，跑走了。

"好了，今晚的训练就先到这里了，大家回去早点休息，明天的比赛加油啊！"

万敬吹响了哨子，所有人都停了下来，走回休息区收拾东西。

"欸，我先回去了，今天还是你打扫训练室啊。"队友跟简常念打了声招呼，拎着包就走了。

明明前面的黑板上写有值班表，两人一组，一组一天，可是简常念一个人已经打扫了整整两天训练室了。

简常念一个替补，敢怒不敢言，白天要跟训，晚上还要留下来打扫卫生，每天都干到深夜，累得腰酸背痛，比在滨海省队集训时还要辛苦。

人都走完了，训练室很快就变得空空荡荡的。

简常念对着空气叹了口气，认命地拿起了洒扫工具。她拖地拖到一半，面前投下来一片阴影，正覆盖在她刚拖过的地板上。

她不耐烦地抬起头来："谁啊？没长——"

话说到一半，戛然而止。

谢拾安单肩背着球包，一手插兜，站在谢拾安面前，脸上看不出喜怒，但语气明显有点不爽："他们又让你留下来打扫卫生？"

简常念见谢拾安回来了，心里一喜，也没跟她喊累："嗯，替补嘛，总是要干活的。你吃饭了吗？我从食堂给你留了点儿……"

她话音未落，谢拾安一脚就把水桶踹翻了："我替补的时候就没干过活。"

简常念一张脸皱成了苦瓜："我哪能跟你比，你一入队就是主力，再说了，方教练和严教练哪舍得让你干活啊。"

好像是这个理，谢拾安总共也没当过几天替补，遇到的教练都对她很好，她本身就是一个睚眦必报的性格，所以在滨海省队里，还真没几个人敢触她的霉头。

在谢拾安目前的职业生涯里，受过的白眼，听过的尖酸刻薄的话，加起来都没在申城这几天的多。

简常念被这样欺负，应该也有谢拾安的关系在，毕竟柿子要拣软的捏不是吗？

谢拾安抿了一下唇，卸下肩膀上的球包，从里面取了一支拍子扔给简常念："打球吧，从明天开始，你就不用再打扫卫生了，我保证。"

"哦。天哪！你不要乱扔，球拍好贵的！"

简常念扔了拖把，手忙脚乱地接住了球拍，听着谢拾安的话，好像有哪里不对，又细细地咀嚼了一遍，再抬眸看见她坚毅的眼神。谢拾安身上那种颓唐之气一扫而空，这也是她这么多天以来，头一次主动邀请自己打球。

简常念喜出望外："拾安，你……"

谢拾安点点头，面色有些严峻，但眼神里却有一丝势在必得的气势："明天比赛的对手是安东·斯维奇，我要赢，而且必须要打到2：0才有机会进入下一轮。"

看见谢拾安重燃战意，简常念露出了明媚的笑容："好，那我来当你的陪练！"

谢拾安拿着球拍走到了她对面，眼底流露出了一丝战意："我会把你当安东·斯维奇，不会手下留情的。"

简常念昂起了脑袋，摩拳擦掌，跃跃欲试："求之不得，我都好几天没打训练赛了，手痒得厉害，我，'小安东·斯维奇'，必定打得你落花流水。"

谢拾安嗤笑一声，抬手就发了一个角度刁钻的网前球："等你赢了，再说大话吧。"

墙上的时钟一分一秒地走过去，月渐西沉。

场馆里安静得只剩下鞋底摩擦地板以及击球发出的砰砰声。

站在窗外的万敬看着看着，嘴角总算是流露出了一丝笑意，他本来还很担心谢拾安的状态，打算进去找谢拾安谈谈，但现在看来他已经没有进去的必要了。

一个顶尖职业选手除了要有过人的技术，也必须拥有良好的抗压和自我调节能力。

在面对技术水平差不多、实力同样强劲的对手时，往往是这些因素才能左右比赛的走向。

看了大半宿的万敬转身离去，在心底道："师兄，你没有看错人。"

两个人在训练室里挥汗如雨，打了一筒又一筒球，谁也不肯认输，最后体力耗尽，双双倒地。

这一场球打完，谢拾安心中压抑着的东西仿佛也随着汗水挥发出去了，让她如释重负。

谢拾安躺在地上，看着天花板，由衷地露出了这么多天以来头一个发自内心的笑容。

简常念勉强撑着球拍站了起来，一瘸一拐地走过去，冲谢拾安伸出了手："你没事吧？"

谢拾安搭上了简常念的手腕，使劲站了起来："没事。"

"那我们回去吧。"

"好。"

无论是在江城还是在燕京，抑或是现在的申城，季节轮转，唯一不变的是，每一次打完训练赛，两个人筋疲力尽、互相搀扶着走回去的背影。

"我告诉你，你这次要是夺冠了，必须得分钱给我，我白天要训练，当牛做马地被人使唤，晚上还要给你当陪练，被你这'不当人打法'折磨得我腰酸背痛腿抽筋……"

"哈？你搞清楚好不好，你还欠着我钱呢。"

一听这话，简常念就夯毛了："什么？！外婆住院的时候借你的钱，我早就还清了好不好？那你怎么不说你赎玉的时候了……"

谢拾安充耳不闻，自顾自道："那我不管，莲花玉坠本来就是我的东西，你怎么不说，我爷爷还救了你的命呢。"

两个人就这么骂骂咧咧地回了公寓。

依旧是双人间，简常念睡外面那张床，谢拾安的床铺在靠近阳台那一边。

甫一进了房门，两个人对视一眼，同时松开了对方，扑过去抢浴室，谁都想先洗澡早点睡觉。

还是谢拾安的身高占据了优势，率先抓到了浴室的门，她拉开闯了进去，"啪嗒"一声落了锁，把简常念的哀号关在了外面："喂，你好歹让人先上个厕所吧！"

听着里面传来哗啦啦的水声，简常念嘀咕着："还好一楼有公共厕所，不然我迟早要被憋死。"

等她出去上了个厕所回来，谢拾安也洗得差不多了，浴室里的水声停了，门被拉开。

简常念从床上弹了起来："你可算是洗完了，也太慢了吧。"

谢拾安脖子上搭着毛巾，顶着一头湿发走了出来，微微扶了下墙，弯着腰似乎有点难受的样子。

简常念见谢拾安脸色有些苍白，从床上爬了下去，扶了她一把："拾安，你怎么了，没事吧？"

谢拾安走到床边坐下，咬着唇道："没事，应该是生理期快到了，肚子有点隐隐作痛。"

"啊？那怎么办啊？明天还要打比赛呢，要不……要不我去跟队医要点避孕药来给你调理一下，推迟几天也好啊！"简常念急道。

有时候生理期遇到重大赛事，运动员们便会提前服用紧急避孕药来推迟月经来潮的日期，以免身体状况影响在场上的发挥。

谢拾安算算日子，自己的生理期应该还有一礼拜左右呢，不知道这次为什么会来得这么早。

她摇了摇头道："算了，还是忍忍吧。"

"也是，你等等啊，我那儿好像还有出发前外婆给我带上的桂圆红枣干，还有红糖，我给你泡一杯，喝了再睡吧。"

简常念一拍脑袋，差点把这事给忘了，不等谢拾安回话，就又着急忙慌地翻箱倒柜给她找东西，压根儿没给谢拾安拒绝的机会。一杯热气腾腾的红糖水不久就送到了她手里。

暖意顺着掌心涌上心口，谢拾安微微一怔，上一次生理期的时候被人这么妥帖照顾已经是很久以前的事了。

简常念看着谢拾安："愣着干吗？你快喝啊！"

谢拾安回过神来，抿了一口，温度正好，糖分也适宜，热水下肚，舒服了很多。

她眼底浮起一丝笑意："谢……谢谢。"

"啧，这么客气干吗？我可是为了我那一半奖金着想才给你泡的。"

谢拾安："嗯？"

不等谢拾安发火，简常念拿起睡衣，一溜烟冲进了浴室，把她要杀人一样的目光阻挡在了外面："生理期要平心静气，不要动怒，喝完了就早点睡，我去洗澡了！"

谢拾安看着那扇锁上的门，本来是想骂人的，最后却轻轻弯了弯嘴角，捧着红糖水喝了起来。

简常念洗完澡出来的时候，谢拾安已经睡着了，她蹑手蹑脚地走到谢拾安床前，俯身看了对方一眼："拾安，你好点了吗？"

谢拾安没有回答，呼吸均匀，黑色的发似海藻般散在了枕头上，睡衣单薄，领口半露出了锁骨。

"这个人，怎么睡觉连被子都不盖的？"

简常念轻轻替谢拾安把被子拉了上来，顺手关掉了台灯，蹑手蹑脚地走回到了自己床边，躺下去，也关掉了手边的壁灯。

整个房间陷入黑暗里，她冲着空气道："晚安。"

乔语初在医院附近开了间房，本来只是想简单休息一下就好，谁知道这几日的不眠不休，让她的身体极度疲乏，一沾枕头就沉沉睡了过去。

她一觉醒来，房间里一片昏暗，外面的马路上也没有一点儿声音，整个世界仿佛只剩下了她一个人，无边无际的寂寞和空虚涌进了她的身体里。

她拿起手机，看了一眼，已经是23：59了，那个答应她会来的人还没来，连一条短信都没有。

乔语初失望地闭上了眼，下一秒，敲门声就响了起来。

她强撑着昏昏沉沉的脑袋爬了起来，边去开门，边哑着嗓子问："谁啊？"

"是我，金顺崎。"

零点的钟声准时响起。

男人满身尘霜地站在了乔语初面前，什么行李都没拿，但是手里拎着给她买的食物，医生的胸牌还夹在衬衫上顾不得摘下来，一看就是下了手术台马上狂奔过来的。

乔语初看着金顺崎，连日来的委屈和心酸都仿佛有了一个宣泄口，汹涌而来的情绪再也克制不住，慢慢红了眼眶，最后哽咽着哭了起来。

金顺崎关上门，把颤抖着肩膀的她拥入了怀里："对不起，我来晚了。"

第二天早上起床，简常念看谢拾安收拾东西，动作还蛮利索的，又问了一句："你肚子还疼吗？"

谢拾安把速干衣装进球包里，又塞了一袋棉条进去以备不时之需："昨晚疼过一阵之后就不疼了，今天早上起来看也没有事。你收拾好了没？"

简常念拉上背包的拉链："好了。"

谢拾安也把球包甩上了肩头："走吧。"

"观众朋友们下午好，欢迎来到体育频道，现在您收看的是本届世界羽毛球锦标赛下半区的比赛，我是本场解说赵赵。"

"我是本场解说蒋云丽。"

镜头晃过解说席，蒋云丽穿着裁剪得体的小西装，特意化了淡妆，跟观众朋友们打了个招呼。

解说员赵赵笑道：“很荣幸我们今天又邀请到了蒋前辈来我们的演播厅，蒋前辈对于今天下半区的比赛有什么看法呢？”

"今天下半区一共有五场比赛，其中两场是谢拾安的比赛，分别由她第一场对战世界名将安东·斯维奇，第二场对战之前交过手的加里天才少女纳提雅。"

蒋云丽说到这里，神色有点严肃。

"由于本届世锦赛采用了全新的小组内积分循环赛制，在积分相同的情况下，会优先考虑胜负关系，所以谢拾安今天的这两场比赛至关重要。"

解说员赵赵也道：“谢拾安前两场的比赛表现不佳，目前在下半区里是一个垫底的排名，所以这就意味着，她哪怕是输掉了今天任意一个小局，也就无缘接下来的淘汰赛了，她在本届世锦赛的征程也会就此结束。”

也许是因为今天有安东·斯维奇的比赛，还没开赛，整个体育馆里就已经挤得水泄不通，看台上的走廊里都站满了没位置的观众。

安东的球迷们举起了她的肖像，疯狂地冲着安东吹起了口哨。

轮到谢拾安出场的时候，则是嘘声一片。

解说员赵赵也道：“今天这场比赛，谢拾安的对手一个是世界名将、一个是曾经打败过她的天才选手，多半是凶多吉少了。”

今天这场比赛，没人看好谢拾安。

除了——

周沐跳了起来，奋力挥舞着玩具巴掌，扯着嗓子大喊：“拾安，加油！”

这尖锐的声音划破耳膜，夹在一大堆英文里实在是格格不入。

谢拾安往前走着，肩上搭着外套，回了一下头。

看台上的周沐和程真站在一起，扯着旗子，笑着冲她招了招手，他俩也不知道是什么时候来的，竟然没告诉她一声。

谢拾安略弯了一下嘴角，微微点了点头算是打过招呼。她走到休息区里，随手把外套扯掉扔在了凳子上，拿起球拍大步流星地上了赛场。

医院里。

因为受害者家属情绪还是很激动，金顺崎就没让乔语初出面了，自己和保险公司的工作人员一起去和他们商量理赔的事。

乔语初站在拐角处，靠着墙根默默听着。

他们送的水果、牛奶等慰问品，被人通通扔了出来，就在她眼前散落一地。

"滚！我不想再看见你们！"

砰的一声，病房门在金顺崎眼前合上。

他刚来，没说几句话就吃了闭门羹。

保险公司的工作人员也有些瞠目结舌，不过他在这一行里浸润得久，见多识广，也就见怪不怪了。

"要我说啊，这家的态度，保险赔的那几十万恐怕拿不下来，您可还有得耗呢。"

金顺崎把人送到了电梯口，给人递了包烟："今天麻烦您跑一趟了，回头还得再麻烦您一下，先把保单上的钱赔付给我们，我们也好先为受害者家属垫付一部分的医药费。"

保险公司的工作人员笑了笑，推了他的烟："烟我就不抽了，我今天来也是来确认一下，情况我已经大致了解了，等公司那边办好手续，钱审批下来，最快三个工作日内就能到账。"

金顺崎这才稍稍放下心来。

电梯到了，他退后一步，目送人走远。

"那我就不送您下去了，再见。"

"好，后续还有什么问题的话，您再联系我。"

金顺崎把人送走，这才回到了乔语初身边。

她正蹲在地上，把掉落的苹果一个一个地重新捡了起来，装进袋子里。

"语初。"

一只手搭上了她的肩膀。

乔语初回头冲金顺崎笑了一下，眼眶微红："我妈爱吃苹果，别浪费了。"

金顺崎和她一起，把散落的水果、牛奶等都捡了起来，随后，他拉着人起身："走吧，我们先去看守所看看你父母。"

乔语初回头望了一眼病房的方向，神色黯然："他们还是不接受赔偿吗？这件事不解决，我的心里就像压了一块石头一样喘不过气来。"

金顺崎知道乔语初善良，也知道这件事并不是她的错，他轻轻揽上她的肩膀，安慰道："给他们一点时间吧，该说的话我刚刚都已经说过了，我相信他们会想通的。"

谢拾安在世界舞台上的比赛经验少得可怜，这只是她打的第三场世界级的比赛。

对战蒋云丽和尹佳怡的时候，虽说她们也是世界名将，但同属一个国家，即使各自在不同的队伍，但国内的训练体系都是差不多的，这也就导致了，球路和思维方式多少是有点相似的。

谢拾安可以很轻松地揣摩到对方的想法，但对战外敌就不一样了。

对方的经验比谢拾安丰富，白人也有天生的体能和身高优势，安东还把各国选手研究得很透彻，谢拾安擅长的快攻快杀，压根儿占不到便宜。

这也就是谢拾安前两场比赛会输的原因。

严新远来得迟，进场的时候比赛已经开打了。他坐在这里看了一会儿，就大致看出来问题在哪儿了，急得抓耳挠腮的，恨不得冲上去揪着谢拾安的耳朵，给她指点迷津。

梁教练在一旁给严新远上紧箍咒："老严，咱们来之前可说好了，看归看，给拾安加油也可以，但是你可不许冲上去啊！再让人看见，丢人不说，你还想被调到哪儿去啊你。"

说时迟那时快，场上的局势瞬息万变，谢拾安一球失误，被判过界。

记分牌亮起——

7：11。

第一局中场休息。

背后的观众席上嘘声一片。

严新远再也忍不了了，一拍大腿站了起来。

"这么打下去，拾安迟早会输，在咱们自己的土地上让人骂成这样，你能忍，我可忍不了！瞧瞧他们嚣张的那股劲！

"我当年打比赛的时候，他们要是这样，我非得把对手的头给拧下来不可，你别拦我！我今天就是不干了，我也得去给我徒弟指点迷津，咱丢不起这人！"

安东回到休息区里，教练给她递上擦汗的毛巾："你还好吗？"

安东轻蔑地看了对面的谢拾安一眼："当然，在蒋云丽退役后，这里的选手根本不足为虑。"

教练拍拍她的肩，又给人递上了一瓶纯净水："我想看到你零封她，安东。"

"没问题,你没听见观众席上喊着什么吗?"安东拿着纯净水瓶,冲对面的谢拾安嚣张地竖起了手指。

谢拾安看见她的动作,咬着牙,眼里都是血丝,用力攥紧了球拍。

简常念一把将人拉住:"拾安!别冲动!赛场上见真章就是了!"

有眼尖的观众看见这边的动静,站了起来,挥舞着双手,引导着球迷们一起喊:"Get out!Get out!Get out!(滚出去!)"

谢拾安处于话题中心,死死地咬着牙,握着球拍的指骨都泛白了。

万敬去和裁判交涉,裁判耸耸肩,表示这是观众行为,与选手无关。

休息时间马上就到了,安东已经准备起身。

谢拾安反复深呼吸,调整着心态,正准备迈上赛场的时候,背后传来熟悉的呼唤声。

严新远趁保安不注意,冲到了护栏前:"拾安!你放开去打!不要去揣摩她的球路,专注好你自己的东西,让她跟着你的节奏走。平时我是怎么教你的,到了赛场上你就怎么发挥,记住,扬长避短!这才是你制胜的关键!"

"还有,无论胜负,我们滨海省队全体队员,永远以你为荣!"

"严教练……"谢拾安回头看去,似乎有一道亮光划过了她的世界,周遭什么声音都听不见了,只有在滨海省队训练时的一幕幕画面,涌进了她脑海里——

他带着她们在训练室里挥汗如雨。

他在深夜里手把手地给她抠动作,纠正细节。

她表现不佳而被骂得狗血淋头。

那个雪夜,他替她撑伞,送她到公寓楼下。

"你们这一代人就是我们国羽的脊梁,而你和常念——我有预感,会是世界羽坛未来的双子星。"

谢拾安嘴角慢慢浮起了一丝笑意,看着严新远缓慢而又郑重地点了点头,在心底道:"严教练,您放心,我不会让您失望的。"

严新远被赶来的保安带走,谢拾安转身毅然决然地上了赛场,未来世界羽坛的另一位双子星就站在她的必经之路上,冲她微微伸出了手。

啪——

两只手在半空中一触即弹。

"走了。"谢拾安道。

"好。"

简常念没有一句多余的话，仿佛知道她会赢似的。

在谢拾安激烈地比赛时，乔语初和金顺崎又来到了看守所，可从白天一直等到了暮色四合，乔妈妈也始终不愿意出来见她一面。

乔语初只好把带来的换洗衣物交给了警察，托她带进去给妈妈："麻烦您跟她说，请她保重身体，照顾好自己，我改天再来看她。"

警察无奈，但还是收下了她的东西："你妈妈说了，让你以后别再来了，她就是坐牢，也不可能和你爸爸离婚的。"

警察传达得已经很委婉了，乔妈妈的原话只会比这还直白，还难听。

乔语初站在原地，眼眶微红。

金顺崎把手轻轻地放在她的肩膀上："走吧，我们先去看看你爸爸。"

"放开我！放开我！"保安以为严新远是狂热的球迷，一直把人拖出了场馆外，才把人揉开。

严新远一个趔趄，险些摔倒在地，幸亏梁教练扶了他一把："老严，老严，你没事吧？"

严新远捂着胸口做病理穿刺的地方，咬着牙，缓了半天，才在梁教练的搀扶下颤颤巍巍地站了起来。

他一回头，广场上的大屏里清晰地映出了谢拾安的脸，少女赢了球之后，意气风发，冲着全场观众，举起右手，比了一个"1"。

"让我们恭喜谢拾安以21：18，赢得第一局比赛的胜利！"

全场谢拾安的粉丝振臂高呼。

周沐跳得最高，拼命为她摇旗呐喊："拾安！加油！你就是最牛的！"

另一边的场地上，尹佳怡和金南智听见观众席上骤然爆发出的欢呼，同时回了一下头，嘴角不约而同地浮起了笑意。

尹佳怡心想："真了不起啊！在这种极端压力之下还能绝地反击，搞不好又要和她决赛见了呢。"

金南智看着自己今天的对手，虽然比分暂时落后，但依旧斗志昂扬，在心底道："谢拾安都已经振作起来了，我也要加油才行，我要和她们，顶峰相见。"

在安东·斯维奇占据优势的情况下，谢拾安还能奋起直追，一口气扳回了一局。

安东的脸色逐渐难看起来。

她的球迷们也没那么嚣张了,在一片嘘声里,周沐和程真为谢拾安加油的声音越发响亮,带动了更多的人一起为中国队摇旗助威:

"谢拾安——"

"加油!!!"

"中国队——"

"加油!!!"

谢拾安回首望去,她知道严教练不会走,一定会在场外默默看着她的,乔语初虽然没来现场,但也说过,会见证她人生里的每一个重要时刻,说不定此刻就在电视机前看着她的比赛呢。

还有爷爷。

"我们拾安啊,长大了一定是世界冠军。"

以及不远千里为她来到这里的朋友,和在逆境中依旧支持着她的球迷们。

"谢拾安,加油啊!你是我最喜欢的中国选手了!"

"我从全国大赛的时候就开始看你比赛了,你一步步走到这里真的不容易,答应我,别给自己留下任何遗憾好吗?"

"谢拾安!我也很喜欢打羽毛球,我将来也要像你一样,当一名职业选手!"

各种各样的声音充斥在一片红色的海洋中。

谢拾安慢慢弯起了嘴角,背后仿佛有一双双无形的手,在推动着她往前走。

在通往赛场的必经之路上,依旧有人在等着她。

简常念嘴角带着笑意,伸出手去:"我今晚可以不用打扫卫生了吗?"

两只手在空中轻轻碰了一下。

谢拾安头也不回地走了:

"当然,我保证。"

第二局比赛正式开始,谢拾安继续延续了上一局的风格,她不再考虑防守,不再预判安东的球会落在哪儿,谢拾安的脑子里只剩下一个念头:杀到她求饶。

谢拾安拿着球拍,仿佛拿了一把见血封喉的利剑,来无影,去无踪。

在极致的进攻下,安东节节败退。

解说员赵赵道:"安东这个球,大意了啊!谢拾安再下一分。

"我们可以看到在谢拾安超快的球速之下,安东似乎有些无力招架。

"谢拾安这个球，杀得漂亮！完美复刻了她在全国大赛和尹佳怡交手时候的那招'回手掏'，让我们恭喜谢拾安，以2∶0赢得本场比赛的胜利！"

解说员话音坠地的那一刻，记分牌也亮了起来。

全场欢呼。

谢拾安低头深深地亲吻胸前的红旗。

无数媒体在这一刻按下了快门。

看台上的周沐热泪盈眶，疯狂地掐着程真的大腿："橙汁儿，她做到了，她打败了安东·斯维奇，那可是安东，世界排名第三的安东啊……"

程真被掐得龇牙咧嘴，痛不欲生："啊——我知道了，但是你可不可以先松手啊！"

简常念站在场边，看着谢拾安跟全场观众挥手示意，不知怎的，也湿了眼眶。

谢拾安站在那里，就像是一束光，她终于还是忍不住，扑上去抱住了谢拾安："呜呜，我之前好担心你的状态，焦虑得吃不下睡不着，但是……呜呜呜，你还是做到了。"

谢拾安一怔，只觉得简常念有点矫情，尤其还在这么多人面前哭哭啼啼的，有点好笑，但也很温暖。

谢拾安一只手拿着球拍，另一只抓住简常念后背衣服的手，缓缓放平，轻轻地回抱住了她。

看着现场导播传回来的画面，解说员赵赵笑道："蒋前辈怎么评价谢拾安今天这场比赛的表现？"

蒋云丽微微一笑，只说了四个字：

"王者归来。"

谢拾安的抽签运气其实算不上特别好，从她抽到了下半区就可见一斑，更别提今天还要连打两场。不过有了第一场的经验和气势，第二场对战加里天才少女纳提雅的比赛就没多少悬念了，她一鼓作气，势如破竹，顺利以2∶0拿到了积分，还顺便报了上次比赛的一箭之仇，可以说是双喜临门了。

一天的比赛结束后，尹佳怡和金南智也分别以2∶0和2∶1的总比分顺利晋级下一轮。

简常念和谢拾安收拾好东西，从运动员通道出来。

简常念一边走，一边还在比画："哇，你打安东那招头顶点杀真帅！我怎么就学不会呢？"

打了一天的比赛下来，谢拾安有点累，懒洋洋回道："因为你笨啊。"

"你……"简常念气极，就要扑上去锁谢拾安的喉，却又猛地想起了一件事，"对了，刚刚安东不是过来跟你握手了吗？你跟她说什么了，我怎么看见她的脸一下子就绿了，气急败坏地走了。"

谢拾安头也不回道："没什么。"

简常念不明就里："……啊？到底是什么吗！"

谢拾安嘴角露出了一丝笑意，看了她一眼，径直走了。

简常念回过神来，勃然大怒，好家伙在这儿耍她呢，她气势汹汹地追了上去："谢拾安，你给我站住！"

更衣室。

"南智，你好了吗？我们先走咯？"

金南智还在换衣服，打开柜门道："还没，你们先走吧，帮我去食堂占个座。"

一行人走出了更衣室，尹佳怡比赛结束得晚，刚准备进来就和正在换衣服的金南智遇上了。

尹佳怡目光聚焦在她的手臂上，嗓音比平时多了些低哑："手肘怎么肿得这么厉害？"

"救球的时候摔倒了。"

"没伤到骨头吧？"

"队医检查过了，没有。"

"还好你是左手球，回去记得冰敷。"

"好。"

第七章

往前走，别回头

两个人走出体育馆，一眼就看见了站在路边等候着的严新远和梁教练。

简常念一个箭步扑了上去，抱住严新远："严教练，我可想死您了！"

惯性作用，严新远往后退了几步，梁教练害怕严新远摔倒再碰着穿刺留下的切口，赶忙把人拉开了。

"哑哑哑，这孩子，想就想，什么死不死的！"

谢拾安也走了上来，眼底带着笑意："严教练。"

严新远拍了拍她俩的肩膀："今天打得不错！走吧，请你们吃饭去。"

"吃饭这种事，怎么能没有我们呢？"几人正说着话，程真和周沐也跑了过来。

简常念和周沐已经许久未见了，一见面两个人就兴奋地抱在了一起，又叫又跳的。

"啊——沐沐，你怎么来了？！"

"你忘了？今天是周六，昨天晚上放学后，我就去了火车站，坐了一晚上的硬座赶过来的！"

"这么远，你一个人就来了，周阿姨知道吗？"

周沐知道简常念担心自己，拍着胸脯保证："当然知道了！这可是我用两张满分试卷换来的假期，还是她把我送上火车的呢！"

"真厉害！"简常念由衷地夸奖周沐。

两个人手挽手走在一起，周沐伸手摸了摸简常念的脑袋，和自己比了比。

"常念，我怎么觉得，你又长高了呢？"

"是吗？我怎么没觉得？"

身后谢拾安和程真也在有一搭没一搭地聊天："你不是在燕京比赛吗？怎么跑过来了？"

程真捂着心口，一副痛心疾首的样子："啊！我牢牢记得你每一场比赛的时间，而你，却深深地忽略了我，连我预赛已经比完了都不知道，枉我一大早就从燕京千里迢迢地赶过来看你……"

严新远听见他们说话，回头道："新闻我可看了啊，程真这次预赛发挥得很好，好像还破全国纪录了是不是？这次决赛，如果不出意外的话，你拿块奖牌肯定没问题。"

程真挠了挠脑袋，有些不好意思地笑了："我教练说让我试着冲金，如果能拿下金牌的话，就可以入选下半年国家队的集训大名单，明年开始就能为国出征了。"

"行啊，你们几个，未来可期啊！"严新远脸上始终挂着乐呵呵的笑容。

谢拾安从后面给了程真一脚："得了得了，说你胖你还喘上了，一个大男人怎么这么矫情？今天这顿饭你请啊。"

程真发出了惨绝人寰的叫声："啊！为什么又是我？"

几个女生异口同声道："因为是你要跟来的啊！"

聚餐还得是火锅。

简常念大快朵颐，一抬头，见严新远基本没怎么动过筷子。

"严教练，您怎么不吃啊？"

严新远这才起身从三鲜锅里夹了根青菜："哦，我最近啊有点感冒，在喝药，医生让我忌辛辣。"

"那也不能光吃青菜啊。"简常念压根儿没有察觉到有任何不对，把面前几盘肉也倒进了三鲜锅里，"我给您下点牛肉，您一会儿啊在红锅里一涮就可以捞起来吃了，既过了嘴瘾，也不太辣。"

严新远笑得眼睛都快眯成了一条缝："好，好，你们也吃。"

"服务员，来瓶……"谢拾安吃得有点渴了，招手唤来了服务员，刚想照惯例给严新远点瓶酒时，又想起了他刚刚的话，"哦，您在喝药，不能喝酒，严教练……"

"跟你们一样，喝饮料吧。"

"行，那就再来一瓶橙汁。"

菜上齐，一桌人说说笑笑的，只有程真没有一点眼力见儿，哪壶不开提哪壶："咦，说起来，怎么没看见语初姐啊？我还以为她跟你们在一块儿呢。"

简常念赶忙转移了话题："呃，语初姐打完选拔赛就回家了。对了，你决赛在哪儿比啊？要是时间凑得上的话，说不定我们还能去看你比赛呢。"

"嗐，在苏城呢，离申城还算近，但是下周一就比赛了，那时候你们应该还没结束吧。"

简常念算算日子："也是，不过没事，我们可以看电视看新闻嘛！"

话题就这么成功被转移了过去，周沐也道："周一啊，那时候我肯定回家了。"

谢拾安依旧在往碗里夹着菜，脸上看不出什么表情。

等到饭局结束，已经是晚上八九点了，严教练他们各自都回了酒店休息。

两个人走在回公寓的路上。

简常念看着谢拾安的背影道："拾安……"

谢拾安顿住脚步，侧过身来，看了简常念一眼。

"不用担心，我会好好比赛的。"

简常念脸上这才露出一丝笑意，快步跟了上去："那我们今晚还打球吗？"

"打啊，吃了那么多，你不消化消化睡得着吗？"

简常念揉了揉肚子，一张脸皱成了苦瓜："啊……我只有饿着肚子才会睡不着。"

"这就是你每个月体脂率都超标的原因。"

简常念恼羞成怒道："你住口！你以为谁都跟你一样，光吃不长肉啊！"

两个人来到训练室，里面的队友们刚刚打完球，准备走了，其中一个女生见着她俩自然而然道："回来得正好，我还有事就先走了，豆芽菜，一会儿你留下来打扫卫生啊。"

简常念张张嘴，小声嘀咕着："从到申城开始一直都是我打扫的……"

对方见简常念不愿，脸上溢出一抹讥讽的笑意："替补不就是干这些的吗？再说了，也不是谁都能进这里打扫卫生的，让你扫地是给你脸了，知不知道？"

"走吧走吧，别跟她们废话。"

一行人说着便打算离去，谢拾安却像一堵墙一样拦在了她们面前："把你刚才说的话，再说一遍。"

她目光冰冷，语气没有一丝温度，只是懒懒散散地插着兜站在这里，身上却有极强的压迫感。

女生想起了谢拾安打自己的那一拳，不自觉地往后退了一步，壮着胆子道："你……你想干吗？咱们队里有规定，不准动手打人……"

谢拾安上前一步，居高临下地看着她："如果我没记错，国家队里也有不准欺负新人，所有队员人人平等，一视同仁的规矩。"

"她……她是替补……前辈们吩咐她做点事怎么啦？"女生还在强词夺理，仗着自己是老队员的身份，提高了嗓门，虚张声势。

谢拾安嗤笑一声："替补？替补怎么了？替补就不算人了，是不是？你觉得自己很了不起是吗？一口一个前辈的，只有蒋前辈那种德艺双馨的运动员才配称得上一声前辈，你浑身上下哪一点和这两个字沾边了？"

女生涨红了脸，又见其他人都唯唯诺诺的，不敢帮腔，她恼羞成怒，推开谢拾安就要夺门而出。

岂料，谢拾安站在这里，牢牢把着门，纹丝不动："站住，打扫完卫生才能走！常念，把拖把给她拿过来。"

简常念兴冲冲地连水桶都提了过来："给！"

"那……拾安，你们忙，我们就先走了。"

其他人见此情景，纷纷干笑一声，脚底抹油先溜为敬。

谢拾安点了点头，侧过身去，让开了大门，几个人头也不回地跑了。

她顺手就把门关上了，还落了锁。

女生看着谢拾安的动作，再看看空空荡荡的训练室，不停往后退着，感到一丝害怕："你……你们想干吗？我跟你们道歉还不行吗？"

"不是跟我，是跟她，你可以道歉，但是接不接受是她的事。"谢拾安把目光投向了简常念。

简常念看看谢拾安，再看看女生，想到这段日子以来自己受的欺负和白眼，抿着嘴角，缓慢而又坚定地摇了摇头。

谢拾安耸耸肩，表示无能为力，转手就把训练室的钥匙隔空抛给了简常念："拿着，我先去热身，你看着她打扫完卫生才可以走。"

"还有——"她又侧过身去，看着女生道，"她有自己的名字，不叫豆芽菜。"

简常念拿着钥匙，听见谢拾安说的这句话，猛地一怔，胸腔里仿佛涌进一股暖流，有些酸涩，也有些温暖。

在她与谢拾安的友谊里，她一直都是主动的那个，谢拾安脾气古怪，性格让人捉摸不定，她偶尔会有一些郁闷。

直到这一刻，亲耳听到谢拾安说了这句话，简常念的一颗心仿佛重回地面。简常念知道，从今往后在自己的生命中，无条件相信着她、支持着她、鼓励着她、坚定不移地站在她身后的人，又多了一个。

简常念看着谢拾安的背影，慢慢咧开嘴，开心地笑了起来。

等女生打扫完卫生走后，简常念才又磨磨叽叽靠过去和谢拾安打球，装作不经意般提起刚才的事："你为什么不让她们喊我豆芽菜啊？你自己不都……"

谢拾安抬手发了个球："我那是……"她这么喊是朋友之间的调侃，别人却是嘲讽，能一样吗？

"是什么？"简常念把球给人挑回去，孜孜不倦地追问。

谢拾安跳起就是一个爆扣，球落在简常念脑袋上："打球啦你！"

"啊！好痛！"场馆里回荡着简常念的惨叫。

谢拾安嗓音里带着一丝笑意："谁叫你老是不专心，好好打球吧。"

看守所里。

乔自山的想法还是和上次一样："这次说什么我都要和你妈妈离婚。"

乔语初满脸疲惫地坐在这里："我知道，我也在劝她了，可是我妈的脾气……你也知道，就不能晚几天，先把车祸这事处理好，再考虑离婚的事吗？"

"正因为知道你妈的脾气，我才非要在这个当口离婚不可，等出去了她又会想方设法阻挠我和她离婚。你都不知道她抢我方向盘的时候有多疯，简直是要和我同归于尽！"

乔自山说着说着，也来了火气。

乔语初听得一个头两个大，再也压制不住愤怒和失望，站起来指着他骂："出了事你们就会互相指责，要是没有你那档子破事，她会这么歇斯底里吗？"

见乔语初发火，乔自山的态度软了下来，拿手捂着脸，一声长叹，但还是喃喃道："我知道，是我对不住你们，但这婚我是一定要离的，爸爸已经煎熬了大半辈子了，这么多年的婚姻生活，我过得犹如行尸走肉，只有看到你的时候，爸爸才会开心一点。

"语初，爸爸已经五十多岁了，回首过去，我这一生真正能够自己做选择的机会并不多，就让我在剩下的时间里，自己做回主吧。"

乔语初哆嗦着嘴唇，看着乔自山鬓边又添了白发，萎靡不振的模样，泪又不自觉地涌了出来。

电话响了起来，是金顺崎："喂，受害者家属同意见面详谈赔偿的事了。"

"好，我知道了，马上就出来。"

乔语初吸了吸鼻子，拿手背抹掉眼泪，往外走去。

两个人打完球，一起回宿舍，上电梯的时候，谢拾安突然弯下了腰，捂着肚子。

"你怎么了？"简常念一回头，就看见谢拾安弓着身子，一把将人扶了起来。

谢拾安咬着牙，勉强笑了一下："可能是吃太辣了，有点闹肚子吧。"

电梯到了楼层，简常念一边扶着谢拾安往宿舍走，一边从兜里掏房卡去开门。

"你这肚子好像闹了两天了吧,要不要去找队医看看啊?"

"算了,挺晚的了,明天还有比赛呢。"

"可是……"简常念还是有些担忧,心里有种不好的预感。

房门打开,谢拾安率先进了浴室:"我先去洗澡了。"

这回简常念没再跟谢拾安抢,而是拿起茶壶准备烧开水,等会儿谢拾安出来晾凉就可以喝了。

这是一个平静的夜晚,简常念已经睡着了,谢拾安却有些辗转反侧,肚子一直隐隐作痛。

她把台灯拧到最暗,随手拿起床头柜上的水杯抿了一口,温度适宜,喝下去舒服了不少。

她把水杯放回去,目光又落到了一旁充电的手机上。这几天忙着比赛,手机一直放在公寓里,屏幕上都已经落灰了,她扯了纸巾拿起来擦干净。

她打开一看,除了个人社交平台上有一些球迷发来的鼓励她的话,通讯录里的联系人都安安静静的,没有任何电话和短信。

谢拾安打开和乔语初的对话框,算起来,她们已经快一个礼拜没有聊过天了。

乔语初一直都不在线,主页也没有任何动态。

谢拾安想了想,还是在输入框打下几行字:

"你……还好吗?

"在这边除了饮食都很清淡,我一切都好。比赛……比赛有一点波折,我自己的心态也不是很稳,但是在慢慢地调整了,今天我和安东的比赛也赢了。

"这好像是你头一次缺席我的比赛现场吧,不过……别担心,我还是会努力的,因为……拿冠军是我们共同的梦想嘛。"

谢拾安再三斟酌措辞,打了删,删了打,反复修改几次,才按下发送键。

消息发出去后,她整个人好似松了一口气。

谢拾安侧身躺在床上,一直看着手机,在朦胧睡意中,期待着屏幕亮起,然而一直等到世锦赛结束,她也没有收到乔语初的回信。

等她意识到乔家可能出什么事了的时候,一切都已经来不及了。

自那之后,她深刻明白了什么是为时晚矣和人世无常。

第四天,谢拾安的赛程安排得很满,早上一场打完顺利拿下,下午就是上下半区的四分之一决赛了。

加上昨天赢的那两场比赛，谢拾安手里目前有三个积分，和一位柏国选手并列第四，但是她因为赢了安东，在胜负关系上占优，所以以微弱的优势，顺利晋级到了四分之一决赛里。

　　中午吃饭的时候，谢拾安基本没怎么动筷子，简常念看着谢拾安，也放慢了动作问道："你怎么不吃啊？"

　　谢拾安摇摇头："没什么胃口。"

　　简常念有些担忧地看着谢拾安："你不会又不舒服了吧？不行不行，还是得去找队医看看。"

　　她说着就要起身，被谢拾安一把拽了回来："离开赛还有不到一个小时了，这个时候找队医，下午的比赛还打不打了？"

　　"可是你都不舒服好几天了！"简常念反驳，神色焦急，还要往外走。

　　谢拾安抓着简常念的胳膊，拽得死死的，硬是把人按了下来："我没事，坐下，吃饭，嗯？"

　　对上她执拗的眼神时，简常念还是抿了抿唇，听话地坐了下来。

　　她向来是拗不过谢拾安的。

　　看着谢拾安面前那一盘米饭，简常念端起来往自己碗里扒拉了一些，然后把自己打的菜给谢拾安挑了些："吃不下就少吃一点饭，多吃菜，还有，幸亏我刚才打了一份西红柿鸡蛋汤，也给你。"

　　谢拾安愣了一下，倒是没再拒绝简常念的好意，拿起筷子，默默吃了起来。

　　三场比赛在不同的场地同时开始，先后结束。

　　伴随着裁判哨声响起，全场观众也骤然爆发出了一阵阵欢呼。

　　解说员激情澎湃道：

　　"宣父犹能畏后生，丈夫未可轻年少！作为本届世锦赛参赛年龄最小的选手，金南智一步步走过来，稳扎稳打，为我们贡献了一场场精彩绝伦的比赛，让我们恭喜她以2：0的大比分横扫对手，成功晋级上半区半决赛！

　　"作为国家队外战胜率最高的选手，一身转战三千里，一剑曾挡百万师！她是我们国家队的队长，也是国羽当之无愧的中流砥柱，让我们恭喜尹佳怡成功晋级半决赛！她将在明天上午的比赛中对战韩城队的金南智，争夺上半区唯一一个出线名额，且让我们拭目以待！

　　"说到谢拾安，就不得不让我想起了在昨天的比赛中，蒋前辈评价她的那句话——王者归来!

"从下半区积分垫底的排名,一路一穿四杀进了下半区半决赛,这在近十年来的世锦赛中,还是头一次吧!让我们期待一下她能否在半决赛中,完成一穿五杀进总决赛的壮举!"

比赛结束后,万敬说要请大家吃饭,犒劳犒劳她们,明眼人都能看出来,这聚餐是为了哪两个人而发起的,但偏偏主人公之一揣着明白装糊涂,没领这份情。

谢拾安收拾着球包,淡淡道:"我就不去了,想回去再练练球。"

之前对谢拾安冷嘲热讽过的一位队员亲昵地搭上了她的肩膀,热情道:"哎呀,拾安,万教练请客,你不给我们面子也得给他一个面子啊,再说了,大家都是一个队伍的,搞搞团建促进促进感情也没什么不好啊。"

谢拾安把人推开,拎起球包,转身就走:"没兴趣,我先走了。"

气氛凝滞下来。

简常念看看她们,再看看谢拾安,最终还是选择冲万敬微微鞠了一躬,跟着谢拾安走了:"万教练,那我们就先回去了,你们吃好喝好,玩得开心啊!"

等人走后,万敬他们也出了场馆。

他和尹佳怡落在后面,边走边谈:"这个谢拾安,技术好归好,可万万没想到,人这么不合群。"

尹佳怡微微笑了一下:"我倒是觉得她挺难得的,运动员嘛,不像别的职业,也没那么多人际关系要处理,简单、干净、纯粹、想赢,就行了,毕竟竞技体育,菜才是最大的原罪。"

万敬也笑了起来:"你倒是还蛮欣赏她的。"

"在她的眼里,我能看见对胜利的渴望,以及对羽毛球最真挚的热爱,她是打心眼里喜欢这项运动,哪个高手没点性格呢?"

"你想起刚出道时候的自己了?"

如果说谢拾安是严新远的爱徒,那么尹佳怡对万敬来说也一样,万敬陪伴尹佳怡的时间还要更久一点,从尹佳怡刚进国家队开始,万敬就是她的主教练了,他看着她从青涩走向成年,再到现在以一肩之力扛起整个国家队,成为国羽的领袖。

他多少是有些感慨的。

尹佳怡笑了笑,眼神也变得柔和起来:"我或许变了许多,但唯一不变的,也是这份发自内心的对羽毛球的热爱。"

万敬顿住脚步，拍了拍爱徒的肩膀，语重心长道："简单、纯粹的人少有，但在时间冲刷后，还能不忘初心的人更难能可贵，这就是你能当上队长的原因。这届世锦赛咱们强敌环伺，想要拿下冠军并不容易，你和拾安，总要进一个的。"

尹佳怡点了点头，脑海里却不自觉地浮现出了金南智的脸，她在心底苦笑了一下。

总觉得她这次是有备而来，说不定明天又是一场恶战。

决赛前的晚上，金南智有些辗转反侧，怎么都睡不着。按照往常的惯例，如果她赛前紧张的话，多半会呼朋引伴出去玩，痛痛快快地发泄多余的精力，暂时把比赛抛诸脑后，但是现在，她猛地坐了起来，翻身下床，穿上了运动服，拿起球包，蹑手蹑脚地绕过队友的床，摸黑出了门。

凌晨的训练室空无一人，可以让她放肆发泄自己多余的精力，也可以说一些想说却不能说的秘密。

她对着墙练习平抽，一边打，一边自言自语：

"为什么要和她分在一个组啊？"

"我不想输，可是……"

球反弹回来，落在地上。

金南智停下了动作，微微喘着粗气，发丝凌乱，汗水顺着脸颊慢慢淌了下来。

时针拨回一年前，她刚到中国不久，去看尹佳怡的比赛，那场公开赛上，尹佳怡爆冷输给了蒋云丽。

金南智觉得，输给世界第一，怎么着也不丢人，可是尹佳怡却在散场后昏暗的场馆里坐了很久。

金南智轻轻走到尹佳怡身边的时候，看见尹佳怡抬手抹了一下眼角，心里微愕。

"你输了比赛也会难过吗？"

尹佳怡笑了笑："我也是个人啊，又不是神。"

金南智在尹佳怡身旁坐下，尹佳怡没有再赶她走，她慢慢从兜里掏了一包纸巾递过去。

尹佳怡微怔，四目相对，两个人在黑暗中凝视了彼此良久。

尹佳怡终于还是伸出手，缓缓把纸巾接了过来。

那是金南智第一次看见尹佳怡落泪，少女心中强大的偶像也会流泪，她的眼泪炙热又滚烫。

她看着尹佳怡上下颤动着的睫毛，微微抖动着的肩膀，情不自禁地把手放上了尹佳怡的后背，轻轻拍着。

金南智在心底道："在我心里，你就是神，无往不胜的神。"

那天从场馆出来以后，夜已经深了。

尹佳怡送金南智回公寓，两个人同行了一段路。

金南智忽然问了她一句："尹佳怡，你会崇拜什么样的人啊？"

她们走在人行道上，路两旁种满了香樟树，尹佳怡低头看着路灯在地上投下了斑驳的光影。

"能……打赢我的人吧。"

"像蒋云丽那样的？"

尹佳怡似是觉得金南智这个问题有些无聊，但仍是弯了一下唇，模棱两可地回答道："算是吧。"

汗水一滴一滴，砸在地板上。

球筐里空空如也，满地散落的都是羽毛球。

金南智大汗淋漓，累到浑身脱力，索性就放纵自己往后仰去，球拍也滚到了一边。

她躺在地上，看着天花板，倦意一阵一阵地涌上来，如潮水般淹没了她。

"尹佳怡，要是我打赢你了，你会不会就没那么讨厌我了？"

金南智嘴里喃喃着，合上了眼睛。

那天晚上，金南智做了个梦，梦里她似漂浮在一望无际又深沉的海里，随着海浪上下起伏。

她的身体越来越冷，手脚也不听使唤，怎么挣扎都离岸边越来越远，看不见天光。

海水逐渐变蓝，变深，变黑，最后一缕光线也随之消失，她放弃了挣扎，正准备闭上眼睛的时候，有一双手牢牢地把她托了起来。

然后，金南智就听见有人在她耳边道："无论输赢，我从来就没有讨厌过你。"

金南智大喜过望，就要爬起来抓住她。然后，她就被队友一个枕头砸在了脸上，队友大叫道："啊——要死啦！做梦都在喊着尹佳怡的名字，你究竟是有多想打败她啊！金南智，你再不起床，比赛就要迟到了！"

金南智一个激灵，彻底清醒了过来，宛如一具僵尸一样，猛地从床上弹射了起来，手忙脚乱地翻找着衣服裤子。她穿好衣裤，跳下床，草草洗漱之后，拎起球包就往比赛场地冲，压根儿顾不上想自己昨晚是怎么回来的。

"啊——你怎么不叫我？"

队友欲哭无泪："我定了八个闹钟都没吵醒你……"

"怎么回事？不是让人去叫她了吗？怎么还没来？！"

韩城队那边起了一阵不小的骚动，主教练坐立不安，不停打着电话。

裁判也过去了。

尹佳怡看了一眼大屏幕上的时钟，离开赛还有五分钟，那个人还是没来。

迟到是要被取消参赛资格的，她有些焦灼地咬了一下嘴唇。

队友凑上前来道："佳怡，对方不会知道对手是你，不敢来了吧？"

尹佳怡回过头来，眼神坚定道："不会的，她一定会来的。"

话音刚落，运动员通道的大门被人砰的一声推开了，金南智像一阵风一样闯了进来。在看到那个身影时，也不知道是不是自己的错觉，队友好像看见她们队长轻轻弯了一下嘴角。

解说员们也在演播厅各就各位了。

解说员A："说实话，我还蛮期待今天尹佳怡和金南智的这场比赛的。"

解说员B笑了笑道："为什么？是因为她俩之前也算是队友吗？你就爱看这种'自相残杀'的戏码。"

解说员A："之前是队友，现在是对手，什么自相残杀，你这话会让观众误会的，虽然金南智在国内也有很多球迷就是了。"

这时屏幕上有弹幕纷纷飘过：

"支持国家队重金签下金南智。"

……

解说员们被"足智多谋"的网友们给逗乐了。

解说员A："好啦，好啦，开玩笑的，竞技体育没有国界，我想大家真正想看到的只是一场精彩的对决。"

解说员B："对，金南智上次在全国大赛的时候，和谢拾安的那场比赛也是我解说的，当时她虽然输了，但是一手神出鬼没的左手球也让人印象深刻。时隔三个月，她重回韩城国家队，在世锦赛上再遇曾经的队友，究竟是尹佳怡继续捍卫属于自己的荣光，还是金南智作为后起之秀，鱼跃龙门，杀进总决赛？比赛正式开始，且让我们拭目以待！"

金南智拿着球拍在手里掂了掂，反复深呼吸了几下，平复着有些激动的心情，走上了赛场。

反观尹佳怡，则比金南智淡定得多。

两个人在网前例行握手。

金南智脸上带着笑意，低声道："你看起来好像一点也不紧张啊。"

尹佳怡面色如常，和金南智礼节性地握了一下手："这又不是我第一次打世锦赛了。"

金南智点点头。

她脸上挂着最明媚的笑容，嘴上却说着最狠的话来挑衅对手："但是，可能这是你第一次没有打进总决赛哦。"

尹佳怡眼里有些无奈，看着金南智的目光总像是在看一个顽皮的小孩，压根儿没往心里去："按照我们之前交了那么多次手的结果来看，这次依旧还是我赢，我不会手下留情，你输了可不要哭鼻子。"

"你……走着瞧！"

一句话说得金南智瞬间炸毛，她冷哼了一声，转身走回到了比赛场地上，抬手就发了一个饱含着怒意、威力满满的球，正式拉开了比赛的序幕。

回到韩城之后，金南智没有休息过一天，每天起早贪黑，除了吃饭睡觉就是训练，疯狂地练体能、增肌、减脂，就连她的教练都感叹，怎么去了一趟中国，回来跟变了一个人似的。

只有金南智自己知道，自己所做的这一切，都是为了这一天，能和尹佳怡同台竞技。

挥拍，发球，接球，爆扣。

枯燥乏味的重复动作和日复一日的艰苦训练，在羽毛球一来一回之间，忽然就有了意义。

解说员A："怎么说呢，金南智这几招打得就很有尹佳怡的风格啊。"

解说员B："岂止啊，简直就是翻版的尹佳怡好嘛，刚刚那招头顶点杀，如果我没记错的话，也是尹佳怡的招牌绝技之一吧。"

解说员A："这你就不懂了吧，这就叫'以其人之道，还治其人之身'，这一波金南智在大气层。"

羽毛球落地，滚到少女脚下。

"不打了，不打了，和你组队老是输。"

"教练说分组对抗，你别拖累我们行不行。"

"真不知道，你这么菜，是怎么进入汉阳地方队的，还能被派到我国来留学，就你水平，我们上幼儿园的小朋友，打得都比你好。"

"人家可是公主，公主，懂吗？"

"你小点声，别让人听见。"

"怕什么，她又听不懂。"

训练室里，老旧的吊扇吱呀吱呀转着，在地上投下纷乱的光影。

人群逐渐散去。

少女站立良久，看着自己手里的球拍，撇了撇唇，尽管拼命想忍住，泪却还是落了下来。

门口传来响动，她吸了吸鼻子，回头望去，看到来人，连忙抹掉脸上的泪渍，没好气道："你来干什么？看我笑话吗……"

话音未落，尹佳怡已经走到了金南智身后，抬起她拿着球拍的左手，手把手地指导她动作细节："既然你是左撇子，就不要强迫自己去打右手球了，把左手球融会贯通，一样可以出奇制胜。"

"可是她们……都是右手球，双打的时候会有些不方便，教练也说……让我融入她们。"金南智轻轻敛下眸子，睫毛上还挂着泪珠，"有时候我会觉得……自己是个异类。"

尹佳怡抓着金南智的手用力了些："打不了双打就不打，你是来学习的，不是来融入这里的，特立独行也没什么不好。"

尹佳怡贴着金南智的后背站着，耐心而又专业地指点着她："像这样，胳膊肘伸直，手腕用力……"

黄昏的光线透过玻璃窗洒了进来。

金南智身体有些僵硬，忘记了动作，然后就被人弹了弹脑门。

"想什么呢？专心点啦。"

金南智吃痛，跳开，捂着额头大呼小叫："尹佳怡，不许打我头，会变傻瓜！"

到了现在，一晃一年多过去了，金南智长高了，进步了，已经不再需要谁的提醒，就可以在赛场上不受任何影响，专心致志地打球了。

羽毛球滚落到了尹佳怡的脚边。

记分牌亮起——

21：19。

金南智率先拿下了第一局的胜利。

尹佳怡微愕,而后看着金南智的目光里浮起了一丝欣赏,然后拿着球拍走回到休息区里擦汗。

韩城队则爆发出了一阵欢呼,队友们纷纷冲了上来抱住金南智,金南智被队友们簇拥着回到了休息区里。

金南智一边喝水擦汗,一边回想着尹佳怡刚刚的那个眼神,尹佳怡竟然对她笑了。

那是一种对对手的肯定和欣赏,在过往的交手中,她从未对自己露出过这种表情。

尹佳怡终于把自己当成了对手,而不是一个跟在她身后蹒跚学步,需要她去指点迷津的小妹妹了。

金南智想着想着,实在是没忍住,开心得笑出了声。

队友们都以为金南智是在为赢球而高兴,只有她自己知道这不仅是为赢球。

尹佳怡回到休息区,万敬的脸色分外严肃:"佳怡,这一局,你有点大意啊。"

尹佳怡点了点头,面色如常:"我知道了,万教练,下一局会赢回来的。"

尹佳怡是个泰山崩于前也面不改色的性格,表面越平静,心里越有数,听她这么说,万敬也就放下了心来,拍了拍她的肩膀:"准备好了就去吧。"

随着裁判哨声响起,羽毛球被抛向了半空,第二局比赛正式拉开帷幕。

解说员A:"上一局金南智以其人之道,还治其人之身,这一局尹佳怡就来了个反其人之道行之。"

解说员B:"这个杀球,把金南智的反手位克制得死死的啊!看来不光是金南智熟悉尹佳怡的打法,尹佳怡也相当熟悉金南智左手球的套路和思维方式啊。"

解说员A:"嗐,尹佳怡在国家队的时候,时常跑去燕京队客串教练,两个人当了一年多的队友了,能不熟悉吗?"

解说员B:"你别说,队友打队友,我就爱看这种势均力敌的比赛。"

解说员A:"这一局是个闪电战啊!尹佳怡以21：14的大比分赢下了比赛,压根儿没给金南智任何反应过来的机会,她一口气终结了比赛啊!"

万敬带头鼓起掌来。

"好,干得漂亮!下一局再接再厉!就要这么打,千万不能给金南智喘息之机,她的韧性也很足,被她黏上追平比分就麻烦了。"

等万敬安排完战术，谢拾安也打完了比赛，混进人堆里，凑到了尹佳怡身边。

她看了一眼对面因为大比分输了一局，有些黯然神伤的金南智，眼里带着一丝揶揄道："熟人对局，很难打吧。"

尹佳怡笑了笑，往球拍上缠着手胶："她一定希望我全力以赴吧。"

话说完，她突然觉得有哪里不对，上下打量了谢拾安一眼："你打完了？！"

谢拾安耸耸肩："打完了，完成了世锦赛历史上首个从积分垫底到一穿五杀进总决赛的壮举，解说刚念的，也没什么，很轻松嘛。"

尹佳怡："……"

表面上端庄优雅的队长，其实在心底狂呼"救命"。

比起状态正好、手感火热的尹佳怡，被扳回了一局的金南智坐在那里，看着就稍显低迷了。

可惜没有更多的时间去给她调整状态了，裁判已经吹响了哨声。

谢拾安脱离了大部队，站到了一条金南智走向赛场的必经之路上，在金南智目光看过来的时候，轻轻冲她点了点头，做了个口型："加油。"

金南智一下子就打起精神了。

"一口气打败你俩，那才算是真正的大成功，想想就过瘾。"

昔日的豪言壮语浮上心头，金南智嘴角总算是溢出了一抹笑容，两个人相视一笑，她重重地点了点头，昂首挺胸地走上了赛场。

简常念也凑了过来："你跟她说了什么啊？她笑得那么开心。"

谢拾安看了简常念一眼，转身就走："小孩子家家的，大人的事少管。"

简常念冲着谢拾安的背影做鬼脸，见人真的要走，又赶忙追了上去："什么嘛！也就比我大三岁，装什么大人啊！你不看比赛啦？"

"不看了，结果都是一样的。"

砰——

怦怦——

金南智不停喘着粗气，已经分不清这是自己击球的声音，还是心跳声了。

鞋底在地上摩擦着，每一个跳起奋力挥拍的瞬间，都有汗水从发梢上洒落下来。

这是一场分外胶着的比赛。

尹佳怡的状况也不比金南智好到哪儿去，她很少被人逼入这种绝境，就连和谢拾安打的那场比赛，给她的感觉也比不上这一场煎熬。

尽管她很不想承认，但是金南智真的太了解她了，熟悉她的每一个打法和思路，一分又一分，比分咬得死紧，很难拉开差距。

尹佳怡艰难地吞咽了一下口水，汗水流进了眼睛里，有些微微的刺痛。

她眨了个眼的工夫，白色"流星"就迎面而来了。

金南智已经杀到了网前。

"尹佳怡，你不专心。"

从前说这句话的好像是自己吧。

尹佳怡微微扬了一下嘴角，给金南智展示了一下什么叫一百八十度回转身极限救球。

"有说话的工夫，不如回防一下你的后场。"

金南智眉头一皱，糟糕。

她一个鱼跃扑了过去，但球已经落地。

记分牌亮起——

10∶11。

尹佳怡先拿下上半场的优势。

解说员 A 有些恨铁不成钢："哎呀！这个球，真是可惜了！这么好的机会，偏偏让尹佳怡给救回来了！"

解说员 B："你到底站哪边啊？"

解说员 A："两边都站，不行吗？"

解说员 B："那也太贪心了一点。"

解说员 A："你问问观众朋友们，是不是谁赢了都高兴？"

两位解说在台上一唱一和说起了双簧，稍稍冲淡了比赛的紧张感。

只是场上的压力骤然来到了金南智这边。

下半场她必须更加全力以赴。

双方教练都在争分夺秒地对自己的队员进行最后的战术指导。

裁判哨声响起。

看台上观众们的呼声响彻云霄。

"尹佳怡——"

"加油！！！"

"金南智——"

"必胜！！！"

两个人同时起身，对视一眼，都在对方瞳孔里看见了过去的自己。

"尹佳怡，你去指点一下她吧。"

"教练……"

"去吧，反正闲着也是闲着，教教她也有助于巩固自己的基础，而且，总不能叫她拖大家的后腿吧。"

少女红着眼，用稚嫩的声音大喊："尹佳怡，我是不会输给你的！"

"呵，你能从我手里赢下一个球再说大话吧。"

训练室外有一片樱花林，每到春天，一阵风吹过，总有花瓣透过玻璃窗落到了木地板上。

"呜呜呜，尹佳怡，我再也不想理你了！"

"好了，别哭了，哭得我头痛，不就是0：2输给我了吗？输给我的又不止你一个。"

"呜哇！！！我要去跟教练告状！我要回家！"

"行了行了，带你去吃拉面总可以了吧。"

夏天，窗外的树叶变绿了，骄阳似火，蝉鸣聒噪，训练室里，头顶的老吊扇吱呀吱呀转着。

"这个球，是这么打的吗？"

"不对不对，说了多少次了，手腕发力，胳膊肘别弯，再来。"

"啊……好痛！"金南智摔倒在地上。

尹佳怡跑了过去，扶起金南智："没事吧？"

"没事，我们继续吧。"

"别动，膝盖破皮了，还好我带了创可贴。"

秋日夕照把训练室的外墙都涂成了金黄色。

"我赢了！我居然赢了一局！尹佳怡，你说的，你输了就要答应我一个要求。"

"好，不可以太过分。"

"那……我要喝可乐，加冰的！"

训练室的门关上了。

"南智最近进步很大嘛，昨天和国家队主力队员打友谊赛，居然打了人家2：0。你是没看见，那人脸都绿成了什么样子。"队友夸奖她。

"哎呀，都是尹佳怡教得好啦！"

"是哦，人家是世界冠军，又是国家队一队成员，还是下一届队长的有力竞争人选，居然肯纡尊降贵跑到我们燕京队来，教一个外籍球员打球，还忍耐你的大小姐脾气，尽心尽力教你，也太幸运了吧！"

"说，你给她开多少工资啊？"队友调笑。

"尹佳怡是那种见钱眼开的人吗？她就不能是被我的人格魅力，被我百折不挠的精神所打动吗？"金南智笑着和人闹成一团。

站在门外的尹佳怡迟迟没有推门而入，手里拿着的冰镇可乐瓶上冒出了小水珠，她把买好的可乐还有炸鸡轻轻放在了门口，转身离开了燕京队的训练基地，并且很长一段时间没有再来过。

冬天的樱花树就跟霜打了的茄子一样，树叶在墙根下堆叠了厚厚一层，腐烂成了泥土。

金南智在国家队训练中心门口蹲守了好几天，又磨了尹佳怡许久，尹佳怡才同意跟她打一场球，彼时的金南智却不知道这是她俩之间打的最后一场训练赛。

"好耶，上次赢一局，这次赢一大场，尹佳怡，这回你……"

少女话音未落，就被尹佳怡脸上挂着的拒人于千里之外的冷漠刺了一下，笑容慢慢僵在了脸上。

"我已经没什么好教你的了，往后你就别再来了，我也要训练。"

"我不会耽误你多少时间的，我可以当你的陪练啊。你不是也说了，我进步很快吗？"

"全国大赛马上就要开打了，我要回平江队，没有时间和陪你练习。"

"那我也参加，全国大赛、世锦赛、全英赛、奥运会，只要是有你的比赛，我都要参加！我也可以做你的对手！"

一年前的豪言壮语，谁也没有想到，金南智竟然真的一步步追到了这里。

15：16，16：17，18：19，20：20，22：23。

就连两个解说员都高声惊呼：

"还在打！还在打！还没结束！"

"天哪！这是我解说生涯里，看见尹佳怡打得最艰难、最胶着、最紧张的一场比赛了！"

他们和现场无数观众一起默念着：

24∶25，26∶26，28∶28，29∶29。"

"双方交换一个多拍，不要急，不要急，慢慢来，谁都想拿到这最后一分，晋级总决赛。"

"我的天哪！金南智杀球，被尹佳怡从后场极限挑了回来！"

"球落在网前，金南智来得及吗？来得及吗？！她居然接住了！"

"金南智摔倒后，又顽强地爬了起来，在这种关键时候，她没有请求医疗暂停！"

"尹佳怡也不想放弃啊，一直在苦苦坚持着！这样的多拍，对运动员身体负荷是很大的。"

"我的天！我们刚刚收到赛事组委会传来的消息，尹佳怡和金南智已经整整打了九十八拍了！刷新了女子单打的最长连拍纪录！"

呼吸沉重得像是在扯风箱，肺里仿佛有针扎似的刺痛，金南智已经没有力气了，脑袋里也一团糨糊，完全凭着本能去接发球，摔倒又站了起来。

"你崇拜……什么样的人啊？"

"能……打赢我的吧。"

尹佳怡觉得有些缺氧，也许是体力流失，也许是心跳过速，太阳穴突突地跳得厉害，视线也逐渐模糊了起来。

"我叫金南智，汉阳地方队的金南智。"

"尹佳怡，你给我听好了，总有一天我会打败你的！"

"你把我丢在机场，就是影响两国友谊，千古罪人你！"

"以后的每一场比赛，只要你有空，都来看我，好不好？你想啊，世界冠军坐在台下看我比赛，那我得多厉害啊，肯定能百战百胜！"

"尹佳怡，要是我打赢你了，你会不会就没那么讨厌我了？"

"尹佳怡……"

"尹佳怡……"

一帧帧画面如闪电般掠过脑海，少女笑靥如花。

耳边传来熟悉的呼唤："尹佳怡！"

金南智裹挟着白色"流星"而来，照亮了她的世界。

尹佳怡的瞳孔里，那抹小点越放越大。

全场观众都不约而同站了起来。

怦怦——

砰砰砰——

心跳声和跑步声交织在了一起。

一步，两步，三步……

就连演播厅里都安静得针落可闻。

尹佳怡伸长了胳膊去够球，球弹在了她的球拍上，滚了几滚，落到了网前，犹如一个电影慢镜头的回放。

金南智愣了好几秒，直到记分牌亮起。

整个场馆里回荡着裁判的声音："30∶29，韩城队，金南智胜。"

全场观众这才如梦初醒，爆发出了一阵阵欢呼，更有激动的韩城球迷们抱在一起又哭又笑。

在确认了自己的成绩之后，金南智浑身脱力，扑通一下跪倒在了地上。她本来是想笑的，可笑着笑着，就哭了起来，低着头，哽咽着，泪流满面。

她做到了。

她居然真的打败了尹佳怡，世界排名第二的尹佳怡，她景仰着的、视若神明的尹佳怡。

终于，她没有辜负自己一年来的努力，和尹佳怡站在了同一个高度上。

看着现场导播传来的画面，解说员也有些感慨：

"很荣幸啊，我们今天在这里又见证了历史，前有谢拾安一穿五杀进总决赛，后有金南智作为本届世锦赛参赛年龄最小的选手，却创造了目前羽坛女子单打的最长连拍纪录。'少年一词，应与平庸相斥'，让我们期待她们在总决赛上，顶峰相见！"

面前伸过来了一只带着汗意的手，金南智泪眼婆娑地往上看去。

尹佳怡眉目舒展，冲金南智笑了笑："怎么赢了球还哭呢？"

金南智哭得更凶了。

《惊！国羽新星谢拾安一穿五杀进总决赛，而夺冠热门尹佳怡却意外爆冷出局，无缘金牌》，严新远微微皱着眉头打开了新闻标题，正欲往下浏览的时候，一个电话打了进来，是胸科医院的陈主任。

他凝视着这个号码，拇指在挂断键与接通键之间犹豫良久，直到铃声快要响完，才终于按下了接通键。

陈主任的嗓音有些焦急："喂？你在哪儿呢？病理结果出来了，不太好，你赶快回来住院！"

"陈主任，究竟是……什么结果？您就别瞒着我了。"

对方沉默了一下，道："是……肺癌晚期。"

严新远其实早有预感，但真正听到"肺癌晚期"这四个字的时候，浑身的力气仿佛一瞬间就被抽空了，大脑也空白一片，瘫坐在椅子上足足有半分钟。

良久的沉默后，陈主任也叹了口气："癌症这东西，就是早发现早治疗，预后效果才越好，你尽快回来办理住院手续吧。"

严新远这才回过神来，摘下眼镜，用虎口部位抹了一下眼角道："欸，好，麻烦您了，陈主任。"

这个电话刚挂不久，谢拾安的电话也打了进来："严教练。"

"我在。"

"今天的比赛您看了吗？"

"看了，拾安打得很好，不骄不躁，不仅把我教的都打出来了，还能融会贯通。"

谢拾安微微扬起嘴角："我现在刚出体育馆，第一时间就打电话给您报喜。"

简常念踮起脚，趴在谢拾安耳边喊："严教练，您在酒店吗？我们想过去找您吃个饭。"

"在呢，吃个饭也好，刚好我准备明天就回去了。"

严新远咳嗽了两声，谢拾安才发觉，从刚刚到现在，他声音一直都有些疲惫不堪。

"严教练，您身体不舒服吗？"

"没有，刚在收拾东西呢，所以有些累。"

简常念把手机抢了过来："什么？！严教练，您明天就走了，不留下来把总决赛看完吗？拾安说了，要是能拿到冠军，就把奖杯送给……"

她话未说完，就被人捂了嘴。

谢拾安一手制住简常念，一手把手机夺了过来："严教练，您别听她胡说，您要是有事，就先……"

严新远靠在了椅子上，脸上慢慢地溢出了笑容："拾安啊，这是你第一次打进世锦赛的总决赛，你很希望我在场吗？"

谢拾安犹豫了一下，还是低声说："嗯，总觉得您在现场看着，我会安心许多。"

"好，那我这个做师父的，再怎么说也得去给我的爱徒撑撑场子。"

结束了比赛的尹佳怡拖着疲惫的身体和大部队一起准备回公寓。

下了场，金南智一直在找机会和尹佳怡说话，奈何周围人实在是太多了，好不容易推掉了各路媒体的采访，甩开队友，追出停车场的时候，尹佳怡队伍的大巴已经开走了。

金南智咬咬唇，还是拿出了手机，一个字一个字地编辑："尹佳怡。"

尹佳怡放在包里的手机响了一下，她拿出来一看，金南智又发来了几条消息：

"谢谢你，今天的比赛我打得很满足。"

"还有，明天的决赛你会来看吗？"

"你之前答应过我，只要你有空，都会来看我的比赛的。"

车缓缓停稳，队友们纷纷跳下了车。

尹佳怡也只好跟上。

"今天辛苦了，其他人就先回去休息吧，佳怡跟我来一下。"万敬道。

队友们作鸟兽散。

尹佳怡抬脚跟上他："万老师。"

万敬把人带到了办公室："坐。"

他给人倒了杯水，然后转身从身后的文件柜里抽出了一份合同放在了尹佳怡眼前。

"这是……"

"宁盛集团的商务代言合约，广告在星城拍摄，我自作主张先替你接下了。你明天就过去吧，就当是散散心了。"

尹佳怡神情微愕："可是，下周不是还要打团体赛吗？时间来得及吗？我还得……"

万敬看着她的目光带着一丝审视："你觉得以你现在这个状态，还打得了比赛吗？"

"对不起，万老师，我让您失望了。"她颤抖着嘴唇，低头道歉。

万敬看着尹佳怡，长叹了一口气，看着尹佳怡如今这副颓废的模样，他有些心疼。他这心里火烧火燎的，油烹似的难受。

尹佳怡看着万敬的脸色青一阵白一阵的，生怕把人给气出个好歹来，赶忙起身扶着人坐下了。

"万老师……"

万敬摆摆手，止住了尹佳怡的话头，好不容易才把胸中那口闷气吐了出来。

"拿着拿着，赶紧走！"万敬一巴掌把桌上的那份合同拍到了她手里。

"今晚就走，给你一周时间，好好调整调整。"

"万老师！能不能明天再……"尹佳怡捏着这张轻飘飘的合同，心里却似压了千斤大石。

她极力想要再争取一下，因为自己曾答应过金南智，会尽力去看她的每一场比赛的。作为朋友，她不想让金南智失望，毕竟这是金南智第一次打进世锦赛的总决赛。

万敬径直摔了茶杯，气得脸红脖子粗："给我出去！"

尹佳怡不知道自己是怎么出的教练办公室，又是怎么浑浑噩噩地回到了公寓。

队友打开门，看见尹佳怡的样子吃了一惊："队长，你怎么哭了？"

尹佳怡这才发觉自己的脸上有泪痕，她已经很久没有哭过了，作为队长，国家队的中流砥柱，她的肩上扛着太多东西，必须坚强，必须隐忍，必须无所不能。

她其实很想再在比赛输了之后，跟人说一句："我也是个人啊，又不是神。"

可是现在，尹佳怡只是故作轻松地揩了一下眼角，强装镇定，打起精神笑了笑："哦，外面风大，眼睛里进沙子了，我先去洗澡了。"

等人走后，万敬才哆嗦着手指，从衣兜里取出了一瓶速效救心丸，倒了一粒药片在掌心里，一闭眼，囫囵吞了下去。

半响，一声长叹在空空荡荡的房间里响起。

乔语初今天约了受害者家属面谈赔偿金，可是对方提出了天价赔偿金，没说几句双方就闹得不欢而散了。

两个人离开餐厅后，金顺崎站在街边抽了一根烟，到底是不忍看乔语初多方为难，劳心费神，他微微皱着眉头道："其实对方目前提出来的金额还在我承受范围之内，要不……"

乔语初知道金顺崎的意思，她坚决地摇了摇头，打断了他的话："尽管我也很想获得受害者家属的原谅，想救爸爸妈妈出来，但是我也不可能去做一些超过自己经济能力的事，尤其是……"

她看了金顺崎一眼，嗓音低下去："借你的钱，这么多，我是怎么都还不起的。"

"不用还，这是我心甘情愿的。"

乔语初还是摇头："朋友之间，怎么可能欠钱不还？"

金顺崎吐出最后一口烟圈，掐灭了烟头，忽然叫了她的名字："语初。"

乔语初仓促地抬眸，就猛地被人拉进了怀里，金顺崎身上淡淡的烟草味包裹着她。

四目相对，她又悄悄红了脸，避开了他滚烫的视线："金，你先……放开我。"

金顺崎把人揽得更紧。

"不是朋友，把这钱变成夫妻共同财产，就可以不用还了，你用得也名正言顺。"

乔语初一怔，尽管心底掀起了惊涛骇浪，但还是红着脸，一点一点地推开了他："我不是为了钱才想和你……"

金顺崎点着头，急切道："我知道，我说这话也不是想威胁你或者怎样，我是真的想帮你，也很喜欢你！"

"可是你刚才也说了，不能助长他们这种嚣张气焰，答应了一次就会有第二次，现在是五百万，以后还不知道他们又会编个什么理由出来要钱。"

"他们要，我们就要一辈子给他们钱吗？"乔语初反问，看着他的眼神逐渐黯淡下去，又有些不忍，艰难地开口解释道，"我希望我的感情、婚姻都是纯粹的，而不是裹挟在这些事里，掺杂着欲望和金钱。这么说，你能明白吗？金。"

这个夜晚，谢拾安睡得很不踏实，之前接连几天右下腹隐隐作痛，现在越演越烈。

她颤抖着，浑身冒着冷汗，死死地咬着牙关，不敢发出一丝声音，生怕惊扰到了熟睡的简常念。

简常念翻了个身，模模糊糊的，似是看见谢拾安那边的台灯还亮着，迷迷糊糊地叫了一声："拾安，你还不睡吗？"

回答她的是一片窸窸窣窣的声音。

简常念勉强睁开了一只眼睛，看见谢拾安蜷缩在被子里，肩膀不停抖动着，顿时睡意全无，从床上弹跳了起来，一个箭步就冲了过去。

"拾安！"

简常念把人翻过来一看，谢拾安紧紧闭着眼睛，额前的碎发都被汗湿了，整个人脸色惨白，身体滚烫，不停打着寒战。

简常念手足无措，慌张得尾音都在颤："拾安，拾安，你没事吧！这是怎么了？"

听见熟悉的呼唤，谢拾安这才勉强睁开了眼睛，看了一眼简常念，就无力地合上了。

"我……没事……别叫……队医……明天……明天还有比赛呢……"

谢拾安话音刚落，就难受得皱起了眉头，她推开简常念，趴到了床边，哇一下吐了出来。

谢拾安这几天吃得不多，吐出来的都是些酸水，胃里都没什么东西了，还在干呕。

简常念揪心极了，眼眶一下就红了，顾不上谢拾安的阻拦，也来不及换衣服，赤着脚就出了门。

简常念脑海里只有一个念头：找队医。

她不停按着电梯下行键，见电梯还是迟迟不上来，索性跑到了楼梯间，一口气跑下了七楼。

跑出公寓门口的时候，她没留意台阶，结果连滚带爬地摔了下去，膝盖皮开肉绽，鲜血淋漓。

简常念顾不得疼痛，立马爬了起来，一瘸一拐地继续往前跑，最终灰头土脸、满身伤痕地敲开了医务室的门。

队医在里面的隔间里睡觉，打了个哈欠，才把目光聚焦到了简常念身上："你这是怎么弄的啊？来，我给你消下毒。"

话音刚落，简常念拽着人就跑："不是我，你快点，拾安突然病得很重！"

"哎，等下，等下，我去拿医药箱！"

简常念带着人一路狂奔上了楼，径直推开门闯了进去，谢拾安已经疼得蜷缩在了床上。

她一个箭步冲了过去，扶起谢拾安的脑袋。

"拾安，拾安，没事了，队医来了……"

队医也走了过来，放下药箱，就要掀起谢拾安的衣服触诊，谢拾安下意识弹了一下，一把挥开了他的手。

"谢拾安！别动！让队医看看！"

见谢拾安还是讳疾忌医，简常念情急之下第一次吼了谢拾安，把她的脑袋死死地摁在了自己怀里，让她动弹不得。

队医看了简常念一眼，也麻利地戴上了听诊器，掀开了谢拾安的衣服，轻轻压了一下右下腹。

谢拾安整个人顿时剧烈地颤抖了起来，趴在简常念怀里，紧咬牙关，从喉咙深处发出了痛哼。

她用力抓着简常念的衣服，指骨都泛白了。

看她这样，简常念眼眶都红了："大夫，她……到底怎么了？"

队医摘下听诊器，眉头紧锁："腹痛几天了？"

简常念回想了一下："有两三天了吧，她这几天一直都吃不下饭。"

"麻烦了，阑尾炎。"

简常念也知道这是急腹症，发作起来疼痛难忍。简常念看了一眼谢拾安，依旧牢牢抱着她，好似这样就能替她分担一些痛苦。

"大夫，大夫，麻烦你想想办法，总不能……就让她这么疼下去吧！"

队医也急出一脑门汗："急性阑尾炎，应该立马送到医院做手术的，可是她……明天不还有比赛吗？！"

"都这种时候了，还打什么比赛，先治病要紧！"简常念红着眼睛吼道。

趴在简常念怀里的谢拾安倒抽了一口凉气，谢拾安拽着简常念的衣服，艰难地抬起头来，挣扎着想要脱离她的怀抱。

"大夫……我……不去……医院……"

"谢拾安！"简常念再一次吼出谢拾安的名字。

队医连忙道："你先喝药，去不去医院得你们教练说了算。"

刚好他随身携带的药箱里带了止疼片，简常念倒了杯水，把药递到了谢拾安手边，大有不看着她喝下去誓不罢休的意思。

队医走到门口打了个电话，不多时，万敬穿着睡衣和拖鞋就急匆匆地跑过来了："什么情况？"

"突发急性阑尾炎，明天的比赛估计……"

谢拾安喝了药，靠在床头上，脸色依旧苍白，但精神看着好了许多，见万敬过来，她就想挣扎着起身："万教练，我……"

万敬一个箭步过去，把人按下："你别动，听大夫的，我们马上去医院。"

谢拾安看看他，再看看队医，最后把目光挪到了简常念的脸上："豆芽菜，你先出去一下吧。"

"我不！"简常念梗着脖子道。

"我知道你什么意思，我出去了，你就不肯去医院了！我今天就是拖也把你拖去医院看病！"

谢拾安这个驴脾气，平时只有严教练和语初姐能劝得住她，简常念知道自己这一出去，光凭万敬和队医这两个人在这里，恐怕就是把嘴皮子磨破，也无济于事。

"你……"谢拾安一激动，腹部又是一阵绞痛，疼得她冷汗直冒，咬着牙一字一句道，"出，去。"

简常念不忍见谢拾安难受，又拗不过谢拾安，急得泪珠啪嗒啪嗒直掉。

谢拾安放软了语气，她脸色苍白，便显得黑色的瞳仁越发深邃。

"常念，听话。"

简常念从未见过谢拾安这样，万敬轻轻地拍了拍她的肩膀："你去外面等吧。"

她这才不情不愿地挪动了步子。

谢拾安又叫住了简常念："别告诉……严教练，他最近身体也不好。"

简常念轻轻合上了门，虚掩着，并未关紧，她也没走远，就这么靠在墙上，听着里面的说话声。

谢拾安的声音听上去十分虚弱："万教练，我不能弃权……"

"运动员的身体才是最大的本钱，这次打不了也还有下次。"

谢拾安摇了摇头。

"不是的，每一次比赛，对我来说都是一次全新的开始，如果老是抱着下次再来的打算，那还怎么赢啊？"

"可是你现在的身体状况……"

"我可以坚持，服用止疼药或者是抗生素治疗，都可以减轻痛苦。等比赛打完，我再去医院做手术也来得及，唯一一点需要注意的就是比赛前注射抗生素治疗，虽然是为了治病，但也得跟赛事组委会申请，而且还得医院出个书面证明。"

谢拾安这么说，看来是早有打算了，万敬张张嘴，还想说什么，可她一句话就让他语塞了。

"况且尹队已经无缘金牌了，我就是我们国家队夺金最后的希望。"

当谢拾安说出这句话的时候，站在门外的简常念双手顿时紧握成拳，指甲深深陷进了肉里，也浑然不觉。

她多么想冲进去，当着所有人的面，大声告诉谢拾安，自己作为替补，也可以代替谢拾安去对战金南智。

可是简常念知道，自己不够格。

就连尹佳怡都败了，她又算哪根葱呢？她能一路误打误撞混进国家队当替补，多亏了抽签抽得好。

她整天嚷嚷着自己是世界第一，但究竟有几分运气，几分实力，她还是能拎得清的。

最无能为力的，莫过于此了。

简常念听见门口传来脚步声，连忙揩了一下眼角，站直了身子，装作若无其事的样子。

谢拾安在两个人的搀扶下，走了出来，短短几步路，她额头就渗出了细密的汗珠。

简常念在谢拾安身前蹲下："走吧，我背你。"

谢拾安愣了一下，简常念回过头来道："难道你想走下去，或者是让万教练背吗？"

谢拾安咬咬唇，还是松开了他们，爬了上去。

简常念使劲把人背了起来，万敬和队医在身侧护着她们进了电梯。

谢拾安虽然瘦，但运动员身上都是肌肉，骨骼也都很结实，其实重量也不轻了。

她有些担心简常念会体力不支，谁知道简常念竟然一口气把她背到了停车场，就连在电梯里也没让她下来走过一步路。

队医提出要替换着背，简常念还不肯。

谢拾安嘀咕："看不出来，你还蛮有劲的。"

她声音小，简常念低着头只顾走路，没怎么听清，以为她又开始疼了，回头看了她一眼，默默加快了脚步。

"再坚持一下，马上就到了。"

车一路畅通无阻地把人送到了医院里。

医生在检查过后也说，谢拾安现在的身体状况其实是不适合再做剧烈运动的，有穿孔的风险。

奈何谢拾安一直坚持，众人面面相觑，谁也拗不过她。医生没办法，只得道："那这样吧，在医院住一晚，口服和静脉滴注抗生素治疗，先控制炎症，再看看情况。"

护士过来先替谢拾安扎上了针，谢拾安点了点头道："麻烦您了。"

万敬和医生几个人都出去谈话了，病房里一时间只剩下两个人。

简常念背对着谢拾安坐在对面的床上，从刚刚到现在她一直都没吭声，摆明了就是还在生气。

谢拾安看着简常念的背影，道："过来。"

叫第一遍时，简常念没反应。

她又轻轻道："常念……"

尾音拖得长，带了一丝求和的意味。

"我动一下肚子就疼，你要让我过去吗？"

简常念这才不情不愿地起身，磨磨蹭蹭地坐到了谢拾安床边的椅子上，没好气道："什么事？"

"手给我。"

简常念一怔，目光落到自己手上，回过神来，猛地就要往后一缩。

谢拾安已一把拉住了她的手腕。

简常念又不敢挣扎，怕弄痛谢拾安。

她紧握的手指被掰开，露出了满是细碎伤口的手掌心。

203

她心急如焚跑下楼去找队医的时候，不小心在公寓门口的台阶上摔了一跤，手心还有膝盖上都有伤。

谢拾安看着她的伤口，轻声道："疼吗？"

简常念被人拽着手腕，低垂眉目，摇了摇头。

下一刻，谢拾安俯身过来，拿卫生纸小心翼翼地拭去上面尚未干涸的血迹，又轻轻吹了吹，试图吹走嵌在肉里的小石子和沙粒。

"别担心……我不疼……"

"不疼也要让护士来给你消消毒。"

"拾安。"

万敬走了进来。简常念趁势收回了手，松了一口气。冷静过后她也明白谢拾安的坚持，似乎没有那么生气了。

"万教练。"谢拾安动了动，就要起身。

万敬把人按好："哎，别动别动，我已经跟赛事组委会申请了，他们同意了，但所有用药都不能违反兴奋剂原则，要保留好一切治疗资料以供核实检查，而且赛前，还要再进行一次尿检。"

谢拾安点点头："没问题，我接受检查。"

"那你先好好休息吧，明天早上赛事组委会就会派工作人员过来了，救护车也会直接送你到比赛场地，并且会一直停靠在那儿等比赛结束。"

虽然流程烦琐，但为了比赛公平公正，这也是没办法的事，谢拾安知道，争取来这个机会并不容易，万敬恐怕为此也是舌战群儒，嘴皮子都磨破了。

她眼里溢出一抹感激的情绪："谢谢您，万教练。"

"嗐，谢什么，明天比赛的时候，你要是不舒服，一定要告诉我，一切还是以你的身体为重。"

谢拾安点了点头，简常念站起来道："那我在这儿看着拾安，您早点回去休息吧，有什么情况，我再给您打电话。"

劳累了一整天，身心俱疲的乔语初回到家，屁股还没坐热，就又接到了看守所的电话。

"你快过来一趟，你妈妈晕倒了！我们已经把她送往医院了！"

乔语初猛地站了起来，眼前一黑，扶了一把桌子才没摔倒。她问清了地址之后，拔足狂奔，一边跑一边给金顺崎打了个电话："金……我……我妈妈她……"

金顺崎也刚回到酒店,外套还来不及换,穿上鞋,拿着房卡就又出了门:"你别急,慢慢说,在哪个医院呢?好,我现在就过去。"

抢救室的灯灭了,医生摘了口罩出来。

"病人营养不良,再加上低血压,所以才会晕倒的,我们已经给她挂上葡萄糖了。"

"营养不良?低血压?"乔语初吃了一惊,有些怀疑,"怎么可能,我妈平时身体还蛮好的。"

这时,送乔妈妈来的警察才吞吞吐吐道:"她绝食已经好几天了,怎么劝都不听……"

乔妈妈躺在床上,睡着了,不过几天没见,她更显憔悴了,因为连日来水米未进,嘴唇都干裂起了皮。

乔语初心疼极了,坐在床边轻轻地握住了她的手,流着泪,轻声呼唤:"妈,你受苦了……"

在看过乔妈妈后,医生示意乔语初去诊疗室聊一聊:"病人送来的时候,精神状况很不稳定,焦虑、自言自语,还有幻觉和攻击性行为,但是在检查之后,又没有任何器质上的病变,我觉得,你们做子女的,还是应该多关心关心老人的心理健康。"

乔语初不可置信地往后退了一步:"什……什么……您的意思是……我妈……她有……精神方面的疾病?"

"只是怀疑,具体是什么病,还得等她状态好一点了,再做详细的检查才能知道。"

医生走后,乔语初靠在墙上,无力地滑落了下去,掩面哭泣。

金顺崎走过来,轻轻把人拥进了怀里,拍着她的背,无声地安慰她。

在安抚好了乔语初之后,金顺崎又走到了走廊尽头,给自己的律师朋友打了个电话,一开始眉头紧皱到后来慢慢松了一口气,听朋友的意思,这事其实也并非不能解决。

"好,谢谢你,等老人醒过来就带她去做一个详细的检查。"

朋友开玩笑:"金,你很少对女孩子这么用心,今年能喝到你们的喜酒吗?"

金顺崎略微弯了一下嘴角:"忙你的吧,八字还没一撇呢。"

金南智躺在床上翻来覆去,看着手机,从下午到现在,尹佳怡仍然没回她消息。

她想了想,给尹佳怡打了个电话。

"对不起,您拨打的电话暂时无人接听。"

金南智失望地把手机放下，看了看时间已经不早了，明天还有比赛呢，她又翻了个身强迫自己入睡。

可是刚转过去不到两分钟，她又猛地坐了起来，还是觉得有些不对劲，于是穿衣服下床。

队友迷迷糊糊地转过身来看着她："这么晚了，你去哪儿？"

金南智拿起房卡出门："我有点事出去一趟，你先睡吧。"

金南智一口气跑到了尹佳怡所在队伍的驻地公寓，保安拦在门口，不让她进去。

"你找谁？"

"尹佳怡，我找一下尹佳怡。"金南智像是怕他不相信似的，把自己的参赛选手证递了过去，"我是韩城队的金南智，之前是燕京队的，和尹佳怡也算是队友，我上去一下马上就出来。"

保安看了一眼，又给人递了回去："这么晚了，人都睡了，我管你是谁，就是你们教练来了都不行，快走吧！"

金南智还想往里冲，一咬牙，朝楼上大喊道："尹佳怡！你下来！我有话跟你说！"

保安一把将人搡开："我看你是来闹事的吧！你再不走，我就报警了！到时候取消你的参赛资格，让你吃不了兜着走！"

金南智倒退了几步，一个趔趄，勉强稳住身形，一步一回头地离开了驻地公寓。

她也没走远，徘徊在大门口，仰头看着公寓里的灯光，站累了，就抱着膝盖坐在花坛边上。

她掏出手机继续给尹佳怡发消息，却不知道尹佳怡的手机早就被万敬收走了。

"尹佳怡，我就在这儿等你。"

"你什么时候出来，我就什么时候回去。"

申城的夜风吹得金南智瑟瑟发抖，她默默抱紧了胳膊。

金南智等啊等，等到月渐西沉，公寓里最后一盏灯也熄灭了。

从一开始的饱含希望，到现在的心如死灰，金南智眼里的光也一点一点地黯淡了下去。

她知道尹佳怡是不会出来了。

金南智浑浑噩噩地起身，拖着僵硬的双腿往回走，理智告诉她，有什么大不了的，不可以哭，但是眼泪还是唰地就下来了。

她吸了吸鼻子，喃喃自语："尹佳怡，你这个……大骗子，我讨厌你……"

夜里，谢拾安一直睡得不安稳，皱着眉头梦呓，脸色苍白，冒着虚汗，额发都打湿了。

简常念坐在床边，也不敢合眼，伸手摸了摸谢拾安的额头，有些烫。

她又跑出去叫来了医生。

医生进来看了一眼道："她身体里有炎症，发烧是正常现象，这是免疫系统在工作的象征。等炎症好点了，烧也就退了，你可以拿毛巾给她降降温。"

闻言，简常念立马找了个盆，问医生要了条干净毛巾，再去洗手间接来了一大盆水放在床边。

简常念先把毛巾浸湿，再把水拧到半干的样子，然后轻轻放在谢拾安的额头上，每隔五分钟就换一次。

谢拾安浑浑噩噩的，只觉得身处火炉，烧得她五脏六腑都难受，不停呓语着："水……水……"

简常念俯身去听，赶忙从床头的水壶里倒了一杯温水，把人扶了起来，让她靠在自己身上，然后把水杯递到了她唇边："拾安，水来了，慢点喝。"

谢拾安一口气喝了半杯左右，又呛得连声咳嗽。

简常念扯了纸巾替谢拾安拭去下巴上的水渍，看她难受成这样，心里也一阵一阵泛酸。

喝完水，谢拾安眉头逐渐舒展开来，干裂起皮的嘴唇也变得饱满湿润。

简常念放下杯子，轻轻把人放在了枕头上，抽身打算再去接盆水的时候，猝不及防，又被人拉住了手腕。

谢拾安闭着眼睛，从眼角滑落了两滴晶莹的泪珠："我好疼……好难受……"

谢拾安有时候成熟理智得让简常念觉得她不像是十八岁，而是二十八岁，再加上出神入化的球技，很容易就能让人忽略她的年纪。

可就在这一刻，简常念才真真切切地体会到，面前的人虽然在赛场上无往不胜，可其实也只有十八岁啊！如果不当运动员，她应该刚刚考上大学，坐在教室里读书吧，不用控制体重，也不用忌口，可以肆无忌惮地吃她爱吃的甜食和火锅，更不用强忍着痛苦，还要去打比赛。

简常念看着谢拾安哭，也红了眼眶。

谢拾安一个人在尘世踽踽独行了太久，都忘了十八岁其实是还可以喊痛的年纪。

简常念轻轻拍着她的背，柔声安慰着："没事……没事了……快睡吧……明天……明天就好了……"

谢拾安一觉醒过来，已经是上午十点多了。她伸手遮了一下窗外射进来的刺眼阳光，然后就觉得腿上好像压着什么东西，低头一看，简常念伏在她的膝头，睡得正香，眼圈隐隐透出乌青来。

简常念以一个保护性的姿势，守护了她一整晚。

谢拾安一怔，尽管腿有些麻了，但原本伸出去想触碰简常念肩膀的手又缩了回来。

谢拾安有些不忍叫醒她。

就这么又僵持了一会儿，万敬和赛事组委会的工作人员就来了。

简常念听见动静，如梦初醒，弹了起来："拾安！"

谢拾安坐了起来，伸手在她眼前一晃："这儿呢。"

简常念这才把散乱的目光聚焦到了谢拾安脸上，她嘴角带着一丝笑意，尽管脸色依旧苍白，但精神看着已经好了许多。

简常念伸手探向了谢拾安的额头，谢拾安也没躲，由着简常念摸了摸温度。

"太好了，拾安，你总算是退烧了！你都不知道，昨晚我有多担心……"

谢拾安安慰着："没事了。"

万敬道："车已经到了，你可以走了吗？"

谢拾安点了点头："可以，我们出发吧。"

救护车一直将谢拾安送到了体育馆门口，自然引起了媒体的注意，她刚一下车，就被记者们围了个水泄不通。

万敬在前面开道，无数长枪短炮对准了谢拾安："听说你今天是带病坚持上场打比赛，具体是什么病，可以跟我们说一下吗？"

"你身体抱恙，会不会影响自己的发挥呢？"

"谢拾安，预测一下今天的比分吧。"

"金南智在昨天的比赛中赢了尹佳怡，你今天和她对战，会不会压力很大呢？"

谢拾安脚步微顿，随手拨过了记者的话筒："我觉得有压力的应该是金南智，尹队错失的金牌，我会亲手替她夺回来。"

她这话豪气万丈，记者愣了一下，还没回过神来，人已经进了场馆里，他们还想冲过去，却被保安拦在了外面。

简常念跟着谢拾安去更衣室换衣服。

谢拾安换好了，回头一看，简常念还站在原地，手里拿着外套，柜门大开着，不知道在想什么。

简常念从昨晚开始就异常沉默。

谢拾安知道，简常念并不认同自己带病坚持打比赛的决定，毕竟这又不是什么伤风感冒。

可是都已经走到这里了，轻言放弃的话，日后无论什么时候想起来，她都会遗憾的。

哪怕输，谢拾安也要站着输。

谢拾安走过去，替简常念关上柜门："你在想什么？"

简常念回过神来，三下五除二套上外套："哦，没什么。"

谢拾安侧过身来，看着简常念："是……在担心我吗？"

心事被人戳中，简常念的目光有些躲闪。

"别怕，我会赢的。"谢拾安信誓旦旦道，"我答应了严教练会替他拿到大满贯，就一定会做到，这只是我送给他的第一座奖杯。"

"我只是……"简常念抿了一下唇，再次抬起头来的时候，目光变得无比坚定，向谢拾安伸出了拳头，"算了，尽管我不赞同你的做法，但我永远无条件地支持你做的任何决定。比赛加油，期待你拿冠军。"

谢拾安略弯了一下嘴角，右手握成拳和简常念轻轻碰了一下。

"好。"

今天的场馆人满为患，就连过道里都挤满了人，堵得水泄不通。

谢拾安的球迷们纷纷举起了应援物，韩城队的观众们也不甘示弱，疯狂地为金南智摇旗呐喊，紧张的气氛从台上弥漫到了台下。

看台第一排的位置上，记者们架起了"长枪短炮"，对准了比赛场地。

现场直播也已经准备就绪。

大战一触即发。

解说员也没多废话了：

"我们今早得到赛事组委会的消息，谢拾安是带病坚持上的场，救护车还停在场馆门口呢。"

"站在这里的人，都想赢，没有人不想赢的，这场比赛能赢最好，赢不了也希望大家不要责怪她，每一个拼尽全力追梦的人，都值得我们尊重。"

"好，现场准备就绪，比赛开始！"

简常念看着谢拾安昂首阔步走上赛场的背影，在心底默默道：

"拾安，你再等等我，下一次，下一次，我们一起并肩作战。"

乔语初嘴皮子都磨破了，总算是哄着劝着妈妈做了检查。等看到检查报告的时候，她整个人如遭雷击，眼前模糊一片，好半天才重新聚焦在白纸黑字上，诊断结果那一栏里写着：

抑郁症。

她看着这三个字，只觉得无比剜心和刺眼。

"大夫，是不是搞错了啊？我妈……怎么会得抑郁症呢？"

医生推了推眼镜，温和道："突遭变故，境遇一下子改变，也有可能是导致抑郁症的诱因之一。"

乔语初红了眼眶："那……大夫，有没有什么治疗的办法？"

"临床上暂时没有可以根治的办法，只能说是按时服药，延缓病情，亲人朋友多关心陪伴她，帮助病人走出阴霾，还有就是——"

医生拿起乔妈妈的病历看了一眼。

"我看她是因为绝食入的院，可能病人已经有自残的念头了，家属一定要切记，身旁不能离人。"

赛前，照惯例，两个人在网前礼节性地握手。

金南智："你身体没问题吧？"

谢拾安："看你黑眼圈挺重的，昨晚没睡好啊？"

"你——"金南智本来就还在为昨晚的事耿耿于怀，谢拾安哪壶不开提哪壶，精准地踩到了她的痛点，她气急败坏地把谢拾安的手甩开，"你等着，一会儿我非得打得你满地找牙不可！"

谢拾安嘴角微扬："哈，那我就等着看了。"

随着裁判哨声响起，比赛正式开始。

话虽这么说，但一交手，谢拾安就感觉到了，金南智比起全国大赛的时候又进步了。从前她打金南智可能会六四开，但现在顶多是五五开，如果不打起十二万分的精神认真对待的话，胜负难说。尹佳怡其实输得不冤。

高手过招，谢拾安能察觉到的东西，金南智自然也感觉得出来。

"天赐良机啊，在这个节骨眼上，你居然病了，我可不会手下留情啊！"

谢拾安奋力把球给人击了回去。

"正合我意！"

看台上的严新远有些坐不住了。

"怎么能这么搞呢？这不是瞎整吗？！带病还坚持上场，这肯定是万敬的主意，这小子满脑子想的都是输赢，我找他去！"

梁教练一把将人拉住："老严！这正打比赛呢！你下去不是影响到拾安了吗？拾安是个自己有主意的，旁人轻易劝不动她。本来这场比赛就难，你就别下去添乱了，行吗？"

"那也不能……"严新远还想动，可被人拽得死死的，他只得作罢，"知道了，知道了，放手！"

谢拾安把她生病的消息瞒得很好，除了万敬、简常念和队医，也就只有赛事组委会那边清楚她究竟得的是什么病了。如果严新远早知道她得的是急性阑尾炎的话，说什么也要冲下场去阻止她。

"不愧是从死亡下半区一路杀进总决赛的，谢拾安的打法依旧很凌厉啊！"
"金南智的应对也很及时，但运气稍稍差了那么一点，这个球——它过界了！"
"让我们恭喜谢拾安以 21：19，率先拿下第一局比赛的胜利！"

谢拾安回到休息区里，万敬立马给她递上了水杯和擦汗的毛巾："感觉怎么样？还能打吗？"

谢拾安背对着观众坐着，表情似乎有点难受，但片刻后，她还是坚定地点了点头："可以。"

"这一局金南智应该要拼尽全力了，你暂避锋芒，保存体力，让她一局，在决胜局的时候再发力。"万敬看了一眼对面，安排道。

谢拾安其实很想速战速决，一口气解决金南智，但今时不同往日，随着体力逐渐流失，那种熟悉的、隐隐作痛的感觉又来了。

万一这局没打好，消耗了体力又不能拿下比赛的话，第三局就危险了。

因此，她还是同意了万敬的战术安排。

那厢，金南智的教练也在紧锣密鼓地安排着战术："南智，这一局谢拾安一定会放水的，你不要想着这局能赢就行了，一定要逼她和你打，她本来就带病上的场，消耗她的体力，下一局才有机会赢。"

金南智看了一眼对面的谢拾安："那她要是不和我打怎么办？"

教练微微一笑："那就是消极比赛，我会向裁判申请判罚。"

金南智咬了一下唇："她本来就在生病，没必要……"

话音未落，金南智的主教练大力地拍了拍她的肩膀，语重心长道："南智，你穿着韩城队的队服，站在这里就代表着我们国家，没有必要对她们手下留情。你看看你身后，还有那么多支持着你的球迷们，他们为了你不远万里来到申城，不要让他们失望，也别让我失望。

"再说了，这叫合理运用规则，要怪就怪谢拾安运气不好，偏偏在这个时候生病。"

"好了，比赛时间要到了，去准备吧。"万敬从谢拾安手里拿走水杯。谢拾安把脖子上的毛巾摘了下来，再次起身的时候，面朝观众挥了挥手。

看台上瞬间沸腾，观众们疯狂地呼喊着她的名字。

"谢拾安——"

"加油！！！"

"中国队——"

"必胜！！！"

谢拾安知道，严教练肯定也坐在其中，此时此刻想必也知道了她生病的消息，她想让人放心。

谢拾安转身，脸上的笑容消失，深吸了一口气，强忍着痛意，再次拿起球拍，走上了赛场。

对于谢拾安来说，这或许是她目前为止的职业生涯里，打过的最艰难的一场比赛。

因为身体上的病痛，她想稍微放几个球给自己留一点喘息之机，但是裁判的哨声立马就响了起来，原因是韩城队投诉她消极比赛。

尽管她已经很小心了，但还是被罚了两张红牌。

金南智加一分，直接拿下第二局比赛的胜利。

观众席上嘘声一片。

直播间弹幕里也骂声不断：

"怎么回事？谢拾安不行就弃权吧！"

"要打不打的，看着真让人窝火。"

"不会吧，不会吧，今年女单比赛不会一块金牌都没有吧。"

"谢拾安这是让球了吧？"

"假赛狗滚出世界羽坛。"

"你们都瞎了吗？难道看不出来谢拾安身体不舒服吗？"

……

谢拾安回到休息区，坐了下来，拿着水杯喝水的手都在微微颤抖。在简常念走过来的时候，她又放下了水杯，把手撑在了膝盖上，强装镇定。

"拾安，你没事吧？"

"没，我能有……"

她话音未落，一只冰凉的手就贴上了她的额头，简常念大惊失色："你在发烧！队医——"

谢拾安起身，一把拽住了简常念，因为用力过猛，她眼前一黑，借着力，栽进了简常念的怀里。

外人看去，就像是队友之间互相鼓励的拥抱一样，可只有简常念知道，谢拾安此时此刻正经历着怎样的痛苦。

谢拾安整个人都在发抖，拽着简常念的衣服勉强站稳，用力咬着牙、吸着气才吐出完整的句子："别动！也别……声张……金南智已经在针对我了，你想让我输吗？"

"我……"简常念顿时语塞，红了眼眶。

"严教练也在看着呢，表现正常一点，别让他担心，好吗？我真的……没事。"

谢拾安说完，拽着简常念衣服的手一松，脸色苍白，但还是冲她微微笑了一下，脆弱又美丽，像风中易折的白色玫瑰。

"拾安，"万敬也走了过来，向她伸出手去，"最后一局了，无论输赢，我们都不会怪你。"

谢拾安把自己的手叠放上去，看着简常念，轻轻点了点头。

简常念挣扎片刻，还是把手放了上去。

"加油！"

"加油！"

"加油！"

三声之后，各自散开。

谢拾安又拿起球拍上了战场。

解说员A："上一局的比赛其实我们可以理解为战术规避，谢拾安毕竟还在生病呢，已经结束了的比赛就不要想了，保存体力，专心应付接下来的决胜局才是当务之急。"

解说员B："比赛打到这里，两位选手都发挥得很好，无论是金南智出神入化的左手球，还是谢拾安拖着病体也要上场打比赛的精神，都可圈可点，大家对我们的运动员要宽容一些。"

两个人在网前短暂地握手。

金南智："你看起来很不舒服。"

谢拾安轻蔑一笑："你还是多关心关心自己吧。"

"我如果是你，会弃权的。"

金南智杀到网前，谢拾安也不甘示弱，一个箭步冲了过去，把球平抽回去："可惜，你不是我。"

决胜局的每一分都至关重要。

旁人或许只看到了谢拾安在场上飞转腾挪，可只有她自己知道，她为了做出这些动作，时刻保持神志清醒，不得不时刻咬着舌尖。

这场比赛她不是在用技术打，也不是用体力打，而是在用意志力去拼搏。

诚如金南智所说，她也不是没有想过放弃，可……

羽毛球落在地板上，滚了几圈，滚到谢拾安脚边。

她哭着扔掉了球拍。

"爷爷，我不想打了，我打不过他们。"

爷爷蹲下身来，摸了摸她的小脑袋："拾安，对于喜欢的东西不要轻言放弃，现在打不过不要紧，我们回去再练练。我有预感，我们拾安啊，长大了一定会是世界冠军。"

"这是你第一次拿全国大赛的单打冠军，我想我不能上台，但是应该在场。"

"还不是冠军呢。"

"在我心里，你一直都是。"

乔语初的脸浮现在了她脑海里。

白色"流星"迎面而来，谢拾安奋力挥拍。

汗水从发梢洒落。

"你们这一代人就是我们国羽的脊梁,而你和常念——我有预感,会是世界羽坛未来的双子星。"

严新远的脸浮现在她的脑海里。

谢拾安起跳又落地。

简常念和谢拾安在更衣室里轻轻一碰拳。

"尽管我不赞同你的做法,但我永远无条件地支持你做的任何决定。比赛加油,期待你拿冠军。"

……

谢拾安一下又一下,咬着牙,奋力挥拍,球不落地,便决不放弃。

解说员A惊呼:"我的天哪!这是人在生病时候的状态吗?!如果我没看错的话,刚刚那个球,在谢拾安的反手位,她已经来不及回防了!

"可是她在刹那之间,把球拍从右手换到了左手,一个鱼跃就扑了过去,硬生生把球铲了起来!

"金南智根本没反应过来!"

解说员B也接道:"不就是左手球吗?我们也会!虽然大家在场上看到的只有这零点零几秒的瞬间,但背地里运动员的付出是无法想象的。"

简常念站在场外替谢拾安紧张着,观众们不知道,可是简常念再清楚不过了。

从全国大赛开始,谢拾安为了熟练使用左手,付出了多少努力,从穿衣吃饭这种小事开始,再到训练室里锲而不舍地用左手打球,她从不松懈。

每天练到凌晨,筋疲力尽地回到公寓,天不亮就起床开始训练,太阳东升西落,周而复始。她用短短几个月的时间,做到常人一辈子都可能无法适应的事,所以今天她才能站到这里,站在世界最高舞台上。

也因为这样,简常念清楚谢拾安绝不可能放弃。

简常念看着谢拾安的背影,一边为她默默加油打气,一边又忍不住心潮澎湃,泪湿了眼眶。

泪洒现场的不只是她一个人,看着谢拾安一次次摔倒,又顽强地站了起来,也有不少观众受到了感染,大声喊道:

"谢拾安,不管你是不是冠军,我们永远支持你!"

"谢拾安,加油啊!明年世界羽坛的积分榜上一定有你的名字!"

"谢拾安,可以了!你已经很棒了!!不要再打了!!!"

……

在又一次因为救球摔倒的时候,谢拾安手脚软得已经提不起一丝力气了,五脏六腑都在绞痛,她躺在地上,冷汗直冒,半天爬不起来。

金南智也停下了动作,跑到了谢拾安身边,把人扶了起来,大声呼喊着:"队医!队医!"

两国的队医都跑了过来。

简常念赶紧跑了过去,心急如焚地喊着她的名字:"拾安!拾安,你没事吧!"

队医正准备把谢拾安抬上担架,但谢拾安自己强撑着坐了起来,做了一个继续比赛的手势。

"不是吧!谢拾安都这样了,还要打啊?!"观众席上有人惊呼。

严新远再也坐不住了,不顾梁教练的阻拦跑了下去。

他好不容易挤到看台边上的时候,谢拾安已经在众人的搀扶下站了起来。

"拾安!"

谢拾安闻言,回头冲严新远微微一笑,尽管脸色苍白,汗湿的发都贴在额头上,狼狈不堪,但她的神色依旧坚定,目光如炬,轻轻点了点头,便毅然决然地转身离去了。

解说员A也有点震惊了:"说实话,我已经很久没有看到打得这么激烈的比赛了,谢拾安坚持不懈的精神,真的很让人动容。"

镜头一转,看台上也有不少观众抹起了眼泪。

解说员B接着道:"我想,这就是体育竞技最大的魅力吧,球不落地,决不放弃,永远一往无前,也永远热泪盈眶。"

金南智看着谢拾安再一次拿起球拍,站到了自己对面,神色复杂:"何必呢……"

谢拾安眼神坚毅,没有一丝动摇:"我不能放弃,我承载着很多人的梦想才走到这里。"

金南智看了一眼记分牌,扬起了手臂。

此刻的比分是20∶19。

自己暂时领先。

"那我们就一个球决胜负吧。"

来了——

那抹白色小点在谢拾安的瞳孔里越放越大。

一步，两步，三步……

她强忍着痛苦，跑了过去，高高跳起，抬手就是一个扣杀。

"谢拾安杀球得分！

"20：20扳平了比分！"

周沐和她校队的朋友一起，坐在体育馆里，围绕着一台平板，看得聚精会神，当看到谢拾安追平了比分时，一伙人激动地抱在了一起，又哭又笑。

今天一大早简常念的外婆就没去地里干活，而是拄着拐杖，一瘸一拐地来到了村里的活动室，和村民们坐在一起，看着老旧彩电上谢拾安模糊不清的面容，嘴里念叨着："加油，加油，加油……"

厨房里，谢妈妈一边做饭，一边把手机放在了灶台边上，看着谢拾安顽强拼搏的背影，情不自禁地就流下了眼泪，用手捂住了唇。

一旁电磁炉上烧的开水，嗞嗞冒着热气。

解说员A："还在追，还在追！谢拾安要开始发力了！"

解说员B："21：20！我的天哪！惊天大逆转！"

就连解说员都眼眶微红了，激动道："355千米每小时！我们刚刚接到赛事组委会传来的消息，谢拾安刷新了由自己保持的女子单打羽毛球最高球速！创造了新的世界纪录！

"比赛还在继续，最后一个球了，能赢吗？能赢吗？"

那一个球落地后，谢拾安重重地喘着粗气，她眼前模糊一片，金南智的人影分开变成了两个。

世界天旋地转，她摇了摇头，用牙齿咬破舌尖，强迫自己保持神志清醒。

裁判吹起了哨子，尖锐的哨声将谢拾安拉回了现实，她条件反射般地去发球，羽毛球击到球拍上，才觉得有些异样，她低头一看，拍线断了。

也许是因为她刚刚杀球时，球速过快，用力过猛才导致这种情况发生，所幸这个发球还是过网了。

金南智上网还击，电光石火之间，球已经过来了，谢拾安瞳孔一缩，根本来不及跑下场换拍子。

场边传来熟悉的呼唤："拾安！"

在听到简常念声音的那一刹那，谢拾安就丢掉了右手的球拍，飞扑向了左边。

拍子在空中划了一道抛物线，稳稳地落进了她手里，这时球飞过来了。

谢拾安来不及做任何多余的动作，原地转身，第一次用左手完成了自己回手掏的必杀技。

比赛完美落幕。

记分牌亮起。

22∶20，比赛结束。

全场寂静，就连演播室里也鸦雀无声。

直到裁判的声音响起："22∶20，谢拾安胜。"

众人如梦初醒。

看台上的观众们抱在了一起欢呼雀跃，全场沸腾。

"谢拾安——"

"无敌！"

"中国队——"

"必胜！"

红旗飘扬在场馆上空，变成一片红色的海洋。

周沐和她的朋友们击掌庆祝。

外婆也揩了揩眼角："这孩子，真争气！"

谢妈妈切着菜，看着谢拾安夺冠的画面，脸上也由衷地露出了笑容，喜极而泣。

队员们纷纷冲了上去，和她们的英雄抱在一起，享受着鲜花和掌声，抱头痛哭。

解说员A刚从这场比赛留给他的震撼中回过神来道："去年我读日本著名作家伊坂幸太郎的作品《金色梦乡》时，里面有一句话让我印象深刻。

"他说，你知道人类最大的武器是什么吗？

"是豁出去的决心。

"今天的谢拾安豁得出去，拼得了命，夺冠的信念让她无往不胜，也让她所向披靡！"

解说员B慷慨激昂道："'须知少年拏云志，曾许人间第一流。'"

"让我们恭喜谢拾安，拿下她职业生涯里首个世锦赛冠军！我想这一战一定会让她记忆深刻！少年啊，你只管往前走，别回头，这一路上，所有荆棘丛生都是命运对你的馈赠。"

第八章

命运

比赛结束后,韩城队主教练还想就最后一个球向裁判提出申诉,金南智一把拉住了他。

"教练,别去了。"

"南智,你不能这么任性,这块金牌本来应该是你的!"

金南智看着他,她脸上很少露出这种严肃的表情:"够了,我输得心服口服,下一次我会堂堂正正地赢,而不是乘人之危。"

主教练还想说什么,金南智已拎起背包径直往场外走去:"您要去申诉就自己去,我是不会再打一场了,我累了,先回去休息了。"

另一边,谢拾安领完奖之后立刻被抬上了担架,送出场馆外的时候,严新远也跟着跑了出来。谢拾安躺在轮床上,示意医护人员暂时停一下。

"拾安!"严新远拨开众人,冲了过来。

谢拾安略弯了一下嘴角,把怀里抱着的奖杯,颤颤巍巍地递给了他:"严教练……我……没有让您……失望……"

严新远拿着这奖杯,似有千斤重,饶是男儿有泪不轻弹,此刻也红了眼眶。

医生催促着:"快走,直接送手术室。"

谢拾安被抬上了救护车,简常念也跟着跳了上去,车门落锁,一路疾驰奔向了医院。

在离医院还有一个红绿灯路口的时候,简常念喊谢拾安的名字,却怎么叫都叫不醒她了。

"拾安!拾安!你别睡……跟我说句话啊!"简常念跪坐在担架旁边,晃着谢拾安的肩膀,泪水簌簌而落。

"来,让开。"

随行医生过来扒开谢拾安的眼睑看了一眼,旁边监护仪上的数值也在不停往下掉,顿时急道:"坏了,再开快点!通知医院直接打开急诊绿色通道,我们马上就到,手术室准备好了吗?"

司机顾不得前面还是红灯，直接一脚油门，冲了过去。护士也放下了车上的步话机，回头道："手术室已经准备就绪！"

救护车一抵达医院门口，就有医护人员冲了出来，把谢拾安从担架挪到了轮床上。

简常念跟着医生跑，内心惶恐又害怕，她扯着医生的袖子追问："医生……医生……严重吗？"

医生回头瞪了她一眼："麻烦大了！本来是小问题，你们非要拖到现在才来，病人随时都会有生命危险，得赶紧做手术才行！"

简常念眼睁睁地看着谢拾安浑身上下被插满了管子，送进了手术室，她愣在原地，只觉如坠冰窖。

手术室的灯亮了起来。

此时，严新远也赶到了医院。

万敬坐在椅子上愁眉不展，见严新远过来，还没来得及张口，就被人一把揪住衣领拽了起来。

"你就是这么当主教练的？！连自己的队员得了阑尾炎都不知道，你还当什么教练！"

"师兄！我知道，我也劝了，是拾安自己……"

"她说什么就是什么，你这个主教练是干什么吃的！你不让她参赛，她敢吗？"

话说到这里，万敬火气也上来了："你自己的徒弟，你不知道是什么脾气吗？能劝得住的话，我早就劝了！"

"我看你就是想拿金牌想疯了！怎么，尹佳怡失去了夺金的机会，你就把主意打到了拾安的头上，这么多年了，我还不了解你吗？"

严新远这话越说越不像样。

万敬一把将人揉开，怒吼道："你是谢拾安一个人的主教练，我是整个国家队的主教练，你为她一个人考虑，而我要为整支队伍负责！当我们穿上国家队的队服站上世界舞台的时候，这份荣誉就已经不属于个人了，这一点不需要我再来教你吧！"

严新远还想说什么，有病人家属从病房出来喊道："小声一点咯，这是医院，要吵去别的地方吵。"

两个人这才作罢。

万敬压低声音道："你以为我不难受吗？佳怡没夺冠也是，拾安带病坚持上场打比赛也是，看得我这心里跟油煎似的，恨不得上去替她们打啊！"

"哪个主教练不希望自己的队员平平安安、健健康康地拿个冠军回来呢？可这

221

不是赶上了,没办法……"

万敬说到这里,也红了眼眶。

严新远冷冷看了万敬一眼,转身就走:"别在这儿猫哭耗子假慈悲,拾安要是有个三长两短,我跟你没完。"

外婆车祸手术的时候,简常念也是像现在这样,在医院走廊上坐了一整晚。

入目都是铺天盖地的白。

穿着白大褂的医生、护士。

雪白的墙壁。

白炽灯。

大理石瓷砖反射出了冰冷的光线。

没有一丝生气。

坐在这里,连呼吸都是冷的。

简常念抠着手,不自觉地发起抖来,直到一件外套披上肩膀,她偏头一看,是严新远。

她张张嘴,刚吐出三个字:"严教练……"泪就毫无征兆地涌了出来。

在谢拾安面前强撑起来的坚强,总算是在这一刻,彻底崩塌。

简常念扑进教练怀里,泣不成声:"严教练……我……我担心拾安……我……应该……应该劝住她的……对不起……我……我没有照顾好她……"

严新远一下又一下轻轻拍着她的背,重复着,安慰她也是在安慰自己:"没事……没事的……拾安吉人天相……一定……一定会好起来的……"

下午把人送进的医院,在经过长达四个小时的漫长等待后,手术室的灯总算是灭了,医生走了出来。

三个人立马迎了上去:"医生,人怎么样了?"

医生摘下口罩,如释重负道:"阑尾已经切除,坏死粘连的部分已经清理干净了,后面就是抗感染的一系列治疗了。不过,病人还年轻,长期锻炼,身体也好,应该问题不大。"

"谢天谢地,还好没事。"万敬祈祷着,跟着医生跑去缴费了。

严新远和简常念推着轮床,把人送回病房。

简常念看着病床上谢拾安恬静的睡颜,弯起嘴角,总算是破涕为笑了。

很久很久以后，那时的简常念和谢拾安已经不是队友了，有卫视邀请简常念上综艺节目，主持人问她："你最讨厌的地方是哪里？"

成名已久的简常念沉默了几秒钟，才道："医院。"

"那最不喜欢的颜色呢？"

"白色。"

"那此时此刻你最想念的人是谁啊？"

彼时风头无两，作为体育界明星的简常念再次陷入了良久的沉默，用力攥紧了膝头的布料。

半晌，她才轻声说："我的……搭档。"

一回到公寓，金南智就把自己泡进了浴缸里，闭着眼睛，享受着此刻难得的放空。

放在置物架上的手机振了一下，她睁开眼，有些兴奋地拿了过来，以为是尹佳怡回她消息了，打开一看，却是社交网站上一长串骂她的评论：

"废物，连一个病人都打不过。"

"退役吧，别浪费国家资源。"

"讲真的，我觉得你还是回去继承家业比较好。"

……

更有一些不堪入目的字眼和图片。

舆论充分演绎了什么叫变脸比翻书还快。

就在昨天，他们还交口称赞金南智是韩城羽毛球历史上少见的天才，今天态度一变，纷纷对她指责谩骂起来，仿佛她不是输了一场比赛，而是做了什么十恶不赦的事一样。

金南智嘲讽一笑，把手机扔到了置物架上，整个人忽地往下沉去。

浴缸里的水漫过了头顶，波光粼粼的水底让她产生了一种此刻正被人温柔包裹在怀里的错觉，眼泪无声地流淌了出来。

她沉溺于这种感觉，神志一点一点地被剥离。

就在她快要坚持不住的时候，手机铃声突兀地响了起来，她钻出水面，大口呼吸着，伸出湿漉漉的手臂，从置物架上拿起手机。是她的主教练打来的。

"喂？"

"是我，南智啊，你休息好了吗？"

金南智不咸不淡地应了一声："嗯。"

"是这样的，赞助商这边有一个晚宴邀请你去，我想着你去散散心也好，所以……"

他想必也看到了网上那些难听的言论，否则不会这个时候打电话给她的。

尽管她和主教练在一些观念上有所分歧，但他还是关心自己的。

"什么时候？"

"今晚九点。"

金南智看了一下手机上的时间，还未开口，主教练又道："不用担心，晚礼服已经替你准备好了，你收拾好了就下楼吧，我在楼下等你。"

这种商业晚宴，从小到大金南智跟着父亲已经参加过很多次了，她喜欢热闹，所以也很喜欢这种场合，红男绿女，觥筹交错，能吃到美味的食物，也能增长见闻，最重要的是，会有很多人来搭讪她，她享受这种众星捧月的感觉。

这也是主教练今天叫她来的目的。

"这次的赞助商是韩城公司，也算是你父亲旗下的产业之一，今晚除了咱们，还请了不少明星，以及政商界各位名流……"

他话音未落，就有金南智的队友招呼她："南智，你终于来了，来来来，过来坐，我们玩游戏正好缺一个人。"

酒桌上，几个富家贵公子也坐在一旁。

主教练手里端着香槟杯，悄然退场："你们年轻人的聚会，我就不参加了。"

金南智的队友见她还是有些闷闷不乐的，知道她今天输了比赛有些难过，于是给人倒上香槟："好啦，既然比赛都已经打完了，那就该吃吃，该喝喝，别往心里去了。"

金南智盯着面前的香槟杯良久，拿起了旁边的酒瓶，把杯子倒满，端起来一饮而尽。

其他人纷纷叫好："南智好酒量，满上，满上！"

一桌人吃吃喝喝玩玩乐乐，酒过三巡，金南智已经有了些醉意，歪在队友肩膀上。坐在对面的几个男人都以为她睡着了，嘻嘻哈哈地聊天，对在场的女明星们评头论足起来。

金南智恍惚之间听见：

"要说风语传媒的那个谁谁谁，身材劲爆，看起来就很……"

"嗐，你别看她现在这样，其实背地里早就……"

"哎，老实说，娱乐圈的人有什么意思，不过，这体育界的嘛，倒是……"

"你不会在打南智的主意吧？！"

"老虎屁股摸不得，我要是动南智一下，她爸不得杀了我啊！我就是觉得，那个尹佳怡，长得还不错……"

金南智听到这里，即使有些头晕，但还是咬着牙，慢慢坐了起来，手摸向了桌上的香槟杯。

坐在她旁边的队友毫无知觉，搭腔道："你要是喜欢尹佳怡的话，那你可找对人了啊！我们南智和尹佳怡关系可好了，两个人同进同出的，就算现在她们是对手了，半决赛前那天晚上，南智不小心在训练室里睡着了，还是尹佳怡把人送回来的呢……"

金南智听到这里，脑海中蓦地闪过一组画面：

她筋疲力尽地躺在地上，缓缓闭上了眼睛，喃喃自语："尹佳怡，要是我打赢你了，你会不会就没那么讨厌我了？"

尹佳怡温柔地回应道："无论输赢，我从来就没有讨厌过你。"

原来，那不是梦。

金南智霎时就红了眼眶。

聊天还在继续：

"对啊，你早点说你喜欢她，我也可以帮你要电话啊，她最近在星城拍摄我们公司的广告呢。"

"哇！那敢情好——"

金南智突然站了起来，拔腿就跑。

"哎，南智，你干吗去？"队友问了一句。

她脚步一顿，又折返回来，端起香槟杯，就朝刚刚那个说"喜欢"尹佳怡的男人劈头盖脸浇了下去，流利地切换成中文骂道："你不配。"

说罢，在众目睽睽之下，她扬手扔了香槟杯，踩着七厘米的恨天高，潇洒离去。

金南智一路狂奔，嫌晚礼服过长的裙摆碍事，索性提了起来，一口气跑到了酒店门口，拦下出租车。

"师傅，机场。"

她订了一张飞往星城的机票，然后深吸了一口气，稍稍平复了一下心情，给刚刚那个男人提到的公司负责人打了个电话，好巧不巧的，那家公司和她家也有业务往来。

金南智本以为一年前她一意孤行飞往中国学习羽毛球，已经是她做过的最疯狂的决定了，却没有想到，她这一生中所有疯狂的举动都和尹佳怡有关。

结束了一天的拍摄后，工作人员将尹佳怡送回到了下榻的五星级酒店。

"尹小姐，这几天辛苦您了哦，明天还有一场花絮和定妆海报的拍摄，请好好休息，我明天下午再过来接您。"

"好的，就送到这里吧。"

尹佳怡点点头，自行进了酒店大堂。

尹佳怡回到房间，先打开电视，调到体育频道，然后才去放水泡澡，一边泡一边听体坛快讯。

当听到主持人说："今日，羽毛球世锦赛在申城落下帷幕，国家队谢拾安带病出征，拿下了女单首枚金牌，同时还破了由自己保持的女子单打最高球速世界纪录，韩城队金南智则遗憾告负。"尹佳怡皱了一下眉头，睁开眼。

就在这时，门铃响了，她以为是订的餐到了，起身去开门："不是说就放在大堂我下去拿吗……"

她话音未落，就怔在了原地。

金南智冲尹佳怡嫣然一笑："我看见了，就帮你拿上来了啊。"

今晚的金南智为了参加晚宴，精心装扮过，还穿着晚礼裙，踩着高跟鞋，耳垂上挂着流苏耳环。

尹佳怡很惊讶："你怎么来了？"

金南智看着尹佳怡，没有回答这个问题，只是道："尹佳怡，其实你并不讨厌我。"

不是疑问句，而是肯定句。

次日，金南智是被一阵刺耳的电话铃声炸醒的，她迷迷糊糊地伸出手去够床头柜上的手机，摸索了半天也没摸到。尹佳怡闻声将手机从插座上拔了下来，看也没看就要挂掉。

金南智勉强睁开眼，瞅了一眼屏幕，浑身一个激灵，睡意瞬间消失了大半："别别别……我教练……"

尹佳怡这才把手机递给金南智。

"喂，教练。"

"金南智！你现在在哪儿？还跟我玩失踪那一套是不是！立刻，马上，给我回驻地公寓！"

金南智赶紧捂着听筒，话都说不完整了："教练……我……我在朋友家呢……今天……朋友过生日……可能……暂时……回不去了……"

主教练有些警觉："你没和一些奇奇怪怪的人在一起吧？"

"没！真的！我保证！明天我就回去训练！好不容易打完了单打的比赛，您就放我一天假吧！"

主教练心一软："行吧行吧，明天早点回来，不要让我担心。"

金南智这才笑开，柔声道："好，知道了，谢谢您。"

挂掉电话，尹佳怡用金南智的母语说道："今天想去哪里玩？"

"你……你居然听懂了？！你什么时候学的啊？"金南智惊异道。

"很久之前就在学了。"尹佳怡轻咳一声。"就是打比赛，知己知彼，百战百胜嘛。万一你在场上骂我，我又听不懂，说不准还会喝彩，那就糟糕了。"

金南智扑哧一声笑了出来："看不出来，你学习能力还挺强。"

谢拾安做了很长很长的一个梦，梦里她一直在一片白光里用尽全力去奔跑。

可是世界仿佛没有尽头一样，无论她跑出去多远，回过头来，都在原地打转。

"拾安，拾安……"

耳旁不停有人锲而不舍地呼唤着她的名字。

谢拾安又爬了起来，循着声源奔去。

突然，跌进一片虚空里，失重感袭来，她猛然睁开了眼睛。

简常念喜极而泣："太好了，你终于醒了。"

床前围绕着一堆人，谢拾安好半天才把涣散的目光聚焦到了他们脸上，有简常念、严教练、梁教练、万敬，还有国家队教练组其他几个成员。

她的眼神一一掠过他们，虚弱地轻轻点了点头，表示自己没事。

严新远还想说什么，医生进来了："病人刚苏醒，情况还不稳定，你们先出去吧，让她好好休息。"

简常念握住谢拾安的手，有些不舍。

戴着氧气面罩的谢拾安察觉到了，尽管脸色苍白，但还是轻轻地回握了她一下。

简常念这才松开了谢拾安的手，一步三回头地往外走。

走廊上，万敬在和医生讨论谢拾安的病情。

"大夫，她情况怎么样了？什么时候才能出院啊？"

"情况基本稳定下来了，但开腹手术创面大，愈合时间长，后续还需要进行一系列抗感染的治疗，以及预发术后并发症，离彻底康复出院还早呢。"

万敬和医生握手："好，麻烦您了，大夫。"

"不客气，应该的。"

教练组的几个人等医生走后也凑了过来。

"这……还有四天，团体赛就要开打了，少了一个主力队员，这可怎么打啊？！"

万敬也有些焦头烂额："实在不行，从二队抽人吧，那还能怎么办呢，只能硬着头皮上啊。"

简常念坐在离他们不远的长椅上，将他们的对话听得一清二楚。

她抿紧嘴角，慢慢站了起来："万教练，我想……试试看。"

"妈，你多少吃一点吧。"乔语初苦口婆心地劝道。

住院这几天，尽管乔妈妈身体已经没有什么大碍，但还是茶饭不思，全凭营养针维持生命。乔妈妈摇了摇头："不饿，你放那儿吧。"

之前床头上放了两晚的饭菜都馊了，刚让金顺崎拿出去倒了。

乔语初无奈，这阵子她也没怎么好好休息过，嘴里也生了口腔溃疡。

金顺崎提着一袋子水果走了进来："阿姨，不吃饭，吃点水果吧。"

乔妈妈看他一眼，眼底难得带上了一丝笑意："小金人真好，你放那儿吧，阿姨一会儿吃。"

金顺崎和乔语初对视一眼，彼此眼里都有些无奈，他还想开口说什么，手机铃声响了起来。

他掏出来一看，是医院打来的。

金顺崎略一颔首："那阿姨、语初，你们聊，我出去一下。"

等人走后，乔妈妈才感叹道："这阵子多亏了小金，忙前忙后的，没少操心。看得出来他是真心待你好，你要是也中意他，就早点把事情办了吧。等有了孩子，爸爸妈妈还能帮你带带，减轻一些负担。"

从前妈妈催婚催得厉害，乔语初本以为把金顺崎带回来介绍给她认识，她会高兴一些，生活有了别的指望，也就逐渐可以放下对爸爸的执念了，离婚也就是早晚的事。

谁知道这几天观察下来，乔妈妈说得最多的话，也还是反反复复催她结婚，好和她爸爸一起给她带孩子。

"妈,还早呢。"乔语初勉强笑了一下。

"早什么早,不早啦,我和你爸爸像你这么大的时候,早就结婚啦。过两年爸爸妈妈老了,可就抱不动孙子了,我们可还想去韩城旅游呢。"

她句句不离乔爸爸,仿佛已经忘了是因为什么被拘留入院的。

乔语初听得一个头两个大,终是忍不住,她放下碗:"妈!都到这个时候了,你还想着他!你忘了,他是怎么对你……"

话音未落,乔妈妈就把饭碗推到了地上,怒吼道:"你住口!不管怎么样!他是你爸!"

"从他出轨的那一刻起,他就不是我爸了!"

这些天里,乔语初心里也压着一座火山,此时此刻终于彻底爆发了:"我真是搞不懂,都这样了,你还不和他离婚,和他的名字写在同一个户口本上,你不觉得恶心吗?"

丈夫和别的女人手拉手抱着孩子走在路上的画面,此刻又涌入了她脑海里,乔妈妈尖叫一声,扑向了乔语初:"他是我的……是我的……不要离婚……不会离婚……乔自山……你别想摆脱我!"

"院长,情况就是这样,我暂时还是回不去。"

金顺崎说着电话,听见动静,偏头往病房里看了一眼,顿时大惊失色,一个箭步就冲了进去。

他把乔语初往后一带。

乔妈妈从床上摔了下来,指甲划到了她的脸,一阵火辣辣的刺痛。

乔语初还未来得及惊呼,就看见妈妈跪在地上,捡起碎瓷片去割自己的手腕。

乔语初瞬间红了眼眶,扑了上去:"妈!妈!你别做傻事!"

金顺崎也想上前帮忙把人拉开,但已经失控的乔妈妈此时此刻别人说什么也听不进去。

他用力地从乔妈妈手里夺下了鲜血淋漓的碎瓷片,乔妈妈又摸起了另一块。

事态已经彻底失控。

乔语初哭了起来:"快……快来人啊!"

医生和护士听见动静冲了进来,一帮人手忙脚乱的,才把乔妈妈制住:"快……打一针镇静剂!"

好不容易才把人弄睡着，乔语初轻轻合上了病房门。

金顺崎在门外走廊上的长椅上坐着，手指缠着纱布，伤口已经包扎好了。

乔语初走了过去，在他身旁坐下，捧起了他的手，仔细地瞧了又瞧："还痛吗？"

金顺崎摇头："一点小伤啦。"

"可是对于医生来说，手是吃饭的家伙，你……"

金顺崎冲乔语初眨了眨眼睛，温柔一笑："当时我没想太多，只想着赶紧救人了，再说了，就算我不当医生，也有别的收入，不会让你饿肚子的，这一点，你大可放心。"

乔语初低头苦笑了一下："我不是这个意思。"

金顺崎轻轻反握住了她的手："我知道，我只是想让你轻松一点。"

乔语初慢慢把头靠在了他的肩膀上。

这些日子以来，也多亏了金顺崎陪在身边嘘寒问暖，出谋划策，才让她觉得人生中这段最灰暗的日子没有那么难熬。

"我妈……为什么就不肯放过自己呢？"乔语初说着话，眼泪又毫无征兆地涌了出来。

金顺崎揽上她的肩膀，替她揩掉眼角的泪水："再给她一些时间吧，我能理解你的心情，想要带妈妈彻底摆脱过去重新开始新的生活，可是妈妈那个年代的人，多少有些传统，这是她经营了一辈子的婚姻，不可能说放弃就放弃的。你到底只是女儿，不能替她做决定，还是得看她自己的想法。"

乔语初吸了吸鼻子，点点头："事到如今也只有这样了，我怕再跟她提这件事，又会刺激到她，再做出这种伤害自己的事。"

乔语初能等，可有人已经等不了了。

既然协议离婚不成，乔自山在看守所里写好了诉状，交给了律师，决定正式起诉离婚。

与此同时，受害者儿子也听说了乔妈妈已经出来了的消息，由于之前种种矛盾尚未解决，于是想了个办法："听说乔家那个女儿，还是职业运动员呢，不行，咱们去她单位门口，把她父母撞死人的事给曝光曝光，再找几个记者，看她怎么办。"

人性的阴暗在角落里逐渐发酵滋生，而乔语初对即将发生的一切都一无所知。

医院里。

谢妈妈一年到头难得给谢拾安打个电话。

简常念按下了免提键，轻轻把手机放在了谢拾安枕边。

苏醒第二天，谢拾安摘了氧气面罩，尽管还是无法动弹，但已经能自如说话了。

"拾安啊，身体怎么样了？"

"做完手术了，已经没事了。"

谢妈妈欣慰地笑了起来："那就好，那就好，离得远，妈妈也不能去你身边照顾你，你自己听医生的话，按时吃药，争取早日康复，等回家了妈妈再给你接风洗尘。"

她说话的时候，听筒里一直有小孩子的声音。

"悠悠！妈妈正在和姐姐说话呢，别动妈妈的手机，唉，你这孩子……"

"嗯，我知道了，你忙吧。"

谢拾安淡淡地应了一声，偏头看了简常念一眼。简常念会意，走上前替谢拾安挂断了电话。

整个通话时长不超过两分钟。

走廊上。

梁教练把严新远拉远了一些，看了看四下无人，才道："拾安手术成功，这下你该放心了吧？人家陈主任都催好多次了，你准备什么时候回去住院啊？我告诉你，你不回去也行，就在申城找个医院……"

话音未落，就被严新远打断："你看我现在不是好好的吗？住什么院啊，平白无故给医院送钱！"

梁教练听得一个头两个大，瞧瞧这说的是什么话，怎么劝也不听，火气顿时也上来了："不用我再提醒你吧，你肺里面长了个疙瘩，是癌！拾安那个切了就能好，你这个切了也好不了！你要是想再多活两年，就赶紧去给我住院，手术也好，化疗也好，先控制住，等到癌细胞扩散，你后悔都来不及了！"

严新远习惯性地想拿出烟杆子抽两口，被人劈手夺了过去："还抽！还抽！不要命了你！"

严新远苦笑了一下，又拿了过来，倒给梁教练看："空的，里面没放烟草。"

严新远有些怀念烟草的味道，往病房的方向深深看了一眼。

"你也听到了，常念要去打团体赛，万敬肯定是顾不上拾安这边的，她妈妈也不肯来照顾她，拾安小小年纪一个人住院怪可怜的……"

梁教练刚张嘴："我……"

严新远又道:"你也在申城好长时间了,早点回家吧,弟妹和孩子该等急了。"

简常念把手机从谢拾安枕边拿起来放到了桌上,床边有椅子,她却没有落座。

谢拾安偏头看她一眼:"你有事跟我说?"

简常念犹豫了一下,还是道:"拾安,我……要去打团体赛了……"

"什么时候走?"

"现在,万教练就在楼下等我。"

简常念看着谢拾安苍白的面色,和因为术后四十八小时内禁食禁水而干燥皲裂的嘴唇,有些于心不忍:"我知道现在跟你说这个不合适,语初姐也不在你身边,我不应该在这个时间离开,可……"

她话音未落,躺在床上的谢拾安吃力地抬起了右手,握成拳:"别的就不说了,比赛……加油。"

简常念一怔,随后笑了起来,像往常一样,也轻轻地伸出手去和她碰了一下拳头。

"好。"

简常念背着球包走出病房的时候,严新远也看见了她,站在走廊上,冲她遥遥点了一下头,眼里满是赞许和欣慰。

简常念冲人深深鞠了一躬,然后转身,大踏步奔向了属于她的年轻的战场。

今天的星城淅淅沥沥下着小雨。

送别金南智后,尹佳怡一整天水米未进,全在赶拍摄进度,拍完已经是凌晨两点多了。尹佳怡一回到酒店,也顾不上喘口气,就开始收拾东西。

她订了早上五点的航班回申城,现在得赶去机场了。

尹佳怡四下看了一圈,确认没有什么遗漏的东西了,便轻轻合上了房门,拖着行李进了电梯。

尹佳怡退房走后,清洁阿姨开始打扫卫生,从里到外彻底整理了一遍,掀开地毯准备清理下面的灰尘时,意外发现了一只亮晶晶的耳环。

她本想报告给客房部,但看这耳环的材质,应该价值不菲,至少能顶她一年的工资了,终是起了贪念,把耳环偷偷摸摸地放进了自己的口袋里。

"什么?你没搞错吧?!就算是少人,也不能让简常念上去凑数吧,她既没有大赛经验,又不是正式队员。这是世锦赛,不是闹着玩儿!"

会议室里，国家队教练组其他成员对万敬的选择非常不满，将桌子拍得震天响。

"我也想让谢拾安上去打比赛啊，可这不是没办法吗……简常念也是从选拔赛一路打上来的，依我看啊，比二队一些混吃等死的人强得多！总得给人家一个机会表现表现吧，实在不行，咱们后面再换！"

万敬话都说到这份儿上，即使其他人再不愿意，但他毕竟是国家队主教练，简常念作为替补代替谢拾安出征团体赛已经是板上钉钉的事了。

简常念站在门口听着，逐渐抿紧了嘴角，准备敲门的手放了下来，转身走向了训练室。

"行了，今天就到这里，散会吧。"

人群纷纷作鸟兽散。

有教练边走边和同伴嘀咕："说是'替补'，可选拔赛能有多少含金量，一场国际比赛都没打过的新人选手，上去说不定连东南西北都摸不着，我看这次团体赛多半是要输了。"

"嗐，人家是主教练，当然人家说了算，你怕什么，反正输了又轮不到你我背锅。"

万敬等人走得差不多了，也放下了手中的茶杯，出门一看，走廊上已经空无一人了。

他奇道："嘿，这孩子，不是让她在这儿等我吗？怎么一转眼人就不见了？"

训练的日子总是充实且忙碌的。

金南智起床的时候，太阳刚从东方露头，她洗漱完毕，正在收拾球包，手机响了起来，看见来电号码的时候，她不自觉地弯起了嘴角。

"喂？"

"起床了吗？"

金南智用肩膀和脑袋夹住手机，把球拍装进了包里："早就起来了，正准备去训练呢。"

"你打开窗户。"

"什么啊？"金南智有些莫名其妙，但还是听话地走了过去，拉开窗户，顿时喜出望外，"尹——"

尹佳怡拉着行李箱站在楼下，伸出食指比了一个嘘声的手势，嗓音里带着一丝笑意道："收拾好了就下来吧，我给你带了早餐。"

金南智关上窗户，拎起还没整理好的球包，跟队友打了个招呼，就一溜烟跑下了楼："我先走了，你慢慢收拾啊。"

队友还在洗手间里敷面膜，闻言探出头来道："奇了怪了，往常她都是最后一个出门，今天训练怎么这么积极？"

尹佳怡在便利店里买了两杯咖啡，两个人找了个角落坐了下来，金南智吃着尹佳怡买的早餐："你不是说要明天才能回来吗？"

"我把两天的拍摄任务赶在一天之内完成了。"

金南智看着尹佳怡眼下一圈乌青，又拉着行李箱，心里明白这肯定是赶凌晨的航班，一下飞机连驻地公寓都没回，径直过来的。

金南智手里的包子顿时不香了。

"尹佳怡——"

"好啦好啦，我真不累，你快吃，不然一会儿就凉了，吃完还要去训练呢。"

"那你呢，今天不会还要去训练吧？"

尹佳怡扯谎道："我一会儿回驻地先睡一觉，训练的事明天再说。"

金南智这才又笑开："这还差不多。"

尹佳怡看着金南智吃东西，忍不住笑道："怎么会有人怎么吃都吃不胖呢。"

金南智："你的体脂率比我低那么多，还好意思说，到底是谁怎么吃都吃不胖啊？"

"我有控制饮食啊……"尹佳怡说着，偏头看向了金南智，正色道，"要打比赛了，我就不能时常过来找你玩了。"

"没关系，赛场上反正都能见到。"

尹佳怡嘴角浮起一丝笑意："也是，不过赛场上我肯定不会对你手下留情的。"

金南智把牙磨得痒痒的："哈，说得好像在赛场上我就会对你手下留情一样。。"

吃完早餐，两个人终究是要分别的。

尹佳怡在店门口朝金南智挥挥手。

"我走咯。"

"好，赛场上见。"

两个人在便利店门口分开后，金南智沿着人行道走出去不远，就遇到了自己的主教练。

他正沿着街道跑步晨练，把人叫住，疑惑地看了她一眼："南智，今天怎么这么早啊？"

金南智也知道这个时间点出现在驻训基地外面是有点反常，好在她手里还拿着没喝完的半杯咖啡："啊，教练，早！食堂的饭菜我有点吃腻了，就早点起床出来觅食了。"

教练嫌弃地看了金南智手中的纸杯一眼："说多少次了，不要喝这种含有咖啡因的饮品。"

"好啦好啦，知道了知道了，下不为例嘛。"

"真是拿你没办法。"教练摇头，也结束了自己的晨练，和金南智一起往驻训基地走去。

"对了，昨天我还没来得及问你，去哪个朋友家过生日了啊？你突然从晚宴上跑出去，我们还以为你怎么了呢，给你打电话也不接。"

金南智打着哈哈，为了力求真实让教练信服，还顺带提了一嘴耳环的事："啊，就是那个同学啊，不是圈里人，说了您也不认识，那晚我可真够倒霉的，不仅手机没电，忘带充电器，而且还喝多了，弄丢了耳环。"

"就是那个你父亲送给你的，全球限量款吗？"

金南智俏皮地吐了吐舌头："对，回国您可不要告诉我爸啊。"

"真是的，你这孩子怎么丢三落四的。"

教练埋怨了几句，这事也就过去了。

金南智在心里舒了一口气。

还没开始打团体赛呢，简常念就遇到了瓶颈，没有人愿意和她一组打训练赛，她已经对着墙练了半天的平抽了。

万教练其实给她安排了陪练，但是临到赛前，他的事也很多，不可能时时刻刻盯着她们训练，等人一走，安排好的陪练就去跟别人打球了。

"好球！"

"看我的！再得一分！"

简常念就像一个局外人一样游离在这里。

简常念看了一眼训练场上球打得热火朝天的人们，拿着球拍转过身去，继续对着墙抽球，猝不及防，她后背被人推了一下。

她回过头去，听队友埋怨道："不长眼啊你，踩着我的球了，往边上站点，行不行啊？"

明明是她们打过来的球出界了。

简常念低头一看，往后退了几步："对不起，我没注意到……"

"哎呀，你跟一个替补废什么话啊？要不是谢拾安生病了，能轮得到她上场，说不定打两局就会被刷下来，那么努力给谁看啊？"

"打球了，打球了，再打一会儿就该去吃饭了。"

几个人也不知道是不是故意说给她听的，简常念也没争辩，在她低下头准备把球捡起来的时候，早有一只手替她拿了起来。

尹佳怡把球递给她："我陪你打吧。"

简常念一怔，似是有点惊讶："尹队，我……"

"不要在意别人说什么，竞技体育只能靠实力证明自己。"

简常念抿紧嘴角，把球从尹佳怡手里拿了过来："那就请尹队多多指教了。"

训练赛不像正式比赛那么严肃，两个人一边打球，一边叙话。

尹佳怡也知道了谢拾安手术住院的事："拾安好点了吗？"

"我昨天去看她的时候，已经能自如说话了。"简常念咬着牙，把球给人挑了回去。

尹佳怡顺势上网："那就好，最近时间紧张，只能等比赛结束再去看她了。"

一球落地。

比分来到 21：11。

简常念大比分落后，尹佳怡先拿下一局。

简常念手撑在膝盖上，大口喘着气，汗水从发梢上滑落下来，她抬头看了尹佳怡一眼："不行，我……打不过你……"

全国大赛上和尹佳怡的那次交手，让简常念印象深刻，这次训练赛也是，她再一次感受到了尹佳怡的实力，恐怖如斯，光是站在尹佳怡对面，那种压迫感就让人有些喘不过气来。

"你和谢拾安都能打得有来有回，和我怎么就不行了？"

尹佳怡看了一眼记分牌，觉得简常念的实力应该不止于此。

简常念一怔，好像有点明白了，是因为她和谢拾安熟，对于她来说，在和谢拾安打球的时候，谢拾安就只是谢拾安，而不是任何一个世界冠军。

简常念的心理上没有一丝包袱了。

尹佳怡看到简常念的样子，再次点了点头："不要轻敌，但是也不能把你的对手想象得过于强大，再来。"

尹佳怡不愧是身经百战的职业选手，一下子就找到了问题所在。

简常念直起腰来，朗声道："好。"

第二局，简常念开始持续发力，但攻势一一被抵挡了下来，尹佳怡乘胜追击，再拿赛点。

简常念喘着粗气，眼角都是红的，似是有些不明白，为什么会被打得毫无还手之力。

尹佳怡抬手发球："你有没有觉得，你在模仿谢拾安？"

简常念跑上前接球，闻言，动作一滞，羽毛球再次落地。

"谢拾安已经被研究透了，你如果模仿她的球路去迎战世界选手的话，那么多半凶多吉少。

"做你自己，而不是任何人的影子。"

尹佳怡的话让简常念醍醐灌顶。

谢拾安虽然一直被各路人马研究，但是也在不停突破自己的极限，谢拾安的天赋、谢拾安的经验，简常念没有，她只是模仿到了一个形状，未得神韵。

没有金刚钻，别揽瓷器活。

她确实应该找到一条属于自己的路。

简常念如梦初醒，一下子就露出了笑容："谢谢你，尹队长！"

尹佳怡收了球拍，眼底也带上了一丝笑意："不用谢，我也是希望我们中国队的成绩能越来越好。我要去吃饭了，你……"

简常念摇摇头，拒绝了尹佳怡的邀请："我再练一会儿。"

"好，那我就先走了。"

"尹队再见。"

"杀人偿命，欠债还钱，天经地义，乔语初，你父母开车撞死我妈，就想这么一走了之吗……"

男人拿着大喇叭，坐在医院门口痛哭流涕，捶胸顿足，就差以头抢地了。

他妻子披麻戴孝，怀里抱着孩子，旁边的人拿着花圈、拉着横幅，都开始号丧。

围观人群指指点点的：

"居然还有这种人。"

"撞死人还能被放出来啊。"

"没听人家说啊，有钱，有关系。"

"这一家人看着照片挺慈眉善目的，怎么这么不是个东西啊！"

医院保安来拉人。

男人撒泼耍赖："我有心脏病！你别碰我！人现在在你们医院住着，我见不着他们，不找你们找谁去！"

乔语初拉开窗帘就看见了这一幕，她颤抖着嘴唇，茫然失措。

金顺崎把人揽在了怀里，低声道："没事没事，我们带阿姨回家住吧，你看她在这里吃也吃不下，睡也睡不好，外面又那么吵，说不定到了熟悉的环境，她会好一些。"

"拾安，吃饭了。"

术后第三天，谢拾安总算是能进一些流食了，严新远拉起床边的小桌板，把病床稍稍摇起来了一些，把买好的粥放在了上面，替她打开饭盒盖子。

"谢谢严教练，我自己来。"

"好。"

谢拾安尽管手仍然有些发抖，但还是坚持自己拿起了勺子，尝试着慢慢进食："严教练，您吃了吗？"

"我吃过了，在外面吃的炒饭，怕馋着你就没带回来吃。"

住院这几天，不是营养针就是白粥，谢拾安一听他说炒饭，也有些蠢蠢欲动："您怕馋着我还要说出来……"

两个人正说着话，严新远的手机响了起来，他一看，是滨海省队的座机号码，稍稍皱了一下眉头，走到一旁接了起来："喂？"

他越听神色越严肃。

谢拾安也放慢了动作，竖起了耳朵。

"你还不赶紧回来！出大事了，知不知道？！咱们训练基地门口都让人给围了！我告诉你，乔语初这事，社会影响恶劣，必须严肃处理！"

听见"乔语初"三个字的时候，谢拾安手里的勺子就掉在了桌上。

"您先别急，拾安目前还在住院，我暂时脱不开身。这样，先报警疏散人群吧，我一会儿给语初打个电话问问情况，稍后再给您回电。"

严新远说完，就挂了电话。

谢拾安忧心忡忡地看着他："语初……怎么了？"

严新远怕她担心，还想隐瞒："没事儿，你别担心……"

话音未落，谢拾安就要掀被下床，光是这一个动作，就扯得伤口一阵剧痛。

她额头顿时冒出了豆大的汗珠。

严新远一个箭步冲了过去，把人按住："拾安，你这……"

谢拾安抬起头来,坐在床边,咬着牙看着他:"严教练,我都听见了,您就别瞒着我了,说不定我还能和您一起想想办法。"

严新远叹了口气,把人扶上床:"那你先躺好,我说了,你可不许激动。"

谢拾安用力点了点头。

"不是语初出事了,是她父母在高速上开车撞了车,受害者去世了,人家家属现在要求高额赔偿,已经闹到了咱们训练基地门口了。队里的领导给我打电话,说怎么也联系不上乔语初,这事无论怎么样,还是得她出面才行。"

严新远拿着手机,琢磨着怎么办,也有些心急如焚:"拾安,你躺着别动,我出去打个电话,总得先联系上人再说。"

"严教练,我……"

谢拾安还想说什么,严新远摸了摸她的脑袋:"你是个病人,得先照顾好自己,才有精力顾别人,放心吧,有我在,肯定能处理好的。"

被他宽厚的手掌抚摸着,谢拾安逐渐定下心来,无论什么时候,他身上总有一股令人信服的力量。

轻而易举地就能让人相信,他们的严教练,无所不能。

谢拾安点了点头,看着他离去,再无心思吃饭,她伸长了手臂,忍着手术伤口的隐隐作痛,把放在桌上的手机抓进了掌心里。

她翻到乔语初的联系方式,本想给乔语初打电话,但估计此刻严新远也在打,遂作罢。

再看看聊天界面,乔语初已经许久没有回过她的消息了,谢拾安焦急得咬住了下唇。

怎么办呢?

那家人要求的赔偿是天文数字,就算是她世锦赛的全部奖金,估计也不够,而且她的奖金还要等到团体赛也结束后才能发下来。

乔语初现在肯定是缺钱的,不然也不会不接电话。

谢拾安想了想,先把自己银行卡上的所有余额给乔语初转了过去,只留下了几千块的住院费,并留言:"我们都很担心你,钱不多,你先拿着用。如果你看到消息,给我……"

她顿住了,最后还是摇了摇头,删掉刚打的字,写道:"给严教练回个电话吧。"

乔语初不是不想接电话,而是心力交瘁,根本顾不上看手机,再加上这些天里受害者家属那边也在不停换着号码打电话骚扰她,索性就直接关了机,图个清静。

严新远再三拨打，得到的都是"对不起，您拨打的电话已关机"的回答。

他想了想，还是拿着存折和身份证跑到了医院附近的一家银行里："麻烦帮我查一下，里面还有多少钱？"

柜员回答他："一共是四万三千八百块。"

这些就是他仅剩的积蓄了。

严新远想起了在江城住院的时候，跟陈主任的对话："陈医生，万一要是癌症的话，做手术得花多少钱啊？"

陈主任大致给他说了一个数字："四十万左右吧，还没算上化疗的费用。"

"那要是加上化疗呢？"

"一个疗程得四万块吧，医保能报一部分。"

陈主任怕他灰心，又道："不过要是手术效果好，癌细胞没扩散的话，也就用不着化疗了。"

那天晚上，回去之后，严新远和梁教练也曾彻夜长谈。

他的意思是，这个病太难治了，治疗花费又高，还不如就听天由命了。

梁教练指着他的鼻子骂："老严，你有点出息行不行，不就是四十万，男子汉大丈夫大不了就是把牙一咬，膝盖一弯，去打工，去借钱。咱们滨海省队这么多人，还怕给你凑不齐这笔钱吗？"

柜员催促："您还取不取了？"

严新远回过神来，还好他来之前问财务要了乔语初的工资卡号，给人递了张字条过去："不取了，汇钱，汇四万到这个卡上。"

在谢拾安住院的时候，全国游泳锦标赛也落下了帷幕，程真共参与了两个比赛项目，男子400米自由泳和4×200米的接力，均获得了金牌。

少年志得意满，站上了最高领奖台，赢得了全场观众的欢呼。

程真在这鲜花和掌声里，却没有看见答应他要来观赛的爸爸，他还是有些许失落的，下了台，就躲到了更衣室里，给爸爸打了个电话。

程真准备了一肚子埋怨爸爸的话，什么言而无信啦、大骗子啦，以后再也不理他了，除非他同意带自己和妈妈出去长途旅行……诸如此类的要求。

然而，等了许久，手机里始终都是冰冷的电子背景音。

"对不起，您拨打的电话已关机。"

……

程真挂了电话，嘀咕着："奇了怪了，又不是工作日，干吗关机啊？"

不过，他向来大大咧咧惯了，也没深想，只当爸爸又在加班或者开会呢。

程真换好衣服，关上柜门，正准备往外走的时候，又一个电话打了进来。

他看见来电显示，嘴角就浮起了笑容，接通电话便道："哟，太阳打西边出来了啊，你居然能想起主动给我打电话了啊。"

谢拾安的声音听上去一本正经："别贫，比完赛了没有？"

"比完啦，你没看新闻啊，大爷我还破了全国纪录呢！"

谢拾安的嗓音里这才冒出了一丝笑意："住院呢，确实没看。"

"你呢，身体好点了吗？真行啊你，得了阑尾炎还强撑着打完了比赛，严教练怎么没把你骂个狗血淋头啊？"

"骂了，怎么没骂，差点就要开除我了。不过我呢，下次还敢，这就叫艺高人胆大。"

"得了得了，无事不登三宝殿，说吧，找我什么事儿？"

谢拾安犹豫了一下，还是把乔语初家里的事跟程真说了："我现在还没法下床走路，医院里又必须留一个人在这儿看护，语初的电话也一直打不通，我想着，你要是比完赛了的话，能不能先回去……"

她话音未落，程真就一口答应了下来。

他的原计划本来是明天休整一天，后天再启程回家的。

"没问题，那我把航班改签到今晚，刚好也有一阵子没有回家了，我还怪想我爸妈的。"

谢拾安松了一口气，郑重其事道："橙汁儿，谢谢你。"

男孩爽朗地笑了起来："嘁，谢什么谢，谁让咱们俩是朋友呢？我倒要看看谁敢欺负语初姐，我回去左勾拳，右勾拳，非要打到他跪地求饶不可。"

后来即使事情已过去很久，谢拾安仍在懊悔，当初为什么要给程真打这个电话，哪怕是他晚两天回去，也就不必亲眼见证那么惨烈的一幕。

命运早在他们还一无所知的时候，就已经织了一张大网，谁也无法从中挣脱。

谢拾安挂了电话之后，就有人敲响了病房门。

她以为是严新远回来了，就道："严教练，门没锁，进来吧。"

话音刚落，门就被人轻轻推开了，进来的是一个西装革履的中年大叔，手里还拎着公文包。

"你是？"谢拾安疑惑地皱起了眉头。

对方倒是坦然地笑笑，掏出了自己的名片递给谢拾安，见谢拾安不接，就轻轻放在了她的床头柜上："我是华成商贸有限公司市场部的负责人，是这样的，我们想找您做我们公司的产品代言人。"

男人说话倒是挺有礼貌，举止也很有分寸，给谢拾安递了名片之后就立马退了回去，和她保持了一定的安全距离。

不过，谢拾安也没放松警惕："我还在住院，暂时没法工作，你们另请高明吧。"

"我们可以等您出院的！您要是不想拍广告，只冠名也是可以的，我们……"

话音未落，就被谢拾安打断："出去，你再不走我就喊人了。"

"别别别，见您一面不容易。"

其实自从全国大赛开始，陆陆续续就有许多人想找谢拾安签商务代言合同，但是她对这些没兴趣，只想好好打球，就通通都拒了。

她在世锦赛上夺冠之后，找她的人比之前更多了。

即使住院也不得清静。

严新远为了让谢拾安安心养病，天天在门外守着，除了医护人员，不让任何人进来。

男人一抹脑门上的汗，面相看着倒是挺憨厚老实的，从公文包里抽出了一沓文件放到了病床上："我们总经理也是您的球迷，他指名道姓非要签您做代言人不可，而且我们也是一家做体育用品的国有企业，您可以先看看合同，价格方面都可以再谈，我们是真心诚意想要和您合作的。"

"名片上面有我的电话，您要是有意向的话，可以随时打给我。那我就不打扰您休息了，告辞。"

男人说罢，冲谢拾安微微鞠了一躬，离开了病房。

谢拾安看着男人放在床上的那沓 A4 纸，本想直接扔进垃圾桶里，但不知为何，动作一滞，又伸长手臂，咬着牙拿了起来。

严新远进门的时候，她听见了脚步声，提前把合同塞到了枕头下面，若无其事地问："严教练，怎么样，打通了吗？"

严新远神色黯然地摇了摇头。

程真上飞机之前也给乔语初打了好几个电话，但她的手机还是关机状态。他"啧"

了一声，挂断之后，又给爸爸打了个电话，还是无人接听。

"这一个两个的，怎么都不接电话？"

程真嘀咕着，心里有些打鼓，又把电话打给了妈妈，这下电话总算是有人接听了，他稍松一口气："妈，我爸今天一直在忙吗？他说好来看我比赛的也不来，给他打电话也不接。"

程母干笑了两声："哦，你爸啊，最近一直很忙，说是公司接了个新项目，都好几天没回家住了。"

"那他也不能说话不算话吧，真是的，这可是我第一次拿全国冠军。"

"对不起啊真真，你爸爸……是真的抽不开身……你奶奶身体也不好……妈妈得在家照顾她……等下次……下次你比赛的时候……爸爸妈妈带上奶奶，我们全家人一起去给你加油，好不好？"

程母话锋一转，又关心起了他的回程时间："对了，儿子，比赛都打完了，你什么时候回来啊？"

程真以为妈妈是想自己了，也没告诉她今晚就能到家，打算直接给家人一个惊喜："还早呢，我要和队友出去玩几天。"

"对对对，是该好好休息，放松放松。"

也不知道是不是他的错觉，妈妈的语气中竟然有一丝如释重负的感觉："出去玩还有钱吗？要不要妈妈再给你转一点儿？"

程真立马大呼小叫起来："妈！我能自己赚钱了，这次比赛拿了两个冠军，有好多奖金呢，我给我爸买了皮带还有剃须刀，给你买了护肤品，给奶奶买了肩颈按摩仪，还有好多好多东西，等我回去再带给你们。"

程母坐在家里的沙发上，欣慰地抹了一把眼泪，强撑着没让他听出来任何异样："欸，好，我们真真长大了，知道疼人了。你在外面多玩几天，家里一切都好，不用着急回来。"

程真抬头看了一眼，登机时间快到了，他跟妈妈道别后就挂了电话："那妈我就不跟你说了，队友在等我呢。"

乔语初刚带着金顺崎和妈妈到了小区门口，门卫从岗亭里探出了头来："乔语初，有你家快递。"

"哦，好，谢谢了。"

乔语初接过来一看，是一个薄薄的文件袋，寄送地址是江城人民法院，心里顿时咯噔了一下。

乔妈妈凑上前来:"谁的啊?"

乔语初把文件袋装进了包里:"没什么,妈,我们进去吧。"

他们前脚刚走,后脚蹲守在医院门口的那群人就听到了风声:"什么?回家了?!走,把我老娘抬上,咱们换个地方。"

"今晚你就睡我爸的房间吧。"乔语初给人整理好床铺,又从衣柜里抱了一床新被子出来。

金顺崎洗完澡就仰面躺了上去:"啊,今晚可总算是能睡一个好觉了。"

在医院那几天,虽然有陪护的病床,但金顺崎都让给了乔语初,自己就在门外的走廊上凑合一晚,乔语初让他去医院附近的酒店开个房间休息,金顺崎又怕万一他走了,夜间再出个什么事,乔语初一个人应付不过来,遂作罢。

看他这样,乔语初抿起了嘴角笑:"那你好好休息,我去陪陪我妈。"

回到了熟悉的家,乔妈妈难得没有吃安眠药就睡着了。乔语初洗完澡掀被上床,躺在了妈妈旁边,刚准备伸手关灯的时候,楼下传来一阵锣鼓声。

乔妈妈一下子就睁开了眼睛,从床上弹了起来:"谁?!有人来了!语初,有人来了!"

乔语初也坐了起来,把妈妈抱住,轻声安抚着她:"没事,妈,没事没事,我去看看。"

乔语初披衣下床,走到窗边,拉开窗帘一看,果不其然,又是那群人。

等她下去的时候,已经有人报了警,派出所的民警们很快就来了。

男人带着妻儿往地上一坐,棺材往单元门口一摆,这个情形谁也不好动他。

"你们影响公共秩序了……"

男人哭天抢地:"我就带着我妈坐在这儿,就是影响公共秩序了?那他们撞死人了,你怎么不说?"

女人也抱着孩子哭哭啼啼的:"警察同志,不是我们不讲理,是实在没办法了啊,孩子还嗷嗷待哺,我们一家三口总得讨个说法啊!

"你们放心,我们不和他们起冲突,也不给警察同志们添麻烦,我们就坐在这里,他们什么时候下来,咱们就什么时候走。"

小区里陆陆续续来了一些人围观。

"就二单元那户吧。"

"把人撞死了不说赔偿,起码道个歉吧,躲起来不见人,这叫什么事啊。"

"这么多年邻居了,真是知人知面不知心啊。"

"你别说,乔家老太太之前还让我给她女儿介绍对象呢,这样一家人,谁敢给她当女婿啊。"

……

等乔语初和金顺崎走后,乔妈妈看着空空荡荡的客厅,突然也站了起来,游魂一般打开了家门往楼下走去。

"来了来了,下来了。"

见乔语初出来,人群自动分开了一条路。

乔语初走到这一家三口面前站定,给人鞠了一躬:"人是我爸撞的没错,但不是你们说的躲起来不见人,他至今还在看守所里,我妈现在在家里养病。

"至于具体赔偿金额的问题,我们可以再商量,请不要聚众围医院、围小区,你们的行为已经影响到公共秩序了。"

派出所民警也道:"赔偿谈不妥就上法院,不要影响到其他人,赶紧走吧。"

夫妻俩对视一眼,这才从地上爬了起来,女人抱着孩子,也不知道是想不通还是因为别的什么原因,突然啐了乔语初一口:"呸!"

乔语初登时涨红了脸,想要说什么,话音未落,一个人影就从楼道里冲了出来。

乔妈妈嘴里喊着,径直撞向了棺材:"不就是一条命,我赔你们就是了,也落个清静!"

乔语初眼眶里顿时涌出了泪来,哭着扑了上去:"妈!"

可是乔语初只抓到了她的一缕衣袖,滑腻的布料从掌心里溜走。

千钧一发之际,金顺崎冲了上去,拦在了棺材前面——金顺崎拦腰把人抱住,被撞得连退几步,后背砰的一声,重重撑到了棺材板上。

乔妈妈晕倒在地,金顺崎也滑坐在了地上。

乔语初连滚带爬地扑了过去:"妈,金,你们……你们没事吧?"

金顺崎咬着牙,艰难地吐出了完整的句子:"我……没事……看看阿姨怎么样了?"

乔语初抬起妈妈的脑袋瞅了一眼,妈妈的头上没有任何伤痕,应该只是受到刺激晕过去了。

见势不好,男人带着那一帮请来的演员一溜烟地逃离了现场:"走走走,今晚先走,改天再来要钱。"

警察也开始疏散人群了:"都散了散了,别在这儿围着看了。"

乔语初吃力地扶着妈妈站了起来，金顺崎缓过来后，又在她面前蹲了下去："我来背阿姨上去吧。"

"你……"

刚刚那一下乔妈妈没有任何保留，全力朝金顺崎冲了过去，乔语初担心他留下什么内伤。

金顺崎笑了笑："没事，我皮糙肉厚着呢，放上来吧。"

乔妈妈回到家吃了药就睡着了，金顺崎也因为疲劳过度，倒头就睡了。

乔语初却辗转反侧，怎么都难以入眠，只好从床上爬了起来，摸黑走到了客厅里，打开酒柜，取了一瓶爸爸珍藏的红酒，拿出玻璃杯，倒了满满一杯，走到沙发旁边，屈膝坐了下来。

她想起白天取回来的那个快递，顺手拧亮了落地灯，从包里将文件袋拿了出来，轻轻拆开一看，是一份《诉讼离婚通知书》。

乔自山还真去法院告了啊。

乔语初讽刺一笑，端起玻璃杯一饮而尽，眼角却有泪水滑落了下来。

她在这冷冰冰的地板上不知道坐了多久，手边的酒瓶渐渐空了，放在旁边的手机却一直在振。

乔语初不胜其烦，终是接了起来："够了！我已经被你们逼成这样了！你们究竟还想怎么样？"

回应她的是良久的沉默。

谢拾安等她吼完，静静地道："语初，是我。"

也许是太久没有听到谢拾安的声音了，乔语初竟然怔了一下，片刻后，才用手撑住了脑袋，吸了吸鼻子道："对不起，我以为是……"

"你……还好吗？"谢拾安嗓音里带着一丝心疼，试探着问道。

"你怎么知道的？"

谢拾安想了一下，还是和盘托出："那些人也找到训练基地去了，队里的领导没办法就打电话给了严教练，我们都很担心你。"

乔语初苦笑了一下："我没事。"

她这话说得勉强。

从乔语初接电话开始，谢拾安就听出来她说话带着哭腔，安慰道："你别急啊，先照顾好自己，事情总能解决的，我和严教练凑了些钱，已经给你转过去了，你先拿着用，我现在还在……"

她差一点就脱口而出"住院"两个字了，但转念一想，这个时候就没有必要再让乔语初担心自己了，于是她麻利地改了口道："还在打团体赛，打完就能回去了，等回去我们可以好好商量一下……"

"商量什么啊？谢拾安，这事是商量商量就能解决的吗？"

也许是酒精麻痹了乔语初的大脑，又或许是连日来积压了太多负面情绪，在这一刻，乔语初的委屈和愤怒通通爆发了。

乔语初冷笑着："我妈住院，他们堵在医院门口，害得我们从医院里被赶了出来，我们回家，他们抬着棺材就堵在单元楼门口，你知道左邻右舍都是怎么看我们的吗？"

"语初……"谢拾安也默默红了眼眶，"对不起，我没能在你最需要的时候陪着你。"

"谢拾安，打你的比赛吧，我不在乎你那仨瓜俩枣的钱，也不需要你马后炮似的关心。"

"语初……"

谢拾安还想说什么，电话已经挂断了。

她再拨过去，对方已关机了。

谢拾安放下手机，思索了片刻，还是翻出了那张名片，她按着上面的联系方式给人拨去电话："喂，是我，我是谢拾安，你们能给我多少钱？"

"前期签约费五百万，后面按产品销售额的百分之十分成，如果您不满意的话还可以……"

"这五百万什么时候能给我？"

对方一琢磨她这意思，这是急需用钱啊，立马道："明天就可以打给您。"

谢拾安报出了一串卡号："打到这个账户上，明天过来拿合同吧。"

对方喜出望外："行，那就提前祝我们合作愉快了。"

趁着严新远出去买夜宵还没回来的工夫，谢拾安从枕头底下抽出了那份合同，又俯身过去，在床头柜里找了半天，总算是翻出来了一支笔。

她拔开笔帽，正准备签字的时候，简常念推门而入："拾安，我来看你了——"

她话音未落，就看见了谢拾安膝头上的 A4 纸。

"你在写什么呢？"

简常念好奇地走了过去，谢拾安本能地把合同往背后一藏，简常念感觉不对，就下意识地去抢。

现在的谢拾安完全不是简常念的对手，合同很快就被抢了过来，简常念大致翻了几页。

"谢拾安，你疯了吧？！商务代言合同，这公司名字我连听都没听过，严教练知道吗？！"

按照规定，职业运动员不得私下里接任何商务代言，所有合作公司都要经过严格的企业背景资质审查。

"简常念，你……还给我！"

谢拾安伸手去夺，简常念又站远了些，抿着嘴角，脸色严肃，大有谢拾安不说清楚誓不罢休的意思。

就这么几下动作，谢拾安就扯得伤口隐隐作痛。

谢拾安额头上冒汗，捂着腹部，咬牙道："严教练最不喜欢我们搞商务代言了，他觉得不务正业，你觉得，这事能让他知道吗？让他知道了，他又能同意吗？"

简常念此时此刻还不知道乔语初家里出事了，又不忍心看谢拾安难受，还是走过去扶住她："那这么大的事，你也该知会他一声啊，这万一以后要是出了什么事……"

谢拾安顺势拉住简常念的手腕，让她动弹不得："你先把合同还给我，我再告诉你我为什么这么做。"

简常念还是有些不情愿。

谢拾安又拽了她一把："你快点啊，一会儿严教练就回来了。"

简常念这才把合同给人递了过去。

谢拾安三言两语讲清了事情的始末。

"我是真的想不出还有什么办法了，又不能去打球，奖金也要等团体赛结束了才能发，只有这家公司可以让我先签合同，等出院了再拍广告，而且签约费明天就可以到账，所以……"

简常念坐在床边，静静地看着谢拾安，叹了口气。

"值得吗？"

谢拾安这是打算赌上自己的职业生涯去帮乔语初。

乔语初当然也是待谢拾安极好的，但……

谢拾安沉默了一会儿，缓缓吐出了两个字："值得。"

简常念起身，往外走去。

她也说不清楚自己此刻的心情，又一刻也不想再待下去了。这样自相矛盾，也让她的心情成了一团糨糊。

谢拾安伸手，把人拉住："你……"

简常念回头看了谢拾安一眼："你放心，我就当作什么都不知道，不会告诉严教练的。"

谢拾安松开简常念的手，往旁边让了让："我不是说这个，这么晚了，你还要回去吗？"

简常念嘴角总算是露出了一点笑意："明天就要比赛了，你躺在床上都这么努力，我也得加倍努力挣点奖金给语初姐才行，毕竟当初外婆住院的时候，她也帮了不少忙。"

严新远拎着夜宵回来的时候，正巧在走廊上遇见简常念："欸，常念，吃点东西再走啊。"

简常念挥挥手，一溜小跑下了楼："不吃啦，谢谢严教练，我要回去训练了。"

她是骑着单车从训练基地跑过来的，现在又风风火火地骑了回去。到了训练场，她把单车往门卫大爷的岗亭上一靠："谢谢叔叔。"

说罢，她就一头扎进了训练室里。

对于几个女孩来说，这一晚都分外难熬，简常念在训练室里挥汗如雨，谢拾安躺在床上辗转反侧，乔语初则靠酒精来麻痹自己。

而对于程真，这一晚不仅仅是难熬而已，这是彻底改变他人生轨迹的一个转折点。

程真下了飞机后，发了张自拍在朋友圈里。周沐一边咬着笔杆子做题，一边玩手机，刷到了他的照片，顺手就给人打了个电话："回来了？"

男孩拖着行李箱，爽朗地笑着："对啊，你是没看到，我比赛的时候有多么威风，足足把他们甩出去十几米呢！"

"好啦好啦，这不是要考试了吗？不能再跑那么远出去玩了。"

周沐转念一想："那我明天放假，正好你回来了，我可以过去找你玩吗？"

"好啊，那你明天来我家吧，我妈肯定要做好多好吃的给我接风洗尘，正好过来蹭饭了。"

周沐犹豫了一下，还是有些不好意思："这……不太好吧？"

"哎呀！有什么不好的，语初姐和拾安就经常来我家蹭饭啊，我妈可喜欢家里热热闹闹的了！"

　　"行，那……明天见。"

　　"明天见。"

　　挂掉电话后，周沐拉开书桌的抽屉，翻出了一本画册，里面每一页画的都是同一个男孩，有他打篮球的样子、跑步的样子、游泳的样子，也有他站上最高领奖台的样子。

　　最后一页还缺上色就大功告成了。

　　没想到程真这么快就回来了。

　　周沐嘴角扬起一抹笑容，轻快地哼着歌，又拿起了画笔，打算今晚赶个工，明天把这本画册送给他，作为恭喜他获得冠军的礼物。

　　"师傅，汇州湾别墅区。"程真上了出租车，又给爸爸打了个电话，电话还是无人接听，他转念一想，机场离爸爸的公司更近一些，打算接上人一起回家。

　　"不，师傅，先去泰康工业园。"

　　"好嘞。"

　　司机师傅应了一声，一脚油门踩下去，往左打了一下方向盘，换到了另一条辅路上。在出租车开往泰康工业园的时候，程父也准备好要和这个世界做最后的告别。

　　他把自己的办公室门窗关得严严实实，又拉上了厚重的窗帘，用打火机和旧报纸点燃了炭盆。

　　烟雾逐渐升腾了起来。

　　程父坐在办公椅上，一笔一画地写着给程真的信：

　　儿子，爸爸对不起你，你出生的时候爸爸正在创业，忙于工作，很少抱你。等你大一点了，为了扩展公司的规模，我又不得不去交际应酬。爸爸总想着，等公司稳定一点，咱家的家庭条件好一些，就做个甩手掌柜，回家陪你和妈妈。

　　就这样，不知不觉十多年过去了，等爸爸回过神来，你已经长大了。到了今天，我才惊觉，竟然错过了一段无论是对于你还是对于我来说，都非常珍贵的你的童年时光，但好在，你没有让爸爸失望。爸爸虽然没能去你的比赛现场，但是也在电视机前和你妈妈一起，看完了你的整场比赛。爸爸为有你这样的儿子，感到骄傲。

　　如果你将来看到这封信，可能会责怪爸爸，为什么要离开你和妈妈，但是我是真的没有办法了。从去年开始，公司的利润就持续下跌，入不敷出，爸爸开始跟银行借钱，但是后面公司的盈利状况还是没有丝毫起色，慢慢地，银行也不贷给我们钱了，为了填补亏空，给员工们发放工资，爸爸……去借了高利贷。

我好不容易咬着牙还完了本金，却还有高额的利息，就这样利滚利，金额达到了一个爸爸做梦都不敢想的数字。

小时候你看奥特曼打怪兽，说爸爸就是你的超级英雄，可是，对不起儿子，爸爸让你失望了，爸爸并不是无所不能，爸爸也会痛，也会害怕，害怕他们去找你，毁掉了你的前程，也害怕他们伤害你妈妈还有奶奶，所以爸爸能为你们做的最后一件事就是，彻底地离开这个世界。只要爸爸走了，他们就没有任何理由再威胁到你们了。

蓝色的烟雾缭绕，视线逐渐模糊，程父感觉鼻间有温热的东西流淌了下来。

程父在最后一行落款，放下笔，关掉台灯，嘴角含着笑意，轻轻地趴在了桌子上。

"再见，儿子，爸爸，永远爱你。"

出租车开往工业园区，路越来越偏僻，就连路灯都是灰蒙蒙的。

司机师傅疑惑道："小伙子，这地方都荒废好久了，大晚上的，你来这儿做什么啊？"

程真看了一眼车窗外的街景，已经快到园区大门口了，但是里面竟然漆黑一片，整个园区里连一盏灯都没亮，安静里透着荒凉，他从前来的时候这里可是彻夜灯火通明。

程真心里咯噔了一下："不可能啊，我爸就在这里面上班，应该是工人们都放假了吧。"

司机师傅嗤笑一声，把车停稳："你说的是之前做体育用品的那个厂吗？年前就倒闭了好吧，工人工资都发不出来，闹了好一阵子呢，闹到警察都来了。"

程真神色一变，扔下钱就推门而出，径直拔足狂奔往园区里冲。路过岗亭的时候，他往里面瞅了一眼，空无一人，玻璃上都积了厚厚一层灰。

程真越往里跑，越觉得不对劲，直到看见办公楼门口贴着的封条，忽地红了眼眶。

他扔了行李箱，三下五除二地把封条撕开，推开玻璃门，闯了进去。

大厅楼道里还散落着各式各样，触目惊心的横幅标语：

"黑心老板，还我血汗钱。"

"欠债还钱，天经地义。"

……

电梯已经停了。

程真连滚带爬地往楼上跑。

他已经有了不好的预感,泪水毫无征兆地就涌了出来。

爸爸的办公室在五楼,拉着窗帘,从外面什么也看不见,但程真就是知道,里面有人。

门被反锁住了,他用尽全身的力气,一次又一次地撞了过去,在不知道第多少次撞门的时候,他和碎玻璃一起滚了进去。

在一室烟雾缭绕里,程真看见有个人影正趴在办公桌上,他爬了起来,跌跌撞撞地冲了过去:"爸!爸!你醒醒啊!"

他被呛得涕泗横流,一边剧烈咳嗽着,一边咬着牙把人拖到了外面的走廊上。

程父手里还紧紧地攥着那封遗书。程真呼救无果,颤抖着从兜里翻出手机,想要拨打120,慌乱中手机又掉在了地上,他一下子就哭出了声来。等电话接通后,他流着泪嘶吼道:"泰康工业园!我爸爸他……他烧炭自杀了……求求你们快点来……救救他吧!"

救护车赶到,程真和医护人员一起把爸爸抬上了车,送到了最近的医院。

程真推着轮床,不停地奔跑,走廊里的灯光亮得刺眼,把人推进抢救室后,他就一屁股瘫坐在了地上,眼神空洞,嘴里断断续续说着:"没事的……没事的……爸……爸……来得及……来得及……"

他仿佛是在呓语,又好似是在安慰自己。

抢救室里的灯灭了,医生摘下口罩走了出来。

"送来得太晚了,家属进去见他最后一面吧。"

没有人告诉程真这种时候应该做些什么,是该放声大哭,还是跪下来求医生不要放弃继续抢救?

总之,程真都做了。

医生看他年龄不大,哭得可怜,也有些心软,把人扶了起来:"能做的我们都做了,病人已经脑死亡,我们真的已经尽力了。孩子,进去见你爸爸最后一面吧。"

程真起身,浑浑噩噩地往里走,在看到爸爸苍白没有一丝血色的面容时,他终是忍不住,扑了上去,泪流满面地晃着爸爸的肩膀:"爸!你醒醒啊!你不是说要去看我比赛的吗?啊!我拿了冠军了!冠军!你睁开眼看我一下啊!我以后一定好好训练，再也不惹你生气了……"

监护仪上所有曲线变成直线，程父的手臂从轮床上无力地垂落了下来。

那张写满字迹的遗书掉到了程真脚下。

医生上前来给人盖上了白布单："凌晨五点四十八分，病人抢救失败，宣布死亡。"

从飞机落地到现在，程真一直有一种恍惚在梦中的错觉，直到此刻，医生的话如一记重槌般落下来，他才意识到，自己是真的失去爸爸了。

他跪在地上，号啕大哭。

这是他成年后第一次哭，也是最后一次。

医院里的抢救室像流水席，抬进去一个人，就要抬出来一个人，程真跟着医生麻木地办完了所有的手续，把人送进太平间时，已经是上午了。

他一屁股坐在了太平间外的长椅上，才后知后觉过来，手里还捏着一张纸。

程真一边看，一边红了眼睛，颤抖着肩膀，紧咬着牙，不让自己落下一滴眼泪。

他胸腔里压抑着一些他也说不清道不明的东西，愤怒、哀伤、难过、懊悔，五味杂陈。

他觉得自己的脑袋快要炸开了，就在这时，电话铃声尖锐地响了起来。

他看也没看，就接了起来。

他还未来得及张口，就听到周沐的嗓音里带着一丝恐慌："程真，你在哪儿呢？快回家，我在你家附近，刚看见有好几个彪形大汉，敲门闯进你家了，看着就不像是好人。"

程真脑袋嗡的一声，他赶紧站了起来，拔足狂奔："周沐，快跑！不要让他们看见你！那些人……是来催债的！"

周沐躲在他家门口的小树丛后，焦急得咬紧了下唇："怎么会……"

"具体的你就别问了，总之，赶快离开那里！"

程真说罢挂了电话。

周沐往外走的脚步一顿，又倒了回来，看着静悄悄矗立在清晨阳光里的别墅。

少女一咬牙，还是拨通了电话："喂，110吗？我要报警……"

不知道为什么，谢拾安今天早上起来，就有些心神不定的，她拿起手机看了一眼，已经八点多了，手机里华成商贸有限公司的负责人发来了短信："钱已经给您转过去了，我现在就在医院门口呢，什么时候可以上去拿合同啊？"

"五分钟后上来。"

谢拾安一边打字,一边支开了严新远:"严教练,我想吃医院门口的水煎包。"

严新远从门外进来:"行,我去给你买。"

男人上来的时候,手里还拎了些营养品,谢拾安扫了一眼:"拿回去,我不需要这些。"

"哦哦,忘记了,您不方便收。"

男人一怔,也回过神来了,又从西装内兜里掏出一个看起来厚厚的信封放到了她床头:"东西我拿回去,钱您就收下吧,现金,住院总会有不方便刷卡的时候。"

谢拾安从抽屉里拿出合同递给他,本想把钱也给人递回去,但男人只接了合同,就退后一步,冲她微微鞠了一躬,赶紧走了。

"那我就不打扰您休息了。"

男人走后没多久,走廊里又响起了脚步声,谢拾安只好拉开抽屉,把信封塞了进去。

严新远敲门进来:"怎么了,大早上就慌里慌张的?"

"没,我找遥控器呢。"

严新远从她枕头边把遥控器拿了起来:"不是就在这儿吗?"

谢拾安接过来,打开了电视,正好播放到体育频道:"瞧我这记性,昨晚看完就忘记放哪儿了。"

"你啊,生着病呢,晚上还是要早点休息。给,热豆浆,还有水煎包,别换台啊,正好看看比赛。"

简常念今天起得也很早,在训练室打了一会儿球才到集合时间,她和队友们一起坐上大巴,奔赴了比赛场地。

团体赛抽签结果出来,好消息是她们分在了上半区,避开了韩城队这个劲敌,但是坏消息是首战迎战肯拿马队,队内有目前世界排名第三的安东。

不过,那也不是简常念该操心的事,安东这个烫手山芋自然是要交给尹佳怡去解决的,她只需要打好自己的比赛,赢下一个大场,不拖大家的后腿就行。

双方运动员入场,金南智远远就看见了领头的尹佳怡,冲她俏皮地吐了吐舌头,扮了个鬼脸,仿佛是在说,没有首战就遇到她真是可惜。

尹佳怡避开了金南智的视线,嘴角却不自觉地浮起了笑意。

赛前，万敬把人聚到了一起，大家肩膀搭着肩膀，头抵头。

"安东就交给佳怡去处理，其他人打好自己的比赛，咱们只要赢下三分，就有望晋级下一轮，听明白了吗？"

"明白！"

"加油！加油！加油！"

身后观众席上也爆发出了欢呼声。

队员们各自散开去备战。

简常念深吸了一口气，也拿起了球拍，这是她第一次站上世界舞台，激动的心情难以言表，同时也有一些紧张。

尹佳怡过来拍了拍她的肩膀："放开打，享受比赛，有我呢。"

简常念用力点了点头，脸上总算是露出了一丝笑容："好。"

解说员A："第一场由新人小将简常念出战，她才十六岁是吧，很年轻了。"

解说员B："我看资料上说，她之前也是滨海省队的，通过选拔赛进的国家队当替补。哦，说到这里，再跟大家提一下，观众朋友们心心念念想看到的谢拾安还在医院住院呢，暂时没有办法出场。"

解说员A："她虽然不能来，但是她师妹来了啊，两个人师出同门，都在前国家队主教练严新远麾下，我们都知道严教练那可是老前辈了，我国国家队历史上首枚世锦赛男子单打金牌获得者。"

解说员B："对，严师出高徒嘛！比赛正式开始，让我们期待一下简常念今天的表现！"

这天，乔妈妈也醒得早，起来的时候，乔语初还躺在沙发上，身边的茶几上东倒西歪地放着好几个酒瓶。

她从卧室里抱了一床毯子出去，打算轻轻给人盖上的时候，看到了掉落在沙发下的法院传票。

乔妈妈捡起来看了几眼，颤抖着手，怕吵着乔语初，捂着嘴无声地哭了起来。

乔语初这些天本就浅眠，一丁点儿风吹草动就容易惊醒过来，她一睁开眼就看见妈妈站在沙发旁边，却因为逆光看不清妈妈的表情。

她以为是人又犯病了，赶忙坐了起来，抱住妈妈："妈，没事了，没事了，那些人都走了……"

乔妈妈捧起了乔语初的脸，这些天来还是头一次这么好好地看着她，看着她面容憔悴，眼窝深陷，明明是花一般的年纪，却也跟她这个病人差不多模样了。

乔妈妈心疼极了，母女俩抱头痛哭。

"语初……妈妈……对不起你……这婚……我离……"

解说员A："新人首场首战，又是这么大的比赛，我觉得简常念还是有些紧张的。"

解说员B："她其实技术可以的，你想啊，这么年轻就能从全国那么多职业选手里脱颖而出，站到这里，实力能差到哪儿去呢，关键还是心态，我看她有点放不开。"

解说员A："哎呀！这个球可惜了！简常念在领先两分的情况下先丢局点，让我们恭喜肯拿马选手赢得本局比赛的胜利。"

解说员B："双方1：1平，休息片刻，决胜局马上开始！"

简常念喘着粗气回到了休息区，一屁股坐在了椅子上，拿毛巾擦着汗。

旁边的比赛场地上传来欢呼，尹佳怡和安东的比赛已经打到了第二局，尹佳怡大比分领先，如果不出意外的话，多半是能赢的。

不过，那可是尹佳怡，谁出意外她都不可能出意外，裁判哨声响起，尹佳怡以一个跳杀结束了比赛，不负众望地拿下了队伍的第一分。

全场沸腾，都在疯狂喊着尹佳怡的名字。

尹佳怡回头冲着观众席上微微挥手示意，嘴角始终洋溢着自信的笑容，整个人光芒万丈。

解说员也道："这就是我们国家队最利的矛，也是最坚实的盾，接下来就看其他队员的发挥了。"

简常念看着尹佳怡，有些歆羡，也有些感慨：这就是体坛超级巨星的实力吗？

一个尹佳怡，一个谢拾安，仿佛是横亘在她面前的两座大山，追赶上她们任何一人都极其困难，更何谈超越，她心里忽然地生出了一丁点儿自卑和失落感来。

休息时间到，裁判哨声再次响了起来。

简常念起身，又走到了网前，拿着球拍的手紧了又紧，暗地里做着深呼吸，给自己加油打气。

不管怎么样，得先拿下眼前这场比赛的胜利再说。

决胜局了，双方队员视线一接触，彼此眼中都有战意在燃烧，对方率先发球，简常念上网阻拦她的进攻。

电视机前的两个人也在聚精会神地看着。

每每看到简常念失误的时候，严新远都有些捶胸顿足的："唉，这孩子，一紧张，教的东西全都抛到九霄云外去了，老万怎么也不说说她！"

谢拾安："比起常念，万教练把更多希望都寄托在了尹队的身上了吧。"

说起这事，严新远也有些愤愤不平："那也不能这么厚此薄彼吧！早知道他们要这么欺负你们，我就不该带你们来打什么选拔赛！"

严新远是个性情中人，谢拾安老早就看出来了，她嘴角浮起一丝笑意，看着电视屏幕里简常念在赛场上翻转腾挪的身影，道："正因为不被人看好，所以才要一鸣惊人！您不是说了吗，我和常念会是未来世界羽坛的双子星，我也是这么认为的。"

严新远一怔，看她俩平时打打闹闹像冤家似的，谢拾安本身又有几分傲骨，不是会轻易肯定别人的人。

"我还以为你……"

谢拾安偏过头来看着他，难得露出几分小孩子脾气："我也就是在您面前说说，不会当着常念的面说的，免得她骄傲自满。"

"给你当了这么久的陪练了，没有功劳也有苦劳，你也不多表扬表扬人家。"

严新远嘴角挂着笑容，看着简常念在场上奋力拼搏的背影，他的眼神也有些飘忽："不过，我和你一样，永远无条件地相信着她，即使这场比赛输了，她也不会就此倒下，这只是一个开始，常念是非常有决心、有毅力的人，从见她第一面的时候，我就知道了。

"这样的人，或许将来有一天，能创造奇迹。"

未来世界羽坛的"大魔王"，在自己初出茅庐的第一场世界大赛上，打得异常艰难。

对方仗着身高优势，一直在频繁地打向简常念头顶上方，攻她后场，她擅长的网前进攻，也轻而易举地就被人防守了下来，比分渐渐拉开了差距。

简常念焦急得咬紧了下唇。

对方看她开始着急了，攻势越发凌厉，简常念在网前和后场疲于奔命，一个不留神，重重摔倒在了地上。

电视机前的严新远顿时站了起来。

周沐徘徊在别墅门口良久，左等右等警察还是没到，她心急如焚，又听见屋里传来一声尖叫。

她登时头脑一热，顾不上程真的劝阻，拔腿就冲了进去。

门没锁，几个彪形大汉正在屋里翻箱倒柜，程真的奶奶颤颤巍巍地去阻止，被人一把推倒在了茶几边。

"呸！老家伙！到一边去！"

"你们干什么呢？我已经报警了！还不赶紧住手！"

周沐一声厉喝，想也未想就抄起程真家里的棒球棍，朝那帮小混混抢了过去了。

她一个手无缚鸡之力的少女，别说打人了，反倒是自己被棒球棍的重量带得跌跌撞撞。

周沐还未回过神来，就被人一脚踹倒在了地上，手里的棒球棍也被夺走。

眼看着棒球棍即将落在身上，周沐下意识闭眼，翻身护住晕倒在地的老人。

然而，她等了许久，也没等到预料之中的疼痛，再次睁开眼的时候，是程真护在了她身前，替她挨了这重重一击。

"不是让你跑得越远越好吗？你非要蹚这浑水干什么！"

周沐的眼泪一下子就涌了出来："程真……程真……小心……后面……"

程真到底是练体育的，有几分蛮力，回过头去左手推开一个，右脚踹翻两个，最后拦腰把一个小混混撞倒在了餐桌旁边。桌椅倾覆，上面放着的花瓶砸了下来，稀里哗啦碎了一地，他手里的棒球棍也掉落在地。

程真喘着粗气，想回过头去拉周沐和奶奶起来，就在这时，他听见卧室里传来了妈妈的哭声。

他的双眼霎时就红了。

他转身，捡起了棒球棍，一步步走过去，推开了卧室门，一个男人正抓着他妈妈。

"我告诉你，这房子你老公已经抵押给我们了，我们今天过来就是来收房子的，他还不上的钱，就由你来还啊……"

周沐把奶奶拖到沙发边靠好，也从地上爬了起来，刚走到卧室门口，就看见男人正要打程真的妈妈，而程真高高举起了棒球棍，朝着男人的后脑勺，狠狠砸了下去。

程真的大脑一片空白，仿佛用尽了全身的力气。妈妈与奶奶受伤的画面反复在脑海里播放着，爸爸躺在太平间里惨白惨白的脸，提醒着他家破人亡的残酷事实。

男人滑落在地，周沐失声尖叫，冲了过去，拦腰把人抱住。

"橙汁儿！！！快住手！！！"

熟悉的声音仿佛一道亮光划过了他的世界。

程真眨了一下眼睛，掉下泪来，他吸了吸鼻子，下意识去抹眼泪，却抹到了一丝温热的液体。

他回过神来,不可置信地看着自己的双手,顿时浑身一个激灵,仿佛触电一样,往后连退了几步跌坐在地,手里的棒球棍也掉落在了地上。

周沐想过去扶程真,他推开了她的手,连滚带爬地往门外跑去,她也跟着冲了出去,眼看着他消失在自己视野里,她只能无能为力地停了下来,流着眼泪,声嘶力竭地喊着他的名字。

"程真,我已经报警了……别跑了……我们……我们去自首吧。"

远方隐隐有警笛响了起来。

周沐低着头,手撑在膝盖上,大口大口喘着粗气,眼泪也一滴一滴砸在了地上。

眼看着还有不到五十米就能跑出别墅群的时候,程真停下了脚步,任由警察把他放倒在了地上,戴上了手铐,眼泪无声地流淌了出来。

即将被押上警车的时候,程真回头望了一眼。

"警察同志,我想再跟她说一句话。"

警察看了周沐一眼,松开了他。

程真走过去,看周沐哭得厉害,想抱抱她,但戴着手铐也不方便,只能轻轻地揩去她眼角不断涌出的泪水。但是他忘了,自己的双手沾满了鲜血,反而在她白皙的脸上留下了一个肮脏的指印。

他迫切地想要替她擦干净,却越涂越脏。

少女拉住了他的手腕,哽咽着摇了摇头。

他的眼眶蓦地红了,颓然地垂下手臂:"对不起,周沐,还有……谢谢你。"

程真说完,转身就走,在警察的押送下上了警车,周沐冲着他的背影流着眼泪大喊:"橙汁儿,我等你,我会一直等你!"

"怎么样,伤得重不重?都流血了!"万敬俯身一看简常念的膝盖,顿时大惊失色。

队医上前来,想要把人扶下去,简常念摆手,止住了他们的动作:"皮外伤而已,就在这里简单地处理一下消个毒就好,不要耽搁比赛时间。"

她执意如此,万敬只好作罢。

看着现场导播传回的画面,解说员A道:"我们的简常念选手受了一点小伤,不过问题不大,还可以再战。"

解说员B也感慨道:"她真的很顽强,新人能做到这个程度的并不多,打法其实也很好,只是欠缺了一些经验,再磨炼磨炼将来一定大有作为。"

队医替简常念包扎好了膝盖，简常念跳起来活动了几下，尽管还是有些疼，不过尚在忍受范围内。

万敬把球拍递给简常念，她接过来，深吸了一口气，调整心态，又走上了赛场。

那边，对方的主教练也在对他的队员进行最后的战术指导："看见了吗？她受伤了，挑下三路打就行。"

队员点了点头，主教练拍了拍她的肩膀："去吧，好好表现，他们也只有一个尹佳怡能打，其他人压根儿不值得一提。"

从看见简常念摔倒开始，严新远就一直皱着眉头，没舒展开过："这怎么能这么打球呢，哪有专攻人家下三路的，这也太阴险了吧！"

简常念本就受了伤，又被人频繁针对她的下肢动作，身体越来越疼了。对手的好几个杀球都打在了她的腿上，也因此被罚了张黄牌。

简常念咬牙切齿，看到对手吃到黄牌后，本以为对手会收敛一些的，谁知道对方却无所谓地耸了耸肩，看来她是想着，反正她比分领先，也不在乎这一两分。

观众席上传来嘘声：

"你不行你就下去吧！"

"别在这儿丢人现眼！"

"就算是谢拾安生病了，也不能抬一个废物上来滥竽充数吧！"

喊话的男子很快就被保安带离了现场。

简常念忽地红了眼眶。

就这样，简常念1∶2输掉了这场比赛。

在看到比赛结果的那一刻，严新远就起身披上了外套，他看着坐在病床上的谢拾安："拾安……"

谢拾安仿佛知道他会说什么似的："严教练您去吧，我这儿有护工看着呢。"

严新远点点头："好，那我快去快回。"

他即将踏出房门的时候，又被人叫住了。

谢拾安朝自己放在床头柜上的背包努了努嘴："严教练，等一下，帮我把那个带给常念。"

严新远走过去一看，背包里是一支球拍，是谢拾安从前在全国大赛的时候曾借给简常念用过的那支。

谢拾安点点头，示意他拿走："就说是我送给她的，也送给未来的世锦赛冠军。"

第一天的比赛，简常念丢了一分，本来可以轻松到手的胜利，却又要靠尹佳怡再多打一场双打来力挽狂澜，她们的队伍这才有惊无险地晋级了下一轮。

全部比赛结束后，队员们拖着疲惫的身体回到了驻训基地，简常念落在后面，听着她们嘀咕：

"还好有尹队，不然这会是我们第一次世锦赛团体赛没进八强吧。"

"你怎么不夸夸我啊，我也赢了一场双打呢？"

"好，夸你夸你，最没用的就是那个豆芽菜了，也不知道为什么万教练还要把她放在这么重要的一单位置上。"

"你不知道啊？她的主教练是我们万老师的师兄。明白了吧，打得烂也没关系，人家后台硬啊！"

"严教练不是咱国羽的宗师级人物吗？怎么带出来了这种徒弟……"

简常念本来是要去吃饭的，听到这里，泪水在眼眶里打转，顿住了脚步，转身，一步两步三步，突然拔足狂奔，跑向了相反的方向。

黄昏的训练室里，一道影子孤单地投在了地板上。

简常念对着墙壁，来回奔跑、并步、抽球，仿佛一台发球机器似的，不知疲倦。

夜幕一点点降临下来，黑暗侵吞了她的影子。

简常念终是精疲力竭，后退了一步，身子摇摇欲坠，但所幸，有人一把扶稳了她。

她惊喜地回过头去。

"严教练！"

严新远手里拎着两份炒饭："还没吃饭吧，走，咱找个地方吃饭去。"

驻训基地里的活动区域，两个人找了个健身器材坐了下来，把饭盒往面前一摆，严新远掰开一次性筷子递给简常念。

"来，尝尝，医院门口的这家炒饭可好吃了。"

简常念脸上还挂着泪痕，接过筷子，饿了一天的她开始狼吞虎咽。

严新远笑着看着她："你慢点儿，这儿还有喝的。"

他又从塑料袋里取出了两罐可乐，拉开易拉罐拉环递给她。

简常念一怔："严教练……"

他从前是从不允许她们在比赛期间喝碳酸饮料的，被揪住了不是跑一千五百米就是做两百个俯卧撑。

"拿着啊，今天例外。"

易拉罐硬是被塞进了她掌心里。

严新远拿起自己那罐和简常念的轻轻地碰了一下："这是为了庆祝你今天第一次打世界大赛。"

简常念绷了一天的情绪再也绷不住了，眼泪唰止不住地流下来。

她哽咽道："可是……我输了……还输得那样惨……我拖了整个团队的后腿……要不是尹队长……我们连八强都进不去……要是拾安在……肯定不会……"

严新远看着她，递上纸巾："我和拾安虽然没去现场，但是都在电视机前看着你呢。常念，你还记得，你第一次打全国大赛那天晚上，我跟你说过什么吗？"

简常念用力点了点头，泣不成声："记得，您说……"

那天晚上的场景历历在目，和现在他的话重合在了一起。

"总有一天，你会在世界舞台上大放异彩的。

"因为，你是我最骄傲的学生。"

简常念一怔，泪水又啪嗒啪嗒掉了下来，她胡乱地用袖子抹去，不想让严教练看到这么狼狈的自己："严教练……我……让您见笑了……都过去那么久了，我还是这么没出息，一输比赛就……"

"哭吧，有情绪发泄出来就好了。对了，我今天来也有东西要给你。"

简常念吸了吸鼻子，好奇道："是什么啊？"

严新远从背包里取出了一支球拍："眼熟吗？"

简常念接了过来，眼中涌出惊喜："这是……拾安的拍子……她……她借给我了？"

严新远摇摇头。

"不是借，是送，她说要送给你，也送给未来的世锦赛冠军。"

古有宝剑赠英雄，即使简常念再笨拙，也知道谢拾安这个时候送自己心爱的球拍给她的意思。

这是谢拾安全心全意交托给她的信任。

简常念总算是破涕为笑了，眼中再次有了光芒："谢谢严教练，也谢谢拾安，您回去告诉她一声，我……很喜欢这个礼物。"

严新远往她的饭盒里夹了一块肉，笑道："吃饭吧，不然一会儿就该凉了。"

"嗯！"

简常念端起了饭盒，眼里闪烁着泪花，大口大口往嘴里扒拉着饭，把眼泪和饭粒一起咽了下去。

因为要做笔录，周沐在公安局里待了一晚上。第二天，周妈妈把人接出来，走在路上，边打边骂："让你不好好上学！出去玩！还跑到男同学家里去！你要不要脸你！从前你喜欢打羽毛球，一放假就往球馆跑，我睁一只眼闭一只眼。现在倒好了，出了这么大事！你现在的时间多宝贵，你知不知道？"

周沐脸上泪痕未干，大声反驳着："妈！我没有！"

话音未落，她怀里抱着的书包被人粗暴地扯了开来，画册掉落在地，周妈妈捡起来撕了个粉碎："没有？那这是什么？这是什么！我和你爸辛辛苦苦一天打几份工供你上学，你就是这么报答我们的？我告诉你，他现在就是个罪犯！"

看见画册被撕，周沐扑过去抢，周妈妈将画册连书包一起扔进了垃圾桶里，揪着她的耳朵往学校走："给我去学校！手机给我！不许用了！以后每周放假必须回家，我和你爸会来接你，不听话就打断你的腿，让你再往外跑！"

周沐哭声凄厉，被推搡得跌跌撞撞，只断断续续地重复着这一句话："妈……他不是……不是罪犯……"

周沐回到学校的当天下午，流言就散播了开来。

她走在教学楼的走廊上，有人在背后指指点点。

"听说了吗？就三班那个周沐啊，昨天被叫进公安局里去了。"

"啊？她不是学习成绩挺好的吗，为什么啊？"

"据说是她朋友，为了她，坐牢了。"

"不是吧，她可是年级三好学生，怎么可能认识这种人呢？你别胡说。"

"我怎么胡说了，你自己看新闻啊，她那个朋友还是体育生呢，就是刚刚获得全国游泳联赛冠军的那个，叫……叫什么来着……"

"程真……之前还是我们学校的学长呢！"

……

周沐往前走去，前面楼梯口堵了一堆人在看热闹，后面投来的目光也让她如芒在背。少女慢慢红了眼眶，转身推开堵在她身旁的同学，一溜烟小跑下了楼。

这节是体育课。

文理分班之后，课业骤然加重，在体育课上打打羽毛球，是周沐从前最喜欢也最难得的放松方式。

可是今天她没有跟同学去打球，而是一个人坐在了主席台下面的台阶上。

操场上还有别的班也在上体育课。

远处有几个其他班的男生在看着周沐，不知道说了些什么，领头的男生把嘴里叼着的狗尾巴草扔在了地上："走，过去瞧瞧。"

面前骤然投下来一片阴影，有人遮挡住了阳光。

周沐抬头："有什么事吗？"

男生笑得不怀好意："周沐是吧？认识认识？"

周沐没搭理他，起身欲走，男生脸色骤变，一把揪住了她的胳膊。

周沐疼得眼泪都出来了，胡乱地拍着他的手："放开我！"

操场上有羽毛球校队的队员在训练，听见动静也靠了过来，李佳佳冲在前头，怒吼一声，拿着球拍就朝男生的脑袋招呼："干什么呢！放开她！你这个臭流氓！"

男生吃痛，松开了周沐，其他几个兄弟见老大挨打不乐意了，一脚把李佳佳踹倒在地。

周沐从台阶上滚了下来，爬过去把人扶起来："李佳佳……你没事吧……"

男生冷哼了一声："不知好歹！我们走。"

其他队员见她们被打，把人拦住："打了我们校队的人，这就想走，没门儿。"

"那你们想怎么样啊？"男生吊儿郎当的。

之前帮助过周沐的学长一声怒喝：

"兄弟们，揍他！"

操场上闹哄哄的，还好体育老师一边吹着尖锐的哨子，一边及时跑了过来，一帮人通通被带到了年级主任办公室。

周沐最后一个进去，周妈妈已经在里面了，不停给人点头哈腰赔着罪，见她进来，又一把将人拽到了跟前。

"赵老师，真是对不起，这孩子不听话，给您添麻烦了。还不快给你们老师低头认个错！"

周沐像个陀螺一样，被人揪着耳朵推来搡去。

憋了一天的情绪在此刻彻底崩溃，她除了放声大哭，一句话也说不出来。

周妈妈见她哭得凶，也红了眼眶："你还哭！让你跟老师认错，你还哭！你不要脸你！"

老师赶忙起身把人拉住："家长消消气，先让孩子出去吧，我和您单独谈谈。"

周沐浑浑噩噩地往外走，周妈妈冲她的背影又骂了几句："就在外面等着，不许走！等回家看我不教训你！"

赵老师给人泡了杯茶，斟酌半天才开口道："是这样的，我们建议您……带着孩子转学。"

"什么？！赵老师，这不行！这个时候转学，沐沐怎么跟得上进度啊？再说了，这都快放暑假了，这个时候上哪儿去找新学校啊。"

"您别急，据我所知，有一些全封闭的寄宿制学校还在招生，而且吧，出了这么大的事，对周沐影响也不好，您看啊，她如今走在学校里，到哪儿都有人在指指点点，我们心里虽然清楚不是那么回事，可是沐沐还是个孩子啊，她怎么承受得了别人异样的眼光呢？难不成叫她每遇到一个人就解释一遍？这也行不通是不是。"

周妈妈的嗓音有些急切："可今天这事，是我们沐沐被欺负了啊。"

"我知道，所以刚才不都处理了吗？您也看到了，叫了家长，落了处分，虽然周沐是受害者，可是她也动手了啊，给学校带来了不良影响，按理说，也是要处分的。

"这都是看在周沐平时学习成绩好，才网开一面的，你们要是坚持留校的话，那这处分肯定也是避免不了的，周妈妈，您想清楚，这档案可是要跟着孩子走一辈子的，女孩子落个处分，以后不管哪个学校、哪个单位一看，都不光彩啊。"

……

周妈妈冷着脸走出了办公室，周沐刚红着眼睛开口叫了一声"妈"，就被人连拖带拽着往外走去。

"你还有脸叫我妈！我的脸都被你丢尽了！回家！"

在公安局里，面对警察的问询，程真交代完自己所有的犯罪事实之后，从兜里颤颤巍巍地掏出了那张染着血的父亲的遗书。

"警察叔叔……我……我要举报……"

警察走上前去，接了过来，大致扫了一眼之后，对同伴示意，同事点了点头跑了出去。

不多时，铁门再一次打开，一位肩上扛着一麦两星的女警走了进来，在程真对面坐下。

"自我介绍一下，我姓宋，现任江城公安局副局长，你可以称呼我为宋警官。"

第九章

决裂

第二天的比赛，尹佳怡本以为经过昨天的比赛失利，简常念会意志消沉，却没想到临上车前简常念主动走过来跟她打了个招呼。

"早啊，尹队。"

简常念脸上带着笑容，神采奕奕，后面背着的球包里露出了半截球拍手柄，不是比赛通用的那款。

尹佳怡会心一笑，也跳上了车："早！谁送的？"

简常念坐下来，把球包抱在了前面，回头道："除了拾安还能有谁啊？尹队放心，今天的比赛我一定好好打！"

旁边有队友路过，说了句风凉话："你不拖大家后腿就谢天谢地了。"

简常念脸上的笑容收敛了一点。

尹佳怡倒是没怎么在意，回转身来，冲她伸出了拳头："好，我们一起加油！"

到了比赛场馆，气氛还是一如既往地热火朝天。

简常念深吸了一口气，推开了运动员通道的大门。今日首战加里队，有近年来的羽坛新秀，曾和谢拾安交过手的天才少女纳提雅。

画面传回演播室。

解说员 A 道："今天这场比赛，决定了中国队能否晋级四强，我们可以看到，万教练在出场顺序上做了一下调整，第一单让尹佳怡去对阵纳提雅，把简常念放在了后面，也算是给新人选手更多适应赛场的时间吧。"

解说员 B 道："纳提雅作为上一届世青赛女子单打冠军，实力也很强劲啊！

"双方互有来回，不过还是尹佳怡更胜一筹。

"让我们恭喜尹佳怡，也恭喜中国队赢得了本场比赛的胜利，顺利拿下一分。"

在尹佳怡先得一分之后，接下来的一场双打和一场单打，队友出乎意料地全输了。

在这种情况下，没有办法，第四场的双打只有靠尹佳怡再次上场力挽狂澜，把大场比分扳到了２∶２平，随后压力骤然来到了简常念这边。

简常念看了一眼放在长椅上的球拍，上面还残留着上一任主人的使用痕迹。

球拍上有谢拾安缠好的手胶，还有她比赛的时候不自觉地用力，指甲在拍杆上留下来的深浅不一的划痕。

简常念将球拍拿了起来，感受到谢拾安通过球拍传递给她的力量。这一刻，她脑海里只回荡着那一句话——

"不是借，是送，她说要送给你，也送给未来的世锦赛冠军。"

在简常念比赛的时候，严新远和谢拾安照例守在了电视机前。

"你觉得，她缺的是什么？"严新远问。

谢拾安斟酌片刻，苦笑了一下："缺了一点儿信心，大概是从小到大都没什么人真正地肯定过她吧。"

简常念的成长环境和谢拾安类似，又和谢拾安不同，外婆能给简常念生活上无微不至的照料，但说到打球，恐怕是爱莫能助。

谢拾安顶着"天才"的头衔，信心都是靠一路厮杀过关斩将在汗水里淬炼出来的。她比简常念少了些柔情，多了些冷硬，所以即使是第一次登上世界舞台，她也适应得很快。毕竟她从小到大什么难听的话都听过，什么难堪的场面都见过，球迷嘴里那一点儿评价她还真不在乎。

这就是所谓的大心脏选手。

严新远也感慨道："是啊，所以在竞技体育这条路上，我们最大的敌人，永远都是自己。"

谢拾安偏头一笑："不过，我有预感，她今天能赢。"

她话音落下的那一刻，全场沸腾。

解说员 A 也难掩激动道："我的天哪！简常念在先落后一局的情况下，竟然连扳了两局回来，实现了惊天大逆转！"

解说员 B："这场比赛太具有戏剧性了，我差点都要以为咱们国家队本届世锦赛的征程就止步于此了！少女不鸣则已，一鸣惊人！"

两个人异口同声道："让我们恭喜国家队顺利晋级四强，也祝贺简常念，拿到了自己在世锦赛上首个大场的胜利！"

在记分牌亮起的那一霎时，简常念还有些回不过神来，直到裁判宣读完了成绩，她才浑身脱力跪在了地上，从喉咙深处发出了一声怒吼，泪湿了眼眶。

"严教练、拾安，我……做到了。"

大清早的，厨房就传来一阵叮叮咣咣的声响。

乔语初打着哈欠起床，拉开厨房门一看，金顺崎正系着围裙在灶台前忙碌呢。

他一边不时低头看着手机上的菜谱，一边准备食材，乔语初走过去给他打下手："我来吧。"

金顺崎手里拿着菜刀，避开了她的动作："没事没事，我来，你去陪陪阿姨吧。"

乔妈妈也起来了，正在客厅看电视。

乔语初回头望了一眼，自打妈妈决定跟乔自山离婚后，那帮人也没再来闹过，这几天情绪还算稳定，家里什么尖锐的有棱角的东西都收起来了，让妈妈一个人在沙发上坐会儿，应该问题不大。倒是金顺崎让她担心得多。

男人切土豆丝切得那叫一个如履薄冰，小心翼翼，乔语初看得胆战心惊的："我总觉得，一个骨科医生的手不应该来做这种事。"

金顺崎头也没抬："我把工作辞了。"

"什么——"乔语初险些吃惊地喊出声来，顾忌着妈妈在外面，又压低了声音道，"那么好的工作，你怎么说辞就辞了？什么时候的事啊？"

"就那天我和院长打电话的时候说的，我总不能一直请假旷工吧，辞了也好。等这事解决了，阿姨的病情好一点，我再在江城找份工作。"

金顺崎说着，耸了耸肩，把切好的土豆丝放进洗菜盆里，在水龙头底下冲洗干净。

乔语初看着他，有些动容，伸手主动圈住了他的腰身，把脑袋贴在了他坚实的后背上："对不起，如果不是我的原因……"

金顺崎回头看她一眼，脸上挂着温柔的笑容："别这么说，就算不是你，等燕京那边的合同到期，我也还是会走的。"

乔语初心里充斥着难言的感动："我有时候真的不知道……该怎么报答你……"

金顺崎看了一眼外面看电视的乔妈妈："语初，可以关下门吗？我有事想跟你说。"

乔语初松开他，轻轻走了过去，把门虚掩着，客厅里的电视机声音大，基本听不到他们说什么。

"什么事，你说。"

金顺崎转过身来，把人拉进了怀里："我已经委托了我的律师朋友，决定就赔偿的事和他们打官司，我的朋友是全国顶尖律师事务所的合伙人之一，我们有很大的概率会赢，这样我们就不用赔那么多钱了。"

乔语初眼里涌出惊喜的情绪："真的？！那真是太好了！"

"还有，阿姨的离婚诉讼不是下周开庭吗？等开完庭，我们可以带着阿姨去国外再好好玩一下，顺道也算是旅游了。"

这些日子以来的阴霾中总算是看见一丝曙光了。

乔语初笑意盈盈的："还有吗？"

金顺崎揽紧她的腰，低下头来。

"还有就是——我想吻你。"

在拿下了首胜之后，简常念仿佛打通了任督二脉一样，在接下来的比赛中越战越勇。

"让我们恭喜简常念2：0战胜了美国选手，为队伍赢下了关键性的一分！"

"经过三局激烈的角逐后，最终简常念还是以2：1的比分击败了加里职业选手，为中国队再添一分！"

"简常念和尹佳怡齐齐开花啊，为今日的半决赛赢得了一个漂亮的开门红！"

"让我们恭喜中国队杀出重围，获得了上半区唯一一张总决赛门票，祝贺她们！这群勇敢而无畏的，年轻的中国姑娘！"

"面对质疑，最好的办法就是用实力去还击，简常念今天站在这里，就已经证明了自己，从跌落谷底再到一鸣惊人，她用她的坚持不懈告诉了我们，替补也可以堪当大任！"

"简常念就是赛场上的明日之星！让我们一起期待她在总决赛上能有更好的发挥！"

在象征着胜利的音乐响起来的时候，队员纷纷冲了上去抱在一起欢呼雀跃着。

简常念眼眶微湿，脸上总算是由衷地露出了一抹笑容，此刻的她如释重负。

她看着领奖台前面空空如也的旗杆，希冀着明天一定要把国旗挂上最高点。

简常念打比赛的这几天，谢拾安也没在床上待着了，她开始尝试下地走路复健。

她扶着医院走廊的墙慢慢踱步，严新远跟在后面寸步不离，生怕她摔倒。

"拾安，何必这么着急呢，医生也说了，你这伤口还没长好呢。"

谢拾安咬着牙，一步步艰难地往前走着："再躺下去……我感觉我就要废了……还有……语初的事……严教练……我想早点回江城去帮她……"

严新远长叹一口气，拿她没辙："你这孩子就是倔！"

话音未落，医生从办公室出来喊道："13床的，来拿一下你们的检查报告。"

"来了。拾安，你先在这儿坐一下，我去去就回来。"

严新远回头道，把人扶到了走廊上的座椅上。

他刚走，谢拾安就坐不住了，又咬着牙站了起来，扶着墙一步步走着。

她走了大约十几米远，都没什么问题，伤口因为还在愈合，有些痛痒，不过在忍受范围内。

谢拾安想尝试着自己走两步，慢慢松开了扶着墙的手，刚抬起右脚，膝盖就是一阵酸软，骤然失去了着力点，她整个人顿时间往前跌去。

"拾安！"

千钧一发之际，一个人影以百米冲刺的速度跑了过来，正好把谢拾安接住。

简常念松了一口气，看着谢拾安趴在自己肩膀上的脑袋道："你没事吧？"

谢拾安人倒是没什么事，就是下巴被简常念的肩胛骨硌得有点疼，为了保持平衡，摔倒的时候，她下意识地拽住了简常念后背的衣服。

"我没事。"

谢拾安撒开了手，往自己腰间瞅了一眼，示意简常念也放手。

简常念不明就里："啊？"

又见谢拾安的眼神越来越冷，迟钝如简常念这才回过味来了，谢拾安不喜欢和别人有肢体接触。

她赶忙松开了谢拾安："哦哦，那……你站稳。"

简常念话音刚落，谢拾安身子就是一晃，简常念手疾眼快地扶住了谢拾安的胳膊，笑得有些得寸进尺，仿佛都能看见身后摇起来的毛茸茸的尾巴了："啧，你看吧，这就是逞强的后果。"

谢拾安抬眼看简常念，简常念立马站直了身体，一本正经地把手里拎着的饭盒献宝似的送到了谢拾安眼前。

"我说错话了，我闭嘴，但是我给你带了食堂的大鸡腿，我自己都舍不得吃呢。"

两个人回到病房，房间里空空如也。

简常念奇道："咦，严教练人呢？"

谢拾安一屁股坐在了床上，走了半天也觉得有些累，额头冒出了细密的汗珠："拿检查报告去了，还没回来呢。"

"拿什么报告要这么久啊？"

简常念嘀咕着，给她掀开了饭盒的盖子："算了，那你先吃吧，不然一会儿凉了。"

楼梯间里传来一阵剧烈的咳嗽，严新远慢慢弯下腰去，胸口一阵针扎似的刺痛，他只能扶着楼梯栏杆慢慢滑坐了下来，手里拿着的检查报告也散落在地。

他颤颤巍巍地从兜里掏出药瓶，倒出两粒止痛片一股脑干咽了下去，一个人在楼梯间里坐了许久，等情况好一点，才捡起检查报告走回了病房。

一见严新远进来，简常念就立马放下了筷子道："严教练，您可算是回来了，快来吃饭。今天为了庆祝我们杀进总决赛，食堂做了好多好吃的呢，什么鱼、虾、蟹、大鸡腿，我带了好多过来。"

严新远把检查报告放在了床头柜上，也抽了把椅子坐了下来吃饭，不过挑的都是一些素菜。

简常念嚷嚷："严教练，您怎么不吃肉啊？"

"哦，最近我支气管炎又犯了，吃药呢，医生说了要少食油腻荤腥。拾安，你也是，伤口还没长好，发物就不要吃了，多吃点鱼肉，来，给。"

严新远夹起一块清蒸鱼头放进了谢拾安的碗里。

"谢谢严教练，您也吃。"谢拾安也给他夹了一个鸡腿。

"怪不得看您今天脸色有点差，本身就在生病，又要照顾拾安，好辛苦。不过，我明天就打完了，等比赛结束了，就过来接您的班。"简常念道。

谢拾安可不想再在医院里住了："严教练，医生怎么说，我可以出院了吗？"

严新远目光含笑地看着她们："医生说了，恢复得是不错，但出院还得晚几天呢，你虽然年轻，但还是要彻底养好才能出院，免得留下什么后遗症。"

"我……"

简常念知道谢拾安心里着急乔语初的事，但事关谢拾安的身体健康，也不能由着她的性子胡来，灵机一动，转移了话题："拾安，你猜猜，我们明天打谁？"

谢拾安不屑地冷哼了一声："这还用猜，我又不是没看比赛，不就是韩城队吗？我要是能上场，肯定3：0拿下她们。"

严新远也笑了起来："你明天第几个出场啊？应该不会遇到金南智吧？"

简常念啃着鸡腿，满嘴流油："肯定不会，万教练把我安排在了第三单的位置上，金南智这块硬骨头，还是让尹队去啃吧。"

"那可说不准，指不定韩城队的主教练也想来一招田忌赛马，出奇制胜呢。"

"呸呸呸，你这个乌鸦嘴，说得我心里毛毛的。"

经过周沐父母的多方周旋，转学手续很快就办好了，周沐在妈妈的陪同下来到学校收拾东西。

教室外的走廊上，周沐把珍藏的几本小说、杂志，还有一个旧MP3通通转赠给了李佳佳。

李佳佳看着手里的东西："你这是什么意思？不回来了吗？"

周沐摇摇头："我要转学了。"

"啊，不至于吧？不行，我要去找老师——"

李佳佳话音未落，就被人一把拉住。

周沐再次摇了摇头，眼神黯然："李佳佳，别去了，我爸妈已经把转学手续都给我办好了，我明天就要过去报到了。"

她都这么说了，那就是非走不可了，李佳佳仿佛想起了什么似的，一溜烟跑进了班里："周沐，你等一会儿，我也有东西要给你。"

"什么啊？"周沐好奇道。

在看见李佳佳手里拿着的那个笔记本时，周沐顿时就红了眼眶："这是……"

李佳佳把画册递给周沐。

"那天你和阿姨在学校门口说的话我都听到了，你们走后我就把这个捡了回来，虽然已经被撕成这样了，但是我觉得你肯定很喜欢它。"

李佳佳一语双关。

周沐接过来把画册抱在了怀里，喜极而泣："谢谢，谢谢你，那天保护我也是……在校队和你们一起打球的日子，我真的很开心……"

李佳佳看周沐这样也有些动容，红了眼眶，主动上去抱了周沐一下："尽管你刚进校队的时候，我也不太喜欢你，还把你当对手，但一起打球的时候我们又很默契，说不定你再待得久一点，我们会变成更好的朋友。

"还有就是，我觉得你……非常勇敢，那种情况下还敢冲进去救人，如果是我说不定就被吓到不知道该怎么办了。所以不管别人怎么说，我相信你，也相信程学长是无辜的。"

这是周沐这几天以来收获的第一份肯定。

周沐总算是破涕为笑，也轻轻地回抱住了李佳佳。

知道周沐要走，校队其他成员也都闻讯赶来了，就在不远处站着，脸上的表情都有些不舍。

周沐松开李佳佳，眼里含着泪，脸上却扬起了明亮的笑容，冲大家微微鞠了一躬，然后转身离去。

在转身的那一瞬间，泪水夺眶而出。

周沐走出校门，正值傍晚学生放学的时间，人潮拥挤，热闹非凡。

一切如常。

周沐却知道，她的青春永远地留在了那年初夏，在江北二中学校门口遇见程真的那天。

第二天，当简常念看见出场名单的时候就眼前一黑，韩城队第三单的位置上赫然写着：金南智。

谢拾安这个乌鸦嘴，还真的让她说中了啊。

金南智也拿着这份名单找到了主教练："朴教练，这是什么意思，您不觉得让我去打一个新人选手是大材小用吗？"

"南智，不用我再提醒你吧，这也是你的第一届世锦赛，严格意义上来说，你也是一名新人选手。"

"这不一样！我之前和她交过手，她根本打不过我，我想和尹佳怡再过过招！"

主教练语重心长地拍了拍金南智的肩膀："我知道尹佳怡一直是你想超越的目标，在单打半决赛的时候，你已经证明了自己有不输于她的实力，但是现在是团体赛，一切以国家荣誉为重。"

出场名单一旦交换，那么就不能再更改了。

金南智咬紧了下唇，往简常念那边看了一眼。

队里一片愁云惨雾，简常念压根儿笑不出来。

眼看着比赛时间要到了，万敬把人聚到了一起，给大家加油打气："不管怎么说，这也是我们在申城世锦赛上的最后一场比赛了，希望大家全力以赴！"

所有人都脸色严肃地点了点头。

尹佳怡率先伸出手去："中国队——"

一双双手覆了上去，大家异口同声道："加油！"

呼声响彻云霄。

韩城队那边也准备就绪，比赛正式开始。

解说员A："看来大家想看到的尹佳怡对战金南智完美复刻单打半决赛的场景，并未能见到啊。"

解说员B："这也是一种战术嘛，可以理解，只是我有点儿担心简常念选手的发挥，第一次参加世锦赛就遇上金南智这种顶级天才，还是左手球。"

解说员A："担心也没用，尽力去打不留遗憾就好，再说了，简常念选手进步也很大啊，相信奇迹的人才会见证奇迹的诞生。"

简常念尽力了，她所能创造出来的最大的奇迹就是，在无人看好的情况下，还赢了金南智一局。

比分1：1平的时候，全场安静了那么几秒，然后爆发出了一阵阵欢呼。

看台上的观众拉着国旗，疯狂喊着简常念的名字：

"简常念——"

"牛！"

简常念激动得扔掉了球拍，跑下场和自己的队友们抱在了一起，眼眶微微发烫。

万敬摸了摸简常念的脑袋："好样的。"

简常念再也绷不住了，弯了一下嘴角，泪就涌了出来。

韩城队那边。

朴教练把毛巾递给金南智："怎么回事，居然被人扳了一局回来？"

金南智接过来擦了擦汗，看着简常念的目光也多了一丝欣赏："她进步很快，我大意了，不过比起尹佳怡和谢拾安，她还差得远呢。"

尹佳怡坐在后面，给简常念递了瓶水，示意她附耳过来："你凑近点，我告诉你一个金南智的弱点。"

看着她们暗戳戳的小动作，金南智在心底咬牙切齿："尹佳怡这家伙肯定是在给简常念做指导呢，不过想赢我，没那么容易。"

她拿掉脖子上的毛巾，举手站了起来："裁判，我准备好了！"

比赛休息时间短暂，尹佳怡只能长话短说地告诉了简常念一些金南智球路上的特点，包括需要重点防守的东西，以及金南智个人打球的小习惯。

打球习惯如果不是对金南智特别熟悉并且心细如尘的人，是觉察不出来的。

简常念看着自家队长："尹队，你也太厉害了，怎么这么清楚啊？"

尹佳怡拍了拍简常念的肩："我之前和她是队友啊……比赛开始了，去吧，加油，好好打。"

"好，我尽力。"

简常念用力点了点头，站了起来，再次踏上了属于她的年轻的赛场。

决胜局正式开始。

金南智站在简常念对面跃跃欲试："这一局我不会再让着你了。"

简常念抬手发球，发狠道："正好，我也是。"

超高球速，白色"流星"旋转而来。

金南智快步上前防守，勾了个对角。

简常念也迅速回击，和人拉吊。

金南智反手就是一个杀球，球落在中场，率先拿下了一分。

金南智露出势在必得的笑容，跑了回去："我说的吧，这个冠军，我拿定了！"

啪——

伴随话音响起的是球拍击球时清脆的声音，简常念再一次勇敢地迎了上去。

"曾经有人告诉我，说这球接得住也要接，接不住还是要接，放弃才是最可怕的敌人。"

这一场比赛，尽管比分落后，但是简常念气势不减，从未认输。

她甚至还利用尹佳怡告诉她的金南智的小习惯，抓住了金南智抬手撩拨刘海时遮挡住了部分视线的零点零几秒来反击，一度给金南智造成了不小的麻烦。

但好在金南智调整得很快，把渐渐追平的比分又拉了开来，最后一个左手暴力杀球一举结束了这场比赛。

韩城队那边的看台上陡然爆发出了一阵欢呼。

金南智的队友们冲了上来，把她举了起来，抛向了半空，少女脸上洋溢着幸福的笑容。

解说员A："虽然我们输了，但毫无疑问这是一场精彩的比赛，感谢简常念选手给我们带来精彩的演出。她才十六岁，还很年轻，长风破浪会有时，直挂云帆济沧海！"

解说员B："也祝贺韩城队拿下了本届世锦赛团体赛的冠军，一金一银，创造了近十年来韩城队史上最好的成绩，金南智的加入为这支队伍注入了新鲜血液，从此，她就是韩城队的灵魂人物。"

解说员A话语铿锵有力："体坛太容易出天才了，又有多少背负着天才之名的少年们在历经岁月洗涤之后泯然众人矣，这是一个大浪淘沙的过程，能走到这里的，终究只是一小部分，竞技体育就是这么残酷，唯有不断地去拼搏，去超越，用血泪和汗水浇灌理想之花，才有可能结出芬芳馥郁的果实。

"希望我们的运动员们都能不负初心，勠力拼搏，回去好好总结经验，在接下来的夏季奥运会上有更亮眼的发挥！"

简常念的第一次世锦赛结束了，她失落地放下了球拍。

韩城国歌响起，国旗也一并高高升起。

简常念转身离开了聚光灯下。

蜂拥而至的媒体从她身边路过。

这一刻，她的背影孤单而又落寞。

万敬看着简常念回到休息区，刚想开口安慰。

简常念苦笑了一下："万教练，安慰的话就别说了，我……输得心服口服。"

领奖的时候，冠亚军站在一起，尹佳怡作为中国队代表过去跟金南智握了个手："你今天表现得很好。"

这一句是真心实意的夸奖。

金南智还在对尹佳怡透露自己打球习惯的事耿耿于怀呢，皮笑肉不笑的，用力捏了捏她的手："哪里哪里，哪有尹队表现得好呢？"

尹佳怡面上一派和煦，转头，有媒体提议说要拍一张大合照，两支队伍肩并肩站在了一起。

领奖台狭窄，尹佳怡一把揽过了金南智的肩膀。金南智轻喷一声，就要挣脱："尹佳怡，你有毛病吧。"

尹佳怡看着镜头，笑不露齿，从牙缝里挤出了一句："看镜头，笑，对，要不然一会儿八卦论坛又该说我们不合了。"

镁光灯乱闪，刺得人眼睛都睁不开。

金南智依旧保持着优雅的笑容，一字一句道：

"尹，佳，怡，你，给，我，等，着。"

简常念走出场馆，让她没有想到的是，出口处竟然也围了几个人在等着她出来。

"来了，来了，常念，给我签个名吧。"

领头的人是个女生，嗓音有些耳熟，简常念骤然被这么多人簇拥着，还有些不习惯，忙把她手里拿着的笔记本接了过来，利落地写上了自己的名字。

"那个……我的字不好看……你别介意。"

"不会不会，在我心里，你已经很厉害了！"

简常念这下抬头，眼里涌出一丝惊喜，总算是认出她了："是你！你怎么来申城了啊？"

是辰星俱乐部里曾和简常念打过球，有过一面之缘的那个白衣服女生，当时她还拿自己的工钱买了瓶水送给了人家。

女生见简常念认出了自己，也十分开心："我来申城艺考，顺便就来看比赛了啊。"

"哇，真厉害！考得怎么样啊？"

"有很大的把握能被提前批次录取，我现在想想，当时多亏了你的鼓励，我才没有放弃羽毛球。我都想好了，等上了大学就继续打球，去参加大学生运动会，也像你一样一直一直坚持下去。"

简常念因为比赛结果而失落不已的内心，仿佛注入了一股无名力量，又慢慢充盈了起来。

她脸上总算是由衷地露出了笑容："那我就提前恭喜你金榜题名咯。"

其他人也都凑了上来：

"常念，常念，也给我们签一个吧！"

"哇，电视上看还不觉得，近看常念你皮肤好好哦，水嫩水嫩的，简直充满了胶原蛋白，好可爱！"

"常念，我是从全国大赛你打尹佳怡那场开始留意到你的，一路走来也算是见证了你成长的点点滴滴。你会去参加奥运会的，对吧？"

"对，常念，你一定要去参加奥运会啊，我们想看到你更多更精彩的比赛。"

……

简常念还是头一次被这么多女生围着，有些手足无措，被她们的热情弄得面红耳赤，无论是要求合影留念，还是签名，她都一一照做了。

谢拾安站在不远处静静看着简常念，双眸沉静，嘴角却挂着一丝笑容。

"严教练，我们去停车场等常念吧，感觉一时半会儿结束不了。"

严新远扶着谢拾安："你还能走吗？"

谢拾安点点头，从医院打车过来到场馆门口下车走了几百米，就让她的额头沁出了汗珠。

"可以，我们走吧。"

简常念一边签名，一边问："你们都是从哪儿过来的啊？"

"山西。"

"燕京。"

"河南。"

"江城。"

"我是申城本地人。"

……

"都挺远的啊。"

简常念心里感动，又觉得输了比赛有些愧疚，签完了名，又从包里翻出了自己的队服、帽子、中国队的徽章以及定制的印有国旗的口罩，一股脑分给了她们。

"对了，我这儿有些小礼物，都是中国队的一些周边什么的，队服和帽子都是干净的，送给你们，谢谢你们大老远跑来看我比赛，下一次我会努力的。"

谢拾安刚走到停车场，就遇上了韩城队的大部队，冤家路窄，她正欲转身，就被人叫住了。

金南智走上前来，啧啧称奇："哟，这不是我们的世界冠军吗？你不是应该还在住院吗？跑这儿干吗来了？"

谢拾安抬头看着金南智，语气波澜不惊："等人。"

"小师妹打比赛，当师姐的很紧张吧？"

"……"

要不是严新远在这儿，谢拾安带伤也要狠狠地给金南智几个栗暴。

眼看着谢拾安的眼神越来越冷，大有不冻死她誓不罢休的意思，金南智只好摆手："不跟你开玩笑了，我本来还想去医院看看你的，但看你现在活蹦乱跳的，估计也没什么事了。这个送给你，就当是你上次赠我队服的回礼了。"

她从球包里掏出了一个锦盒抛给了谢拾安。

"这是——"谢拾安一怔。

金南智耸耸肩："这是我们汉阳地方队队服上的袖扣，是我们赞助商在建队五十周年的时候特制的，每枚袖扣上面都有队员的专属姓名，很有纪念意义，也算是我能想起来的，送给你的最好的礼物了。"

一件队服外套，一枚专属袖扣，代表的是滨海省队和汉阳地方队。

场上是对手，场下就是惺惺相惜的好朋友。

谢拾安把锦盒攥进了手心里："那行吧，我就勉为其难收下了。这次团体赛我没能参加，等奥运会的时候，如果抽在同一个组里，我再送你一份连八强都进不去的大礼包吧。"

"啊？我看你不是得了阑尾炎，而是得了幻想症吧？就这样，我该走了，赛场上见。"

金南智说着，冲谢拾安挥了挥手，跑远了。

尹佳怡走到谢拾安身边："身体恢复得怎么样了？"

话是这么说，她的目光却一直落在谢拾安手上。

谢拾安觉得自己捏了块烫手山芋："我……"

谢拾安正欲开口，尹佳怡拍了拍她的肩膀，走远了："别紧张，不就是袖扣。"

"……"

金南智，自求多福吧你。

"拾安！"

谢拾安在停车场等了没多久，简常念就气喘吁吁地跑了过来，在她面前停住："你……你怎么来了……"

谢拾安一本正经道："我出院了啊。"

严新远毫不留情地戳破自己的徒弟："你别听她胡说，她硬是逼着求着医生给她开的出院证明，回江城了还得去换药呢！"

简常念拖长声音"哦"了一声："所以，你出院第一件事就是来看我比赛吗？"

谢拾安皮笑肉不笑的："是啊，来看看你怎么哭的。"

简常念沉默两秒，发出了一声咆哮："谢拾安！"

严新远也有些忍俊不禁。

万敬看着他们："来都来了，走啊，一起吃个饭。"

谢拾安站在原地，简常念从刚刚过来就一直跟在她身边，严新远也扶着她没动。

谢拾安淡淡道："吃饭就不去了，我们要回江城了。"

万敬一怔，还是低声劝道："你再考虑一下，跟我回燕京也是可以的，燕京的医疗条件还好一些，训练基地环境也好，而且马上奥运会就要开幕了，你在燕京我们的教练组能给你全方位系统的指导与训练……"

经过这些天的相处，比起全国大赛的时候，谢拾安对万敬的想法也有了一些改观，觉得他并非她之前想象中那种不近人情的教练，严教练看重的是每一位队员，而他则更看重整支队伍的成绩。

　　如果谢拾安去国家队，为了提高队伍整体成绩，那么万敬势必会把他手里更多的资源往她身上倾斜。

　　即使是这样，谢拾安也没有一丝动摇：“我有一些私人的事要去处理，而且比起在训练室里打球，我更喜欢在世界大赛上挑战各种各样的对手。我人虽然在滨海省队，但只要国家需要，我做好了随时出征的准备。”

　　离夏季奥运会开幕还有不多不少两个月的时间，期间还有一些大大小小的洲际杯赛。

　　万敬知道，鸿鹄之志，遨游千里，谢拾安向往的是更广阔、更自由、更无拘无束的舞台。

　　他走上前去，向谢拾安伸出了手：“期待我们再次并肩作战的那一天。”

　　谢拾安露出一丝笑容，回握住了他。

　　“一定。”

　　等上了车，尹佳怡也把行李放进了后备厢里：“万老师，比赛打完了，我有好一阵子都没回家了，想回家看看，顺便休息一段时间。”

　　万敬回头道：“行啊！几点的票？”

　　“晚上九点的高铁。”

　　“那一起吃个饭吧，吃完了让司机直接送你去高铁站。”

　　尹佳怡点了点头，坐了下来：“好。”

　　飞机起飞前，谢拾安又给乔语初打了两个电话，依旧是无人接听。她咬唇思索了片刻，第三个电话打给了程真。

　　“对不起，您拨打的电话已关机。”

　　听筒里传来了冰冷的电子音。

　　简常念看谢拾安脸色不太对劲，关心道：“怎么了？”

　　谢拾安看着手机：“橙汁儿也回去两天了，一点消息也没有。”

　　程真不是个心里能藏得住事的人，一有什么风吹草动，他肯定会跟她唠叨半天。

　　他两天不联系自己，手机还关机了，这件事本身就很反常。

　　不知道为什么，谢拾安心慌得厉害。

她准备再打第四个电话的时候,空姐过来了:"您好女士,我们的飞机马上就要起飞了,请关闭电子设备或调至飞行模式。"

谢拾安无奈,只好把手机放了下来。

简常念安慰她:"这都几点了,说不定都睡了,再说了,明早咱们就到江城了,回去了就可以见到了啊。"

飞机在巨大的轰鸣声里腾空而起,收起了起落架,逐渐没入了深沉的夜色里。

谢拾安点了点头:"但愿如此吧。"

夜间航班没有餐食,只发了点水果和酸奶,飞机落地的时候,天刚蒙蒙亮,简常念肚子饿得咕咕叫,一行人便决定先去吃点东西再回训练基地。

"三碗牛肉面,谢谢。"

谢拾安点好餐回到座位上,餐厅里的壁挂电视放完了航班信息,就开始播放早间新闻。

她只是随意瞥了一眼,就打翻了桌上的水杯。

"本台获悉,近日,曾获得全国游泳联赛男子组 400 米自由泳和 4×200 米接力金牌的运动员程真,涉嫌故意伤人被江城人民检察院批准逮捕。"

简常念也吃惊得张大了嘴巴,揉了揉眼睛似是没看清一样。

尽管电视台给程真的脸做了特殊处理,但谢拾安还是一眼就认出来了那是他,怪不得怎么给他打电话都不接,原来真的出事了。

"案件还在进一步侦办中……"

女主持人的嘴还在一开一合,谢拾安再也听不下去,拎着包转身就走。

严新远和简常念对视一眼,也追了上去:"拾安,你等等我们啊!"

谢拾安转过头来,眼角有点儿红:"不可能!橙汁儿怎么可能做那样的事呢?他连踩死一只蚂蚁都……我一定要去问个清楚!"

等服务员端着做好的牛肉面出来,座位上已经空无一人了,他挠了挠脑袋,有些不解:"钱都付了,人呢?"

谢拾安伸手拦下一辆出租车:"师傅,江城看守所。"

一路上她沉默得有些可怕,简常念好几次想张嘴说话,又都咽了回去。

她心里也觉得程真犯罪这事压根儿不可能,但能上新闻,多半就是真的。

两个人就这么忐忑着,到了看守所门口。

严新远去敲门。

监管民警走了出来:"什么人?证件。"

"我们是程真的朋友,他现在关押在这里吗?我们能不能进去看看他啊?"简常念急切道。

"不行,案件正在侦办中,任何人不得会见。"

监管民警拒绝了他们的来访,转身又站上了岗亭。

这也就侧面证实了,新闻报道的是真的。

谢拾安咬着牙,转身就走。

简常念追了上去:"你去哪儿啊?"

到了车上,谢拾安才给司机师傅报出了程真家里的地址。

司机一听,又见他们是从看守所上的车,顿时透过后视镜打量了他们一眼道:"你们去那地方干吗,那地方前几天刚发生了轰动的大事,一个年轻小伙闯的祸,听说还是什么全国冠军呢。"

简常念心里一沉,小心翼翼地看了谢拾安一眼:"那……您知道是因为什么事吗?"

司机师傅开着车:"这我就不知道了,我就是一跑出租的。"

谢拾安又戴起了耳机听歌,嘴角紧抿,一言不发地盯着窗外飞驰而过的街景。

她烦躁不安的时候就会这样。

越靠近别墅区,她就越心急如焚,到了门口,推开车门,几乎是一溜小跑往里冲了。

"喂,还没给钱呢!"

简常念回身扔下了一些零钱,也跟着跑了过去:"拾安,拾安,你慢点儿,你身上还有伤,不能剧烈运动!"

谢拾安咬着牙,一口气冲到了程真家门前,顿时怔在了原地。院子里杂草丛生,地上横七竖八地躺着一些垃圾和报废的旧家具。

院门口停着一辆面包车,有工人从房子里面抬了电视机出来装上车,程母跟在后面寸步不离:"我买的时候这电视都五六千呢。"

"五百,最多五百,爱卖不卖。"

程母犹豫了一下,还是从他手里把钱夺了过来,赔着笑:"卖,我卖,屋里还有冰箱和洗衣机,空调你们也一并拆走吧。"

眼前这个衣着朴素、头发花白、形容枯槁的中年女人,谢拾安几乎快要认不出来了。

谢拾安走上前,试探着开口叫了一声:"程……程阿姨?"

程母转过身来,见是她,有些惊喜,片刻后想到自己儿子还在看守所,又红了眼眶:"是拾安啊,你看这家里乱得,我就不请你们进来坐了。"

"阿姨，程真他……"

谢拾安刚提了半句话，程母眼里忍着的泪水一下子就滑落了下来，身子摇摇欲坠。

她把人扶到了一旁的长椅上："阿姨，我刚去看守所了，他们不让我进去探望，您得告诉我究竟发生了什么事，我才好想办法帮帮程真啊。"

在程母断断续续的哭诉里，谢拾安总算是弄明白了整件事的来龙去脉，直到听到程母说："我和程真他爸已经达成了共识，能多瞒他一天是一天，就叫他在外面训练别回来了。我也不知道为什么，他嘴上说着要在外面多玩几天，当天晚上却回了江城，还跑到了他爸爸的工业园里去，亲眼看到他爸……"

程母捂着嘴，泣不成声："没抢救过来……哪怕是他晚回来一天呢，就一天……"

谢拾安坐在这里，如坠冰窟，一股负罪感从头到脚深深地席卷了她。

是她，是她的那个电话催着程真回来的。

如果他不那么善良，不把她当朋友。

如果他可以晚回来一天，也就不用受这么大刺激，导致失手伤人了。

谢拾安无颜留在这里继续面对他的家人。

她浑浑噩噩地站了起来，刚走两步，就直挺挺地倒了下去。

谢拾安再次醒来是在医院里。

谢拾安盯着雪白的天花板，坐了起来。简常念见她醒了，也站了起来："你醒啦？别乱动，医生说你有点低血糖……"

谢拾安用手撑了一下脑袋，发现自己手背上还连着输液管。

"严教练呢？"

"严教练先回训练基地放行李了，让我在这儿看着你，他一会儿再来接我们。"

谢拾安自己拔了针，掀被下床："我不能在这儿躺着，我要去找语初。"

她已经失去了一个朋友了，不能再失去另外一个。

"她电话都不接，你去哪儿找她啊？"简常念一跺脚，追了上去拦住谢拾安。

谢拾安跌跌撞撞地把人甩开："我……回家！她总是要回家的吧，你……别跟着我……回训练基地去！"

等简常念追出医院大门的时候，谢拾安已经坐上了出租车，车门就在简常念眼前关闭。

"师傅，开车。"

谢拾安冷静地报出了地址。

车辆启动离开的时候，简常念失魂落魄地往后退了一步。

谢拾安戴上了耳机，把音乐开到了最大，在心底道："对不起，有些事我想自己面对。"

今天是个难得的好天气，乔语初起了个大早，陪妈妈去庭审现场。她刚坐下没多久，就看见那个女人拉着孩子走了进来，坐在了旁听席上。

乔妈妈顺着乔语初的视线望过去，乔语初怕她受刺激，握紧了她的手："妈……"

乔妈妈回过神来，勉强笑了一下，也覆上了她的手拍了拍："你放心，今天这婚我一定要离的。"

不多时，庭审正式开始，双方都有离婚意愿，当庭就达成了调解，法官一锤定音："经过本院调解，双方当事人自愿离婚，原告乔自山向被告李冬梅支付一百万作为补偿，并将名下一套房屋过户给被告李冬梅和婚生女乔语初，本案所有诉讼费由原告乔自山承担。"

乔语初听到这里，脸上总算是露出了一丝如释重负的微笑。

乔妈妈站了起来，木着一张脸，眼里古井无波，空空荡荡的，看不出喜怒哀伤。

乔语初扶着妈妈一步步往外走去，她那个时候还不知道什么叫哀莫大于心死。

"妈，可算是离了，现在啊你就自由了，我们回家收拾收拾东西，过两天啊带你旅游去。

"你要是不想再回家住了，我们就把房子卖了，去省城重新再买一套，远离这个是非之地。

"至于赔偿的事儿，你也不用担心，金已经过去和他的律师朋友谈了，实在谈不拢，咱们就起诉。"

无论她说什么，怎样安排，乔妈妈始终都只回复一个字："好。"

乔语初还想说什么，包里的手机响了起来，她低头从包里翻出来，看了一眼，是谢拾安打来的。

就在她犹豫着要不要接的时候，乔妈妈松开了她的手，面前就是台阶，她毫无所察地走着，然后就一脚踏空，从高高的台阶上摔了下去。

人群中响起了惊呼声。

乔语初抬头一看，手机掉在了地上："妈！"

她红着眼睛，声嘶力竭地喊着，扑了过去。

谢拾安回到家，先去敲了敲隔壁的门，无人应答，屋里也静悄悄的，应该是不在家吧。

她又打开了自己家的门,把钥匙放在了玄关上,在沙发上坐了下来,给乔语初打了个电话,依旧是无人接听,再打就是占线了。

谢拾安咬了咬唇,算了,就在家里等乔语初回来吧,反正离得这么近,隔壁有什么动静她都能听得见。

她从下午等到了黄昏,再到夜幕降临。

命运一点一点地拨动着它的齿轮。

谢拾安坐在沙发上,不知不觉就睡着了,醒来后就去阳台上等了一会儿,想看看乔语初回来没有。

远处楼栋里的灯光一盏一盏熄灭,夜深了。

谢拾安回到了屋里,再次去敲了敲隔壁的门,依旧无人应答,她有些失落,环抱着膝盖,在楼梯上坐了下来。

医院里,金顺崎本来还在和受害者家属商谈赔偿的事,听到消息就赶忙跑了过来。

抢救室里的灯灭了。

两个人迎了上去:"大夫,我妈怎么样了?"

医生摘下了口罩,欲言又止:"这个岁数开放性骨折,恐怕是……"

乔语初急出了眼泪:"恐怕是什么,您倒是说明白啊,也好让我们心里有个底!"

"那我就直说了吧,我们已经给她的膝盖钉上了钢板,固定好了,即使能康复出院,但这种损伤是不可逆的,恐怕以后再难恢复到从前行走自如的状态了。"

"什么……那也就是说……"

乔语初眼前一黑,就要往后倒去,金顺崎一把扶住了她:"语初,语初,你没事吧?"

医生看她这副难以接受的模样也道:"你男朋友也是医生,你可以问问他。"

乔语初求助的目光投向了金顺崎,金顺崎避开了她的眼神,艰难地点了点下巴。

她的眼泪无声地滑落了下来。

把人送回病房后,金顺崎在床边坐了下来,揽住了乔语初的肩膀,郑重其事道:"你别怕,人年纪越大,骨质越疏松,摔一跤确实是很难恢复到从前,但是并不代表一定就再也站不起来了,只要我们好好调养她的身体,积极带她参与康复训练,还是有很大的希望脱离轮椅的,而且我们还可以去国外,可以去找更先进的骨科医院治疗。"

乔语初抱着金顺崎,泪水潸然而下,悔不当初:"是我……是我没有看好妈妈……

才让她从台阶上摔了下去……如果不是我要接那个电话……"

金顺崎有一下没一下地拍着乔语初的后背安慰着:"好了好了,不说这些了,这就是一场意外罢了,你也不想的。语初,我看阿姨还得在医院住一阵子呢,我在这儿看着她,你回去给她收拾几件换洗衣物带过来吧。"

楼道里响起了脚步声,声控灯次第亮起,谢拾安从臂弯里抬起头来,眼里涌出惊喜:"语初,你回来了……"

乔语初看了她一眼,仿佛是在看一个陌生人一样,也没有问她为什么会突然出现在这里,只是从包里取了钥匙去开门。

谢拾安站了起来,跟在乔语初身后:"语初,比赛一打完我就回来了。你家里的事处理得怎么样了,有什么我可以帮忙的……"

谢拾安话音未落,就被人锁在了门外。

乔语初甚至没有请她进去坐坐。

谢拾安想要敲门的手再次放了下来:"你还在生我的气吗?那我就在这儿等到你气消了为止。"

乔语初回房间迅速收拾好了衣服,又从抽屉里拿了张银行卡,出门的时候,谢拾安还等在外面。

谢拾安从楼梯上站了起来,刚想开口说话,乔语初看也未看她一眼,绕过她就要下楼。

谢拾安一把拽住了乔语初的手腕:"对不起,我不该跟你吵架,你最近过得好吗?他们还有没有找你的麻烦?对了,钱我已经……"

谢拾安话说到这里就被人打断了,乔语初甩开了她的手,终于正眼看了她一眼。

"谢拾安,你管好你自己吧。"

谢拾安脸上强撑起的笑容摇摇欲坠:"我们……我们是朋友啊,我想我虽然帮不上什么忙,但是好歹能陪你说说话……"

乔语初冷笑了一声:"朋友?我妈说得对,你就是丧门星,要不是你,我妈根本就不会出意外,她现在还躺在医院里!"

谢拾安不自觉地往后退了一步:"语初……"

她再次试探着喊了乔语初的名字,整个人连声音都在颤抖:"为什么……这么说……我……我今天才刚回来啊……我什么都没做……我一下车就去找了橙汁儿……然后就来找你了啊……"

乔语初看着谢拾安的样子，也红了眼眶，咬着牙，一字一句道："今天我爸妈离婚了，我本来以为这会是一个新的开始，没想到因为你一个电话，又把我拉入到了万劫不复的深渊里。你为什么非要在那个时候给我打电话！如果不是被你的电话分神，我就可以看好我妈。你知道当我听见医生说，下半辈子，我妈可能再也站不起来了的时候，我在想什么吗？"

谢拾安又往后退了两步，不得不扶住了楼道栏杆，才勉强稳住了身形，嘴唇煞白。

乔语初看着谢拾安的眼睛，她上次这么认真地看谢拾安已经是很久以前的事了，那个时候，只要她们彼此对视，眼里都会有笑意，现在她眼底只剩下尖锐的冷漠。

"我在想，为什么没有早点听我妈的话。认识你，真是我这辈子最倒霉的事。"

人往往会把最极端的那一面留给最亲近的人，最好的朋友也不例外。却不知道有些话一旦说出口，就再也回不到过去了。

谢拾安的眼泪毫无征兆地就涌了出来。

她徒劳无功地解释着："对不起，我只是……只是……担心你……我没有想到……会……会……"

后面的话，谢拾安再也说不下去了。

从爸妈出事到今天为止，乔语初几乎没睡过整觉，她只觉得身心俱疲，自己的生活都过得一团糟，又怎么去安慰别人呢。

乔语初看着谢拾安哭，即使心里也泛着一阵一阵钝痛，虽然理智告诉她，这是一个意外，不关谢拾安的事，可情感上，她又忍不住去迁怒谢拾安。

乔语初现在只想远离所有让自己觉得困扰的人或事，图个清静。

乔语初转身下楼。

"你没有想到，但它就是发生了，谢拾安，我们缘分尽了，没法做朋友了。我也不会再打球了，你往后……别再来找我了。"

简常念本来都已经回到了训练基地，可她躺在床上左思右想，还是放心不下谢拾安，于是又爬了起来，坐最后一班进城的大巴，跑到了谢拾安家楼下等对方。

简常念看见楼道亮起了灯，刚想从小区花园里的长椅上站起来，就看见谢拾安追着乔语初跑了出来。

谢拾安流着眼泪，声嘶力竭地吼着："乔语初！你真的要放弃羽毛球吗！"

简常念迈出去的脚猛地刹在了原地，她一边告诫自己偷听别人说话是不道德的，得赶紧离开这里，可一边又忍不住向外望去。

谢拾安闭上了眼睛，不顾一切道："我想作为你的朋友，你的队友，你的妹妹，你最好的搭档……和你一直……一直打下去。"

谢拾安等了许久，乔语初终于还是一步一步地又走回到了她身边。

听谢拾安说了这么多，乔语初只觉得荒唐。

"你现在跟我说这些不觉得很好笑吗？因为我爸妈的事闹成这样我还能回去打球吗？打球又能给我带来什么啊？世界冠军？荣誉满身吗？"

谢拾安还想说什么，乔语初提高了声音，止住了她的话头："够了！谢拾安！这么多年我不是没有努力过，我累了，只是想过另一种轻松一些的生活，你还不明白吗？"

眼看乔语初又要抬脚离开，情急之下，谢拾安抓住了乔语初的手腕，像拽着一根救命稻草一样，死死地抓着："我不明白！你以前那么喜欢打球，为了打球做什么都愿意，我们也一起打了那么多比赛，你不仅是我最好的搭档，也是在全世界都对我恶语相向的时候，唯一站在我身边的人！"

她说到最后，嗓音又低了下来："你真的对滨海省队、对羽毛球、对我们一起奋战在赛场上的日子没有一丝丝留恋了吗……"

乔语初深深看了谢拾安一眼，也慢慢红了眼眶，嘴角勾起了一丝自嘲的笑意。

"我和羽毛球、和你、和滨海省队的缘分就到今天为止了。"

乔语初说完，毅然决然地转身离去，谢拾安猝不及防被推倒在地，也不知道是因为身体上的疼痛还是什么，脸色瞬间煞白。

天边闪过一道惊雷，暴雨如注，落了下来。

乔语初自始至终没再回头。

"队里对乔语初的处理意见已经下来了，我们的意思是念在她是老队员，就不开除她了，让她自己退队吧。"

一大清早，严新远就被叫了过来开会，听到这里，他顿时站了起来："不行，我不同意！她又不是肇事司机，犯得着因为这点破事放弃一个有潜力的运动员吗？！"

队里领导将桌子拍得震天响："你为咱们滨海省队考虑考虑行不行？好事不出门，坏事传千里。人家都堵到咱们训练基地大门口来了，新闻都上了几轮了，运动员要洁身自好，洁身自好！她这事社会影响极其恶劣，不开除她已经是仁至义尽了！"

"你们口口声声说是为了咱们滨海省队的声誉，我看你们就是怕赞助商的钱落不到你们口袋里了！"

"老严！你说这话我就不爱听了，什么叫赞助商的钱落不到我们口袋里了，那人家因为这事撤资是事实吧！你作为主教练，你说她有潜力，好，那你倒是说说，这一年多以来，她打出什么成绩了？"

"我……"严新远一噎。

对方见他答不上来，讽刺一笑："都是干这行的，你我心里都清楚，一个运动员过了二十五岁连世界大赛都没参加过，职业生涯也就这样了。你有这个精力还不如好好培养谢拾安。"

"纵观体坛，大器晚成的也不是没有啊！她既然想打，我们就应该给她这个机会，再说了，她是目前为止最适配谢拾安的双打运动员，马上奥运会就要开幕了，你们不能在这个时候……"严新远咽了口唾沫，竭力替乔语初争辩着。

"得了吧，你是真的看不出来，还是假看不出来啊，谢拾安在单打上的造诣远比双打深得多，双打只会拖她的后腿，你既然也是谢拾安的主管教练，就好好替她想想吧！"

严新远的目光扫过会议室里其他人的脸，就连梁教练都没吭声，他坐了下来，颓然道："再给我点时间，让我好好和乔语初谈一下，再决定她的去留。"

谢拾安再次醒过来，还是在医院里。

她睁开眼，望着雪白的天花板，感觉做了一个冗长的梦一般，久久回不过神来，直到身旁传来熟悉的声音。

简常念把削好的苹果递给她："你醒啦，医生刚给你换过药，说你的手术切口有点发炎……"

谢拾安偏过头去，看了简常念一眼，目光又从简常念手里的苹果落到了床头放着的营养品上："有人来过？"

"嗯。"

"是语初吗？"

简常念垂下了双眸，有些不忍心告诉谢拾安来的并不是乔语初，而是金顺崎。

谢拾安只当简常念不说话便算默认了，吃力地从床上坐了起来，生锈的脑袋总算是能慢慢思考了。

"那她现在人呢？"

"回她妈妈那里了。"

吊瓶里的液体已经输完，谢拾安自己掀被下床："语初在哪个病房呢？我过去找她。"

简常念这回没再阻止谢拾安。

"骨科。"

双脚一沾地,腹部的刀口缝线处就是一阵剧痛,谢拾安咬着牙,扶着门框,一步步挪了出去。

她刚出骨科楼层的电梯,就看见金顺崎手里拎着开水瓶进了病房。

谢拾安咬着牙扶着墙走了过去,透过病房门玻璃看见乔妈妈躺在床上,金顺崎亲密地揽着乔语初的肩膀坐在床边,同她们说话:"美国的医院我已经联系好了,等阿姨情况稳定一些,就可以转过去了。"

乔妈妈偏头看着他们,眼里难得有一丝笑意:"这回家里的事多亏了你,我看你俩也有意在一块儿,我也不知道还能活多久,你们早点把证办了吧,也算是了了我的一桩心愿。"

乔语初闻言,眼眶微红,握紧了妈妈的手:"妈,你别说这些丧气话,你还要陪我们很久很久呢,到时候啊,还得让你帮忙带孩子呢。"

"那敢情好。"

乔妈妈也眼中含泪笑着,拿起他俩的手放在一起,轻轻拍了拍:"只要你们好好的,妈做什么都愿意。"

一家三口,和和睦睦。

看来乔语初已经找到了可以依靠的人,那她也可以放心了。

谢拾安转身又扶着墙离开了这里。回到一楼缴费处的时候,她顿住了脚步。

她把自己的银行卡透过狭窄的窗口递了进去:"你好,缴费。"

"哪个科,床位号,身份证出示一下。"

谢拾安把自己的身份证递了过去:"骨科,1203床,帮我朋友交。"

"一共是五万六千多。"

工作人员刚准备刷卡,谢拾安又道:"再垫付一个月的医药费。"

"给,票据收好。"

谢拾安接过自己的身份证还有发票,又转身,一步一挪地走回了病房。

简常念也没问谢拾安见到人了没有,发生了些什么,怎么这个样子就回来了。她什么都没问。

谢拾安说要回家,简常念便沉默着帮她收拾好了东西,把人送到了医院大门口。

谢拾安叫了出租车,把自己的包从简常念肩上拿了过来:"帮我跟严教练请个假,我可能要休息一段时间。"

简常念点点头："好。"

眼看着谢拾安即将上车，她终究还是有些放心不下，抓住了车门。

"你不想住院要不……要不还是回训练基地住吧，队里也有队医，可以帮你换药包扎。"

谢拾安摇摇头，嘴角的笑意既轻且淡，整个人仿佛风一吹就会散似的。

"不了，我真的没事，你别担心，我就是……就是有点累了……想好好睡一觉。"

她说完，就用力关上了车门，扬长而去。

简常念一回到训练基地，就在宿舍楼下撞到了严新远。

他把人叫住："拾安呢？不是在医院吗？怎么就你一个人回来了？"

"哦，她回家了，说要请一段时间假休息。"

简常念拉长着一张脸，眼里也没有神采，整个人看上去像霜打了的茄子一样，说完绕过他就走了。

严新远看着她的背影："嘿，这一个两个的都是怎么了？"

简常念一回到宿舍就栽倒在了床上，她也觉得身心俱疲，这几天发生的变故如同放电影一般在脑海里闪过，程真、语初姐家里都出事了，自己却什么忙都帮不上。

她越想心里越酸涩，脸上似乎有什么温热的液体在流淌，抬起手，抹了一把脸，果不其然，是眼泪。

她这是在替别人难过吗？

简常念闭上了眼睛，翻了个身，把脸埋进了枕头里，肩膀微微颤抖着。

简常念一觉醒来，天都已经黑了。

正值放假，宿舍里没一个人。

简常念盯着床板看了一会儿，想起好久没给外婆打电话了，于是又爬了起来，披上外套走到了走廊上的公用电话亭里，给家里打了个电话，电话很快接通，听筒里传来外婆的声音："我猜你今天也该回来了，就一直在村里的活动室里等着，虽然没等到你回来，但是能听见念念的声音，外婆啊，就满足了。"

简常念笑了一下，一开口嗓音就有点哑："外婆，我也想您了……"

外婆听她声音觉得有点不太对劲，急忙道："怎么了，这是……有人欺负你了？"

简常念摇头："没有。"

"那是生病了？"

"也没有，我好着呢，您放心吧。"

"念念啊，有什么事都可以和外婆说，累了就回家。"

外婆说话慢，语调拖得长，便分外温柔些。

简常念一下子又红了眼眶："欸，赶明儿我就回家，顺便给咱家里也装部电话，以后您要是想我，就不用跑到村里的活动室里去打电话了，咱俩随时都可以聊天。"

谢拾安盘腿靠坐在卧室的床边，从白天到黑夜，仿佛一尊不会动也不会说话的雕塑一样。

放在手边的手机突兀地亮了起来，是这黑暗中唯一的光源。

她看也未看，就接了起来。

"是我，爸爸。"

谢拾安看了一下屏幕，是个陌生号码，她之前拉黑过他，说明他又换号了。

她想也未想，就要挂掉。

男人又道："你回江城了吗？这次世锦赛奖金不少吧，还有你那个商务代言，满大街的广告，我可都看见了啊！他们给你不少钱吧，爸爸最近手头有点紧……"

仿佛一根导火索，彻底点燃了谢拾安压抑已久的情绪，她像一头困兽一样嘶吼着："你走开！你不是我爸！我早就和你断绝关系了！我一分钱都不会给你！"

男人本来是带了几分讨好的语气，被人一顿臭骂后，顿时火气也上来了："我是你爸！你生下来就是替我还债的，你不给我钱，就别怪我……"

他话音未落，谢拾安掀开手机后盖，又急又快地把电话卡拔了出来，然后连同手机一起狠狠地砸了出去。手机摔在地上，四分五裂。

话音戛然而止，世界又恢复了寂静。

她喘着粗气，在黑暗的房间中伫立了良久，然后摸到钱包，浑浑噩噩地起身往外走去。

她来到小区门口唯一一家还开着的二十四小时便利店，几乎把货架上的饮料都搬空了。

"多少钱？"

老板看着满满一购物篮的东西，错愕道："一……一共是二百五十八元。"

谢拾安看也未看，就从钱包里抽出一沓钱放在了柜台上，拎着塑料袋就往外走。

"哎，还没找钱呢。"

老板冲着她的背影喊,可人已经走远了。

谢拾安下了人行道,正准备进小区,猝不及防被人叫住了,是小区门口那个摆摊卖米线的阿姨。

"拾安,你回来了?"阿姨眼里涌出一丝惊喜,热情地招呼着她,"我在电视上都看见了,这孩子真有出息,这么晚才回来饿了吧?阿姨给你煮碗米线。"

"不用了……"

谢拾安刚准备拒绝。

阿姨看着她,脸上的表情似乎有些感慨:"时间过得真快,一转眼你都长这么大了,还拿了世界冠军,你爷爷要是知道你有这么一天,一定会很高兴的。"

谢拾安心里那根弦被轻轻地拨动了一下。

她拎着塑料袋,在小桌椅前坐了下来:"阿姨,一碗米线,特辣。"

"好嘞。"

阿姨转身去忙活了,谢拾安又道:"有开瓶器吗?"

阿姨回过头去,目光落到了她手边的啤酒瓶上,怔了片刻才道:"有,旁边那桌上呢。"

谢拾安伸长手臂够了过来。

等到米线上桌,阿姨又端了个小碟子上来,卧着两个剥了壳的卤鸡蛋。

"吃完早点回家。"

她说完,有人来买米线,就又去忙活了。

谢拾安眼眶一热,大口大口吃着,被呛得连声咳嗽,泪又滚了下来。

她狼吞虎咽完,也没跟人告别就走了。

阿姨回去收拾桌椅,这才发现酒瓶底下压了一百块钱,她四处张望着,谢拾安已经没影了。

"这孩子……"

简常念回到家,放下包第一件事就是去找周沐玩,她也有一阵子没见周沐了,谁知道外婆把人拦住,脸上的表情有些欲言又止。

她回过头去,终于意识到了一丝不对劲:"外婆,周沐……怎么了?"

外婆叹了口气,颤颤巍巍地走进里屋,把周沐托她转交的东西拿出来:"沐沐搬家了,走之前她让我把这些转交给你。"

简常念有些不可置信地把袋子拿了过来,倒在床上一看,里面是两支崭新的球拍、一筒羽毛球、几卷手胶，以及几块曾一起打球获得的奖牌。

她又抖了抖，从里面掉落了一张淡绿色的信纸，她拿起来一看，霎时红了眼眶：

常念，我转学去隔壁市里的学校了，本想打电话亲口和你告别，但转念一想你在打比赛，拾安也在住院，就不影响你们了。我以后可能也没有机会再打羽毛球了，妈妈让我把那些东西都烧掉，可是我舍不得，就都留给你。

你一定要好好加油，实现我们的梦想。

当初简常念想参加集训队犹豫不决的时候，是周沐一直在身旁坚定地鼓励着她。

言犹在耳。

周沐是她的第一个朋友兼球迷。

少女把心愿便利贴贴上了墙，虔诚地许愿："希望常念顺利通过集训。"

"你许的愿什么时候实现过啊？"

"常念，说不定你以后还真的成了羽毛球大明星呢，到时候可得请我去看你的比赛啊。"

"没问题！我不仅请你来看我的比赛，还给你预留第一排的位置，让你连我的一根头发丝，都瞧得清清楚楚。"

……

泪水洇开了墨迹，把纸张涂抹得皱皱巴巴的。

简常念手指摸上去，仿佛还能看见周沐坐在台灯下，一边吸着鼻子，一边给她写信的画面：

但是，我不后悔冲进去，程真也不是罪犯，他是被逼无奈的。

事到如今，我还有最后一件事想要拜托你，因为你是我最好的朋友了。

常念，可不可以请你有空的时候，帮我去探望一下程真，我担心他在看守所里吃不下睡不好，又怕他一时半会儿想不开，有朋友偶尔陪着说说话聊聊天，或许会好一些。

简常念的眼泪又不受控制地涌了出来。

外婆看她这样，轻轻揽过了她的肩膀。

简常念趴在外婆怀里，发出了几天以来的第一声哭泣。

尹佳怡和金南智自驾前往杭城，一路上游山玩水，路过西塘古镇的时候，金南智喜欢这里古色古香的建筑和秀丽的风景便在景区里住了两天。

在这两天里，两个人放下了所有包袱，开开心心地同游，泛舟湖上，品茶听雨。

金南智拉着尹佳怡的手穿行在青石板路上，突然看见了有捏糖人的小摊子，兴奋地跑了过去："老板，可以捏真人吗？"

"可以啊，要捏个什么样的？"

金南智想了想："嗯，就……我们这样的吧。"

老板应了一声，便忙活起来了："好嘞，您稍等，要我说啊，你们长得可真标致，我这捏出来的，还不如姑娘一半好看呢。"

金南智笑得合不拢嘴："大爷，您可真会说。"

尹佳怡也笑了起来，把钱递了过去，特意多给了一百，拿着捏好的糖人走了。

廊桥上有卖花的姑娘，尹佳怡看见了，眼前一亮，又看见还有用藤条和柳叶编成的花环，取了一个戴在了金南智头上。

女孩子双眸亮晶晶的："好看吗？尹佳怡。"

"好看。"尹佳怡按下快门，留下了一张照片。

金南智："那边有手作店铺，我们去看看吧！"

尹佳怡拉着她进了店门，店主立刻上来热情地介绍道："我们这儿可以手工做陶艺、木雕、泥塑，还有一些银制的项链、耳环、手镯等，这些都是之前的客人做的，还没来得及取呢。"

尹佳怡的目光往陈列架上一扫，上面摆了些陶碗以及木雕摆件什么的，还挂了些银制的戒指、耳环。

她心里微微一动："耳钉可以做吗？"

老板痛快地点头，把人带到了工作间："可以，二位这边请。"

从手作店铺出来的时候，已经是黄昏时分了，金南智拨弄着掌心里两枚小小的耳钉。

"可算是做好了，腿都坐麻了。"

尹佳怡站定，眼里含笑，看着她："要不要戴上？"

两枚耳钉，虽然款式简单，但也算是非常有纪念意义了。

"世界冠军，就给我送这个啊。"

"那就说好了，我先送你这个，等以后你赢了我，我再送你更好的。"

"这是今天的药，一天三次，按时服用。"

"好，谢谢。"

乔语初从药房里取了药，突然想起来好像有几天没交医药费了，她脚步一顿，又拐向了缴费处："骨科，1203床缴费。"

工作人员看了她一眼："交过了啊，还预存了一个月的呢。"

"什么时候的事啊？"乔语初心下感动，以为是金顺崎来交的呢。

"就前两天，一个高高瘦瘦的女生来交的。"

乔语初一怔，想起了谢拾安没说完的那句"他们还有没有找你的麻烦，对了，钱我已经……"，心里顿时一紧，推开医院的大门跑了出去。

乔语初一口气跑到了最近的银行里，把工资卡插进了自动存取款机里，输入密码后，显示余额竟然还有五百多万，顿时有些不知所措。

她咬了一下唇，又跑到了柜台那边，问工作人员要了流水明细之后，才发现转账时间就是她之前喝醉了和谢拾安通过电话的第二天早上。

虽然转账的是个陌生账户，但乔语初就是能确认，这笔钱一定是谢拾安打的，问题是，谢拾安哪来的这么多钱？

乔语初最近这段日子也过得稀里糊涂的，手机里什么电话通知能不看就不看，给妈妈看病也是用的另一张卡上的钱，也因此错过了银行发来的短信。

这个世界上没有天降横财，一夜之间多了五百万，一定是谢拾安想了什么办法才弄来的，不管怎么说，她是真心实意想帮自己，而自己却对她恶语相向。

乔语初一时之间心乱如麻。

柜台的工作人员看着她："女士，这钱还取吗？"

乔语初把卡拿了回来："不，不取了，谢谢。"

她回到病房，把这事跟金顺崎说了。

两个人坐在医院走廊的长椅上。

金顺崎的表情也有点震惊："世锦赛的奖金有这么高吗？"

乔语初用手撑住了额头："肯定没有，我也不知道她是怎么弄来的。"

乔语初靠着他的肩膀："我跟她说了很多很过分的话……"

"那你要不要去找她道个歉呢？"

乔语初思索了一会儿，还是咬着唇摇了摇头。

"我了解她，从小到大，她对于喜欢的东西总是很执拗，从不肯轻言放弃，我以后也不会再打球了，她也该学着长大了。"

"那你们以后，就不再见面了吗？"

乔语初挣扎了一下，还是说："等签证、护照什么的都办好，我要离开的时候再去跟她告别吧，顺便把这钱也还给她。"

简常念在家忙碌了两天，给家里装好了电话，坐下来吃饭的时候，她依旧有些心不在焉，外婆一眼就看穿了她的心思。

"常念啊，你心里有事，一会儿吃完饭就早点回去吧。"

简常念夹菜的筷子一顿，眉目低垂："外婆，我……"

外婆给她碗里又夹了一块红烧肉："你回来第一天我就看出来了，闷闷不乐的，和拾安吵架了吧？要不然，好不容易放假，干吗不请她一块儿回来玩呢？"

简常念有一下没一下地戳着碗里的米饭："倒也不是吵架……"

她也不知道该怎么跟外婆解释。

"就是……拾安遇到了一些难以解决的事，我……"

"你不是说，拾安是你最好的朋友吗？朋友遇到事，你就该去拉她一把。"

外婆的话仿佛一道光点醒了简常念。

语初姐离开，谢拾安现在应该也很难过吧，也不知道她吃饭了没有，睡得好不好，她身上还有伤呢。

简常念几乎是立刻跳了起来。

"外婆，您说得对，我是该帮帮她。我先走了，改天再回来看您。"

外婆颤颤巍巍地起身，把人叫住，又进灶房盛了一碗红烧肉出来，装在饭盒里，拿塑料袋裹得严严实实的，塞进了她的书包里。

"欸，等一会儿，把这红烧肉也带回去给拾安尝尝，甭管什么事啊，先吃饱了饭再说。"

谢拾安在卧室里打游戏，外面突然传来了一阵敲门声，她以为是点的外卖到了，起身浑浑噩噩地往外走去，刚把门拉开一条缝，男人的胳膊就挤了进来，塞给她一袋苹果。

"拾安，拾安，是爸爸啊，爸爸回来了，特意来看看你……"

话音未落，谢拾安拽着门使劲一关，男人的胳膊还卡在门缝里，顿时惨叫了一声跳走。

谢拾安二话不说，又把门关上了。

男人捂着胳膊龇牙咧嘴的，好不容易缓过劲来了，又不死心，还打算去敲门。

他刚把手放在门上，门又打开了，他面上一喜，还未张口说话，谢拾安把他买的东西连塑料袋一起扔了出来。

"带着你的东西给我滚！"

"拾安，拾安啊！"

男人扑上去还想说什么，砰的一声，门又关上了。他捡起满地散落的苹果，嘟囔着："呸，什么玩意儿，跟你妈一个德行！"

在谢拾安这里吃了闭门羹之后，他只好先行回去，下楼时催债的电话就来了："你小子回江城了？什么时候给哥还钱啊？要不咱俩找个地方当面唠唠？"

"没，哪有，我还在外面做生意呢，不就二十万，等这个月底，我一定还给您，您看行不？"

"你小子别耍什么花招啊，我告诉你，跑得了初一跑不了十五，不就二十万，你拖了几个月了都！等月底再还不上，你该知道什么后果的。"

男人一边走，一边点头哈腰四处观望着，生怕被人看见，匆匆离开了小区："知道知道，您就放心吧，我这生意来了，就不跟您说了啊，回见。"

他走后不久，外卖员也上了楼，接连敲了许久的门，也无人应答。

谢拾安以为是男人不死心又回来了，索性拉上了窗帘，戴上了耳机，把游戏声调到了最大，键盘按得噼里啪啦的。

外卖员没办法，只好把餐盒放在了她家门口。

简常念回到江城第一件事就是去找谢拾安，刚准备去敲门的时候，看见了放在门口的餐盒，她摸了一下包装，也不知道放了多久了，都凉透了。

她有些忧心地敲响了房门："拾安，你吃饭了没有？身体怎么样？这两天有去医院换药吗？我给你带了外婆做的红烧肉。"

一室昏暗。

谢拾安手边东倒西歪放着一些酒瓶，还有泡面盒，电脑还开着，她已经趴在桌上睡着了。

简常念见半天无人应答，本想转身离去，但又咬着唇走了回来，把饭盒也放在了门口。

"拾安，外婆说，不管遇到什么事，先把肚子填饱再说。假我已经跟严教练请过了，你安心休息，我……我等你回来。"

"目前的赔偿金额已经是我们能给到的极限了，如果你们还是不满意，大可以去起诉，就是不知道等开庭法院判决下来再执行，得什么时候了。"

金顺崎的律师朋友侃侃而谈，神态自若，不卑不亢，一上来就把他们镇住了。

金顺崎的律师朋友把目光投向了受害者家属，嘴角略微勾起了一丝势在必得的笑意："如果你们同意这个数额，乔女士的父亲那边也会有另外的补偿，你们也不想耗时耗力打一场官司，最后却竹篮打水一场空吧，法院判定的赔偿不一定比这个数额多。这一点，你可以问问我的同行。"

关于赔偿的事，受害者家属早就咨询过律师了，打官司肯定拿不到这么多，要不然他们也不会铤而走险去闹事了。

对方律师看了他一眼，还想再开口。

金顺崎的律师朋友抢先道："要不要我提醒你，你怂恿你的当事人去骚扰乔女士已经违法了，我不仅可以告你，还可以投诉到律协。得饶人处且饶人，就算是目前的金额，你的提成也够你吃半年的了。"

坐在对面的代理律师沉默了，那夫妻俩互相对视了一眼，也没再说话。

乔语初站了起来："那就这样吧，你们想好了给我回个电话。"

他们一行人刚走出咖啡店，乔语初的手机就响了起来。

她接起来，男人道："就这个数了，你们尽快给我。"

乔语初这个时候才松了一口气，心里压着的石头总算是可以放下来了，但她一想到之前遭遇的那些破事，又觉得这钱不能给得这么痛快。

"那不行，找个时间先签了谅解书再说吧。"

说罢，她就挂了电话。

金顺崎揽着乔语初的肩膀，笑着看向友人："这次多亏你跑一趟了，晚上我们一起吃个饭庆祝庆祝吧。"

"饭我就不吃了，得赶回燕京，明天早上要去开庭，回头我把谅解书发给你们，你们去签就行。如果再遇到什么为难的问题，就打电话给我。"

友人说着，就招手叫了出租车。

他大老远跑来连口水都没喝，乔语初不免有些愧疚："不去外面吃饭也行啊，我回家给你们下厨炒几道菜，吃了晚饭再走也不迟啊。"

友人看看表，坐上了出租车："嫂子，不吃了，不然一会儿该赶不上飞机了，等下次，你们结婚的时候，再请我喝喜酒吧。"

对方一口一个"嫂子"，又是结婚喜酒的，倒搞得乔语初有些不好意思起来："这……这是两码事，不管怎么说，要不是你，他们也不会这么快就松口。"

金顺崎过来，替友人合上了车门，也替女朋友解了围："行，到时候你可不准不来啊，一路顺风。"

解决了一桩大事的乔语初明显轻松了许多，和金顺崎挽着胳膊，边走边说："金，你也真是的，再怎么说，帮了我们这么大忙，也该请人家吃一顿饭再走吧。"

金顺崎笑了笑："他是我大学期间最好的朋友，兄弟之间不讲究这个，而且你也听见了，他是真的忙，我已经给他准备好了丰厚的谢礼，不会让他白跑一趟的，你放心吧。"

两个人言谈间，乔语初的手机又响了起来，她拿出来一看，是房屋中介，怔了一会儿才接通。

"喂？"

"乔小姐，您委托我们出售的房屋，已经找到了合适的买家，您看您什么时候有空，过来面谈一下？"

乔语初看了一眼金顺崎，他点了点头。

"就今天吧，我一会儿去你们公司。"

"好的，那我们就通知买家也过来了。"

乔语初不在，谢拾安也不在，虽然日子一天天过去，简常念照常训练着，但多少觉得有些无聊，空了还是往谢拾安家里跑，但去了几次，敲门都无人应答，放在房门口的饭盒也没人动过。

她拿起来闻了一下，里面的饭菜都馊了，顿时有些着急，大力敲着门："谢拾安！我知道你在里面！你出来！人是铁，饭是钢，心情再不好绝食算怎么回事啊！"

谢拾安在卧室里又抓起了耳机戴上，一门心思投入游戏里，听见了也当作没听见。

简常念敲了一阵子，没把谢拾安敲出来，倒是把楼下的邻居吵上来了："小姑娘，别敲了，那户没人，大中午的，还让不让人睡午觉了。"

简常念这才把手放了下来，跟人道歉："对不起，可是这户……"

"要是有人的话早就出来了，你敲了这么半天，聋子都该听见了。"邻居冷哼了一声，也没跟她多计较就回去了。

简常念一咬唇，眼神有些受伤。

谢拾安明明就在里面，敲门声音这么大，没道理邻居都听见了，她听不见，她就是不想理自己罢了。

简常念退后一步，把手里给谢拾安买的零食放在了门口。

"我知道你现在不想见任何人，但是洲际杯的比赛马上快开始了，留给你备战的时间不多了,早点回来,我和严教练都在等你呢。"

谢拾安敲击键盘的手停顿了片刻,眼眶微红,她操纵的人物已经死了,屏幕一片黑白。

她拿起放在手边的啤酒,仰头又灌了一口。

简常念跑出单元门,这才发现下雨了。江城的初夏潮湿闷热又多雨,她仰头看看天色,阴云密布,这雨也不知道什么时候才会停,自己走的时候还是晴天,也没有带伞。

她咬了咬牙,又回头看了一眼,还是选择一头扎进了雨幕里,顶着瓢泼大雨冲向了公交车站。

再一次回到训练基地,不知为何,乔语初总有一种既熟悉又陌生的感觉,门卫大爷还认得她。

见乔语初在这儿站了好一会儿了,他赶紧给她出来开门。

"语初啊,你可算是休假回来了啊!怎么样,家里那事处理得差不多了吧?"

乔语初只能笑了笑:"嗯,差不多了,今天回来收拾一下东西。"

门卫大爷一愣,乔语初已经往里走去了,金顺崎跟在她身边,替人打着伞,好奇地环顾着四周:"这就是你从前生活和训练的地方啊?"

滨海省队从前不比其他有明星选手的队伍,经费有限,又拉不到什么太多的赞助,训练基地都破破烂烂的,很久没有翻新过了。

一下雨,水泥路上都是落叶,活动区域的双杠上面锈迹斑斑,宿舍楼墙面上爬满了嫩绿的爬山虎,建筑都还是二十世纪七八十年代的红砖老房子。

乔语初低头走着路,微微笑着:"很破很旧,对吧?但是我在这里度过了我生命中最美好的十年。"

两个人说着话,教练办公室到了,她透过玻璃窗看了一眼,空无一人,这个点应该都在训练吧。

乔语初转身带着人走向了训练室:"我带你去球馆看看吧。"

滨海省羽毛球训练基地里唯一可圈可点的建筑,就是这座占地四千平方米的球馆了,还未走近,就听见了从球馆里传来的吆喝声。

"快点,再快一点,跑起来,接球啊!漂亮!

"张纯、杨丽你俩干吗呢!打球还是打太极呢!不行就给我下去,看看别人是怎么打的!"

乔语初站在门口,嘴角浮起了一丝笑意,把目光投向了站在场中正在训人的严新远身上。

"那是我们的严教练,你见过的。"

"嗯,早有耳闻,你们国家第一位世锦赛男子单打冠军,之前在燕京的时候觉得他很亲和,没想到训起人来也这么厉害啊。"

提起严教练,乔语初脸上隐隐有一丝自豪:"那当然,严师出高徒嘛,就是因为他的严苛,我们才能打进全国大赛,拾安才能取得今天的成就。"

她这话下意识脱口而出,提起谢拾安,她脸上的笑容就变淡了,把话又咽了回去。

场上梁教练也在带着人做体能训练。

击球声、鞋底摩擦地板的声音、吆喝声、口哨声交织在一起,一派热火朝天。

乔语初:"本来想给你介绍我们的队员的,但好像又来了些新面孔,我也不认得了。"

严新远指导完一组动作后,只觉得累得慌,喘着粗气回到了休息区,一屁股坐在了椅子上:"老梁,常念呢,今天怎么没来啊?"

"啊?你问我,常念不是说跟你请过假了,要出去买东西吗?"

严新远一拍大腿,气得七窍生烟:"她什么时候跟我请假了?训练训练不来,撒谎倒是一套一套的,这一个两个的,除了语初是亲口跟我请的假,她们两个倒好,一个电话不接,人也不回;一个整日心不在焉,三天两头往外跑!还打什么比赛,不行,我找她们去!"

他说着起身,转头正好瞧见了站在门口的乔语初,眼里涌出一抹惊喜来,再把目光挪到金顺崎的身上,这惊喜就淡了些。

"严教练。"乔语初走上前来跟他问好。

金顺崎也跟他握了一下手:"严教练,好久不见。"

严新远看着他们,不动声色道:"语初,你回来得正好,我也有话想跟你说,去我办公室谈吧。"

到了办公室门口,金顺崎很识趣地没进去:"你们聊吧,我在外面随便转转。"

严新远把人带到了办公室,给乔语初倒了杯水,也没提她家里发生的事,而是翻着桌上堆积如山的报名表,乐呵呵地道:"你先坐,你回来得正好,奥运会前还有好几个洲际杯的比赛,我寻思着让你和拾安,还有常念,去练练,为奥运资格赛做做准备。"

乔语初捧着温热的塑料杯子,犹豫了半晌,还是抬起头来,看着他道:"严教练,您别忙活了,我……我想退役了。"

严新远一怔："是因为你家里的事吗？我已经跟领导们谈过了，只要你还想打，我一定会尽力……"

简常念冒着瓢泼大雨跑回来，浑身上下都湿透了，她本想跑到严新远这里请他去劝劝拾安的，谁知道刚走到办公室门口，就听见了里面的对话。

她脚步一顿，停了下来，有些不知所措。

乔语初苦笑着摇了摇头："不完全是这个原因，如果没有家里这件事的话，我可能过一两年也会选择退役吧。我没有什么天赋，手又受伤了，再留在队里，也只会耽误拾安，影响整支队伍的成绩，而且，我也不想让您为难。"

"这怎么能叫为难呢？你是我的队员，我作为主教练，当然要为你争取每一个能上场的机会，而且你和拾安那么要好，说退役就退役了，你让她怎么想，一时半会儿上哪儿去找和她适配的双打运动员啊？"

旁人都知道她们要好，乔语初又何尝不知道自己选择退役对谢拾安的打击有多大，可是她也是真的没有办法了。

乔语初盯着自己的手腕，眼眶微红："不瞒您说，自从上次手术之后，一遇到阴雨天，我的手腕就会疼痛难忍，我已经没有办法再坚持下去了。而且我妈现在瘫痪在床，我不可能再一封闭训练就是好几个月不回家，或者全国各地跑去打比赛了。严教练，我想……活得轻松点。"

严新远看她这样，心里也不好受："手腕的问题我们还可以去看医生、去复健，总归是可以解决的。至于你家里有经济困难的话，我也可以跟队里申请，给你多发些补助。我看得出来，这个决定你做得也很艰难，如果你真的喜欢打球的话，就不要放弃它。"

乔语初站了起来，从包里掏出一个信封，放在了办公桌上："我如果不是真的喜欢羽毛球的话，是不会坚持到现在的，可是也是真的没有办法再打下去了。我今天来就是想当面跟您说一声谢谢，也跟您道一句对不起，这是您上次转给我的钱。

"和大家一起训练、一起打球的日子，我真的非常开心，有机会我还会再回来看您的。"

乔语初说罢，冲着严新远微微鞠了一躬，转身离去，刚走到门口，就撞见了简常念。

她苦笑了一下，事到如今，也不想再说什么，跟人点头示意之后，就打算离去了。

简常念追了几步，把人拦住，追切地想要一个答案，她是在替自己，也是在替谢拾安追问："语初姐！为什么？为什么要退役？我当初刚进集训队的时候，成绩垫底，是你一直在鼓励我啊，陪我练球，要我别放弃，你忘了吗？

"还有拾安,她那么依赖你,你们说好了要一起拿冠军的啊!你说会见证她人生中的每一个重要时刻,马上就要奥运会了,你这样,她该有多难过啊!"

简常念红着眼眶,语气又急又快。

乔语初握住了她的肩膀,加重了语气道:"常念,你冷静一点!正因为我把她当朋友,我才不能耽误她,让她心无旁骛地打球才是最好的选择,若不是为了迁就我,以她的水平早就可以去更好的地方了!"

简常念把人挣开:"那也是因为她把你当朋友,她最好的朋友,她不想离开你!"

她说到最后,嗓音又低了下来,带着一丝恳求:"语初姐,你这样,她真的会伤心的……"

乔语初的手无力地从简常念肩上滑落了下来,颓唐道:"我知道,可是……我自己的生活也一团糟,我已经快三十岁了,还没有什么拿得出手的成绩,不像你们,还很年轻。

"常念,这条路上,我已经看不到任何希望了,你……明白吗?"

简常念看了一眼一直站在不远处默默看着她们的金顺崎,鼻头微酸:"那你有没有想过,你有父母家人,有金医生,可是拾安除了你就没有可以当亲人的人了……

"语初姐,体坛上也不是没有三十岁才获得世界冠军的运动员,你都已经坚持了这么久了,为什么不再试试看呢?从我进集训队开始,就是你一直在照顾我、提点我,我也……不想你离开。"

乔语初听到这里,也难掩心酸,霎时红了眼眶,可木已成舟,她们早已无法回到过去了。

"常念,你不要再劝我了,我意已决,家里的房子我已经卖了,这两天就准备搬家了。等去燕京面签结束后,我就带着妈妈出国看病。这张银行卡里,是拾安打给我的钱,你拿去还给她吧。"

话说到这里,简常念也知道乔语初退役的事已经板上钉钉了,她黯然地摇了摇头,转身离去:"你要去自己去。"

她刚走没两步,办公室里传来了一阵剧烈的咳嗽声,伴随着重物坠地的声音。

简常念愣了一会儿,回过神来,拔足狂奔,推开门冲了进去,跑到了严新远身边。

严新远仰面躺在了地上,脸色惨白。

"严教练,您怎么了?您醒醒啊!严教练!"

第十章

崩塌

"大夫，大夫，严教练究竟怎么了？您就告诉我吧！"

把人送到医院，简常念就扯着医生的袖子不肯撒手，大有打破砂锅问到底的架势。

陈主任看了躺在病床上的严新远一眼，严新远刚抢救过来，输着液，虚弱地冲他点了点头。

一屋子人都在看着他，梁教练听见风声也从训练基地赶过来了。

陈主任面不改色道："肺气肿，常年吸烟引起的慢性病，上了年纪还是得多注意才是。"

这话一出，三个人同时松了口气。

乔语初当时也在，听见声音就跑了进去，这才和简常念一起，把人及时地送到了医院里。

严新远脸上稍稍浮起一丝笑意，看着他们："都说了没事了……咳咳……你们这么兴师动众的，我就是最近啊……太累了……休息休息就好。"

"严教练，您没事就好，烟还是要少抽。今天也不早了，那我们就先回去了，改天再来看您。"

乔语初打算跟人告别，严新远却又叫住了她，勉强从床上坐起来了一点，语重心长道："语初，放弃一件热爱的事容易，可日后想起来难免会遗憾，如果你坚持想退役的话——"

严新远话锋一转，叫了梁教练："老梁，那份申请表带了吗？"

梁教练点点头："带了。"

"给语初吧。"

乔语初接过来一看，是一份现役队员转助教的申请，看样子他早就准备好了，顿时眼眶一热："严教练……"

严新远挥挥手，笑着道："去吧，回去好好考虑清楚，不管是打球还是当教练，我们滨海省队的大门，永远向你敞开。"

等他们走了，陈主任明显有些欲言又止。

严新远会意，知道他有话要跟自己说，便招了招手，示意简常念到他跟前来。

简常念凑了过来，握住他冰凉的手，红了眼眶："严教练……"

严新远抬手摸了摸她的脑袋，头发还是湿的："傻孩子，哭什么，你看我现在不是好着吗？你今天出去没带伞？"

简常念点了点头："嗯。"

"去找拾安了？"

简常念这才吸了吸鼻子，破涕为笑："什么都瞒不过您。"

"你啊，心事都摆在脸上了。拾安最近怎么样？"

简常念本来是想跟严新远求助，请他去劝劝谢拾安的，但看他现在这样，又不想再叫他操心了。

于是，她笑了笑，撒了个善意的谎言："她好着呢，天天在家睡到自然醒，又不用训练，还能打游戏，是我也不想来了。"

严新远抬手给了简常念一下："说什么话呢，玩物丧志，哪能天天在家打游戏，早晚把人玩废了。等她伤好了，还是要尽早归队。你最近训练也心不在焉的，我看是好久没罚你们了，一个两个的，都皮痒痒。"

简常念吐了吐舌头，有些不好意思："知道啦，严教练，您啊，就好好休息吧。"

"你也回去吧，去洗个澡换身衣服，别感冒了。下次出门记得，晴带雨伞，饱带干粮。"

一说到让她走，简常念露出情不愿的表情来："严教练，我……"

"去吧，回去吧，你在这儿也帮不上什么忙，老严这儿有我呢。"梁教练也劝道。

"回去好好训练，别叫我失望。"严新远道。

简常念这才磨磨蹭蹭地起身："那我明天再来看您。"

谢拾安家离医院近，简常念回程的路上，便又专程去了一趟，上了楼梯就看见她中午拿过来的零食袋子还放在门口，纹丝未动。

简常念也不知道自己为什么会想来找谢拾安，但就是想和她说说话，哪怕隔着一道门，也不管谢拾安能不能听见，简常念自顾自地道："拾安，严教练住院了，医生说是肺气肿，有点严重，也不知道什么时候才能好……

"我很担心他。"

谢拾安躺在沙发上，电视开着，演员的嘴一张一合，她也不知道说了些什么，只是失神地看着电视背景墙,面前的茶几上横七竖八倒着一堆啤酒罐。

直到听见"严教练"三个字,她失焦的视线才慢慢聚拢,艰难地撑着脑袋坐了起来,然后就听见简常念说严教练住院了。

她慌慌张张想跑去开门的时候,脚下一软,就重重摔倒在了地上,带翻了好几个啤酒罐。

简常念苦笑了一下,继续道:"你不在,语初姐也不在,我在宿舍都不知道该找谁说话。

"对了,有件事我思来想去,还是想告诉你,语初姐今天回训练基地了,不过是去收拾东西的,她……要退役了。

"我怕你难过,挽留了,但没留住。"

简常念说到这里,红了眼眶:"我也很舍不得她,这些话你应该没在听吧?但是如果你不小心听见了,说不定等她亲口告诉你的时候,你可以有个心理准备,就不会那么难受了。

"好了,话说完了,我走。放在门口的东西你记得拿,我改天再来看你。"

门口的脚步声渐行渐远。

谢拾安坐在地上,合了一下眼睛,就有两行清泪顺着脸颊滑落了下来。

她抱着膝盖,死死地咬住了手腕,不让自己哭出声来。

终于等到病房里的人都走得差不多了,只剩下他们三个人时,严新远脸上这才露出一丝疲态。

梁教练直接开门见山道:"陈主任,老严的病情究竟进展如何了?"

陈主任看了他们一眼,摇摇头,叹气:"拖延的时间太久了,癌细胞已经扩散到了整个右肺部,就连肝、肾也有转移灶,实在是……"

他就差说出"回天乏术"四个字了。

梁教练心都凉了半截,一屁股坐在了椅子上:"那……就没别的什么办法了吗?"

陈主任斟酌片刻,还是告诉了他们:"有,立马手术,切除病变的部位,但是也不排除上了手术台就下不来的可能。"

严新远倒是比梁教练平静得多,接了话头:"就算下得了手术台,一个肺部不完整的人,整日里只能躺在床上,依靠呼吸机苟延残喘,别说是执教了,就连下地走两步都困难。"

陈主任没说话,算是默认了。

梁教练一下子就红了眼眶,急道:"那也不能就这么干等着,等死吧!"

"我建议你还是先化疗,延缓病情吧。"陈主任也叹了口气道。

严新远抬头看了他一眼:"化疗的话,我还能活多久?"

"看病情进展情况,多则半年,少则三两个月。"

自上次和谢拾安在楼下起了一点争执后,这是乔语初第一次回家过夜,她这些天一直都在医院陪着妈妈,偶尔回来拿点洗漱用品就走。

她坐在床上,看着手里的这张申请表,捂住了唇,肩膀无声地颤抖着。

金顺崎知道她为难,把人揽进了怀里:"不管你做什么决定,我都支持你,但是已经决定了的事,就不要后悔,往前看吧。"

乔语初放下了那张纸,吸了吸鼻子:"这段时间我仿佛在做梦一般,被生活推搡着往前走,不可能再回头了,我只是……只是很舍不得她们……还有……严教练。"

金顺崎吻了一下她的额头,宽慰她:"有机会我们还是可以回来看看的。"

乔语初不想让他担心,面上强撑起了一丝笑意:"嗯,我们收拾东西吧,明天搬家公司就要来了。"

"好。"

金顺崎起身去客厅收拾东西了,乔语初在卧室里整理衣柜,从里面翻出了好多件滨海省队的文化衫,她又难免红了眼眶,最后还是扔到了不要的那一堆衣服里。

墙上贴着很多奖状,有打比赛得的,有三好学生得的,乔语初一一撕了下来扔在地上。

书桌上摆着一些奖杯,拉开抽屉,里面放了很多荣誉证书和奖牌,那全都是她的青春。

她终究是舍不得就这么扔在地上,拿了个纸箱,一一装了进去。

她和金顺崎此次前去燕京,除了要去面签,最主要的还是给妈妈看病,其次他也要回医院办理离职手续。

等一切手续就绪,签证下来,他们就会一起带着妈妈飞往美国开启新生活。

因此她没法带太多行李。

乔语初唯一装进行李箱的,只有一张合影。

那是在全国大赛期间,她生日的时候拍的。

照片上的少女们脸上抹着蛋糕,亲密地揽在一起,笑容璀璨,每一个人都在,每一个人。

谢拾安在客厅冰冷的地板上坐了一整夜,从天黑到天亮,窗外的雨声就没停过,大清早就从隔壁传来的叮叮咚咚的声音这会儿倒是消停了。

她知道,乔语初搬完家了。

又过了一会儿,隔壁房门打开了。

金顺崎拎着行李箱先下了楼。

乔语初放下手里的纸箱,把那张银行卡从门缝里塞了进去:"拾安,我走了,谢谢你,这钱还给你,我不能要,卡的密码是你的生日,以后……多保重。"

谢拾安仰头靠在沙发沿上,咬着嘴唇,默默泪流满面,听着乔语初的脚步声渐行渐远,终于还是忍不住跌跌撞撞地爬了起来,夺门而出。

她想再尝试一次,最后一次。

乔语初眼里含着泪,把纸箱扔进了垃圾桶里,正欲转身离去的时候,谢拾安冲进了雨幕里。

"乔语初!"

大雨冲刷着她的面容,雨水混杂着泪水流淌在脸上,她的声音也支离破碎。

乔语初心里一紧,脚步一顿,咬着牙没回头。

谢拾安哽咽着:"我们不是说好了……要……要一起拿很多很多个冠军的吗?你不是说你从来不会骗我的吗?"

"为什么……要半途而废啊?"

乔语初听着谢拾安的哭声,只是背对着她,和金顺崎站在一起,没有回头。

谢拾安看着乔语初的背影,是那么决绝。

她浑身的力气一点一点地被抽干,她不自觉地往后退着,已经退到了绿化带外,身后不远处就是小区里的景观池塘。

"你真的要退役了吗?"

"乔语初,你说话啊!"

她声嘶力竭地喊着,脚已经踩在了池塘边缘。

"如果不是……你……你回头看我一眼。"

"如果是的话……"

谢拾安闭上了眼睛,潸然泪下:"我很抱歉,以后不会再打扰你了。"

金顺崎想要回去看一眼,乔语初一把拉住了他撑着伞的手腕,示意他别动,强忍着眼泪道:"我们走吧。"

在乔语初迈出第一步的时候,谢拾安脸上就露出了一丝自嘲的笑容,一脚踏空,仰面倒了下去。

身后传来失声惊叫:"拾安!"

简常念扔了伞,眼眶发红,追着那抹单薄的身影,纵身一跃,抓住了谢拾安的手,也跟着跳了下去。

她不知道自己是什么时候克服了对于水的恐惧的,她只知道在那一刻,她满脑子都只有一个念头:不能让拾安出事。

幸好这池塘里的水不深,刚刚没过了简常念的胸部,简常念把人从水里拖上岸的时候,整个人都在发抖,她也不知道是因为害怕还是愤怒。

简常念看着谢拾安的脸,揪起了她的衣领,怒吼:"她走了!谢拾安,这样折腾自己也没用!"

谢拾安浑身上下都湿透了,脏兮兮的,像一只落水狗,那双向来熠熠生辉的眸子也黯淡了。

她不动也不说话,被简常念揪着衣领也无动于衷。

简常念颓唐地放开了手,任凭谢拾安躺倒在了地上。

尽管被拉上来得及时,谢拾安还是呛了几口水,她咳了几声,挣扎着手脚并用地爬了起来,跟跟跄跄地往单元门里走去。

"不值得……不值得……谁都别靠近我……我……我是个祸害……不值得任何人对我好……"

谢拾安跌跌撞撞地回到家里,打开冰箱,酒也喝完了,又拿起药瓶,倒了倒,空无一粒。

谢拾安面上浮起一丝讽笑,扬手将药瓶扔了出去,侧过身的时候,又看见了客厅落地镜中的自己,是那么狼狈,衣服上都是泥土,发梢上还挂着落叶。

洗个澡吧,太脏了。

她这么想着,浑浑噩噩地走向了浴室。

简常念一边吸着鼻子,一边从谢拾安家小区跑了出来,刚跑到门口就被人叫住了。

是那个卖米线的阿姨,她还记得简常念:"咦,你不是拾安的朋友吗?来找她玩啊。"

简常念一怔,就被人拉到了桌椅边坐下。

阿姨回身忙活着:"你和拾安吵架了吗?怎么哭着跑出来了?"

简常念这才意识到自己也在哭,于是随便用袖子抹了一把脸:"没事,阿姨……"

话音未落,一碗热气腾腾的米线就端到了面前。

"朋友之间，吵架斗气是正常的，你啊，别往心里去。这么多年了，除了语初，我还没见拾安带谁回来玩过呢，更何况啊，我看你常来，我想在拾安心里，你也是她很重要的朋友吧。

"吃吧，吃了就早点回家，瞧瞧这衣服都湿了，今天天气不好，我也要收摊回去了。"

简常念好像知道为什么谢拾安会喜欢吃这家米线了，热气腾腾，香气扑鼻，红油裹着辣椒，撒了葱花和香菜，米线上还铺了火腿肠。

她尝了两口，泪就落了下来，一边大口大口地吞着，一边哽咽着。

阿姨怕人噎着，又给她倒了杯水："慢点吃，这碗啊不收你钱。"

简常念吸了吸鼻子，抬头看着她："那不行，阿姨，再给我做一碗吧，不放辣，我……我带上去给拾安。"

"行，那天啊，我看她挺晚了还一个人出来买酒，在我这儿吃了碗米线就走了，我就觉得她应该是出了什么事了。不过她没说，我也不好问。

"拾安这孩子还是挺要强的。"

阿姨一边和人叙话，手上动作也没停。

在她收摊走之前，简常念还是坚持要把两碗米线的钱给她，阿姨笑了笑，骑上三轮车就跑了。

"不要不要，你们打球也很辛苦的，这两碗米线就当是阿姨请你们吃的。"

简常念追了几步，没追上，看着她顶着风雨骑着三轮车逐渐走远的背影，无奈地笑了，食物带来的温暖让她原本贫瘠的心脏又慢慢充满了力量。

她深吸了一口气，转身，再次朝谢拾安家走去，盘算着这次无论如何也要把谢拾安从家里拉出来。

简常念敲了半天门，谢拾安家里安静得没有一丝声响。

瓢泼大雨依旧在下着。

简常念把饭盒放在了门口，刚想转身离去，就在那一瞬间，也不知道是哪根神经察觉到了危险。

简常念撞了一下门，除了雨声，整个楼道安静得有些诡异，她想起米线阿姨的那句"拾安这孩子还是挺要强的"，以及谢拾安刚刚在楼下跳池塘的那一幕，心里顿时警铃大作。

"拾安！"简常念提高声音喊了一句，还是无人应答，她退后几步，用脚踹了

313

几下门，老式铁门纹丝不动，只震落了一层灰尘。

她咬牙，一溜烟跑下了楼，在楼道门口找到了清洁工打扫小区用的铁锹，拎了上来，红着眼眶，使劲砸着门锁，一下又一下，手破了皮都不知道。

终于，门把手摇摇欲坠。

简常念一脚踹了开来，冲进去，视线尚还有些不适应屋里的昏暗环境，满屋酒气夹杂着泡面味道，十分难闻。

她打开灯，冲进卧室，掀开被子，空无一人，又跑去了阳台，也没人，爷爷的工作间门锁还挂在上面，谢拾安不在里面。

她把目光投向了走廊尽头的浴室。

门开着，毛玻璃上却看不见人影。

浴室里只有水声。

简常念咽了咽口水，一步步走了过去，掀开帘子，顿时瞳孔一缩，一个箭步奔到了谢拾安身边，带着一丝哭腔呼喊着她的名字："拾安！拾安你怎么了？"

花洒还开着，谢拾安头歪在浴缸沿上，闭着眼睛，脸色苍白，身上衣物全被打湿了，被人轻轻一碰就倒了下来。

"拾安！拾安！你不要吓我……"

简常念把人抱在怀里，泪水簌簌而落，把脸贴上了谢拾安的额头，发觉竟是滚烫的。

她见怎么都叫不醒人，又慌里慌张地跑出了浴室，去找谢拾安的手机，想要打120。

谢拾安的手机早就被她摔坏了，屏幕四分五裂，无论简常念再怎么按，都开不了机。

简常念哽咽着，扔了手机，手脚并用地爬到了她身边，把人从地上扶了起来，驮到了自己背上。

她咬着牙，泪水在眼眶里不停打转，背着谢拾安，也不知道哪儿来这么大力气，一口气冲下了楼，跑到了马路边去拦车。

暴雨如注，风雨交加的夜晚，等了许久都没有打到车。

好不容易看见有车灯闪现，过来的却是一辆电动车。

简常念已经在这里等了太久了，浑身上下都被雨水浇湿了，冷得发抖，手腕力道一松，谢拾安从她背上滑落下来，躺在了泥浆里，整个人就连嘴唇都失了血色。

谢拾安躺在这里，单薄脆弱得像一张纸一样。

简常念抱着谢拾安的脑袋，在空无一人的街道上失声痛哭，直到远方再次亮起了车灯。

她好似又看到了一丝希望，想也没想，就冲到了马路中央，张开双臂，扑通一声跪了下来。